U0083524

民國文化與文學_{研究}文叢

研究文叢

七 編

第 **20** 冊

帝國的榮耀與沒落
——《申報》對晚清軍事的構建及想像(下)

易 耕 著

國家圖書館出版品預行編目資料

帝國的榮耀與沒落——《申報》對晚清軍事的構建及想像（下）
／易耕 著 — 初版 — 新北市：花木蘭文化事業有限公司，
2017〔民106〕
目 6+260 面；19×26 公分
（民國文化與文學研究文叢 七編：第 20 冊）
ISBN 978-986-485-061-7（精裝）
1. 中國報業史 2. 晚清史
820.9   106013223

ISBN-978-986-485-061-7

9 789864 850617

民國文化與文學研究文叢
七 編 第二十冊   ISBN：978-986-485-061-7

帝國的榮耀與沒落
——《申報》對晚清軍事的構建及想像（下）

作　　者	易耕
總 編 輯	杜潔祥
副總編輯	楊嘉樂
編　　輯	許郁翎、王　筑　美術編輯　陳逸婷
出　　版	花木蘭文化事業有限公司
社　　長	高小娟
聯絡地址	235 新北市中和區中安街七二號十三樓
	電話：02-2923-1455／傳眞：02-2923-1452
網　　址	http://www.huamulan.tw 信箱 hml810518@gmail.com
印　　刷	普羅文化出版廣告事業
初　　版	2017 年 9 月
全書字數	625222 字
定　　價	七編 31 冊（精裝）新台幣 58,000 元

版權所有・請勿翻印

帝國的榮耀與沒落
——《申報》對晚清軍事的構建及想像（下）

易耕　著

目
次

附錄一 《申報》文論分類集〔註1〕

緣起、概說及凡例

一、緣　起

　　2010 年 4 月，我在準備碩士論文《〈申報〉視野中的甲午戰爭》〔註2〕時，開始收集與《申報》有關的書籍〔註3〕、學位論文和期刊文論〔註4〕。經過一段時間的努力，共找到 287 篇相關文論〔註5〕，並對其進行了分類〔註6〕。在

〔註 1〕　前後文若無須明確指出，「《申報》文論分類集」即爲「《申報》文論分類集（2013版）」。

〔註 2〕　參見《〈申報〉視野中的甲午戰爭》，中國人民大學清史所，2012 年，碩士論文。

〔註 3〕　在本「《申報》文論分類集（2013 版）」中，暫不含書籍，如《清末四十年申報史料》（徐載平、徐瑞芳，北京：新華出版社，1988 年）、《申報的興衰》（宋軍，上海：上海社會科學院出版社，1996 年）、《A Newspaper for China? Power, Identity and change in Shanghai's News Media,1872-1912》（Barbara Mittler, The Harvard East Asian Monographs Series in Harvard University Asia Center. Published by Harvard University Press(Cambridge),2004.）等等。

〔註 4〕　這裡使用「文論」一詞，以與「論文」相區分。對「論文」在中西文化中相對廣泛認可的內涵與外延這裡不作探討，僅需要提出的是，「文論」包括了「文」和「論」，能更好地概括所有所涉及《申報》的篇目（其中許多篇目並沒有「論」）。「文論集」也因此而命名。

〔註 5〕　參見「《申報》文論分類集（2010 版）」，本人 2010 年 5 月整理畢，作爲本人碩士論文的附錄。

〔註 6〕　當時分爲五類，與作爲本博士論文附錄一的「《申報》文論分類集（2013 版）」無明顯區別，故此處從略。

此基礎之上，撰寫了碩士論文開題報告、研究綜述，並明晰了在碩士論文寫作中的輕重緩急〔註7〕。

2013 年 4 月，我在完成了博士一年級的讀書任務之後，經與導師方先生商定，我選擇《申報》繼續探研，作為博士論文的主要方向。三年間，我對《申報》及其研究的關注從未間斷。〔註8〕系統搜集、仔細閱讀、分門別類和品評優劣的工作，也得以繼續進行。

經補充，截至 2013 年 6 月，涉及《申報》的文論為 859 篇。〔註9〕與

〔註7〕 緩急，這裡指的是在碩士論文階段並不可畢其功於一役，在「報刊的歷史」與「歷史的報刊」（參見黃旦：《報刊的歷史與歷史的報刊》，載於《新聞大學》2007 年第 1 期，第 51〜55 頁。）二者之間選擇一個為文且為好文，已屬不易。鑒於史學的學科定位，本人的碩士論文更側重「歷史的報刊」，即以《申報》作為史料的話題研究，屬於社會史與思想文化史的雜糅。（這種研究套路，在史學界較成熟，亦可參見龔書鐸：「甲午戰爭時期的社會輿論」，載於《龔書鐸自選集》，北京：學習出版社，2005 年，第 362〜382 頁。）輕重，這裡是指碩論雖歸為話題研究，但不能落入傳統政治史、新興社會史等業已基本成型的模式，而要堅守新聞史的本位。具體來說，即甲午戰爭的傳統史料（如中華書局出版的《中國近代史資料叢刊·中日戰爭》初編和續編等）固然要研讀，而《申報》也要作為有機整體來綜觀。這種「兩面出擊」的做法，造成了碩士論文雖花了力氣卻不盡如人意。

〔註8〕 尤其以對湖南金蘋果數據中心推出的《申報》電子版為代表。該電子版已實現文字部份（即廣告和圖片除外，此外一些報館公告尚未明確）全文檢索，這種檢索方式較之人為編訂的「索引」（參見《申報索引》，上海書店，1987 年）更為實用。但對於「話題研究」中比例不低的廣告、圖畫等選項，則無法取代原始文本。新近，臺灣「得泓信息」也推出《申報》的全文檢索數據庫，中國人民大學圖書館已經購買該數據庫。

〔註9〕 在此需要特別說明論文收集的四個主要來源，歡迎《申報》和近代報刊史研究同仁就此環節共同探討。其一，是「中國知網」（http://www.cnki.net/），該來源占 70%強；其二，是「萬方數據知識服務平臺」（http://g.wanfangdata.com.cn/），該來源占 20%弱；其三，是「讀秀中文學術搜索」（http://www.duxiu.com/），該來源占 5%弱；其四，是各校學術論文庫、出版的論文集和同道有人推薦（這一來源的文論，有些與《申報》關係較遠，因此並未全部收入本書論集），占 5%弱。在前三個來源的電腦網絡搜索過程中，除因技術手段限制而未能明晰外（例如「讀秀中文學術搜索」沒有「高級檢索」項目），所有搜索均使用「關鍵字」和「全文」進行兩輪選擇。在大量「項目申報」、「文化遺產申報」等無關內容難以排除情況下（用「《》」也無效），我並未按照學科劃分「一刀切」，而是將理工農醫類的文論也一併瀏覽，並發現了自然科學研究者使用《申報》研究的一些範例（例如《上海近代紡織技術的引進與創新——基於〈申報〉的綜合研究》，肖愛麗，博士論文，東華大學·紡織工程，2012 年）。當然，依靠個人的努力，做到疏而不漏是不現實的，時間也是不允許的。但是我希望這個「五分法」的初步分類能起到拋磚引玉的作用。

2010 年時的該數字〔註 10〕相比，增長近三倍之多！由此可見，國內學術界對《申報》的關注和利用頻仍，且愈發常態化。〔註 11〕鑒於此，研究者之間交流信息、互通有無、「不打無準備之仗」〔註 12〕就很必要。同時，《申報》作爲中國近代報刊史上具有相當代表性的案例，對其研究範式〔註 13〕的探尋，似更具有管窺全豹的功效。因此，姑且不計較「主義」，也把「問題」放一放〔註 14〕，先從釐清《申報》文論的類別入手〔註 15〕。

近世史家傅斯年有言：近代史學是史料學。〔註 16〕對於《申報》文論的分類，便由此而展開。隨著史學界由傳統政治史一支獨大向思想史、文化史、社會史等多處開花，史料意義上的《申報》，越發具有利用價值。〔註 17〕願君多採擷，此物最相思。〔註 18〕《申報》這座富礦，在史學界被廣泛開掘，形成了一些比較穩定的研究領域和方法。〔註 19〕因此，第五類「以《申報》爲

〔註10〕 「《申報》文論分類集（2010 版）」共收文論 287 篇。

〔註11〕 尤其是史學界社會史、文化史等分支。

〔註12〕 出自《目前形勢和我們的任務》，載於《毛澤東選集》第四卷，北京：人民出版社，1991 年，第 1243～1263 頁。

〔註13〕 「範式」一詞屬於借用，且我對《申報》文論的分類，其五類顯然不能等同於五種範式。就目前看來，僅第五類（以報刊爲史料的話題研究）基本形成比較固定的風格、方法、套路，或可名之曰「範式」。

〔註14〕 參見胡適《多研究些問題，少談些『主義』》，載於《每周評論》第 31 號，1919 年 7 月 20 日（星期日）。

〔註15〕 參閱郭庭以《近代中國史事日誌》（北京：中華書局，1987 年）、《中華民國史事日誌》（臺北：中央研究院近代史研究所，1979 年），史學研究的基礎性工作是尤爲重要的。

〔註16〕 原文爲：「歷史學和語言學在歐洲都是很近才發達的。歷史學不是著史：著史每多多少少帶點古世近世的意味，且每取倫理家的手段，作文章家的本事。近代的歷史學只是史料學，利用自然科學供給我們的一切工具，整理一切可逢著的史料，所以近代史學所達到的範域，自地質學以致目下新聞紙，而史學外的達爾文論正是歷史方法之大成。」摘自《傅斯年全集·第 3 卷》，歐陽哲生主編，長沙：湖南教育出版社，2003 年版，第 3 頁。參閱桑兵「傅斯年『史學只是史料學』再析」，載於《近代史研究》，2007 年第 5 期，第 26～41 頁。

〔註17〕 依傳統史料學，與檔案、實錄等相比，近代報刊在政治史研究中的史料地位不高。但是，近些年來的社會史研究，有較多文章依靠《申報》史料。如《中國近代救荒思想研究——以〈申報〉爲中心》（李嵐，博士論文，中國人民大學清史所，2004 年）；《晚清〈申報〉與上海城市文化研究》（范繼忠，博士論文，中國人民大學清史所，2001 年）。

〔註18〕 摘自唐人王維《紅豆》詩：「紅豆生南國，春來發幾枝。願君多採擷，此物最相思。」

〔註19〕 如前所述，社會史和思想文化是其較爲典型的領域。

史料的話題研究」是最容易、最先被識別的。然而為何將其置於最後一類？原因顯見：這不是「新聞史」。〔註20〕

剩下的文論，我將其分成四類，依次分別為「新聞史綜述」、「新聞史淺談」、「新聞理論與實務」和「報刊研究」。〔註21〕

信而好古，述而不作。〔註22〕在「緣起」部份，就不作過多演繹和闡述了。我想：對於文論集，更多的工夫應當用在體例、類別的設計上〔註23〕，尤其是個別文章的推敲上〔註24〕。

二、概　說

「《申報》文論分類集（2013版）」共包括文論859篇，其中碩士論文169篇，博士論文34篇。以下按次序，由五個類別分而述之。

第一類：新聞史綜述

該類文論共48篇，其中碩士論文6篇、博士論文4篇。

〔註20〕「新聞史是歷史的科學」（方漢奇先生語，原文：「新聞史是一門科學，是一門考察和研究新聞事業發生發展歷史及其衍變規律的科學。它和新聞理論、新聞業務一樣，都是新聞學的重要組成部份。新聞史又是一門歷史的科學。在門類繁多的歷史科學中，它屬於文化史的範疇，是文化史的重要組成部份。」載於「新聞史是歷史的科學」，此文收於《方漢奇自選集》，中國人民大學出版社，2007年，第536～557頁。初載於《新聞縱橫》，1985年第3期）。與史學的其它分支相比，生長於新聞教育需求土壤的新聞史更有其新聞本體、新聞事業本體的特點。由於新聞觀較之史觀年幼，因而偏重於「新聞」方面的《申報》文論呈現「群雄逐鹿」之勢，類別劃分頗令人躊躇。

〔註21〕為何如此劃分、命名，在本文第二部份「概說」將提到。這些類別的劃分，是三年間思考的產物。2013年，當我面對近九百篇文論，曾考慮將其修正，但未果。因而，《申報》文論分類集（2013版）」雖有一定的創造性，但深烙上了個人性和階段性的印記。我奢望，今後遇到的所有文論，還能「一勞永逸」地收編進我的類別中；我更希望，這個「五分天下」的框架能有所改進。改進來源於對現有框架的揚棄。這種超越，來源於兩方面：一是新的代表性文論的出現，刷新了現有的研究「範式」；二是新的對現有文論的解讀。無論何種，我都樂觀厥成，並期待新的探索與發現。作為階段和歷史的產物，本書對此不作調整。（2017年春記）

〔註22〕摘自《論語・第七章・述而篇》：「子曰：述而不作，信而好古，竊比於我老彭。」

〔註23〕參見附錄一的「三、凡例」。

〔註24〕例如《中國報業採訪的形成──以〈申報〉（1872～1895）為例》（劉麗，博士論文，復旦大學，2009年），以及《〈申報〉與日俄戰爭》（王文君，碩士論文，北京師範大學，2008年），等等，這些難以明確劃入某一類的文論都是很有價值的。

本部份文論較有宏觀性，以《申報》爲對象或對象之一，展開論述。著眼點在於「綜」字，與單純對報刊文字、圖像與編排的研究不同，此類文章視角更開闊，學科更交叉，背景知識儲備要求較高。此類文體似較爲適合新聞史教科書。故其難於操作之處在於容易浮光掠影，跨度太大，拘泥於史實而少有見地，側重於廣博而少有精專。綜上所述利弊，故選擇此角度爲文者較少。

第二類：新聞史淺談

該類文論共 221 篇，其中無學位論文。

本部份文論較有微觀性，其主要著眼點是選取與《申報》有關的人物或事件，搜集史料，將所見所聞所感，以小品文或散文形式進行呈現。「山不在高，有仙則名；水不在深，有龍則靈。」此類文體短小精悍，如若角度恰到好處，便有清新雋永，畫龍點睛之效。然而此類文章魚龍混雜者亦洋洋大觀，故權且名之曰「淺」，乃因其弊而得之。因文風與字數特點，以此類形式進行學位論文者甚少。

第三類：新聞理論與實務

該類文論共 95 篇，其中碩士論文 16 篇、博士論文 3 篇。

本部份論文的最大特點在於「新聞」的角度，無論是採訪寫作、編輯評論、經營管理、輿論監督，最密切關注的是一份新聞紙的運作，而不是文本或圖像本身。「紙上得來終覺淺，絕知此事要躬行」。此類的優點在於「文章合爲時而著」，如果對史料加以靈活運用，重新包裝，將有指導當下之效。相對應，若史料欠缺，則會顯得空洞、流俗。這一類的學位論文界限模糊，新聞學或歷史學均可。如何既依靠史料，又聯繫事務，更不失理論，應是爲文之要務。

第四類：報刊研究

該類文論共 138 篇，其中碩士論文 52 篇、博士論文 6 篇。

命名這一部份時，頗爲躊躇。原名爲「文本研究」，然而「文本」一詞似乎不能涵蓋廣告。這一類文章的最大特點在於「就報論報」，無論是廣告的解讀，還是文字修辭的分析，大部份是不設定歷史主線的，也是不發散的。由於眷顧的是「邊角料」，從分科上來說離傳統史學較遠。此類文章優點在於入手細緻，史料精當，充分解讀。缺點在於若缺少宏觀理論觀照，若僅局限於報紙本身，則無法展開更有學術合理性的討論。

第五類：以報刊為史料的話題研究

該類文論共 357 篇，其中碩士論文 95 篇、博士論文 21 篇。

顧名思義，在這類文章中，研究對象不是《申報》而是「話題」，《申報》及各類副刊扮演的僅僅是史料角色。與傳統（政治）史學較忽視報刊史料不同，這些文章絕大多數以《申報》作為主要史料。選取一件事（或話題），將它用報刊記載進行還原，卻不能歸於報刊史或新聞史，絕大多數文章誕生於歷史院系所。這類文章成功與否，既取決於所選取的「話題」，也有關於對史料的處理。與《申報》有關的文論中，蔭於傳統史學方法的積澱，該類寫法最為純熟。

三、凡 例

每則文論的信息，按照編號、作者、名稱、刊物/學校/專業、時間依次排列。除極少數文論外，大部份文論的上述信息齊全。

「編號」欄：由阿拉伯數字組成，且每一類重新編號。

「作者」欄：多於兩人（含）時，用「、」分隔。除極少數轉載、編寫組等外，均為人名。

「名稱」欄：首尾統一不使用書名號或引號，名稱內符號保留，並相應調整。〔註 25〕

「刊物／學校／專業」欄：第一、對於碩士、博士論文，作出醒目標示「【】」，內有「碩論」或「博論」二字；後跟學校名；學校名後用「·」隔開專業或學科。〔註 26〕第二、對於期刊文論，在「刊物/學校/專業」欄提供所在期刊全名。〔註 27〕

「時間」欄：第一、對於碩士、博士論文，提供答辯年份。第二、對於期刊文論，格式基本統一為「某年第某期」或「某年某月第某卷第某期」。

排列規則：首先按文論發表時間由遠及近；其次按第一作者姓氏音序。〔註 28〕

〔註 25〕如將單引號、單書名號分別調整為雙引號、雙書名號。
〔註 26〕根據我能掌握的信息，絕大多數精確到二級學科，少數為學科門類和一級學科名稱。
〔註 27〕上下半月版與全名之間用「·」隔開，其餘一般用「( )」表示。
〔註 28〕當然，上、下連載的文論，也遵循其原本順序。

新聞史綜述

編號	作　者	名　　稱	刊物／學校／專業	時　　間
1	方漢奇	話「號外」	新聞戰線	1958 年第 7 期
2	《申報》史編寫組	創辦初期的《申報》	新聞研究資料	1979 年第 1 期
3	馬蔭良、儲玉坤	史量才接辦申報初期史料	新聞研究資料	1980 年第 4 期
4	秦紹德	論《申報・自由談》（1932.12～1935.11）	新聞大學	1982 年第 5 期
5	申報史編寫組	敵僞劫奪時期的申報	新聞研究資料	1983 年第 6 期
6	秦紹德	上海資產階級商業報紙的發展道路	新聞研究資料	1991 年第 2 期
7	羅朋	西安事變中的媒體比較	四川教育學院學報	2001 年 5 月第 17 卷第 5 期
8	方迎九	文學性與新聞性的消長——早期《申報》文人研究	【博論】北京大學・中國語言文學	2002 年
9	李彥東	早期申報館——新聞傳播與小說生產之關係	【博論】北京大學・中國語言文學	2004 年
10	項玫	新聞、文化的交叉——作爲一種新聞形態和圖像文化的《點石齋畫報》	【碩論】復旦大學・新聞學	2004 年
11	趙增新、張渭笑	從現代角度看《申報》的文獻價值	咸陽師範學院學報	2004 年 6 月第 19 卷第 3 期
12	范繼忠	晚清《申報》市場在上海的初步形成（1872～1877）	清史研究	2005 年第 1 期
13	高燕	自由談副刊史探	【碩論】南昌大學・新聞學	2006 年
14	何海巍	鴛鴦蝴蝶派和《申報・自由談》	【博論】中山大學・中國語言文學	2006 年
15	汪朝光	風潮中的民聲與官聲——「二二八」事件發生後大陸新聞媒體之所見所論	社會科學研究	2006 年第 2 期
16	卓雯君	明暗交織的藝術界——《申報》副刊《藝術界》研究	【碩論】華東師範大學・中國現當代文學	2006 年

17	淩碩爲	新聞傳播與小說情調——以早期申報館報人圈爲中心	【博論】華東師範大學·中國古代文學	2007 年
18	王敏	政府與媒體——晚清上海報紙的政治空間	史林	2007 年第 1 期
19	王維江	「清流」與《申報》	近代史研究	2007 年第 6 期
20	吳亮	黎烈文時期的《申報·自由談》研究	【碩論】河南大學·新聞學	2007 年
21	周婷婷、郭麗華、劉麗	海德堡大學漢學系早期中文報刊研究概況	新聞大學	2007 年第 3 期
22	郭晴雲	現代傳媒的出現及其與小說的聯姻	濰坊學院學報	2008 年第 3 期
23	朱宗勤	《申報·國貨周刊》研究	【碩論】華中師範大學·中國近現代史	2008 年
24	馬光仁	《申報》與新聞學研究	新聞大學	2009 年第 2 期
25	馬金林	《申報》全文數據庫的自動標引	信息系統工程	2009 年第 11 期
26	馬金林	《申報》全文數字化與索引數據庫編製	中國索引	2009 年第 3 期
27	王瑩	從《申報》看上海近代中文商業報刊的興衰	湖南文理學院學報（社會科學版）	2009 年第 3 期
28	黃歡	中西報業現代化比較	湖南工業職業技術學院學報	2010 年第 3 期
29	李英	《申報》研究	第七屆中國印刷史學術研討會	2010 年
30	盧寧	早期《申報》的政治參與及查禁風波	福州大學學報（哲學社會科學版）	2010 年第 1 期
31	馬金林	基於 Lucene 的《申報》全文檢索系統的設計與實現	晉圖學刊	2010 年第 5 期
32	桑兵	民初「自由」報刊的自由觀	近代史研究	2010 年第 6 期
33	楊凱喬、潘怡安	論民國前《申報》存在的主要問題	今傳媒（學術版）	2010 年第 11 期
34	員怒華	中國報紙副刊的孕育與誕生	中國出版	2010 年第 12 期
35	周勇	曇花一現的《申報》漢口版	武漢文史資料	2010 年第 4 期
36	常貴環	林樂知與《上海新報》	【碩論】山東師範大學·中國近現代史	2011 年
37	陳靚、吳宛青	2001～2010 年國內《申報》研究綜述	新聞世界	2011 年第 8 期

38	杜新豔	《申報》的過渡時代	漢語言文學研究	2011 年第 2 期
39	楊雲芳	學術研究視野中的報刊開發利用——以《申報》的學術資源開發爲中心	東北師大學報（哲學社會科學版）	2011 年第 4 期
40	張愛武	《申報》的文獻價值	編輯之友	2011 年第 6 期
41	趙倩倩	歷史的細節與歷史研究的「細化」——淺談《申報》在近代社會經濟史研究中的應用	華北水利水電學院學報（社科版）	2011 年第 5 期
42	李霞、張世海	士與中國現代新聞業——以《申報》爲例	編輯之友	2012 年第 2 期
43	盧寧	西方新聞紙在華本土化的早期嘗試——以初創時期的《申報》爲例	編輯之友	2012 年第 8 期
44	唐小兵	印刷上海與公共空間之拓展——以 1930 年代《申報》爲中心的討論	新聞大學	2012 年第 3 期
45	張桂蘭	在理想與現實之間的依違——早期《申報》新聞理念探討	新聞知識	2012 年第 1 期
46	段偉	《申報》興衰述要	佳木斯教育學院學報	2013 年第 2 期
47	李曼午	2003～2012 年國內《申報》研究綜述	青春歲月	2013 年第 4 期
48	武占江	論《申報》1905 年改版——兼論中國新聞史兩個系統的互動關係	西南民族大學學報（人文社科版）	2013 年第 1 期

新聞史淺談

編號	作　者	名　　　稱	刊物 / 學校 / 專業	時　　間
1	楊瑾琤	副刊溯源	新聞業務	1962 年第 10 期
2	田永禎	中國近代報刊之最	新聞戰線	1979 年第 4 期
3	惲逸群	答申報史編寫組	新聞研究資料	1980 年第 4 期
4		《申報》史料編寫組小結工作	新聞研究資料	1980 年第 1 期
5	陸詒	我所接觸的史量才	新聞研究資料	1982 年第 6 期
6	任嘉堯	《申報》兩記者延安之行	新聞大學	1982 年第 2 期

7	孫恩霖	早期《申報》的新聞蒐集者	新聞大學	1982 年第 3 期
8	汪仲韋	又競爭又聯合的「新」、「申」兩報	新聞研究資料	1982 年第 5 期
9	文由化	中法戰爭中《申報》的一張號外	新聞大學	1982 年第 5 期
10	周幼瑞	申報影印本將陸續出版	新聞戰線	1982 年第 6 期
11	方漢奇	俞頌華先生二三事	新聞研究資料	1983 年第 6 期
12	石西民	俞頌華先生與《申報周刊》	新聞研究資料	1983 年第 6 期
13	孫恩霖	回憶《申報》採訪部及其它	新聞大學	1983 年第 1 期
14	徐載平	我國新聞史上的第一篇電訊稿	新聞記者	1983 年第 7 期
15	俞湘文、葛思恩	俞頌華傳略（1893～1947）	新聞研究資料	1983 年第 6 期
16	漢國萃	黃遠生公開反對帝制的一些資料	新聞研究資料	1984 年第增 2 期
17	薩空了	代郵	新聞研究資料	1984 年第增 2 期
18	思慕	黨在新聞界的忠實朋友──緬懷俞頌華先生	新聞記者	1984 年第 6 期
19	惜今	整套《申報》是怎樣保存下來的？	新聞記者	1984 年第 2 期
20	車吉	報史一頁	新聞與寫作	1985 年第 1 期
21	馬光仁	戰後國民黨對申、新兩報的控制	新聞研究資料	1985 年第 5 期
22	張宛	新聞史上也應「大書一筆」的《申報·自由談》	新聞研究資料	1986 年第 2 期
23		關於《申報·自由談》	新聞研究資料	1986 年第 2 期
24	顧炳祥	《申報》究竟發行了幾號？	新聞記者	1987 年第 6 期
25	鍾啓元	《申報》報導楊乃武案始於何時？	新聞研究資料	1987 年第 1 期
26	周幼瑞	《申報》的出版日期和編號	新聞記者	1987 年第 10 期
27		史量才致死之謎	新聞記者	1987 年第 4 期
28	葛伯熙	《寰瀛畫報》考	新聞研究資料	1988 年第 1 期
29	袁義勤	關於「首先報導十月革命的報紙」	新聞研究資料	1988 年第 1 期
30	程海東	中國第一篇軍事通訊	新聞記者	1991 年 11 期

31	王敬東、周鳳	早期《申報》業務創新拾零	新聞研究資料	1991 年第 1 期
32	方浦生	報海拾趣	秘書之友	1992 年第 5 期
33	力	我國報紙最早刊出的新聞電訊	編輯之友	1992 年第 2 期
34	周紅偉	近代報紙稿費漫談	新聞記者	1992 年第 1 期
35		中國報紙副刊的由來	國際新聞界	1992 年第 2 期
36	劉少文	記者的風骨：秉公執筆記春秋	新聞傳播	1999 年第 2 期
37	陳彤旭	卅載對手，滬上爭雄	新聞天地	2001 年第 9 期
38	潘德利	安納斯脫·美查——為中國文化留下重要遺產的人	圖書館雜誌	2002 年第 7 期
39	劉雪梅	淺析《申報》廣告的階段性演化	廣州大學學報（社會科學版）	2003 年 1 月第 2 卷第 1 期
40	宋涵慧	以盈利為目的，義利兼顧——從創刊目的解讀早期《申報》的商業特色	鄖陽師範高等專科學校學報	2003 年 10 月第 23 卷第 5 期
41	位青	中國走向世界中的《申報》	東方論壇	2003 年第 4 期
42	包禮祥	美查《申報》館的出版思想	江西財經大學學報	2004 年 4 月總第 34 期
43	彭巍然	美查時期《申報》社會新聞特色評析	湖北省社會主義學院學報	2004 年第 3 期
44	吳翔	1931～1934 年：作為《申報》新聞改革家的陶行知	南京曉莊學院學報	2004 年 1 月第 20 卷第 1 期
45	程麗紅	安納斯脫·美查與中國近代報業史	長春大學學報	2005 年 10 月第 15 卷第 5 期
46	王晉玲	晚清時期《申報》館估計出版論述	常熟理工學院學報	2005 年 1 月第 1 期
47	楊新正	難得一見的光緒庚辰年《申報》	新聞天地	2005 年第 7 期
48	袁英珍	《申報》經營管理的史量才時期	湖南大眾傳媒職業技術學院學報	2005 年 1 月第 5 卷第 1 期
49	張繼木	20 世紀初外人在華中文大報易手國人的動因淺析——以上海《申報》《新聞報》為例	湖北大學成人教育學院學報	2005 年 10 月第 23 卷第 5 期
50	董天策、謝影月	「史家辦報」思想研究	新聞大學	2006 年第 2 期總第 88 期
51	董婉蘇、史敏傑	史量才對《申報》發展的貢獻	新聞與寫作	2006 年第 1 期

52	李開軍、傅小風	「記者」一詞在中國出現於何時？	當代傳播	2006 年第 4 期
53	王燦發、何新華	黃嘉音時期《自由談》風格研究	湖北社會科學	2006 第 1 期
54	王升遠、龐榮棣	史量才的新聞家「私德」觀	新聞記者	2006 第 12 期
55	謝美霞	舊上海的女記者	新聞愛好者·上半月	2006 年第 9 期
56	白浩然	史量才報業托拉斯夢滅根源探究	青年記者	2007 年第 20 期
57	代雅靜、常明濤	史量才經營報紙思想探源	東南傳播	2007 年第 3 期
58	來源《世界知識》	中國最早的戰事報導	青年記者	2007 年第 21 期
59	劉麗娟	簡述近代中國報紙廣告的政治功效——以《申報》廣告爲例	福建論壇	2007 年第 1 期
60	吳祐昕	「賣報歌」賣的什麼報？	城市黨報研究	2007 年第 6 期
61	肖俊	報界「偉丈夫」：史量才	新聞三味	2007 年第 3 期
62	陽海洪、陽海燕	美查時期《申報》與中國新聞事業現代化	長沙大學學報	2007 年 1 月第 21 卷第 1 期
63	張曉暉	十九世紀《申報》對今日商業性報紙的借鑒	華章	2007 年第 10 期
64	郭墨池	《申報》的經營和對當前都市報發展的啓示	新聞知識	2008 年第 11 期
65	康化夷	黎烈文與《申報·自由談》的革新	書屋	2008 年第 3 期
66	李兵	感受上海媒體人的「海派文化」	新聞愛好者·上半月	2008 年第 8 期
67	李榮慶	論史量才的新聞史觀	南京理工大學學報（社會科學版）	2008 年 10 月第 21 卷第 5 期
68	李雪	爲社會保存一份信史——論史量才的史家思想	湖南社會科學	2008 年第 4 期
69	劉麗	《申報》的早期訪員是否署名？	新聞愛好者·下半月	2008 年第 12 期
70	柳和城	蔡元培軼文資料六篇	紹興文理學院學報（哲學社會科學版）	2008 年第 1 期
71	舒騹	早期《申報》硬新聞報導及啓示	新聞界	2008 年 6 期

72	汪光華	我國近代新式商業補習教育的產生	中國職業技術教育	2008 年第 23 期
73	王敏、方麗	試論早期《申報》對《上海新報》的借鑒與超越	中國集體經濟	2008 年第 3 期
74	吳曉	轟動中外的三十年代「牛蘭間諜案」	各界	2008 年第 2 期
75	徐蕾	周瘦鵑審美氣質初探	蘇州教育學院學報	2008 年第 1 期
76	趙淋、張秋景	早期《申報》與中國近代文學	安徽文學（評論研究）	2008 年第 7 期
77	周惠斌	黎烈文改版「自由談」	歷史與文物	2008 年第 7 期
78	朱春陽	關於史量才與《申報》三個問題之思考與追問	國際新聞界	2008 年第 9 期
79		首次澤載《西行漫記》的報紙——《每日譯報》	新聞與寫作	2008 年第 7 期
80	蔡登山	不學有「術」的陳彬龢	書城	2009 年第 8 期
81	蔡峰、周英	中國近代地圖的開山之作——《中國分省新圖》	文博	2009 年第 2 期
82	陳朝祥	史量才的「史家辦報」思想	赤峰學院學報（漢文哲學社會科學版）	2009 年 3 月第 30 卷第 3 期
83	陳潮	《申報》地圖與愛國報人史量才	中國測繪	2009 年第 3 期
84	鄧紹根	史量才與威廉博士：世界報界大會的友誼	全國紀念中國報業泰斗史量才先生誕辰 130 週年學術研討會	2009 年
85	傅國湧	史量才遭暗殺原因初探	全國紀念中國報業泰斗史量才先生誕辰 130 週年學術研討會	2009 年
86	谷月	一本歷史著作背後的人和事	社會觀察	2009 年第 3 期
87	郭法魯、趙明	近代經濟新聞演變軌跡探源	學理論	2009 年第 21 期
88	黃鎮偉	報業巨擘　愛國楷模——史量才先生對中國現代報業發展的貢獻	全國紀念中國報業泰斗史量才先生誕辰 130 週年學術研討會	2009 年
89	柯衛東	沉浸《申江勝景圖》	博覽群書	2009 年第 11 期
90	柯衛東	最早的中文畫報	博覽群書	2009 年第 5 期
91	劉軍	「施魯之爭」與《申報·自由談》	博覽群書	2009 年第 2 期

92	劉青松	新聞紙並不總是真話紙	同舟共進	2009 年第 12 期
93	劉霞	報界耆宿，文壇俠客──陳冷（陳景韓）其人其事	人物	2009 年第 1 期
94	劉曉婷	上海租界色彩下的《申報·自由談》	新聞世界	2009 年第 2 期
95	劉影	社會新聞報導演進與「申報」品格的形成	華東師範大學學報（哲學社會科學版）	2009 年第 41 卷第 6 期
96	柳和城	「當年那些人」之一──廣告裏的民國名流	鄉音	2009 年第 9 期
97	盧有泉	報紙與圖書的親密接觸：歷史、緣由、現狀與走勢	編輯之友	2009 年第 4 期
98	馬長林	猶太富豪哈同遺產爭奪之謎	檔案春秋	2009 年第 4 期
99	馬藝、馬淼	史量才《申報》經營理念的現代解讀──史量才誕辰 130 週年回顧	全國紀念中國報業泰斗史量才先生誕辰 130 週年學術研討會	2009 年
100	龐榮棣	蔣介石禁止郵遞《申報》	世紀	2009 年第 1 期
101	龐榮棣	仰望史量才	檔案與建設	2009 年第 9 期
102	錢曉文、呂繼紅	「史家辦報」與社會責任論初探	全國紀念中國報業泰斗史量才先生誕辰 130 週年學術研討會	2009 年
103	阮哲	張之洞欲建鐵黃鶴樓	武漢文史資料	2009 年第 10 期
104	邵靈莉	淺析報業巨子史量才被害原因	法制與社會	2009 年第 22 期
105	石楠	周恩來化解劉海粟與徐悲鴻的恩怨	老年教育（書畫藝術）	2009 年第 2 期
106	思公	十葬秋瑾	文史博覽	2009 年第 12 期
107	蘇周	淺評渦陽起義不顯揚說	和田師範專科學校學報	2009 年第 1 期
108	孫德中	史量才的報業人才理念	新聞愛好者·上半月	2009 年第 12 期
109	王燦發	史量才與《自由談》的革新	全國紀念中國報業泰斗史量才先生誕辰 130 週年學術研討會	2009 年
110	王師北	六十年前的《申報》招聘	北方人	2009 年第 3 期
111	王豔豔	史量才經營思路的兩次轉折探析	全國紀念中國報業泰斗史量才先生誕辰 130 週年學術研討會	2009 年
112	王瑩	從《申報》看上海近代中文商業報刊的興衰	湖南文理學院學報（社會科學版）	2009 年 5 月第 34 卷第 3 期

113	王貞虎	民國刺蔣殺宋案	文史天地	2009 年第 5 期
114	聞娛	獨立・平衡・責任──史量才辦報理念中的三個關鍵詞	全國紀念中國報業泰斗史量才先生誕辰 130 週年學術研討會	2009 年
115	吳廷俊	史量才辦報身份的界定	全國紀念中國報業泰斗史量才先生誕辰 130 週年學術研討會	2009 年
116	吳霞	李浩然《新聞報》短評初探──以五四事件為例	新聞愛好者・下半月	2009 年第 4 期
117	熊煒	史量才創新思想在《申報・自由談》中體現	全國紀念中國報業泰斗史量才先生誕辰 130 週年學術研討會	2009 年
118	楊朕宇	《新聞報》淺議──兼與《申報》比較	新聞傳播	2009 年第 4 期
119	葉世昌	廣東初鑄銀元史料鉤沉	中國錢幣	2009 年第 1 期
120	元三	尋覓申新兩報的舊蹤──《海上赤潮──我的記者生涯》連載之三	青年記者	2009 年第 10 期
121	張前平	淺談史量才的「報格」觀	今日南國	2009 年第 8 期
122	張素豔	史量才是商人還是社會改良者	全國紀念中國報業泰斗史量才先生誕辰 130 週年學術研討會	2009 年
123	張學軍	國格報格人格──報業巨子史量才尋蹤	蘭臺世界	2009 年第 9 期
124	趙永華、向春曉	關於 1921 年北岩來滬是否與史量才會晤的史實辨析	全國紀念中國報業泰斗史量才先生誕辰 130 週年學術研討會	2009 年
125	蔡登山	周瘦鵑：一生低首紫羅蘭	書城	2010 年第 2 期
126	陳緒石	《申報》上的一則新聞：關於張愛玲「文化漢奸」身份的一點說法	名作欣賞	2010 年第 29 期
127	樊亞平、王小平	「愛報之心甚於生命」史量才職業認同探析	蘭州大學學報（社會科學版）	2010 年第 5 期
128	高春菊	史量才對民國新聞事業的貢獻	新聞愛好者・上半月	2010 年第 5 期
129	郭同玲	「孤島」時期《申報》體育新聞報導研究──以 1941 年《申報》為例	青年記者	2010 年第 32 期

130	韓文寧、劉曉宇	一個人和一張報紙	國學	2010 年第 4 期
131	黎保榮	古老中國與現代發聲——論魯迅雜文中的《申報》符號	三峽大學學報（人文社會科學版）	2010 年第 1 期
132	劉立紅	《申報》的發展歷程及影響	新聞愛好者·下半月	2010 年第 5 期
133	柳成蔭	史量才難逃蔣介石魔掌的報業巨子	文史參考	2010 年第 16 期
134	柳和城	「九一八」次日史公館裏發生了什麼	檔案與建設	2010 年第 6 期
135	羅傑	報業巨子史量才被刺連環案	中華傳奇·大歷史	2010 年第 6 期
136	孟竹	《申報》的抗日救亡宣傳與史量才之死	採寫編	2010 年第 4 期
137	龐紅舟	淺議張叔良與近代蘇州報業	散文選刊（理論版）	2010 年第 11 期
138	龐榮棣	「徵收舊申報」玉成一曲「史家之絕唱」	檔案與建設	2010 年第 11 期
139	龐榮棣	《申報》電子版即將面市	新聞記者	2010 年第 12 期
140	龐榮棣	史量才「幫」我結緣夏徵農	檔案春秋	2010 年第 7 期
141	唐泓林	史量才與《申報》	鄂州大學學報	2010 年 7 月第 17 卷第 4 期
142	童兵、黃奇萃	對報格問題的考察——從系統性視域出發	青年記者	2010 年第 10 期
143	王心文	中國新聞史上第一起名譽糾紛——郭嵩燾與《申報》的一段糾葛	檔案天地	2010 年第 4 期
144	吳永貴	沈松泉：與新書業有功之人	出版發行研究	2010 年第 11 期
145	謝放	陳蘭彬史實補正及辨析	學術研究	2010 年 10 期
146	顏琳、黎保榮	魯迅《自由談》稿費考證	魯迅研究月刊	2010 年第 3 期
147	楊麗君	《點石齋畫報》——晚清社會縮影	出版史料	2010 年第 2 期
148	葉瑜蓀	容園存箚（六）	出版史料	2010 年第 4 期
149	應金泉	史量才辦報思想的當代價值	新聞實踐	2010 年第 1 期
150	張昌華	余大雄：舊上海小報之王	文史博覽	2010 年第 8 期
151	張建省、陳亞楠、唐振偉	《申報》打造影響力路徑分析	現代商貿工業	2010 年第 11 期

152	張麗虹、王媛	史量才辦報思想轉變探析	青年記者	2010 年第 5 期
153	張清華	試論清末時期的《申報》	安徽文學‧下半月	2010 年第 2 期
154	張學勤	上海——延續 129 年的世博夢	浙江檔案	2010 年第 6 期
155	張雲初	上海灘可還有「自由談」	雜文月刊（選刊版）	2010 年第 2 期
156	趙元三	我眼中的柯慶施	江淮文史	2010 年第 4 期
157	蔡珣玿	史量才的報業管理策略	青年記者	2011 年第 5 期
158	陳桃、梁合雪	民國時期民營報人和報紙——以 1931 年後國民政府與史量才的博弈爲例	新聞世界	2011 年第 7 期
159	陳焱、西江月	一日長於百年——辛亥革命百年紀念	新華航空	2011 年第 10 期
160	都海虹、趙媛	邵飄萍「北京特別通信」特點淺析	新聞界	2011 年第 2 期
161	范伯群	名編周瘦鵑的標新立異精神	蘇州教育學院學報	2011 年第 2 期
162	高皓亮、靳赫	望平街與上海新聞	新聞世界	2011 年第 8 期
163	高良槐	應是「闕如」	咬文嚼字	2011 年第 7 期
164	哈豔秋、黃玉迎	《申報》的用人之術——試析史量才報刊經營管理研究	中國傳媒大學第五屆全國新聞學與傳播學博士生學術研討會論文集	2011 年
165	郝敏敏	陳潮：聊聊新華地圖社的來龍去脈	地圖	2011 年第 1 期
166	黃逸梅	史量才遇名妓「一夜暴富」	文史天地	2011 年第 2 期
167	紀文晉、劉行、姜宏、王嘯宇	邵飄萍：立志「新聞救國」的自由主義報人	《科技創業家》	2011 年第 12 期
168	賈雲峰	名妓出錢，史量才買下民國大報	文史博覽	2011 年第 2 期
169	蘭潔	史量才與普利策的辦報理念差異	青年記者	2011 年第 17 期
170	李鴻敏	關於商務印書館盤入修文書館時間的疑問	大江周刊：論壇	2011 年第 11 期
171	李琊	重現近代甬商文化的經典畫卷——讀孫善根《〈申報〉寧波旅滬同鄉社團史料》	寧波通訊	2011 年第 22 期

172	梁軍、肖瀟	史量才《申報》經營模式對當今報業的啓示	青年記者	2011 年第 26 期
173	馬慶	再論史量才的「史家辦報」思想	浙江傳媒學院學報	2011 年第 1 期
174	龐榮棣	沈秋水的名字	世紀	2011 年第 2 期
175	彭靜	淺析北宋緣何成爲中國商業招貼產生的暖床	美與時代・上旬刊	2011 年第 5 期
176	錢曉文	「史家辦報」與社會責任論	新聞愛好者・下半月	2011 年第 20 期
177	散木	報業巨子被刺引發的連環案	中華傳奇・大歷史	2011 年第 7 期
178	沙木	從史量才的一段佳話談起	雜文月刊（選刊版）	2011 年第 4 期
179	王紅軍	黃遠生與《時報》	文史知識	2011 年第 12 期
180	鄔國義	《申報》第一任主筆蔣其章卒年及其它	華東師範大學學報（哲學社會科學版）	2011 年第 1 期
181	吳小杏	中美報業現代化的同途殊歸——從史量才與普利策的比較說起	傳媒觀察	2011 年第 5 期
182	吳小杏、徐俏俏	中美報業現代化的同途殊歸——從史量才與普利策的辦報說起	新聞世界	2011 年第 5 期
183	許祝生、何海巍	早期商業傳媒消費語境中的文學敘事——以《申報・自由談》爲例	學術界	2011 年第 12 期
184	闇澤川	生前一知己冒死葬鄒容	文史月刊	2011 年第 3 期
185	楊文麗	早期《申報》如何形成公眾輿論——以「楊乃武案」爲例	青年記者	2011 年第 33 期
186	楊小佛	報壇奇人陳景韓	世紀	2011 年第 5 期
187	姚遠、李楠	《點石齋畫報》及其編輯傳播策略研究	山東理工大學學報（社會科學版）	2011 年第 4 期
188	張新新	史量才辦報思想轉變原因探析	新聞窗	2011 年第 4 期
189	張秀楓	民國「錯中錯」行刺疑案——謀殺宋子文警告蔣介石	今日南國	2011 年第 3 期
190	張燕	普利策與史量才的新聞實踐比較	新聞世界	2011 年第 5 期
191	周陳登	新華地圖社的始末	出版史料	2011 年第 2 期
192	周振鶴	我所知最早的中國語言地圖	地圖	2011 年第 6 期
193	曹明臣	1927 年蔣介石下野時期的三份啓事	鍾山風雨	2012 年第 5 期

194	陳立紅	《申報》——詮釋史家辦報	大觀周刊	2012 年第 40 期
195	葛怡婷	承史家風骨 揚《申報》精神 傳申城文明——史量才與《申報》的發展學術研討會綜述	新聞記者	2012 年第 7 期
196	孔見、景迅	魯迅、瞿秋白文集中同時收錄的文章	百年潮	2012 年第 8 期
197	李晨	《大公報》與《申報》的分析比較	大觀周刊	2012 年第 52 期
198	李偉	鄉民詐捐忽悠蔣介石	共產黨員	2012 年第 4 期
199	劉玲	史量才「辦報記史」思想的現實意義	新聞愛好者・上半月	2012 年第 9 期
200	孟祥海	民國史上第一個專職記者	政府法制	2012 年第 5 期
201	潘漢年	郭沫若輩姓名的不幸	郭沫若學刊	2012 年第 1 期
202	龐榮棣	他為社會奉獻了全套《申報》電子版	檔案與建設	2012 年第 2 期
203	石金煥	夾縫中的喘息——魯迅與《申報月刊》	邊疆經濟與文化	2012 年第 5 期
204	石玉中、袁新華	《申報》中的歷史	新高考：政史地	2012 年第 7 期
205	許紀霖、唐小兵、王曉漁、宋宏、裴自餘	公共輿論的歷史、現實與反思	中國圖書評論	2012 年第 12 期
206	楊早	蘇州兵變的深遠影響	文史參考	2012 年第 10 期
207	楊早	這會是一個局嗎	文史參考	2012 年第 17 期
208	楊早	桑中之喜與船上之驚	文史參考	2012 年第 21 期
209	楊早	頭髮的故事	文史參考	2012 年第 3 期
210	楊早	頭髮的故事（續）	文史參考	2012 年第 4 期
211	楊早	民國元年，通電@誰（上）	文史參考	2012 年第 5 期
212	楊早	民國元年，通電@誰（下）	文史參考	2012 年第 6 期
213	楊早	蘇州兵變的尷尬	文史參考	2012 年第 9 期
214	張家康	陳獨秀：我不是托派	各界	2012 年第 12 期
215	張家康	陳獨秀兩份未能發表的聲明	江淮文史	2012 年第 5 期
216	張麗婕	民國範兒	讀書文摘	2012 年第 4 期

217	張淩霄	《申報》與《紐約時報》的比較分析	採寫編	2012 年第 2 期
218	張姚俊	民國上海的「一元錢」官司	檔案春秋	2012 年第 6 期
219		近代第一大報《申報》今春迎來 140 歲「生日」	青年記者	2012 年第 8 期
220		號外的由來	現代班組	2012 年第 9 期
221	陳瑋	物不受變則質不純 人不涉難則志不明——簡析中華優秀傳統文化對史量才的影響	上海黨史與黨建	2013 年第 1 期

新聞理論與實務

編號	作　者	名　　稱	刊物／學校／專業	時　　間
1	徐載平	《申報》是如何擠垮《上海新報》的？	新聞研究資料	1982 年第 5 期
2	馬蔭良	報紙革新要抓「頭」和「尾」——回憶 1931 年《申報》的改革	新聞記者	1987 年第 1 期
3	張允若	辦報和治史——從史量才的辦報思想談起	新聞傳播	1997 年第 5 期
4	徐百益	「申」「新」兩報的廣告之爭	中國廣告	1998 年第 4 期
5	魯旭	試論《申報》的經營策略與特色	【碩論】中國社會科學院研究生院・新聞學	2001 年
6	謝麗佳、陶喜紅	史量才時期《申報》的經營理念對當今報業的啓示	湖北省社會主義學院學報	2002 第 1 期
7	隋笑飛	史量才與《申報》	【碩論】中國人民大學・新聞學	2004 年
8	汪廣松	同治末期的《申報》經營	浙江萬里學院學報	2005 第 4 期
9	吳眞	以《申報》爲例談新聞責任	語文學刊	2005 第 3 期
10	張順軍	市場跟進者與市場領先者的博弈	湖南大眾傳媒職業技術學院學報	2005 年 7 月第 5 卷第 4 期
11	曹珊珊	淺析《申報》早期經營活動中的營銷思想萌芽	新聞大學	2006 年第 1 期

12	陳波	中國近代民營報業對當代民營報業的啓示——從《申報》看中國的民營報業	改革與發展	2006 年第 2 期
13	陳玉申	《新聞報》經營策略探析	新聞界	2006 年第 6 期
14	羅國幹	美查時期《申報》的經營之道	廣西大學學報（哲學社會科學版）	2006 年 6 月第 28 卷第 3 期
15	吳建華	《申報》的經營策略及對我們的啓示	新聞記者	2006 年第 6 期
16	于鑫	史量才主持時期《申報》經營管理研究	【碩論】河北大學·新聞學	2006 年
17	宗亦耘	20 世紀二三十年代上海報業的運營機制與規律	上海大學學報（社會科學版）	2006 年 3 月第 13 卷第 2 期
18	古曉峰	民國時期《申報》經營管理研究——兼與《新聞報》比較	【碩論】復旦大學·中國近現代史	2007 年
19	李道永、丁毅	4P+4C 視角下的晚清《申報》營銷解讀	發展研究	2007 年第 2 期
20	彭巍然	《申報》媒介形象的自我宣傳初探	湛江師範學院學報	2007 年 10 月第 28 卷第 5 期
21	屈萍	「義」與「利」的艱難兼顧——論晚清時期《申報》的經營之道	【碩論】湖南師範大學·新聞學	2007 年
22	宋石男	中國早期新聞思想研究（1834～1911）——以申報、萬國公報、王韜、梁啓超、汪康年爲中心	【碩論】四川大學·傳播學	2007 年
23	王晶	4P、4C 視角下的《申報》早期經營策略	青年記者	2007 年第 22 期
24	謝昌軍	略論史量才的報刊經營策略	東南傳播	2007 年第 5 期
25	謝紅梅	《申報》新聞專業主義理念的體現	新聞前哨	2007 年第 1 期
26	熊傑	從「楊乃武與小白菜案」看《申報》的輿論監督意識	東南傳播	2007 年第 7 期
27	趙步雲	和而不同做文章——20 世紀初我國民營大報核心競爭力構建探析	新聞傳播	2007 年第 12 期
28	程彩萍、王琦洋	略論民國時期啓蒙與救亡背景下的申報流通圖書館	圖書館工作與研究	2008 年第 2 期

29	段勃	調查性報導在近代中國的溯源	當代傳播	2008 年第 6 期
30	葛麗丹	從《申報》楊乃武案看重大社會新聞的報導	【碩論】復旦大學·新聞學	2008 年
31	郭墨池	《申報》的經營對當前都市報發展的啓示	新聞知識	2008 年第 11 期
32	李淑瑛	解析張竹平的報業經營理念	新聞愛好者·下半月	2008 年第 4 期
33	馬雲卿	淺析《申報》對現代編輯業務的指導意義	青年記者	2008 年第 11 期
34	彭曉妍	近代《申報》和《大公報》新聞理念異同比較	金卡工程	2008 年第 6 期
35	孫會、宋維山	近代報紙廣告的社會價值——以《申報》《大公報》爲例	河北學刊	2008 年 7 月第 28 卷第 4 期
36	王丁	《新聞報》丹福士時期的經營策略	青年記者	2008 年第 20 期
37	王敏	建構與意義賦予：蘇報案研究	【博論】復旦大學·專門史	2008 年
38	鄔光照	中國近代報紙信息結構優化的啓示	文史雜誌	2008 年第 6 期
39	吳躍龍	中文報紙版面編排流變述略	新聞記者	2008 年第 5 期
40	肖燕	媒介經營的萌蘗——晚清時期《申報》的市場定位分析	邵陽學院學報（社會科學版）	2008 年 6 月第 7 卷第 3 期
41	楊魁、華汝國	歷史鏡鑒：美查時期《申報》的經營	昌吉學院學報	2008 第 4 期
42	詹杏芳	新聞學中的「信息」概念探析	新聞愛好者·上半月	2008 年第 8 期
43	張豔紅、謝丹	近代媒體輿論推促司法公正個案分析——以《申報》「楊乃武與小白菜案」報導爲例	當代傳播	2008 年第 3 期
44	趙敏	論中國近代報業現代化進程中的報刊發行	【碩論】北京師範大學·新聞學	2008 年
45	周豫	淺析近代《申報》的市場營銷 4P 策略	華商	2008 年第 15 期
46	朱秀清	魯迅雜文的新聞面孔——以《申報·自由談》雜文爲參照	齊魯學刊	2008 年第 3 期
47	陳兮	《申報》《新聞報》鼎盛時期的辦報模式	新聞愛好者·上半月	2009 年第 1 期

48	郭墨池	史量才時期的《申報》經營策略研究	新聞知識	2009 第 3 期
49	胡正強	論媒介批評與《申報》「五卅」運動中的政治轉向	全國紀念中國報業泰斗史量才先生誕辰130 週年學術研討會	2009 年
50	黃波	從楊乃武冤案看媒體的作用	雜文月刊（原創版）	2009 年第 9 期
51	金冰	從秋瑾案看晚清報刊輿論力量	【碩論】吉林大學‧新聞學	2009 年
52	康化夷	黎烈文與改進出版社	出版發行研究	2009 年第 10 期
53	李淋偉	《申報》讀者助學金運動研究	【碩論】南京大學‧中國近現代史	2009 年
54	李豔平	從受眾角度透視晚清的圖像文化消費	時代文學	2009 年第 2 期
55	李煜秋	舊中國民營大報經營策略初探	青年記者	2009 年第 18 期
56	林梅	國難當頭中的「理想追求」：抗戰時期永安知識分子與《改進》雜誌	【碩論】廈門大學‧中國近現代史	2009 年
57	劉麗	中國報業採訪的形成——以《申報》（1872—1895）爲例	【博論】復旦大學‧新聞學	2009 年
58	王海濤	從史量才時期的《申報》看當今報業	經營管理者	2009 年第 15 期
59	溫漢華	從經營角度看《新聞報》的受眾觀	新聞愛好者‧下半月	2009 年第 12 期
60	楊婷婷	邵飄萍新聞成就論	【碩論】湖南師範大學‧傳播學	2009 年
61	袁慎浩	新文化傳播視域下的魯迅與《申報‧自由談》關係研究	淮北職業技術學院學報	2009 年第 2 期
62	趙可	論早期《申報》的編輯手法（1872～1880）	現代經濟信息（學術版）	2009 第 3 期
63	趙眞	《新聞報》經濟理念研究	【碩論】吉林大學‧新聞學	2009 年
64	黎夢怡	從文化視角看中美可口可樂平面廣告的異同——以 19 世紀 30 年代～40 年代爲例	新聞世界	2010 年第 5 期
65	秦紅旭	李提摩太與「丁戊奇荒」	群文天地	2010 年第 8 期
66	肖燕、屈萍	晚清《申報》義利博弈研究及現實啓示	新聞天地（下半月刊）	2010 年第 8 期
67	翟寧	《申報》前期的新聞理論研究	東南傳播	2010 年第 12 期

68	張天星	1890 年前後《申報》反迷信活動與中國傳統新聞觀念的近現代轉型	東南傳播	2010 年第 6 期
69	趙戰花、來向武	近代民營報紙企業化的路徑選擇──以《申報・本埠增刊》爲例	當代傳播	2010 年第 4 期
70	程力沛	論邵飄萍的新聞思想及其現代意義	編輯之友	2011 年第 9 期
71	胡正強、周紅莉	論媒介批評對傳媒的政治規制──以《申報》「五卅」運動中的表現爲例	今傳媒	2011 年第 2 期
72	黃旦	媒介就是知識：中國現代報刊思想的源起	學術月刊	2011 年第 12 期
73	黃亮	黎烈文副刊思想探析	新聞世界	2011 年第 8 期
74	軍軍	看重成本	新經濟	2011 年第 10 期
75	李亞菲	國難中報刊公共領域的建構──以《時務報》和《申報・自由談》爲例	青年記者	2011 年第 12 期
76	劉力	近代報刊媒介：傳統社會大一統公權體系之外的「第四種權力」──以《申報》對「楊乃武案」的關注爲中心的探討	寧夏社會科學	2011 年第 1 期
77	馬慶	論史量才的「史家辦報」思想	當代傳播	2011 年第 4 期
78	綦天哲	邵飄萍與史量才新聞思想比較	青年記者	2011 年第 27 期
79	宋三平	論黃遠生《申報》時期的新聞實踐及其特點──兼與《時報》時期比較	南昌大學學報（人文社會科學版）	2011 年第 6 期
80	宋石男	論西人在華辦報者的新聞思想啓蒙	西南民族大學學報（人文社科版）	2011 年第 6 期
81	唐小兵	舊上海文人的自我意識──從《申報・自由談》說起	歷史教學問題	2011 年第 4 期
82	王琳	從「批評空間」的開創談中國副刊──談李歐梵《「批評空間」的開創──從〈申報・自由談〉談起》	劍南文學：經典閱讀	2011 年第 9 期
83	李莉薇	從《順天時報》看近代傳媒對梅蘭芳首次訪日公演的推動	廣東技術師範學院學報（社會科學版）	2012 年第 5 期
84	呂雪瀾	1949 年前中國報紙品牌延伸的三種模式	今傳媒（學術版）	2012 年第 7 期

85	馬明豔、張淩霄	淺析史量才與普利策的新聞專業主義	新聞傳播	2012 年第 4 期
86	孫永興、劉江明	楊乃武與「小白菜」案的新聞傳播學意義	法制與社會	2012 年第 13 期
87	王蕾	從「議教風潮」看《申報》的輿論介入與話語導向	安慶師範學院學報（社會科學版）	2012 年第 5 期
88	王雯雯	困境中的迂迴與突圍——左翼作家與《申報‧自由談》	【碩論】中國人民大學‧中國現當代文學	2012 年
89	王永倫	論黃遠生與邵飄萍新聞思想的共通之處	採‧寫‧編	2012 年第 1 期
90	閆俊霞	1912～1934《申報》的營銷策略研究	【碩論】西南大學‧傳播學	2012 年
91	餘慶華	《申報》明星報導研究的現實意義	編輯之友	2012 年第 8 期
92	張馳	論報紙副刊對中國近現代社會文化的影響力	現代傳播	2012 年第 12 期
93	張立勤	1927～1937 年民營報業經營研究——以《申報》、《新聞報》爲考察中心	【博論】復旦大學‧媒介管理學	2012 年
94	張倩	二十世紀初期中國摩登女性形象傳播效果研究	今傳媒	2012 年第 5 期
95	朱盼盼	民國時期商業報紙的經營管理研究——以《大公報》、《申報》和《新聞報》爲例	【碩論】南昌大學‧新聞學	2012 年

報刊研究

編號	作　者	名　　　稱	刊物／學校／專業	時　　　間
1	錢昌年	奇案異事，色彩繽紛——《申報》社會新聞點滴	新聞研究資料	1982 年第 1 期
2	方漢奇	跌宕淋漓，氣充辭沛——介紹邵飄萍的幾篇短評	新聞記者	1984 年第 11 期
3	王儒年	早期《申報》廣告在傳播西學方面的媒介作用	連雲港師範高等專科學校學報	2001 年 12 月第 4 期
4	【韓】河世風	解讀《申報》廣告：1905～1919 年	史林	2002 年第增 1 期

5	王儒年	中國近代廣告的最初形態——早期《申報》廣告的變化發展	常德師範學院學報（社會科學版）	2002 年 9 月第 27 卷第 5 期
6	胡培安	從《申報》標題的變化看中國新聞語言讀者意識的發育過程	修辭學習	2003 年第 4 期
7	〔美〕韓南（Patrick Hanan）著、徐俠譯	早期《申報》的翻譯小說	摘自《中國近代小說的興起》，上海教育出版社	2004 年
8	單亮	《申報》最初的三十年——從「書籍性」報紙到「新聞日報」	【碩論】山東大學·中國近現代史	2004 年
9	韓小林	《申報》對研究中日甲午戰爭的史料價值	天府新論	2004 年第 2 期
10	王燦發	30 年代《申報》副刊研究	【博論】中國社會科學院·新聞傳播學	2004 年
11	王儒年	《申報》廣告與上海市民的消費主義意識形態——1920～1930 年代《申報》廣告研究	【博論】上海師範大學·中國近現代史	2004 年
12	王儒年、陳曉鳴	早期《申報》廣告價值分析	史林	2004 第 2 期
13	陳潔	談《申報》的廣告傳播	安陽師範學院學報	2005 第 4 期
14	王燕	論早期《申報》刊載的文學作品	江海學刊	2005 年第 6 期
15	蔡朝暉	淺議廣告的史料價值——以《申報》廣告爲例	新疆社會科學（漢文版）	2006 年第 2 期
16	李勇	文學視野中的《圖畫日報》	【碩論】濟南大學·中國古代文學	2008 年
17	林頻	《申報》主筆陳景韓及其時評研究	【碩論】上海大學·傳播學	2006 年
18	劉寶珍	中國近代四大民營報紙精品副刊特色論析	民族論壇	2006 年第 12 期
19	趙戰花	《申報》專刊內部形態演變及其動因分析	【碩論】西北大學·新聞學	2006 年
20	鍾顯添	清末立憲時期的《申報》輿論及其現代價值	河池學院學報	2006 年 8 月第 26 卷第 4 期
21	鄒紅梅、王省民	黑白新聞的斑駁——20 世紀初《申報》廣告表達形式分析	電影評介	2006 第 21 期

22	李強	《申報》商業廣告宣傳策略研究（1927～1937）	【碩論】首都師範大學・中國近現代史	2007 年
23	王歡	1911～1919 年《申報》廣告個案研究	【碩論】安徽大學・專門史	2007 年
24	吳敏	淺析《申報》愛國主義廣告	廣西青年幹部學院學報	2007 年 9 月第 17 卷第 5 期
25	陳姍姍	楊蔭杭《申報》評論研究	【碩論】上海大學・傳播學	2008 年
26	陳淑賢	近代報刊的愛國廣告	時代年輪	2008 年第 1 期
27	代安娜	《申報》教育新聞的內容、特點與作用研究（1927.4～1937.6）	【碩論】瀋陽師範大學・教育史	2008 年
28	李榮慶	《申報・自由談》與三十年代中國社會文化——以 1932～1935 年間的《自由談》為主要研究對象	【碩論】山東大學・中國近現代史	2008 年
29	龐菊愛	《申報》跨文化廣告與近代上海市民文化的變遷——1910～1930 年《申報》跨文化廣告研究	【碩論】上海大學・新聞學	2008 年
30	孫會、宋維山	解讀近代報紙中的醫藥廣告——以《申報》以例	時代文學	2008 年第 6 期
31	王曉玉	延安《解放日報》的廣告文化生產及傳播——以 1941～1945 年為例的初步探析	【碩論】西北大學・傳播學	2008 年
32	王軒、張小龍	由《申報》廣告透視 1945 年之上海——1945 年《申報》廣告分析	安徽文學（評論研究）	2008 第 7 期
33	王一凡	清末《申報》市井新聞研究	【碩論】安徽大學・新聞學	2008 年
34	王一凡	130 年前的民生新聞——《申報》的市井新聞	黃山學院學報	2008 年 4 月第 10 卷第 2 期
35	王一凡	一百三十年前的民生新聞——《申報》的市井新聞	黃山學院學報	2008 年 4 月第 10 卷第 2 期
36	楊燎原	透視 1912～1919 年《申報》廣告中政治的影響	【碩論】黑龍江大學・新聞學	2008 年
37	張之傑	《點石齋畫報・醫疫奇效》釋解	中國科技史雜誌	2008 年第 29 卷第 1 期

38	朱宗勤	《〈申報〉國貨周刊》研究	【碩論】華中師範大學・中國近現代史	2008 年
39	蔡佩	晚清社會語境下上海圖畫新聞傳播研究——以《申報》為例	【碩論】南京大學・傳播學	2009 年
40	董新英	黃伯惠時期《時報》特色研究	【碩論】吉林大學・新聞學	2009 年
41	杜新豔	近代報刊諧文研究：以《申報・自由談》（1911～1918）為中心	【博論】北京大學・中國語言文學	2009 年
42	高島航	再論徵婚廣告	「五四的歷史與歷史中的五四」學術討論會	2009 年
43	顧亞芹	從新詞產生的角度看《申報》詞彙的時代性	文教資料	2009 第 29 期
44	黃慶林	戊戌、庚子年間的《申報》評論與晚清政治	樂山師範學院學報	2009 年 9 月第 24 卷第 9 期
45	黃文治	晚清民國報人陳景韓救國理念初探——圍繞袁世凱時期「二十一條」交涉之初步反應	北華大學學報（社會科學版）	2009 年第 1 期
46	李娜	《點石齋畫報》的西方題材畫研究	【碩論】上海大學・美術學	2009 年
47	李榮慶	《申報・自由談》與三十年代上海都市文化——以 1932～1935 年間的《自由談》為中心	鹽城師範學院學報（人文社會科學版）	2009 年 2 月第 29 卷第 1 期
48	劉霞	《申報》副刊的兩種文學世界（1941～1949）	【碩論】浙江師範大學・中國現當代文學	2009 年
49	劉霞	風格多樣，隨事賦形——陳冷《時報》時評的藝術特色與寫作手法	洛陽師範學院學報	2009 年第 1 期
50	呂佳	《申報》廣告設計風格演變探析	【碩論】蘇州大學・設計藝術學	2009 年
51	莫丹丹	1912～1981 年《申報》美術廣告設計的創意特點	美術大觀	2009 年第 5 期
52	王繼榮	邵飄萍新聞作品研究	【碩論】南京大學・中國現當代文學	2009 年
53	王晴晴	《申報》辦報理念之民生關懷——對 30 年代《申報》社會新聞透視	【碩論】吉林大學・新聞學	2009 年

54	王志堅	民初《申報》「通信」散文研究	【碩論】華南師範大學・中國古代文學	2009 年
55	楊晨	民國前期《申報》廣告中的傳統圖式研究	遼寧工業大學學報（社會科學版）	2009 年第 6 期
56	楊燎原	1912～1919 年《申報》政治廣告之探析	黑龍江教育學院學報	2009 年 1 月第 28 卷第 1 期
57	楊燎原	政治對廣告主題的影響——以 1912～1919 年《申報》廣告爲例	齊齊哈爾大學學報（哲學社會科學版）	2009 年第 1 期
58	于豔	從「戰報」到「喜報」——我國報紙號外變遷研究	【碩論】吉林大學・新聞學	2009 年
59	岳曉峰	「五四」前後反問句形式文白轉變分析——以《申報》三個時間段的語言事實爲例	【碩論】華中師範大學・漢語言文字學	2009 年
60	郅陽	三十年代《申報》商業廣告版式設計探析（1927～1937）	【碩論】蘇州大學・設計藝術學	2009 年
61	安櫻	從《婦女生活》到《婦女專刊》——三十年代《申報》女性副刊研究	【碩論】安徽大學・新聞學	2010 年
62	陳璿	被忽略的「上海書寫」：早期《申報》所載詞人詞作研究	社會科學	2010 年第 11 期
63	房哲	民國時期上海兩大書局的廣告運作對比研究	【碩論】上海大學・傳播學	2010 年
64	馮兵	新聞輿論的偏差與回歸——《申報》對蔡公時及其隨從死傷情況的認知	唐山學院學報	2010 年第 1 期
65	谷辛	歷時 3 年 4 個月連續刊載 86 篇新聞——中國新聞史上連續時間最長的冤案報導	新聞與寫作	2010 年第 6 期
66	金晶	報紙副刊：公共空間與文學的自由言說性——試論《申報・自由談》的文學特色與價值	【碩論】浙江師範大學・中國現當代文學	2010 年
67	李紅呂	《申報》建立之初國人的日本觀	東京文學	2010 年第 11 期
68	李蘭萍	清末民初《申報》中的女性商業廣告	安徽史學	2010 年第 3 期
69	李彥東	《晨報》的文化空間	雲南農業大學學報	2010 年 2 月第 4 卷第 1 期

70	劉靜	五四時期《申報》商業廣告研究（1915～1923）	【碩論】北京師範大學·中共黨史	2010 年
71	劉莉	周瘦鵑主編時期《申報·自由談》小說研究	【博論】復旦大學·中國文學批評史	2010 年
72	劉霞	陳宇內之大勢，喚東方之頑夢——陳冷《時報》和《申報》早期時評的思想內容分析	西北大學學報（哲學社會科學版）	2010 年 3 月第 40 卷第 2 期
73	陸玉芹	《申報·自由談》與現代上海市民文化	新聞愛好者·下半月	2010 年第 5 期
74	潘怡安、楊凱喬	從對新聞內容的選擇論《申報》的成功	今傳媒（學術版）	2010 年第 10 期
75	屈慧君	《申報》分類廣告的啓示	中國商界·上半月	2010 年第 7 期
76	沈勇、田邊	木鐸：近代新聞傳播的傳統意象——以《申報》的商標評定爲中心	新聞記者	2010 年第 11 期
77	宋戰利	《申報·自由談》革新與魯迅雜文的發展	文藝理論與批評	2010 年第 3 期
78	孫科	中國近代體育廣告研究（1927～1937）	【碩論】北京體育大學·體育人文社會學	2010 年
79	孫敏	1912～1919 年間《申報》慈善廣告研究	【碩論】湖南師範大學·中國近現代史	2010 年
80	孫琴	我國最早之文學期刊——《瀛寰瑣紀》研究	【博論】蘇州大學·中國古代文學	2010 年
81	王樹凱	楊蔭杭與《申報》增刊《常識》研究（1920～1924）	【碩論】安徽大學·新聞學	2010 年
82	王樹凱、安櫻	淺析楊蔭杭的評論特色	新聞世界	2010 年第 6 期
83	許秀秀	《申報》廣告中的女性形象研究	【碩論】中國青年政治學院·新聞學	2010 年
84	楊湘容	試析辛亥革命前《申報》的輿論導向——以對民變的報導與論說爲例	民國檔案	2010 年第 1 期
85	姚巧玲	從《申報》中尋覓「新聞性廣告」的端倪——以 1920 年 1 月《申報》部份廣告爲例	大眾文藝	2010 年第 3 期
86	葉楚炎	「雲蒸霞蔚」與「風流雲散」——庚子年（1900）聯軍入京前後(7 月 15 日～10 月 12 日)《申報》報人心態	蘇州教育學院學報	2010 年 12 月第 27 卷第 4 期

87	張立妮	簡論中國近代廣告的特點——《申報》廣告的發展變化	劍南文學	2010 年第 10 期
88	張敏	藝術紀實與平民意識——《吳友如畫寶》本體及比較研究	【碩論】浙江師範大學・美術學	2010 年
89	張睿、文君	《申報》廣告表現的視覺化進程及影響	中州大學學報	2010 年 8 月第 27 卷第 4 期
90	張曉瑾	《申報》初期的社會新聞	青年記者	2010 年第 29 期
91	周亞麗	戊戌變法前《申報》國際時事評論研究	【碩論】湖南大學・新聞學	2010 年
92	朱姝	晚清民初體育期刊的肇始與發源——以《體育界》及《體育雜誌》爲例	【碩論】西北大學・傳播學	2010 年
93	陳慧慧	邵飄萍《北京特別通信》研究	【碩論】黑龍江大學・新聞學	2011 年
94	董惠寧	《飛影閣畫報》研究	南京藝術學院學報（美術與設計版）	2011 年第 1 期
95	馮偉	《良友》畫報時政人物報導研究	【碩論】青島大學・中國現當代文學	2011 年
96	管小利	1928～1937 年的《申報》房地產廣告研究	【碩論】中國人民大學・傳播學	2011 年
97	林升梁	《申報》廣告代言人的演變及其啓示	莆田學院學報	2011 年 6 月第 18 卷第 3 期
98	林升梁	《申報》廣告模特研究	編輯之友	2011 年第 5 期
99	林升梁	申報廣告模特研究	編輯之友	2011 年第 5 期
100	劉琦婧	《申報》中的桂格公司廣告探析	青年記者	2011 年第 8 期
101	劉小燕	《申報》散文文體研究——以 1872 到 1911 年《申報》散文爲例	【碩論】瀋陽師範大學・中國古代文學	2011 年
102	倪欣然	《申報・自由談》與民國上海「公共領域」建構	青年記者	2011 年第 11 期
103	彭靖佳	20 世紀二十年代至四十年代《申報》上的李施德林藥水廣告分析	東南傳播	2011 年第 6 期
104	邵建	清末上海城市交通事故與社會輿論——以《申報》相關報導爲線索	社會科學	2011 年第 7 期

105	唐海江、廖勇鳳	清末收回路權運動中民族主義話語的報刊建構──以《申報》爲中心的探討	國際新聞界	2011 年第 12 期
106	佟彧	從《申報》看清末民初中國報紙通訊文體的發展（1896～1915）	【碩論】遼寧大學·新聞學	2011 年
107	王楠	《申報》廣告中女性形象的文化解讀	新聞知識	2011 年第 12 期
108	王萍	唐群英與清末民初女性意識的媒介表達	溫州大學學報（社會科學版）	2011 年第 1 期
109	蕭永宏	《循環日報》之版面設置及其演變探微──附及近代早期港、滬華文報紙間的影響	新聞大學	2011 年第 1 期
110	肖鴻波	《申報》77 年體育報導研究（1872～1949）	【博論】復旦大學·新聞學	2011 年
111	肖爾亞	論早期《申報》的「新聞化」之路──以 1872~1877 年的鐵路報導爲例	【碩論】中國傳媒大學·新聞學	2011 年
112	肖鴻波	歷史上最早的亞運會報導──遠東運動會中的《申報》報導研究	新聞愛好者·下半月	2011 年 1 期
113	熊煒	《申報》史量才時期對上海公民社會架構的貢獻研究	【碩論】河南大學·新聞學	2011 年
114	許峰、田花	政治符號、「雙十」紀念與商品推銷──以《申報》國慶日商業廣告爲中心	貴州社會科學	2011 年第 9 期
115	楊雋	「檻外人」到「檻內人」──《申報》文藝副刊史論	【碩論】內蒙古大學·新聞學	2011 年
116	張光華	位卑未可忘憂國──《申報·業餘周刊》的救國思想與編輯理念	編輯之友	2011 年第 5 期
117	鄭長俊	《良友》畫報的美術字研究	【碩論】中國美術學院·設計理論及應用研究	2011 年
118	周芳	1932～1935 年《申報月刊》研究	【碩論】遼寧大學·新聞學	2011 年
119	白雪梅	《海上花列傳》作者生平思想考評	短篇小說	2012 年第 12 期

120	陳聰	《申報》兒童副刊（1934～1941年）：成人的兒童觀探析	昆明學院學報	2012年第34卷第2期
121	何揚鳴、牟茜	《申報》的自由主義新聞理念探析——以《申報》在五四運動中的實踐爲例	浙江傳媒學院學報	2012年8月第19卷第4期
122	劉勝眉	批評的邊界：作爲共時性整體的公眾影評——從二三十年代《申報》影評談起	當代電影	2012年8月
123	彭博	《申報》時評研究	【碩論】吉林大學·新聞學	2012年
124	秦瑋鴻	一代詞宗的落幕悲歌——論《申報·自由談》刊載的況周頤詞作、外傳	河池學院學報	2012年第3期
125	宋蘭	從報紙文本探析辛亥革命時期《申報》新聞報導策略	【碩論】湖南大學·新聞傳播學	2012年
126	孫濛	武昌首義時期《申報》輿論研究	【碩論】吉林大學·新聞學	2012年
127	孫語聖	民國時期的賑災啓事研究——以1931年《申報》報導爲例	貴州社會科學	2012年第10期
128	王龍洋、顏敏	申報報館稿酬制對文學副刊的影響	中國出版	2012年第24期
129	王玉庭	《申報》廣告對近代上海消費文化建構的研究	【碩論】山西大學·傳播學	2012年
130	王玉庭	《申報》廣告對近代上海物質消費文化的建構	綏化學院學報	2012年10月第32卷第5期
131	文春英、楊彥超	近代報紙醫藥廣告分析——以《上海新報》、《申報》（1862年～1915年）爲例	中國工商管理研究	2012年第4期
132	文春英、張淑梅	淺析清末民初聲明假冒廣告——以《申報》爲例	新聞大學	2012年第4期
133	易耕	《申報》視野中的甲午戰爭	【碩論】中國人民大學·歷史學	2012年
134	張偉博	1879～2008：從《申報》、《南京日報》看報紙的視覺文化轉向	產業與科技論壇	2012年第11卷第20期
135	張偉博	從《申報》、《南京日報》看報紙廣告的時代變遷	大眾文藝	2012年第16期

136	周潔	《四溟瑣記》研究	【碩論】蘇州大學‧明清近代文學	2012 年
137	劉媛	1927～1937 年《申報》兒童用品廣告與上海兒童日常生活的建構	學前教育研究	2013 年第 1 期
138	周志潔	《申報》娛樂廣告的繁盛和消費主義的勃興	上海師範大學學報（哲學社會科學版）	2013 年 3 月第 42 卷第 2 期

以報刊爲史料的話題研究

編號	作 者	名 稱	刊物／學校／專業	時 間
1	徐載平	《申報》關於楊乃武案的報導始末	新聞研究資料	1981 年第 1 期
2	錢昌年	《申報》關於「不食楊妹」的報導	新聞研究資料	1982 年第 1 期
3	黃克武	從申報醫藥廣告看民初上海的醫療文化與社會生活，1912～1926	「中央研究院」近代史研究所集刊	第 17 期下冊（1988 年）
4	孟金蓉	現代性鈎沉	【博論】復旦大學‧中國語言文學	1999 年
5	周秋光	民國北京政府時期中國紅十字會的慈善救護與賑濟活動	近代史研究	2000 年第 6 期
6	范繼忠	晚清《申報》與上海城市文化研究	【博論】中國人民大學‧歷史學	2001 年
7	李長莉	從「楊月樓案」看晚清社會倫理觀念的變動	近代史研究	2001 年第 1 期
8	趙建國	辛亥革命時期《申報》政治傾向的演變：1905～1913	【碩論】華中師範大學‧中國近現代史	2001 年
9	董麗蘋	清末新式學堂學生「肇事」現象的社會透視	河南商業高等專科學校學報	2002 年 1 月第 15 卷第 1 期
10	馮躍民	從 1875～1925 年《申報》廣告看中外企業「商戰」	湖北師範學院學報	2003 年 10 月第 25 卷第 5 期
11	胡俊修	從《申報》廣告看近世上海社會生活的變遷	歷史檔案	2003 年第 4 期
12	胡連成	《申報》與 1874 年日本侵臺事件	同濟大學學報（社會科學版）	2003 年 10 月第 14 卷第 5 期

13	王海燕	論晚清學堂籌款事宜及影響	江淮論壇	2003 年第 5 期
14	王強	以社會史眼光看《申報》與上海近代商人的歷史性關聯	延安大學學報（社會科學版）	2003 年 6 月第 25 卷第 3 期
15	王儒年	從《申報》廣告看近代上海社會的女性認同	開放時代	2003 年第 6 期
16	溫文芳	晚清時期貞女烈婦盛行的原因及狀況——建立在《申報》（1899～1909）上的個案分析	甘肅行政學院學報	2003 年第 3 期
17	馮筱才	滬案交涉、五三運動與 1925 年的執政府	歷史研究	2004 年第 1 期
18	顧建娣	杜月笙的救濟行為淺議（1927～1936）——以《申報》為中心	中國社科院近代史研究所青年學術論壇	2004 年
19	韓小林	從《申報》資料看中日甲午戰爭前國民的社會心理	江西師範大學學報（哲學社會科學版）	2004 年 9 月第 37 卷第 5 期
20	賀琤	琉球事件中的中國社會關於宗藩體制的輿論——以《申報》為主要考察對象	清史研究	2004 年第 3 期
21	賀琤	晚清中國社會關於中國與琉球關係的認識——以《申報》為主要考察對象	福建論壇（人文社會科學版）	2004 年第 9 期
22	胡俊修	近世上海市民社會生活的解讀與建構——以 1927～1937 年《申報》廣告為主體的考察	【碩論】華中師範大學·世界史	2004 年
23	李嵐	中國近代救荒思想研究——以《申報》為中心	【博論】中國人民大學·中國近現代史	2004 年
24	王晉玲	《申報》與中法戰爭	安徽史學	2004 年第 2 期
25	王玲	從《申報》（1872～1911）的慈善文論看晚清慈善思想的變遷	【碩論】河南大學·中國近現代史	2004 年
26	肖海豔	一二八事變前後《申報》對日態度評析	【碩論】復旦大學·中國近現代史	2004 年
27	肖海豔	一二八事變前後《申報》的抗日宣傳	軍事歷史研究	2004 年第 2 期
28	姚小鷗、陳波	《申報》與近代上海劇場	鄭州大學學報（哲學社會科學版）	2004 年 3 月第 37 卷第 2 期
29	姚小鷗、陳波	《申報》的戲曲廣告與早期海派京劇	現代傳播	2004 年第 1 期

30	趙建國	1905～1912 年《申報》對革命的態度演變	廣西社會科學	2004 年第 8 期
31	蔡朝暉	《申報》廣告與民國——都市女性	【博論】中國社會科學院	2005 年
32	曹樹基	1894 年鼠疫大流行中的廣州、香港和上海	上海交通大學學報（哲學社會科學版）	2005 年第 13 卷第 4 期
33	陳留根	近代傳媒與觀念變遷——以《申報》對楊乃武案報導爲例	【碩論】華中師範大學·中國近現代史	2005 年
34	陳昱霖	《申報》廣告視野中的晚清上海社會	【碩論】蘇州大學·專門史	2005 年
35	黃晉祥	《申報》社評與晚清的民族運動（1900～1905）	【博論】北京師範大學·中國近現代史	2005 年
36	梁玉泉	清末上海的書籍市場（1898～1901）——以《申報》書籍廣告爲例	南京曉莊學院學報	2005 年 5 月第 21 卷第 3 期
37	孟慶修	武昌起義前後的《申報》輿論	【碩論】華東師範大學·中國近現代史	2005 年
38	王荷英	《申報》中的上海近代體育研究（1872～1919）	【碩論】蘇州大學·體育人文社會學	2005 年
39	王儒年	20 世紀初期上海報紙廣告對市民的身份塑造——以二三十年代的《申報》爲例	鄭州大學學報（哲學社會科學版）	2005 年 5 月第 38 卷第 1 期
40	溫文芳	晚清童養媳的婚姻狀況及其盛行的原因	甘肅行政學院學報	2005 年第 2 期
41	許紀霖、王儒年	近代上海消費主義意識形態之建構——20 世紀 20～30 年代《申報》廣告研究	學術月刊	2005 年第 4 期
42	姚琦	《申報》有關早期明治維新報導的研究（1872～1879）	【碩論】華東師範大學·中國近現代史	2005 年
43	尹海全	論《申報》之獨立輿論及史料價值——以 1874 年日軍入侵臺灣爲例	信陽師範學院學報（哲學社會科學版）	2005 年 8 月第 25 卷第 4 期
44	張晨陽	《申報》女性廣告：女性形象、現代性想像以及消費本質	婦女研究論叢	2005 年第 3 期
45	張芳娟	晚清長江三角洲一帶的非主流婚俗文化研究——以《申報》中所記載的上海爲中心	【碩論】復旦大學·歷史人文地理	2005 年
46	張衛晴	第一部漢譯英文小說《昕夕閒談》	【博論】中國社會科學院·中國語言文學	2005 年

47	蔡朝暉	《申報》廣告與民國都市婚禮	廣東技術師範學院學報	2006 年第 3 期
48	程廣媛	早期《申報》中的日本形象研究	【碩論】中國人民大學·中國近現代史	2006 年
49	付德雷	《申報》與戲曲傳播	【碩論】東南大學·藝術學	2006 年
50	傅良瑜、張志強	《格致彙編》在《申報》上的投射	圖書與情報	2006 年第 5 期
51	高鵬程、池子華	李提摩太在「丁戊奇荒」時期的賑災活動	社會科學	2006 年第 11 期
52	何家偉	《申報》與南洋勸業會	史學月刊	2006 年第 5 期
53	黃益軍、魏向東	從《申報》看晚清上海人的娛樂生活及其特徵（1872～1911）	蘇州大學學報（哲學社會科學版）	2006 年第 4 期
54	劉力	近代中國報刊輿論的興起及影響——以《申報》與「楊乃武案」為中心的探討	重慶師範大學學報（哲學社會科學版）	2006 年第 4 期
55	劉雅楠	從《申報》看中法和談	河池學院學報	2006 年 8 月第 26 卷第 4 期
56	王省民	從《申報》香煙廣告看中西方文化的融合	東南文化	2006 年第 3 期
57	文娟	申報館與中國近代小說發展之關係研究	【博論】華東師範大學·中國古代文學	2006 年
58	徐煜、向開斌	《申報》與一二八事變	民國檔案	2006 年第 3 期
59	楊震	《申報》對 1874 年日本侵臺事件的評論	江西教育學院學報（社會科學）	2006 年 2 月第 27 卷第 1 期
60	蔡虹	《申報》與晚清災荒救濟	【碩論】山東師範大學·中國近現代史	2007 年
61	丁彩霞	甲午戰前《申報》保朝策略論述（1881～1893）	【碩論】華東師範大學·中國近（現）代史	2007 年
62	韓貌、李永春	從《申報》看民國元年上海米價驟漲及應對舉措	內蒙古農業大學學報（社會科學版）	2007 年第 9 卷第 5 期
63	侯清	由《申報》看淞滬教養院	淮北職業技術學院學報	2007 年 10 月第 6 卷第 5 期
64	胡晶晶	三十年代《申報·自由談》對女性意識的傳播	【碩論】安徽大學·傳播學	2007 年

65	黃梅	《申報》與晚清女子教育	【碩論】蘇州大學·中國近現代史	2007 年
66	黃益軍	從《申報》看晚清上海城市娛樂業的發展（1872～1911）	【碩論】蘇州大學·專門史	2007 年
67	金立群	近代報紙與中國人現代意識的形成——以 1903 年 5 月的《申報》《蘇報》爲例	文化研究	2007 年 9 月第 5 卷第 5 期
68	劉豐祥	民國時期上海人的休閒生活——以 1927～1937 年《申報》廣告爲中心的考察	齊魯學刊	2007 年第 3 期
69	劉敏	《申報月刊》關於中國現代化模式的分析——以 1933 年爲中心的個案分析	【碩論】東北師範大學·中國近現代史	2007 年
70	羅國輝、劉永晉	從《申報》報導看上海的乞丐（1927～1937）	西安石油大學學報（社會科學版）	2007 年第 16 卷第 2 期
71	梅靈	《申報》對聖誕節及聖誕老人形象的報導與傳播	【碩論】浙江大學·新聞學	2007 年
72	孫宏雲	中國「現代化」觀念溯源——《申報月刊》的「中國現代化問題」討論	鄭州大學學報（哲學社會科學版）	2007 年 3 月第 40 卷第 2 期
73	王子蘄	從《申報》看西安事變發生時國統區人心之向背	蘭臺世界	2007 年第 4 期
74	溫文芳	晚清孀婦再醮婚姻狀況的研究與思考——《申報》（1899～1909）孀婦典型案例的研究	江蘇社會科學	2007 年第 5 期
75	文迎霞	晚清報載小說研究	【博論】華東師範大學·中國古代文學	2007 年
76	吳敏超	戊戌政變後的社會輿論	史學月刊	2007 年第 6 期
77	肖豔	試論《申報》在「五卅慘案」報導中的得與失——以 1925 年 6 月《申報》爲例	安徽文學（文教研究）	2007 年第 4 期
78	薛文婷、楊麗、劉茂輝、周麗偉	解放前我國《申報》奧運報導分析	北京體育大學學報	2007 年 6 月第 30 卷第 6 期
79	鍾顯添、林植	從《申報》的立憲輿論看清末民營報刊輿論的活躍	湛江師範學院學報	2007 年 2 月第 28 卷第 1 期
80	莊和灝	《申報》視野下的袁世凱與帝制	【碩論】華東師範大學·中國近現代史	2007 年

81	陳方競	新興都市上海文化・文化消費市場・言情小說流變——清末民初上海小說論（下）	福建論壇（人文社會科學版）	2008 年第 10 期
82	陳方競	新興都市上海文化・報刊出版・新小說流變——清末民初上海小說論（上）	福建論壇（人文社會科學版）	2008 年第 9 期
83	陳建新	《申報》與西方法文化傳播（1906～1911）	【碩論】湘潭大學・專門史	2008 年
84	陳晶	從《申報》看 1933 年的國產電影	【碩論】廈門大學・中國現當代文學	2008 年
85	楚惠萍、王大明	「九・一八」事變以前的《申報》與中國早期的科技知識傳播	科普研究	2008 年第 2 期
86	董智穎	晚清通俗小說單行本研究	【博論】華東師範大學・中國古代文學	2008 年
87	董卓然	晚清政治改革潮流中的社會輿論——以《申報》對康有為的報導為中心（1895～1903）	【碩論】浙江大學・中國近現代史	2008 年
88	封彩兵	現代史家李劍農研究	【碩論】華東師範大學・史學理論與史學史	2008 年
89	郭佳	民國期間《申報》、《大公報》三屆奧運會新聞報導研究	【碩論】北京體育大學・體育人文社會學	2008 年
90	何海巍	從《申報》的文學稿酬看近代文化觀念的演變	文史雜誌	2008 年第 2 期
91	胡進	《申報》輿論和中國近代鐵路建設事業的啓動	安慶師範學院學報（社會科學版）	2008 年 1 月第 27 卷第 1 期
92	蔣含平、紀永德	《申報》《大公報》中國首次奧運之行報導回顧	新聞記者	2008 年第 8 期
93	經先靜	從《申報》看國人對經濟大危機的即時觀察	蘭臺世界	2008 年第 22 期
94	闞文文	晚清報刊翻譯小說研究——以八大報刊為中心	【博論】華東師範大學・中國古代文學	2008 年
95	賴晨	科舉與賭博和走私	重慶科技學院學報（社會科學版）	2008 年第 12 期
96	賴晨、史善慶	從社會問題的視角看科舉制度功能的異化（一）	內蒙古農業大學學報（社會科學版）	2008 年第 10 卷第 4 期
97	賴晨、史善慶	從社會問題的視角看科舉制度功能的異化（二）	內蒙古農業大學學報（社會科學版）	2008 年第 10 卷第 5 期

98	李曉娟	從報刊廣告宣傳看中國抗戰的全民性──以《申報》抗戰廣告爲例（1936～1937年）	【碩論】首都師範大學·中共黨史	2008年
99	李迎超、衛然	從《申報》關於武昌起義的記載看《申報》的史料價值	法制與社會	2008年第16期
100	李勇軍	試論晚清新聞媒體的社會輿論作用──以《申報》關於「楊乃武案」的報導爲例	江西師範大學學報（哲學社會科學版）	2008年2月第41卷第1期
101	梁曉雲	上海公共租界會審公廨主權的淪喪與民初社會的反應──以《申報》1912年1月～3月相關報導爲例	宿州教育學院學報	2008年1月第11卷第1期
102	梁玉泉	從《申報》書籍廣告看清末新、舊學交融的原生態勢	廣西社會科學	2008年第7期
103	劉欣	「鄰里」之間──從洋涇浜的治理和建設看公共租界與法租界之間的合作與紛爭	【碩論】華東師範大學·中國近現代史	2008年
104	劉永生	《申報》的對日輿論研究（1931.9～1937.12）	【博論】首都師範大學·中國近現代史	2008年
105	劉永生	「人民喉舌」：九一八事變後《申報·讀者通訊》之輿論研究	貴州社會科學	2008年第12期
106	劉永生	《申報》與讀者的互動：以1931年9月～1932年1月《讀者通訊》的抗日輿論爲中心	首都師範大學學報（社會科學版）	2008年第1期
107	劉永生	九一八事變後《申報》對國聯的評論	貴陽學院學報（社會科學版）	2008年第4期
108	駱曦	娛樂、政治、風化──審查制度下的上海大眾娛樂（1927～1931）	【碩論】華東師範大學·中國近現代史	2008年
109	孟麗	論「小說界革命」的醞釀歷程	【博論】華東師範大學·中國古代文學	2008年
110	娜仁娜	清末《申報》輿論的社會影響──以楊月樓案和楊乃武案爲例	【碩論】內蒙古大學·新聞學	2008年
111	潘訊	蘇州彈詞《楊乃武與小白菜》研究	【碩論】蘇州大學·中國現當代文學	2008年
112	彭雷霆	近代中國人的日本認識（1871～1915年）	【博論】華中師範大學·中國近現代史	2008年

113	彭南生	對商販之死的抗爭——以1926年「陳阿堂案」爲討論中心	江蘇社會科學	2008 年第 3 期
114	錢秀飛	《中外日報》視野下的義和團運動	【碩論】華東師範大學‧中國近現代史	2008 年
115	任雲仙	清末報刊評論視野下的南昌教案	保定學院學報	2008 年第 1 期
116	時維尙	《申報月刊》「中國現代化問題」特輯研究	【碩論】中國人民大學‧中國近現代史	2008 年
117	史磊	時空延承與話語重構：北洋政府時期監獄改良再考察	【碩論】西南政法大學‧法律史	2008 年
118	史善慶	社會輿論與科舉革廢——以《申報》話語爲例	【碩論】福建師範大學‧中國近現代史	2008 年
119	譚雪芳	現代報刊與現代散文的變革——以《申報‧自由談》爲考察中心	福建論壇（人文社會科學版）	2008 年第 6 期
120	王文君	《申報》與日俄戰爭	【碩論】北京師範大學‧中國近現代史	2008 年
121	溫文芳	《申報》史料與「五四運動」	文教資料	2008 年第 31 期
122	吳榜蓓	旱魃爲虐，善與人同——《申報》有關「丁戊奇荒」的報導研究	【碩論】華東師範大學‧中國近現代史	2008 年
123	夏泉、曾金蓮	探尋譚其驤先生早年的學術足跡——以暨南大學爲中心的考察	東南亞研究	2008 年第 3 期
124	徐旭陽、李鑫	巴黎和會與「五四運動」期間《申報》愛國活動述評	揚州教育學院學報	2008 年 12 月第 26 卷第 4 期
125	許文霞	許如輝與上海流行歌曲——一個人的流行音樂史蹟追記	星海音樂學院學報	2008 年第 1 期
126	薛文彥	民初都市女性形象及社會地位的確立——以 1921 年《申報》女性廣告爲例	陰山學刊	2008 年 10 月第 21 卷第 5 期
127	俞國	「九‧一八」事變前後《申報》愛國活動述評	社科縱橫	2008 年 9 月總第 23 卷第 9 期
128	張代春	戰前民國廣東地區海難事故成因探析——以《申報》1912～1937 年的報導爲視角	江漢論壇	2008 年第 6 期

129	張瑋、武嬋	1937 年上海「紗交風潮」——以《申報》和《大公報》報導為中心的考察	晉陽學刊	2008 年第 2 期
130	章育良	《申報》與大鬧會審公堂案	廣東社會科學	2008 年第 1 期
131	趙偉清	上海公共租界電影審查制度（1927～1937 年）	【碩論】上海大學・傳播學	2008 年
132	趙玉青	從《申報》相關文論看晚清（1876～1904 年）義賑	【碩論】揚州大學・中國近現代史	2008 年
133	鍾顯添、林植	清末《申報》的立憲輿論研究——對兩個觀點的質疑	蘭臺世界	2008 年第 5 期
134	周石峰、陳波	民眾心態與福建事變——以《申報》的民族主義詮釋為中心	黨史研究與教學	2008 年第 3 期
135	朱思斯	船難救助與紛爭——對中國水域的西籍船難事件的考察（1872～1879）	【碩論】華東師範大學・中國近現代史	2008 年
136	鄒越	民國都市業餘演劇活動的縮影——對《申報》中票友、票社史料的鉤沉與解讀	江西社會科學	2008 年第 5 期
137	畢紅娟	民初政黨之觀察與思考——以黃遠生為中心	【碩論】河南大學・中國近現代史	2009 年
138	陳波	抗戰前南京政權之政治合法性研究——以福建事變、兩廣事變、西安事變之輿論為中心	【碩論】貴州師範大學・中國近現代史	2009 年
139	陳波	從《申報》看各方對福建事變的反應	重慶科技學院學報（社會科學版）	2009 年第 1 期
140	陳懷玉	1930 年代的大眾文化：大都會的現代性想像與追尋	【碩論】上海師範大學・文藝學	2009 年
141	程廣媛	早期《申報》中的日本明治形象略論	理論界	2009 年第 11 期
142	程廣媛	早期《申報》中的日本報導研究（1872～1875）	文教資料	2009 年第 26 期
143	丁彩霞	中法戰爭期間《申報》對清政府援臺抗法的認識	懷北煤炭師範學院學報（哲學社會科學版）	2009 年 10 月第 30 卷第 5 期
144	郭秋惠	從《點石齋畫報》管窺晚清上海都市女裝的設計與消費	藝術設計研究	2009 年第 4 期
145	郝銀俠、賈建良	從《申報》對西安事變的報導看其史料價值	邢臺學院學報	2009 年 12 月第 24 卷第 4 期

146	何海鋒	時代的先鋒、媒體的焦點——「劉海粟」及其「上海圖畫美術學校」再論——以 1919 年《申報》刊發的相關文章爲例	美苑	2009 年第 6 期
147	何慧敏	清季商務議員初探	【碩論】華中師範大學・中國近現代史	2009 年
148	侯瑋辰	民國時期社會力量建設圖書館分析——基於 1925～1927 年《申報》報導	大學圖書館學報	2009 年第 4 期
149	胡娟	晚清《申報》對美國國家形象的構建——以 1876～1877 年《申報》對美國費城世博會的報導爲例	新聞世界	2009 年第 10 期
150	胡悅晗	政治博弈與「二月罷工」——以《申報》爲視角的考察	衡陽師範學院學報	2009 年 4 月第 30 卷第 2 期
151	黃浦林	從《申報》香煙廣告看「國貨運動」對香煙業的影響	廣西大學學報（哲學社會科學版）	2009 年 8 月第 31 卷第 4 期
152	賴晨	再論科舉功能的異化：若干社會問題——兼論晚清科舉制度被廢除的原因	重慶科技學院學報（社會科學版）	2009 年第 1 期
153	李雯	汪笑儂戲曲研究	【碩論】華東師範大學・中國古代文學	2009 年
154	劉蕾	「南昌教案」主要報刊資料彙編及研究	【碩論】江西師範大學・歷史文獻學	2009 年
155	劉岩岩	北洋政府時期湖北義賑會述略——以《申報》爲中心的考察	湖北社會科學	2009 年第 8 期
156	劉作忠	中國近代的國花與市花小史	尋根	2009 年第 3 期
157	陸建德	再說「荊生」，兼及運動之術	中國圖書評論	2009 年第 2 期
158	馬薇薇	《申報》「楊月樓案」報導研究	浙江傳媒學院學報	2009 年第 16 卷第 1 期
159	馬友平	1934 年的「大眾語」問題討論研究	【博論】四川大學・專門史	2009 年
160	孟陽	1912～1934《申報》災荒報導研究	【碩論】安徽大學・新聞學	2009 年
161	彭淑慶	國家、地方與社會——區域史視角下的「東南互保」研究	【博論】山東大學・中國近現代史	2009 年
162	彭淑慶	分野與認同：清季東南社會對「浙江三忠」的祭奠活動述論	山東大學學報（哲學社會科學版）	2009 年第 3 期

163	阮東升	鄒弢小說研究	【碩論】安徽大學‧中國古代文學	2009 年
164	邵迎建	抗日戰爭時期（1937～1945）的上海話劇研究——以《申報》廣告及口述史料爲據	中國現代文學新史料的發掘與研究國際學術研討會	2009 年
165	蘇全有、閆喜琴	論光緒年間江南民間的河南義賑	河南科技大學學報（社會科學版）	2009 年第 3 期
166	孫柏	光緒元年的上海劇壇——從《申報》記載看近代演劇的商業化進程	戲劇藝術	2009 年第 1 期
167	孫柏	光緒初年《申報》的戲劇論說——現代戲劇觀念形成的考察之一種	文化藝術研究	2009 年第 4 期
168	孫文鍾、肖梅華	《申報》中關於晚清上海地區疫病防治狀況評說	全國第十八次醫古文研究學術年會	2009 年
169	孫文鍾、肖梅華、黃曉華、張叢、李桃桃、劉永明	《申報》中關於晚清上海地區疫病防治狀況資料彙編	中醫文獻雜誌	2009 年第 3 期
170	王成、邵雍	從《申報》看上海地方政府反迷信措施（1927～1937）	淮北煤炭師範學院學報（哲學社會科學版）	2009 年 4 月第 30 卷第 2 期
171	王鳳霞	文明戲考論	【博論】中山大學‧中國古代文學	2009 年
172	王鳳霞	官方權力與民間觀念的合謀——文明戲被壓制之史料鈎沉	廣州大學學報（社會科學版）	2009 年第 5 期
173	溫文芳	《申報》對研究「五四運動」的史料價值	蘭臺世界	2009 年第 7 期
174	文丹	清末粵漢鐵路研究——以《申報》資料爲主	【碩論】貴州師範大學‧中國近現代史	2009 年
175	巫瑩	《申報》的日本報導研究（1927～1936）	【碩論】南京大學‧新聞學	2009 年
176	熊婧娟	簡析 1920 年甘肅大地震受災情況及救濟——以《申報》爲視角	湖北師範學院學報（哲學社會科學版）	2009 年第 29 卷第 4 期
177	許惜清	清代臺灣自然災害與社會各界的反應	【碩論】福建師範大學‧中國近現代史	2009 年

178	閆曉	1915 年中日「二十一條」交涉的社會輿論——以《申報》為中心	【碩論】湖南師範大學・中國近現代史	2009 年
179	楊燎原	國貨當自強——1912～1919年《申報》的國貨廣告	黑龍江史志	2009 年第 1 期
180	楊璐瑋	晚清家庭中的女性形象探析——以《申報》及畫報為中心的考察	黑龍江史志	2009 年第 16 期
181	楊璐瑋	晚清媒體中妓女形象探析——以《申報》及畫報為中心予以考察	經濟研究導刊	2009 年第 26 期
182	於海	《申報》中的我國近代體育研究（1927～1937）	【碩論】山東大學・專門史	2009 年
183	於美全	「效未善」，「禍已滋」——《申報》對晚清海軍建設中置船、管帶和後勤問題的認識	【碩論】華東師範大學・中國近現代史	2009 年
184	俞鴻生	談談陶行知生活教育理論中的和諧教育思想的現代價值	陶行知生活教育理論當代價值高端論壇	2009 年
185	翟興娥	簡析 1911～1935 年《申報》女性服飾的傳播	新聞界	2009 年第 3 期
186	周凱莉	民國初期女性傳媒形象變遷——以 1912～1928 年《申報》為例	【碩論】北京大學・新聞學	2009 年
187	曹紅豔	《字林滬報》對中法戰爭報導研究	【碩論】上海大學・新聞學	2010 年
188	曹瑩瑩	從二三十年代的《申報》廣告看婦女解放	傳承（學術理論版）	2010 年第 5 期
189	池麗君	20 世紀 30 年代上海社會生活的縮影——析 1933 年《申報》副刊《申報自由談》上的廣告	莆田學院學報	2010 年第 3 期
190	鄧蕊	從民國婚姻訴訟看女性法律意識——以《申報》為中心（1928～1930）	【碩論】中山大學・法律史	2010 年
191	杜濤	晚清災害新聞研究——以《申報》為中心	【博論】中國人民大學・中國近現代史	2010 年
192	馮兵	對濟南事件的另一種反應——《申報》有關報導評析	大連大學學報	2010 年第 4 期
193	馮兵	輿論與政治之間的較量——《申報》有關濟南事件認識的考察	四川文理學院學報	2010 年第 6 期

194	顧曉春	抗戰時期上海報紙上的電影宣傳分析──以 1938～1945 年《申報》爲例	【碩論】北京大學・傳播學	2010 年
195	胡楠	上海公共租界工部局樂隊研究	【碩論】上海大學・藝術學	2010 年
196	黃慶慶	從 1934 年旱災看民國時期的巫術救荒──以《申報》爲中心	古今農業	2010 年第 3 期
197	黃祥輝、曹莛	1928 年中華國貨展覽會舊址尋訪記	上海集郵	2010 年第 8 期
198	金建陵、張末梅	世博會在中國的前奏──百年前的南洋勸業會	南京理工大學學報（社會科學版）	2010 年第 2 期
199	金建陵、張末梅	百年前的南洋勸業會	檔案與建設	2010 年第 3 期
200	李斌	社會性別與報刊中建構的刺繡印象──以 1920～1925 年《申報》爲例	山西師大學報（社會科學版）	2010 年第 4 期
201	李士軍	《申報》社評與晚清爭回鐵路路權運動	牡丹江師範學院學報（哲學社會科學版）	2010 年第 5 期
202	李文瑾、都凌霄	五・四時期報紙廣告中的女性形象研究──以《申報》爲例	新聞界	2010 年第 3 期
203	李細珠	旁觀者觀察清末民變的視點與反應──《申報》有關長沙搶米風潮的輿論取向	社會科學研究	2010 年第 3 期
204	李向東	《申報》與 1923 年財政部私印印花稅票案	新聞愛好者・下半月	2010 年第 22 期
205	李忠萍	從近代牛乳廣告看中國的現代性──以 1927～1937 年《申報》爲中心的考察	安徽大學學報（哲學社會科學版）	2010 年第 3 期
206	劉曉建	士紳、賦稅與社會風氣：清末江西社會管窺──以諮議局材料爲中心	【碩論】南昌大學・專門史	2010 年
207	劉新慶	《申報》視閾下的《蘇日中立條約》	黑龍江教育學院學報	2010 年第 8 期
208	劉永生	社會輿論與福建事變	遵義師範學院學報	2010 年第 4 期
209	劉作忠、庾莉萍	辛亥革命後的國花之爭	園林	2010 年第 1 期
210	婁貴品	1937 年西南夷苗民族請願代表在滬活動述論──以《申報》爲中心的考察	民國檔案	2010 年第 2 期

211	盧寧	《申報》與晚清海防、塞防之爭	華南理工大學學報（社會科學版）	2010 年第 6 期
212	陸春暉	試論晚清保險廣告的社會影響——以 1872～1911 年《申報》保險廣告爲例	安慶師範學院學報（社會科學版）	2010 年第 4 期
213	潘薇薇	從廣告看近代小說運動——以《申報》爲個案	【碩論】復旦大學·中國現當代文學	2010 年
214	斯麗	從《申報》看社會各界對皖蠶桑女學事件的態度	湖南科技學院學報	2010 年第 1 期
215	孫晶	20 世紀上半葉電影與小說文體的互滲——從《申報·電影專刊》「電影小說」專欄說起	電影文學	2010 年第 6 期
216	唐文彬	《申報》與南京國民政府時期婦女法律傳播（1927～1937）	【碩論】湘潭大學·專門史	2010 年
217	唐雪瑩	從《申報》戲曲廣告看近代上海戲曲市場化	四川戲劇	2010 年第 6 期
218	汪文珊	從《申報》看民國時期律師形象之塑造（1927～1937）	【碩論】中山大學·法學理論	2010 年
219	汪旭娟	19 世紀 70 年代上海女堂倌遭禁原因探析——以《申報》爲主體的考察	山西師範大學學報（自然科學版）	2010 年第增 1 期
220	王明輝	十年《申報》音樂資料整理、分類及其作用探究	【碩論】上海音樂學院·音樂學	2010 年
221	王群	1913～1934 年《申報》遠東運動會報導研究	【碩論】北京體育大學·體育人文社會學	2010 年
222	王日根	《申報》所見牡丹社事件與日本蓄謀吞臺	縱橫	2010 年第 1 期
223	王儒年	《申報》廣告對 1920～1930 年代理想男性的詮釋與引領	齊魯學刊	2010 年第 6 期
224	王喆	論《申報》對抗戰期間國民黨敵後游擊戰研究的史料價值	南京政治學院學報	2010 年第 1 期
225	文娟	早期申報館主人美查與中國近代小說變革	長江學術	2010 年第 3 期
226	吳新攀	國貨廣告中的民族圖景——以 1930 年代《申報》、《大公報》爲中心	【碩論】安徽大學·新聞學	2010 年
227	夏衛東	國民政府時期的戶口統計數值偏差原因分析	民國檔案	2010 年第 1 期

228	夏燕燕	從災荒報導看《申報》的民生關懷意識——1872～1908 年《申報》災荒報導研究	【碩論】安徽大學·新聞學	2010 年
229	向輝	中外實業家曾籌辦上海萬國博覽會	上海集郵	2010 年第 3 期
230	向輝	中國是否參加過 1939～1940 年紐約世界博覽會	上海集郵	2010 年第 4 期
231	向娟	民族主義語境下的國貨運動與《申報》廣告（1912～1926）	【碩論】安徽大學·傳播學	2010 年
232	薛東琛	時代的悲曲——論秦瘦鷗小說《秋海棠》	焦作大學學報	2010 年第 2 期
233	曾思軼	從《申報》廣告看辛亥革命前夕中國的經濟社會生態	【碩論】中共中央黨校·中國近現代史	2010 年
234	張玫、鄭金彪	1906、1907 年的安徽水災及其救治——以《申報》和《大公報》所載資料爲中心	《傳奇·傳記文學選刊》	2010 年第 5 期
235	張天陽	《申報》涉藏輿論研究（1911～1914）	【碩論】西藏民族學院·專門史	2010 年
236	張曉霞、顧東明	晚清婢女的社會地位及生活狀況——以《申報》1899～1903 年尋婢廣告爲中心考察	牡丹江師範學院學報（哲學社會科學版）	2010 年第 6 期
237	趙驥	笑舞臺與上海文明戲	杭州師範大學學報（社會科學版）	2010 年第 2 期
238	朱從兵	《申報》與中國近代鐵路建設事業起步的輿論動員	安徽大學學報（哲學社會科學版）	2010 年第 1 期
239	安然	被譯介的中國衛生現代性——以清末民初《申報》醫療廣告的翻譯爲例	【碩論】四川外語學院·英語語言文學	2011 年
240	鮑曉明	《申報》早期股市報導研究——以 1883 年金融風潮爲中心	【碩論】安徽大學·新聞學	2011 年
241	曹瑩瑩	從《申報》看二三十年代婦女解放及其社會形象	【碩論】安徽大學·專門史	2011 年
242	岑大利、陳明	清末民初江浙地區米價波動及地方政府的對策	明清論叢	2011 年（第 11 輯）
243	陳忠純	報刊輿論與乙未反割臺鬥爭研究——以《申報》爲中心	臺灣研究集刊	2011 年第 2 期
244	程凱華	《國聞周報》對 1929～1933 年世界經濟危機的觀察和思考	【碩論】華中師範大學·中國近現代史	2011 年

245	池子華、代華	1923 年日本關東大地震及其援救——以《申報》報導的內容爲主要依據	《安徽師範大學學報（人文社會科學版）》	2011 年第 4 期
246	鄧麗蘭	1933 年的兩場思想論爭與盧作孚中國現代化思想的形成	福建論壇（人文社會科學版）	2011 年第 9 期
247	丁留寶	租界解體中的民意訴求——以張金海案爲例（1943）	贛南師範學院學報	2011 年第 4 期
248	丁琦	從 19 世紀 70 年代《申報》透視晚清上海社會生活	廊坊師範學院學報（社會科學版）	2011 年第 4 期
249	董陸璐	民初的法律廣告與法律文化（1912～1926）——以《申報》爲中心的考察	學術研究	2011 年第 4 期
250	董曉航、高翔宇	全面抗戰時期國際紅十字會對華援助述論——以《申報》爲中心的考察	黑龍江史志	2011 年第 13 期
251	馮君	從《申報》輿論透視《馬關條約》簽訂前後的國民心態	江西師範大學學報（哲學社會科學版）	2011 年第 5 期
252	葛麗	二十世紀三十年代上海女性消費的民族主義建構——以《申報國貨周刊》爲例	【碩論】華東師範大學·社會學	2011 年
253	何蓮	《申報》裏的早期上海電影（1896～1915 年）	【碩論】復旦大學·傳播學	2011 年
254	何蓮	《申報》裏的早期上海電影（1896～1915 年）	新聞大學	2011 年第 2 期
255	黃慶慶	1934 年旱災實錄	中國減災	2011 年 2 期
256	黃祥輝、潘光華	探尋各國在滬郵局舊址	上海集郵	2011 年第 1 期
257	李紅呂	論十九世紀七、八十年代國人日本觀變化——以《申報》爲考察中心	【碩論】遼寧大學·中國近現代史	2011 年
258	李建剛、黃豔峰	《申報》與「《蘇報》案」	湖北師範學院學報（哲學社會科學版）	2011 年第 5 期
259	李敬	淺析《申報》在楊乃武與小白菜冤案平凡（平反）中發揮的作用	【碩論】天津師範大學·法律史	2011 年
260	李蓉、蹇福闊	從報紙廣告看 20 世紀二三十年代滬渝都市女性形象的變遷	重慶郵電大學學報（社會科學版）	2011 年第 4 期
261	酈乾明	楊月樓「誘拐」案風波	檢察風雲	2011 年第 16 期

262	梁勇勇、王世清	陶行知三論「剿匪」與「造匪」	鍾山風雨	2011 年第 3 期
263	廖勇鳳	晚清收回路權運動中《申報》的民族主義話語變遷	【碩論】湖南大學‧新聞傳播學	2011 年
264	劉粉	《申報》與 1905 年抵制美約和美貨運動	學理論	2011 年第 16 期
265	劉家輝、楊慶武	上海早期旅業公會探析	河北工業大學學報（社會科學版）	2011 年第 1 期
266	劉新慶	知識界眼中的蘇聯（1937～1945）——以《申報》《東方雜誌》為中心的考察	【碩論】湖南師範大學‧中國近現代史	2011 年
267	劉穎慧	晚清小說廣告研究	【博論】華東師範大學‧中國古代文學	2011 年
268	柳秀豔	由 1912～1926 年的《申報》看女性參與的美術活動	美與時代（下）	2011 年第 6 期
269	彭博	試論《申報》對五四運動的態度	新聞天地（下半月刊）	2011 年第 4 期
270	彭淩燕	從《申報》美容、化妝品廣告看三十年代上海的審美文化與社會生活（1930～1939）	【碩論】湖南師範大學‧新聞學	2011 年
271	秦紅旭	探討 1932～1936 年女性疾病	【碩論】華中師範大學‧中國近代史	2011 年
272	邱志君	社會輿論與 1919 年南北議和——以《申報》、《大公報》、《每周評論》為中心的探討	【碩論】華中師範大學‧中國近現代史	2011 年
273	邵雍、王惠怡	《申報》對義和團運動的輿論導向	安徽大學學報（哲學社會科學版）	2011 年第 2 期
274	宋向賓	《申報》與西方法文化傳播（1872～1882）	【碩論】湘潭大學‧專門史	2011 年
275	宋向賓	《申報》與西方訴訟文化的傳播（1872 年～1882 年）	文史博覽（理論）	2011 年第 2 期
276	宋向賓	早期《申報》與西方訴訟法文化的傳播	湖南人文科技學院學報	2011 年第 3 期
277	蘇全有、鄒寶剛	從《申報》的報導看「五九國恥紀念日」的興衰	開封大學學報	2011 年第 3 期
278	唐雪瑩	《申報》對梅蘭芳滬上演出的報導	新聞愛好者‧下半月	2011 年第 16 期

279	汪毅夫	清代科舉史料考釋舉隅——寫給北京臺灣會館的學術報告	莆田學院學報	2011 年第 3 期
280	王鳳霞	「甲寅中興」之上海新劇團——體考	文化遺產	2011 年第 3 期
281	王坤	《點石齋畫報》裏的「UFO 事件」	青年記者	2011 年第 35 期
282	王麗	上海公眾對端午節的認知度研究	【碩論】上海師範大學・旅遊管理	2011 年
283	王如繪	再論《江華條約》與清政府——兼答權赫秀先生	東嶽論叢	2011 年第 6 期
284	王省民	現代傳媒對新型批評話語的建構——以《申報》上有關梅蘭芳的評論爲考察對象	戲曲藝術	2011 年第 3 期
285	溫文芳、袁飛	《申報》史料中的九一八事變考述	蘭臺世界	2011 年第 23 期
286	肖愛麗、楊小明	上海近代繰絲業興衰研究	科學技術哲學研究	2011 年第 5 期
287	徐威	廣告視野下的新生活運動——以 1934 年《申報》爲例	【碩論】吉林大學・中國近現代史	2011 年
288	徐威	1934 年《申報》廣告中的新生活運動	南陽師範學院學報	2011 年第 10 期
289	顏水生	論中國散文理論的現代性轉變	【博論】山東師範大學・中國現當代文學	2011 年
290	陽信生	湖南諮議局當選議員及變動情況考析	文史博覽：理論	2011 年第 6 期
291	於琦	近代甬昆與北昆上海演出活動述評——以《申報》爲研究中心	中華戲曲	2011 年第 2 期
292	袁佳	20 世紀 20 年代中國電影的西化模仿與獨立特色——以 1924 年 1、2 月《申報》電影廣告爲例	北京電影學院學報	2011 年第 6 期
293	曾瑞琪	從民國各大報紙看李公樸、聞一多被刺案	考試周刊	2011 年第 45 期
294	張漢波	論近代小說雜誌的產生——以《瀛寰瑣紀》《海上奇書》《新小說》爲例	廣西社會科學	2011 年第 10 期
295	張世光	論清光緒中後期的江浙鹽梟	鹽業史研究	2011 年第 2 期

296	張小雷	鮮著人知的民國「上海假鈔案」始末	金融經濟（市場版）	2011 年第 5 期
297	張彥飛	從《申報》報導看上海十年禁毒（1927～1937）	【碩論】安徽大學·中國近現代史	2011 年
298	章雲華	1947，國人的「飛碟」爭論	檔案春秋	2011 年第 11 期
299	趙廣軍	「洋票」事件與公共輿論——從《申報》載應城劫案看其埠外新聞之史料價值	唐山師範學院學報	2011 年第 6 期
300	鐘聲、高翔宇	全面抗戰時期國民政府孫中山紀念與儀式政治——以《申報》為中心的考察（1937.7～1938.11）	三明學院學報	2011 年第 4 期
301	周渡	海派市民文人的典型——周瘦鵑民國時期文學活動研究	【碩論】蘇州大學·中國現當代文學	2011 年
302	柴文瑤	早期上海本土電影的發展	飛天	2012 年第 8 期
303	陳璿	媒介嬗變與近代上海詞壇生態——以早期《申報》為中心	蘭州大學學報（社會科學版）	2012 年第 1 期
304	陳祖恩	岸田吟香與海上文人圈——以 1880 年代中日文化交流為中心	日語教育與日本學	2012 年第 2 輯
305	池子華、郭進萍	中國紅十字會救治 1918 年浙江時疫述論——以《申報》為考察中心	南京農業大學學報（社會科學版）	2012 年第 2 期
306	崔曉梅	民國初年上海地區寡婦生存狀況淺探（以 1912～1922《申報》為視角）	【碩論】揚州大學·中國近代史	2012 年
307	丁偉	《申報》對一·二八事變後商務印書館附設函授學社的記載	湖北函授大學學報	2012 年第 9 期
308	范雅君	滋補與健康：《申報》補藥廣告的社會文化史研究（1873～1945）	【碩論】南京大學·中國近現代史	2012 年
309	馮眞珍	晚清傳媒對司法的影響——以《申報》報導「查治福鳥槍斃華人案」為例	改革與開放	2012 年第 8 期
310	古超強	黎烈文時期的《申報·自由談》與婦女解放運動關係研究	隴東學院學報	2012 年第 2 期
311	管芝萍	現代傳媒視野下的戲曲演出	【碩論】東華理工大學·文藝學	2012 年

312	管芝萍	從《申報》戲曲廣告看梅蘭芳來滬演出情況——以 1920 年梅來滬演出廣告爲例	青年文學家	2012 年第 5 期
313	何宏玲	《瀛寰瑣紀》與近代文學風氣的轉變	南京師範大學文學院學報	2012 年第 1 期
314	胡靜	1947 年上海西摩路、武定路口大火案初探——以《申報》報導爲中心	中外企業家	2012 年第 8 期
315	姜振逵	晚清上海女性職業角色與傳統倫理的衝突——以《申報》中的女堂倌案爲例	甘肅社會科學	2012 年第 3 期
316	李丹	從《申報》《北洋畫報》管窺黎錦暉的歌舞演藝活動	【碩論】湖南師範大學‧音樂學	2012 年
317	李峰	崑曲與《申報》研究	【碩論】蘇州大學‧戲劇戲曲學	2012 年
318	李靜宜	20 世紀二三十年代城市婚姻問題研究	【碩論】華中師範大學‧中國近現代史	2012 年
319	李新軍	轉型時期弱勢群體社會保障問題研究——以《申報》(1927～1937 年)爲中心	【博論】安徽大學‧歷史文獻學	2012 年
320	林玉、劉振宇	張大千揚名秋英會時間考	內江師範學院學報	2012 年第 9 期
321	劉彥波	張之洞薨逝後之時評——以《申報》爲中心	湖北大學學報(哲學社會科學版)	2012 年第 4 期
322	劉陽	從《申報》廣告女性形象看當時女性社會地位	東京文學	2012 年第 1 期
323	劉穎慧	小說廣告與晚清文化市場的小說盜版現象	浙江海洋學院學報(人文科學版)	2012 年第 4 期
324	劉永生	抗戰前後《申報》視野中的中國共產黨	廣西師範大學學報(哲學社會科學版)	2012 年第 3 期
325	路娟娟	新發現的蔣如洵《吟紅集》考述	寧波教育學院學報	2012 年第 5 期
326	邵志擇	從「外國多至」到「聖誕節」：耶穌誕辰在近代中國的節日化——以《申報》爲基礎的考察	學術月刊	2012 年第 12 期
327	蘇全有、鄒寶剛	對九一八國恥日紀念的考察與反思	石河子大學學報(哲學社會科學版)	2012 年第 2 期

328	孫曉雷、王玲玲、李芳品、楊倫	近代上海消費文化之構建──以1927～1937年《申報》廣告為例	時代報告（學術版）	2012年第5期
329	田素雲	三十年代《申報》副刊文學形態研究	【碩論】浙江師範大學‧中國現當代文學	2012年
330	王華鋒	試論民國初期（1919～1926）的中國海盜問題	蘭臺世界	2012年第25期
331	王立	論1876年的上海社會物質生活──以《申報》廣告為中心的考察	湛江師範學院學報	2012年第5期
332	王省民	從《申報》看梅蘭芳及其表演藝術	戲曲藝術	2012年第1期
333	文春英、王銘	從教育廣告看近代教育──以《上海新報》、《申報》為例	教育與考試	2012年第3期
334	肖愛麗	上海近代紡織技術的引進與創新──基於《申報》的綜合研究	【博論】東華大學‧紡織工程	2012年
335	肖愛麗、楊小明	《申報》有關我國近代紡織業的史料發掘	理論探索	2012年第2期
336	肖如平、蔡禹龍	清末保甲與城市社會治理	唐都學刊	2012年第2期
337	謝俊芳	從《申報》文論看民國時期（1919～1949）以工代賑思想	文藝生活‧文海藝苑	2012年第11期
338	謝俊芳、伍嘉暉	淺析民國時期（1919～1949）教養兼施救濟思想──以《申報》救濟文論為研究史料	華人時刊（中旬刊）	2012年第7期
339	忻平、豐簫	20世紀30年代上海人的消費觀──以《申報》檢討為中心	上海大學學報（社會科學版）	2012年第3期
340	徐有威、吳樂楊	民間輿論對土匪活動之反應──以民初之《申報》和《大公報》為例	清帝遜位與民國肇建一百週年國際學術研討會	2012年
341	徐有威、吳樂楊	民國社會輿論對匪患之反應──以《申報》和《大公報》為例（1912～1934）	江海學刊	2012年第5期
342	薛冠愚	中國輿論與朝鮮三一運動	樂山師範學院學報	2012年第7期
343	楊德志	《申報》視域下的「二次革命」	江漢論壇	2012年第1期

344	餘慶華、徐新華、萬海訪	《申報》早期電影明星報導研究	鄂州大學學報	2012 年第 6 期
345	岳謙厚、李衛平	《申報》關於 1927 年南京事件報導之分析	安徽史學	2012 年第 1 期
346	曾雲平	從《申報》上看 1937 年的貴州旱災與救濟	貴陽學院學報（社會科學版）	2012 年第 5 期
347	張廣傑	從 1858 年到 1906 年間的《申報》看近代上海的鴉片吸食環境	南京林業大學學報（人文社會科學版）	2012 年第 2 期
348	張宏偉	晚清報刊對跑馬運動的報導	體育文化導刊	2012 年第 10 期
349	張傑	輿論筆下的載灃使德——以《申報》報導爲中心的考察	樂山師範學院學報	2012 年第 4 期
350	章海粟	從民國《申報》廣告看文明書局的經營特色	傳媒觀察	2012 年第 8 期
351	趙靜	《申報》視野下的晚清義賑（1876～1904）	【碩論】遼寧師範大學·中國近現代史	2012 年
352	趙魯臻	小站練兵人員任職情況考誤	蘭臺世界	2012 年第 27 期
353	鄭宇	1927～1934 年上海及其周邊地區的禁煙活動——以《申報》禁煙資料爲考察依據	魯東大學學報（哲學社會科學版）	2012 年第 2 期
354	周鵬飛	從《申報》看美國前總統格蘭特訪華	吉林畫報·新視界	2012 年 1 期
355	潘敏	透過《申報》看 1931 年	科技風	2013 年第 1 期
356	王曉輝	濟南慘案後國民外交的另一角——以《申報》時評爲中心的考察	洛陽師範學院學報	2013 年第 3 期
357	余佳麗	20 世紀上海電影院宣傳營銷	現代傳播	2013 年第 1 期

附錄二　全書所涉史料暨《申報》相關新聞和評論之索引

淺介及凡例

一、淺　介

　　本書研究的軍事範圍，涉及到的《申報》史料（包括新聞和評論）有**兩萬多條**。本書是在博士論文基礎上略加「改造」形成的。由於論文篇幅有限，加之博士生階段時間有限，更因為博士論文主次分明、詳略得當的需要，不可能讓輯錄的所有史料都一一呈現。我已盡可能將其中的重點和精彩片段都用於書中，最大限度地讓讀者看到《申報》的原貌，以及理解工程的浩大。儘管這樣，在注解中提到的史料來源，僅是九牛一毛、滄海一粟。更多的辛勞是無聲的。

　　2015 年春，在博士論文殺青之際，我將各章、各節、各目涉及的史料進行了梳理，發現它們已經循著我的指揮，比較整齊地「站隊」站到應該的位置。那個位置基本無誤地對應了正文的相應內容。如果讀者認為寫得好，讀罷有興趣瞭解或研究更多，那麼可以按圖索驥找到我寫作時面對的史料，它們可以給你更多的幫助；如果讀者認為寫得不好，也可以找來這些史料，重新選擇、分析，寫出更好的作品。

　　為了蓋這座房子，我收集了太多的建築材料，小到桌椅板凳，大到鋼材原木，無所不包。曾經面對這些材料不知道如何繼續，但終究還是曲曲折折地竣工了。〔註1〕房子蓋得不夠好，建築材料卻剩下不少。在附錄二，我就把

〔註 1〕 現在看來，仍佩服自己在幾年前於史料「叢林」裡披荊斬棘的勇氣。（2017 年春記）

材料按照蓋這座房子的需要，分門別類給擺放好。用上了的、用了一部份的，以及沒用上的，都提供給大家。我相信，它們總有能發揮作用的地方。

二、凡　例

附錄二以表格形式呈現。

每一頁，按照從上到下、從左到右的順序，分爲三欄。每一欄，有兩列。一列爲史料（新聞或評論）的標題，一列爲史料的索引（日期和版面）。

在本書中提到的「版面」概念，皆是根據 1982 年上海書店版的《申報·影印本》（以下簡稱「影印本」）而言的。對於 1905 年改版前的《申報》而言，影印本的一頁中含有上下兩個類似正方形的區域。本書（包含正文、附錄和索引）均以影印本中類似正方形的一個區域爲一版。全書遵循此規則。〔註2〕

在正文的腳註中，史料索引依「某年某月某日某版」的全稱標示；在附錄二中，索引省略「年、月、日、版」等四個字，直接用數字標示。例如：「1895010101」表示 1895 年 01 月 01 日 01 版；「189502020102」表示 1895 年 02 月 02 日 01、02 版。以此類推。

漫漶不清或有疑問的字，用「□」代替。〔註3〕

對於以地理爲主要特徵的四字新聞集合，涉及軍事的都做了記錄和挑選。〔註4〕其大部份位於「導言」，不再細分至內部每一條。少部份（1894 年、1895 年）散見各章，細分至每條，標題末尾依次用「一」、「二」、「三」等標示。〔註5〕

特此說明。

〔註2〕參閱本書「導言」的相關注釋。如註 16，註 26。（2017 年夏記）

〔註3〕全書亦遵循此規則。

〔註4〕在四字新聞集合的標題下面，是一大段來自該地的新聞報導，政治、經濟、社會、文化無所不包，又可細分爲互不相干的多條。每條之間，用「○」隔開。參見本書 0.2 部份的注解。（這種「集合」，又可稱爲「專欄」，並且專欄也未必一定全以「地理爲主要特徵」。除了 0.2 部份的注解提到的外，還有標題含有「公堂」、「晚堂」、「捕房」等以治安、糾紛、司法類社會新聞爲主要內容的專欄。2017 年夏記）

〔註5〕如：《神京紀要一》，《申報》1895 年 03 月 20 日 01 版；
　　《粵東雜誌二》，《申報》1895 年 02 月 15 日 02 版；
　　《皖山青鳥三》，《申報》1895 年 02 月 03 日 03 版；
　　《襄江桃浪四》，《申報》1895 年 04 月 05 日 03 版。

導　言

以地理為主要特徵的四字新聞集合
東北‧遼陽

黑龍江情形	1880112501
陪都郵信	1883041301
琿春近信	1883051301
瀋陽雜說	1886011201
遼瀋雜言	1886021702
旅順消息	1886040402
遼客新談	1886080702
遼東邊信	1886100802
琿春佚事	1887041502
遼東紀事	1887041702
遼陽夏景	1887071802
瀋陽紀事	1887072502
遼事拾零	1888010102
遼陽歸雁	1888100903
遼天歸雁	1888103102
遼東野史	1888111802
遼海哀笳	1888112402
遼陽羽信	1889012402
遼瀋薈談	1889052802
遼客新談	1889082602
遼瀋送臘	1890011502
遼東稗史	1891040602
遼陽錦字	1892041301
遼陽錦字	1892042802
遼東新語	1892060802
遼陽夢跡	1892061103
遼陽秋眺	1892082802
遼客述新	1892090202
遼陽寒汛	1892092502
遼陽雜錄	1892111702
遼東春信	1893022302

遼陽近信	1893071102
遼陽雜誌	1893071902
遼東寒信	1893110603
遼陽歸雁	188609230102
遼東秋夢	188709110203
遼東來雁	188806190102
遼陽雜錄	189209210102

以地理為主要特徵的四字新聞集合
東北‧牛莊

牛莊西人信	1874111102
牛莊消息	1875052101
牛莊消息	1875081201
牛莊近事	1875120403
牛莊消息	1878091602
牛莊消息	1880050501
牛莊近聞	1881022501
牛莊近信	1881030902
牛莊近信	1881051701
牛莊來信	1881071701
牛莊近信	1882082102
奉天近信	1882090901
牛莊來信	1882091701
牛莊近聞	1882100501
牛莊近信	1882101301
牛莊消息	1883021501
牛莊軍實	1884072403
牛莊雜事	1884101602
牛莊近事	1884110502
牛莊瑣錄	1885092102
牛莊屑簡	1885100603
牛莊途說	1885101502
牛莊雜採	1886042302
牛莊新語	1886051002

牛莊近事	1886052702
牛莊近信	1892031402
牛莊近信	188311010102
牛莊小誌	188504140203
牛莊竹素	188709300102

以地理為主要特徵的四字新聞集合
東北‧營口

營口近信	188013002
營口郵音	1883012601
營口雜聞	1883061502
營口近信	1883101903
營口謠傳	1884042202
營口近事	1884050202
營口雜聞	1884051502
營口瑣聞	1884070502
營口誌聞	1884071102
營口防務	1884071202
營口雜誌	1884071902
營口紀聞	1884072402
營口近事	1884080202
營口雜聞	1884082102
營口郵音	1884091502
營口魚箋	1884091702
營口近聞	1884092703
營口瑣事	1884100602
營口叢談	1884100902
營口瑣言	1884102603
營口瑣述	1884111002
營口瑣聞	1884112301
營口瑣綴	1885032403
營口紀聞	1885050802
營口雜聞	1885051902
營口叢談	1885060502

營口碎錄	1885060803	營口音書	1888111402	譯述津友來函	1874111802
營口紀聞	1885061702	營口郵音	1888121102	津沽來信	1874112502
營口紀聞	1885070402	營口郵音	1889070802	津沽信息	1875120301
營口談資	1885072702	營市雜紀	1889072702	津沽雜錄	1876120201
營口近聞	1885080802	營口叢談	1889080402	天津消息	1877031502
營口叢議	1885082702	營口二事	1889100102	天津雜聞	1877071801
營口瑣談	1885091802	營口消息	1890041402	津沽近聞	1877090402
營口瑣紀	1885111202	營口叢談	1890050902	天津近事	1880072701
營口瑣紀	1885112402	營口紀事	1890102202	天津郵信	1880090902
營口叢話	1885112802	營口瑣談	1891042402	津沽近事	1880101501
營防雜述	1885120402	營口雜事	1891052002	天津官報	1880101901
營口日記	1886010402	營口魚書	1891112302	津地傳聞	1881012102
營口春鱗	1886030102	營口述新	1891123003	津信匯錄	1881082501
營口瑣聞	1886032202	營口近聞	1892011102	津信類列	1881092101
營口瑣聞	1886040602	營口郵簡	1892020503	天津官報	1881120301
營口魚書	1886050302	營口近事	188312210102	津信述聞	1881120901
營口叢談	1886060402	營口近聞	188410180203	津沽近聞	1881121301
營市瑣談	1886062002	營口叢談	188510080102	津信摘錄	1882051601
營口近聞	1886071902	營口雜聞	188610180102	津沽近信	1882091101
營口瑣聞	1886080202	營口瑣聞	188702120102	津沽近信	1882100202
營口瑣聞	1886080902	營口雜言	189107280102	津沽近信	1882121002
營口郵音	1886091302	營口叢談	18870430-551	津事雜聞	1883050903
營口叢談	1886100202			津沽近信	1883062102
營口郵音	1886112002	**以地理為主要特徵的四字新聞集合 華北‧太原**		津沽近信	1883071202
營口雜誌	1886113003			津門近聞	1883071602
營口消息	1887040202	太原近信	1883030402	津沽防務	1884010602
營口紀聞	1887040902	太原近信	1883031601	天津近事	1884011102
營口近信	1887042202	**以地理為主要特徵的四字新聞集合 華北‧天津**		津防要電	1884042301
營口述事	1887060102			津信譯錄	1884042602
營口紀聞	1887061602			析津郵音	1884042802
營口贅談	1887062202	天津來信	1873012503	津沽近信	1884050402
營口雜聞	1887070902	天津西友來書述近事	1873062601	析津續信	1884050501
營口談資	1887081203	京師津沽近事	1874070101	津友來信	1884061702
營口雜聞	1887081602	譯字林西報登印友人傳述天津事	1874090801	津信譯登	1884062501
營口瑣紀	1887091602			析津要電	1884071001
營口紀聞	1887092202	詳述天津一事	1874090801	津沽防務	1884071202
營口要談	1887110802			津沽近信	1884071302
營口近事	1888081502			析津要聞	1884071302

津沽要電	1884071501	津沽雜聞	1885020102	柝津紀要	1886022802
津沽近信	1884071902	雲津碎語	1885032002	津沽剩語	1886030602
天津要電	1884072101	津門撮要	1885032202	丁沽雜說	1886030702
天津信息	1884072102	柝津郵信	1885032402	津門記略	1886032202
天津來電	1884072301	雲津錦字	1885041603	丁沽鯉信	1886032702
津信譯登	1884072702	柝津瑣述	1885042002	津門錄要	1886040502
天津信息	1884080202	津沽雜誌	1885042302	津沽撮要	1886042302
津信匯錄	1884081602	津沽郵信	1885042802	雲津紀要	1886042602
津信譯聞	1884081802	津沽近事	1885051103	天津近事	1886051602
天津電音	1884082301	柝津郵信	1885052102	津沽撮要	1886061303
津電譯錄	1884082602	天津捃要	1885052602	津門紀事	1886061802
津電譯要	1884082701	雲津雙鯉	1885053102	津郡官場錄要	1886062301
津信匯登	1884082702	津沽近事	1885060602	津沽西信	1886072101
津電譯要	1884091401	津沽近信	1885061502	柝津雁字	1886080602
津信摘譯	1884092001	津沽西信	1885063002	天津近事	1886080802
津沽雜聞	1884092403	津事遴要	1885071202	津門紀事	1886082102
津信匯登	1884092502	柝津近事	1885072402	津沽零拾	1886090802
天津西信	1884092702	津門雜紀	1885072802	柝津官報	1886091702
天津西信	1884093002	津沽近信	1885080901	津沽新語	1886101502
北洋近事	1884100502	津郡雜聞	1885081001	津沽雜錄	1886101703
津沽近信	1884100702	津沽雜事	1885081702	津沽紀要	1886101902
津沽錦字	1884101202	津沽秋汛	1885081902	津沽遴要	1886103102
天津西信	1884103101	雲津近事	1885082302	津郡官場紀聞	1886111602
天津要聞	1884110302	雲津雁字	1885082902	雲津遴要	1886121702
柝津瑣述	1884110502	柝津秋雁	1885091702	津門瑣綴	1887011603
津友閒談	1884111102	丁沽新語	1885092802	津沽紀事	1887012102
津沽近信	1884112102	雲津近事	1885100402	天津新語	1887012903
津門消息	1884120302	津沽紀要	1885102002	津門新語	1887021802
津沽西信	1884121002	雲津雁字	1885102603	津門紀事	1887032602
天津要電	1884122501	津沽雜誌	1885122702	津事紀要	1887033002
津電類譯	1884122701	丁沽臟語	1886010302	柳口煙波	1887042102
津電譯要	1884122802	柳口采風	1886010702	雲津官報	1887050502
津門紀要	1884123103	津門雜述	1886011602	丁沽浪影	1887062402
津電照錄	1885011101	柝津雜誌	1886012102	天津紀實	1887070602
津電譯登	1885011101	津郡瑣聞	1886012502	津門雜紀	1887071302
津電譯登	1885011802	丁沽新說	1886021002	丁沽雜紀	1887071802
雲津要信	1885012703	津郡雜聞	1886021502	雲津雜述	1887072802
津沽近事	1885012802	丁沽紀要	1886021902	津事紀要	1887090302

津沽紀事	1887091502	津橋雁語	1890050702	津門新柳	1893031402
丁沽雜紀	1887100602	析津雜誌	1890051702	天津近事	1893072202
津沽紀事	1887101102	天津近事	1890062502	析津瑣綴	1893091702
津事紀要	1887101902	丁沽銷夏	1890070102	雲津雁信	1893111802
津門雜紀	1887102902	津門紀要	1890070402	北洋近信	18879121901
津沽紀實	1887110402	丁沽夏汛	1890072301	譯錄通聞館述天津事	187409090102
上谷寒聲	1887120203	析津秋水	1890092102	天津近日情形	187609110102
津沽紀要	1887120503	津門秋燕	1890100802	津沽郵信	187708270102
津門瑣記	1888022302	析津叢話	1890101502	津沽近聞	187903110203
津門紀要	1888033002	津門紀事	1890110102	津沽近事	188008010102
津事紀要	1888040402	天津官報	1890111503	天津郵信	188008310102
津沽雜誌	1888042302	津城客述	1890111702	津沽近聞	188107080102
丁沽雜綴	1888042802	天津官報	1890112202	津信節錄	188111190102
津門瑣記	1888051002	天津雜述	1890120602	津信匯錄	188203180102
析津叢語	1888052302	析津鯉信	1891011202	津信匯錄	188204140102
津沽瑣記	1888052602	丁沽雜誌	1891031802	津信雜錄	188207160102
津門紀要	1888053002	津橋鵑語	1891041702	津防近信	188403290102
丁沽浪影	1888060302	析津時事	1891071202	析津近信	188406220102
津沽雜錄	1888061402	津門紀要	1891072602	津信摘錄	188407150102
津門瑣錄	1888061902	津門秋汛	1891081602	津沽要信匯錄	188407180102
津沽雜誌	1888062302	丁沽波影	1891083103	津沽尺素	188409230203
津門撝錄	1888072802	析津雜錄	1891100501	津沽近信	188409270203
津水新涼	1888081302	津水雙鱗	1891102802	津沽尺素	188410090102
雲津近事	1888082603	析津雜錄	1891110902	津信摘要	188410250203
津水雙魚	1888090902	津水冰花	1891111903	津事摘要	188412110102
津門秋望	1888100102	津橋遠眺	1891112202	津門紀事	188503190203
津沽寒汛	1888112102	津通郵信	1891120201	津門紀要	188503290102
津沽紀要	1888112702	□津撝寶	1891121903	津門遴要	188507050203
丁沽寒信	1888120402	津沽雜錄	1892010402	津郡紀聞	188508020102
津沽紀要	1888121602	津水寒鱗	1892011202	津事瑣錄	188509200102
津門紀要	1889010802	津沽人語	1892040102	雲津雁字	188512140102
津門記事	1889011302	天津客述	1892040302	天津西信	188604170102
天津郵信	1889020702	天津近事	1892060802	丁沽新語	188607020102
析津紀要	1889062602	析津銷夏	1892071902	津門紀事	188611080102
析津鄉語	1889083102	津電譯登	1892101401	津門紀要	188704050203
津門雜事	1889092002	津客述新	1892101602	津沽紀事	188705090102
丁沽春汛	1890021602	津門雜誌	1892113002	津郡雜聞	188707220203
天津紀要	1890031902	津水水紋	1892121502		

雲津官報	188711040102
津沽雜誌	188805180203
析津近事	188810290203
津門瑣語	188904190203
析津紀事	188906220102
雲津雜錄	189105260102
析津近事	189311210203

以地理為主要特徵的四字新聞集合
華北·通州

開平近聞	1882051502
通州近信	1883050903
通州近聞	1884111903
通州近聞	1884112702
北通近事	1884120802
通州近聞	1885010103
通州近聞	1885010203
通州近聞	1885011502
通州瑣聞	1885011904
通州近聞	1885022702
通州瑣錄	1885032003
通州近聞	1885042002
通州近聞	1885042602
北通近狀	1885052202
通州近事	1885052702
北通瑣記	1885061902
通州近聞	1885072102
通州近聞	1885090102
通州近信	1885090902
鷺江霏屑	1885122202
潞河瑣聞	1886010802
通州近聞	1886011802
鷺嶼紀聞	1886091902
古潞道聞	1887013103
北通近事	1887032803
古潞近聞	1887040602
古潞近聞	1887100502

古潞近聞	1888013102
北通春訊	1888022302
古潞雜聞	1888040602
北通述事	1888072402
古潞近聞	1888081902
古潞近聞	1888100903
潞河寒泛	1889012803
北通近事	1889111803
潞河消息	1890032102
古潞官場紀要	1890070902
潞河寒雁	1890111602
北通近事	1890111902
北通近聞	1891011202
缽池春浪	1891032602
潞河春泛	1891050102
北通州紀事	1891080502
北通近聞	1891111102
彝陵廟信	1892050502
北通近事	1892083102
北通州近聞	188501290203
古潞近聞	188706020203
古潞雜聞	188707070102
古潞近聞	188810270102
北通州瑣聞	188811030203
北通近事	188909230102
北通客述	188910100102
北通近狀	189001110102
北通贅語	189205070102

以地理為主要特徵的四字新聞集合
華東·安徽

皖事雜錄	1879080202
皖省雜聞	1880092902
皖垣瑣聞	1881082602
皖垣雜錄	1882041802
皖垣雜聞	1882042202
皖省近聞	1884052202

皖垣近事	1884061702
蕪湖近事	1884090302
皖省軍務	1884092103
蕪湖雜錄	1884092403
蕪湖瑣錄	1884100403
蕪湖雜事	1884101302
皖垣近事	1884102002
蕪事捃要	1884110103
皖垣軍務	1884110702
鳩江近事	1884113002
皖省雜聞	1884122602
蕪事雜紀	1885012802
鳩江談屑	1885040103
蕪湖雜誌	1885050102
蕪湖近述	1885060403
蕪湖雜誌	1885060902
皖垣雜記	1885070402
鳩江碎錄	1885080302
皖水雙魚	1885082302
鳩江雙鯉	1885090302
蕪湖秋興	1885100402
蕪湖近事	1885100902
蕪湖談贅	1885101302
蕪湖霜信	1885112702
皖中近事	1885112702
蕪湖瑣談	1885122202
蕪湖臘鼓	1886020102
蕪湖紀事	1886032902
蕪湖近事	1886052902
蕪湖近述	1886060702
鳩江紀事	1886061102
蕪湖官報	1886070802
皖省紀聞	1886071502
皖垣二事	1886082002
蕪湖涼信	1886082002
蕪湖瑣綴	1886082601
蕪湖官報	1886092202
蕪湖近事	1886092602

鳩江碎錄	1886100202	安慶宮場紀事	1888091102	安慶官場紀事	1890021302
蕪湖秋信	1886101102	鳩江濤信	1888091902	鳩水春鱗	1890021702
皖江戎政	1886111302	皖省官場紀事	1888092202	禾中紀事	1890022102
淮南寒雁	1886112902	鳩江瑣誌	1888092202	鳩江雜紀	1890022402
皖垣遴要	1886121602	鳩江雜事	1888100402	皖省官場紀事	1890031802
鳩江寒泛	1886122002	鳩江秋影	1888101002	皖江錦浪	1890032102
赭山雪影	1887012104	鳩江紀要	1888102302	舒州春望	1890032502
鳩江春色	1887020702	皖中近事	1888122302	皖中紀要	1890041403
蕪湖春景	1887021102	皖省新談	1888122602	皖中瑣誌	1890050103
皖中雜誌	1887021902	皖垣紀事	1889011002	鳩水官場紀事	1890051302
皖上游鱗	1887032302	皖水寒鱗	1889012802	皖中紀事	1890060702
鳩江新語	1887032402	蕪湖瑣紀	1889022002	月湖閒泛	1890061003
鳩江雜紀	1887052302	蕪湖雜誌	1889031403	桐城小錄	1890061302
皖垣紀事	1887061302	皖中紀事	1889031502	牛渚燃犀	1890061802
鳩江漁唱	1887070902	鳩江春浪	1889031702	石櫃秋眺	1890082702
鳩江避暑	1887071902	蕪湖官場紀事	1889032602	赭塔秋光	1890100302
皖江帆影	1887072102	安河官場紀事	1889040302	鳩江雜紀	1890100802
鳩茲炎景	1887072602	鳩江錦浪	1889040303	蕪湖紀事	1890102802
皖垣雜紀	1887093002	皖中雜誌	1889051902	古皖紀事	1890110203
安河雜聞	1887100802	安慶官場紀事	1889060702	安河官場紀事	1890111503
赭山樵話	1887101502	安慶官場紀事	1889071103	鳩江春泛	1891040102
鳩江寒泛	1887110502	皖中瑣語	1889072302	舒江黃浪	1891051002
鳩江雁唳	1887111702	皖中紀事	1889072402	鳩江夏汛	1891051102
鳩江撢拾	1887112202	蕪湖雜事	1889072602	鳩水官場紀要	1891052102
皖垣紀要	1887120702	皖上秋鴻	1889091002	鳩水澄波	1891061502
鳩江聞見錄	1887121702	鳩江秋月	1889091403	鳩江官場紀事	1891070802
皖中紀事	1888012102	鳩江近事	1889100302	鳩水談兵	1891080103
皖垣紀要	1888012803	皖省官場紀事	1889100403	鳩江獵聲	1891082002
鳩江紀勝	1888020102	安慶官場紀事	1889102202	皖公山色	1891082003
皖垣近事	1888020702	皖垣近事	1889102502	皖垣宦轍	1891090302
安慶近聞	1888022102	鳩江紀事	1889102902	中江秋浪	1891090702
皖江近事	1888032202	蕪湖雜誌	1889111403	澍山載筆	1891090702
蕪湖紀事	1888051302	皖省官場紀事	1889111503	蕪江秋嘯	1891091602
蕪湖夏景	1888052902	皖中紀要	1889112002	安慶雜言	1891092302
皖中雜言	1888060802	鳩水官場紀要	1889120102	赭塔秋光	1891092402
皖中雜言	1888062502	安慶官場紀事	1889122002	安慶雜言	1891100102
皖事雜誌	1888073102	鳩江寒泛	1889123103	鳩茲錄要	1891100402
蕪市叢談	1888080802	皖中紀要	1890012603	鳩江瑣誌	1891100502

鳩江浪影	1891101903	鳩江柳色	188804120203	閩省雜聞	1875062901
皖江宦達	1891112202	皖中紀事	188808140203	閩省近事	1876012002
皖中人語	1891120402	赭嶺晴旭	188901010203	福建雜事	1876040802
鳩茲芳訊	1892021402	蕪湖近事	188903220203	閩中瑣事	1877030302
皖中雜錄	1892030102	安河近聞	188904030203	閩事雜錄	1877110902
蕪城拾翠	1892040902	蕪湖瑣記	188904270203	八閩近事	1880083102
鳩水述新	1892060602	鳩江雜綴	188908310203	閩省雜聞	1881011501
赭嶺薰風	1892062402	鳩水郵語	188909100203	閩垣近聞	1881080101
鳩茲避暑記	1892072102	皖省官場紀要	188909180102	閩省傳聞	1881080201
蕪湖近事	1892072903	東甌瑣綴	189006160102	閩垣瑣聞	1881110902
皖中雜紀	1892092002	蕪湖火警	189007070102	閩事述聞	1881120702
皖公山色	1892092503	蕪市嬉春	189102280102	閩省傳聞	1882011401
鳩水澄波	1892101303	赭嶺春風	189104260203	閩事摘錄	1882063001
鳩江紀事	1892101802	赭嶺晴風	189107050102	閩事雜錄	1883031602
皖公山色	1892110202	赭山講武	189107250203	閩省新聞	1883050501
皖水秋波	1892110203	神山朝爽	189108110203	閩省官報	1883060602
鳩茲攬勝	1892111002	鳩茲秋浪	189109290102	閩中消息	1883072102
蕪湖宦況	1892120202	鳩茲瑣紀	189110250203	閩中近事	1883082502
中江釣雪	1893011502	鳩江瑣誌	189111160102	閩防續誌	1884071302
蕪湖紀事	1893041503	鳩茲寒訊	189111290102	閩事縷陳	1884080902
皖山拾翠	1893050202	中江拈筆	189112070102	閩事彙登	1884081502
皖中紀事	1893051202	鳩江雜記	189208020203	閩事胥談	1884082202
鳩江紀要	1893052402	鳩江漢簡	189208080203	閩粵要電	1884082901
皖垣零墨	1893070202	赭山秋色	189208270203	續接閩電	1884082901
□磯夜月	1893072702	赭山晴眺	189210310203	閩江要電	1884083001
皖上□言	1893081602	赭嶺鐘聲	189211190102	閩中來電	1884090102
皖左清譚	1893110901	江城臘鼓	189302060102	閩南摘錄	1884090802
赭嶺霜楓	1893121003	上黨客言	189306170102	閩事紀略	1884091102
神山春夢	18920031902	皖省官場紀要	189306300203	閩疆要電	1884091602
皖垣近聞	188107200102	皖公山上磨崖記	189308230102	閩海叢話	1884091902
皖省近聞	188410080203	中江月影	189310040203	閩嶠魚書	1884100202
□□叢話	188505050203	□磯寒信	189311270203	閩事彙記	1884100402
鳩江叢錄	188506120203			閩省官場瑣記	1884101502
鳩江新語	188509280102	**以地理為主要特徵的四字新聞集合**		閩電述聞	1884102402
鳩江紀要	188511110203	**華東・福建**		八閩軍政	1884102503
琅琊攬勝	188512190102			閩事客述	1884102602
皖中零語	188701310203	三山紀實	1885101102	閩垣□信	1884102602
蕪湖贅語	188703010203	三山梅信	1891110602	閩嶠瑣言	1884110401
皖垣紀要	188707050203	福建消息	1875062101		
赭山寒色	188711180203				

閩事傳聞	1884111501	閩事彙紀	1888091102	福建瑣聞	187512170102
閩垣紀略	1884120502	閩垣官報	1888100202	閩垣雜聞	188106270102
閩事瑣談	1884120702	閩垣清話	1888112102	閩垣官報	188110020102
閩嶠紀聞	1884121302	閩垣官報	1888122402	閩省瑣聞	188210290203
閩事述要	1885010202	閩中寒信	1889012002	閩省雜聞	188305070102
閩庶攀轅	1885011601	閩事零拾	1889020602	閩省雜聞	188305290203
閩事紀聞	1885012302	閩省官場紀要	1889032202	閩事瑣談	188408030203
閩談錄要	1885020302	閩垣紀要	1889051303	閩事續聞	188408160203
閩事彙記	1885020702	閩事彙紀	1889052002	閩事彙誌	188409130102
閩嶠紀實	1885022102	三山夏雨	1889052602	八閩確信	188409260203
閩中紀要	1885022702	三山夏雨	1889062402	閩垣紀事	188411140102
閩嶠雜聞	1885030902	閩嶠客談	1889090402	閩事彙誌	188412270102
閩垣叢話	1885032202	閩中筆記	1889091502	閩事瑣談	188501160102
閩事紀實	1885053102	三山紅葉	1889092902	閩事彙登	188507110203
閩疆紀事	1885091202	八閩雜述	1889110902	閩中新語	188707140203
閩信續述	1885101502	閩事拾遺	1889112602	閩垣雜誌	188709160203
閩海述新	1885121102	閩事雜述	1889120202	閩中雜摭	188712280102
閩嶠雜聞	1885122402	閩省官報	1890030303	閩中瑣紀	188803310102
閩嶠魚書	1886010301	八閩途說	1890051102	三山清話	188805230102
閩事摭要	1886030202	閩事紀聞	1890081302	三山銷夏錄	188807210203
入閩紀要	1886041302	八閩雜紀	1890112503	閩垣塵話	188808300203
閩江新鯉	1886101602	八閩雜紀	1890120602	閩省官場瑣紀	188810060203
入閩紀事	1886111002	閩事雜紀	1891031402	閩中雜紀	188812110203
潯江寒色	1886120402	閩中官報	1891031902	南閩寒雁	188901150102
入閩叢話	1887042202	三山春雨	1891033003	閩垣客話	188905080203
入閩新語	1887050602	閩事彙登	1891071702	閩事彙登	189102030203
三山尺素	1887052902	閩垣近事	1891100103	閩嶠春光	189102210102
閩中詡語	1887060902	榴洞仙蹤	1891102902	閩雜咀	189112260203
閩中談藪	1887071003	閩垣官話	1891110502	八閩零拾	189208010203
閩中紀要	1887101902	閩事要紀	1891111503	閩垣雜記	189209020203
閩中寒信	1888012202	閩中紀事	1891120202	閩事彙紀	189311250203
八閩軍政	1888020802	八閩雜記	1892060102		
閩中雜記	1888030803	閩中官報	1892072203	**以地理為主要特徵的四** **字新聞集合** **華東・福州**	
閩省官場紀聞	1888032102	閩小記	1892100502		
閩省官場述事	1888041502	閩雜咀	1892122102		
閩中雜記	1888051102	閩省軍政	1893011502	福州雜聞	1875071002
八閩瑣紀	1888051202	福建官場紀事	1893082401	福州近事	1875121802
三山挹爽	1888072702	福建消息	187411160102	福州近事	1876050102

福州消息	1876090501	福州來電	1884091502
福州近事	1878121802	福州近信	1884091802
福州近事	1879121201	福州西信	1884092002
福州近聞	1881081702	福州電音	1884092002
福州近聞	1881092402	福州來電	1884092301
福州近聞	1882010101	福州電音	1884092401
福州官報	1882051302	福州近事	1884092902
福州近事	1882070601	福州消息	1884100301
船局近聞	1882081501	福州電音	1884100301
福州近事	1882122702	續接福電	1884100702
福州瑣聞	1883052201	福電紀聞	1884100702
福州瑣聞	1883052603	福州電信	1884110301
福州近事	1883080302	榕鄉紀要	1884112402
福州近事	1883110202	福州西信	1884112501
福州信息	1883112702	榕城雜事	1884121902
福州邊防	1884010402	福州來電	1884981702
福州信息	1884021302	福州近事	1885061002
福州近事	1884031003	榕垣紀實	1885092302
福州風聞	1884051301	榕垣碎錄	1885112402
福州郵信	1884061802	榕垣雜雁	1886041502
福州電音	1884072101	榕垣近事	1886070302
福州消息	1884072601	榕鄉新雁	1886072702
福州續信	1884072901	福州紀要	1886112202
福州消息	1884080302	福州新鯉	1887022002
福州近事	1884080802	榕垣紀事	1887050202
福州西信	1884080902	福州新語	1887061002
福州近耗	1884081002	福州官場紀聞	1888050502
福州信息	1884081101	榕鄉道聽	1888051302
福州要電	1884081301	福海讕言	1888090302
福州近聞	1884082202	福州官場紀聞	1888101502
福州消息	1884082302	榕城清話	1888120502
福州西信	1884082402	福州雜述	1889021902
福州照錄	1884083001	榕下秋痕	1889082202
福州電音	1884090301	榕陰避暑	1891072403
福州近信	1884090302	福州近事	188207230102
福州西信	1884090701	船局命案	188208130102
福州西信	1884091201	榕鄉寒雁	188611050203
福州西信	1884091302	福州談屑	188703220102
		榕鄉暑雨	189007060102

以地理為主要特徵的四字新聞集合
華東·江蘇

金陵雜聞	1876010702
蘇垣近事	1876111502
蘇垣雜錄	1877081802
無錫近事	1877092602
金閶近事	1877121901
平江雜事	1878012302
蘇省官報	1879051502
金陵官報	1881072001
蘇臺近聞	1882012002
清淮瑣誌	1882080702
淮海郵聞	1882090401
金陵瑣聞	1882111102
金陵瑣聞	1883020102
邗江近信	1883022802
吳下瑣談	1883042302
秣陵瑣聞	1883070302
秣陵瑣聞	1883072302
秣陵近聞	1883100202
清江來電	1884041701
建業瑣聞	1884082602
建業近事	1884083102
淮陰軍事	1884090203
建業瑣聞	1884090603
袁浦傳言	1884090603
白門秋信	1884090802
白下新聞	1884091702
鎮江軍務	1884091803
秦淮雙鯉	1884101202
鎮江信息	1884102001
吳官秋訊	1884102502
京江近事	1884102903
邗上新聞	1884102903
蘇友述聞	1884103102
春江瑣述	1884111503
金昌談屑	1884111702

邗江官報	1884120402	三吳近事	1886062303	吳山佳話	1890021502
揚州官報	1884121502	蘇臺近事	1886062902	隋苑春飛	1890040902
吳中近事	1884122202	蘇垣紀事	1886070402	白下歸帆	1890062803
澄江鯉信	1885032103	秦淮雜錄	1886070502	鎮江近事	1890091103
京口紀聞	1885040303	吳中述要	1886070903	金陵官場摭要	1890111002
江陰紀事	1885041203	吳儂消夏	1886071302	蘇臺新語	1891021603
江陰瑣紀	1885041603	白下茗談	1886072802	鐵甕江聲	1891022102
江陰錄要	1885042402	邗溝秋信	1886090202	秦淮春語	1891030902
江陰紀事	1885050603	淮甸瑣聞	1886092003	盧龍山色	1891031502
江陰小誌	1885050903	金陵官場錄要	1886092102	邗江官報	1891033003
江陰信息	1885051503	楊郡瑣聞	1886100402	綠楊城郭	1891042002
江陰紀事	1885051903	京江談屑	1886102602	石城瑣錄	1891043002
澄江紀事	1885052302	維揚瑣語	1886112602	丁字簾紋	1891051502
江陰雜記	1885052703	竹西瑣話	1886121302	秦淮畫舫新錄	1891060902
江陰紀事	1885053002	洪澤魚函	1886122002	淮揚近事	1891062202
江陰近事	1885060603	泖峰麗景	1887021002	鐵甕江聲	1891062203
澄江瑣述	1885061003	邗江官報	1887021802	香徑延涼	1891063002
江陰雜談	1885061303	吳下街談	1887031302	白下瑣談	1891070102
江陰紀事	1885061702	邗上官場紀要	1887031402	吳下客談	1891070303
江陰雜記	1885061903	維楊雜錄	1887032302	吳諺	1891080202
竹西魚素	1885062702	吳中紀事	1887042102	千金亭納涼記	1891080602
江陰瑣述	1885062702	淮水雙鱗	1887051502	水榭延秋	1891081202
秣陵瑣誌	1885072102	江右紀聞	1887070902	吳山挹爽	1891090302
竹西雜述	1885072902	吳天涼影	1887091602	虎阜閒談	1891092402
吳苑瑣言	1885082702	蘗臺涼夢	1887102903	國土橋頭閒話	1891092502
竹西碎錄	1885100202	金陵官場述聞	1887110702	蘗臺遊跡	1891092702
鎮江近事	1885101402	吳農閒話	1887112602	蘇臺秋柳	1891092901
京江錄要	1885102902	蘇省官場紀要	1887120202	江寧官報	1891093003
江左秋聲	1885111002	金陵宮場瑣聞	1888060202	蘇省官報	1891100502
臺城霜柝	1885122402	吳苑蟬聲	1888082902	金陵官報	1891101603
維楊錄	1886011102	平山待雪	1888121102	吳中近事	1891102603
揚州官場紀要	1886012602	石城遊記	1888122502	金陵瑣事	1891102903
江陰雙鯉	1886022203	石城寒柝	1889012002	桃渡卮言	1891110102
清溪雜誌	1886022602	金陵雜錄	1889021003	仙尉清談	1891111302
寧事雜錄	1886031302	臺城氣候	1889072302	金陵官報	1891112802
京口近聞	1886051702	邗溝荒象	1889110402	鐵滬江聲	1891113001
板橋春影	1886052202	九峰霜信	1889111702	金陵官報	1891113002
金陵官場錄要	1886061602	金陵官場錄要	1889122902	金陵官報	1891121003

蒜嶺鐘聲	1891122303	金陵瑣事	188202270102	九江大閱	1882103102
淮海叢書	1891123102	吳中雜錄	188204280102	江西官報	1883020102
吳門風土記	1892012602	吳苑雜聞	188409220203	九江瑣聞	1883032502
蘇省官報	1892031702	吳門臘鼓	188502080203	潯陽瑣事	1883041602
清河贅筆	1892051702	建業叢談	188504180203	潯陽瑣聞	1884011502
鍾山晴翠	1892052702	江陰紀事	188504210203	潯陽近聞	1884012402
白下瑣言	1892061502	澄江紀事	188505010203	九江近事	1884062502
蒜嶺鐘聲	1892070502	秦淮瑣誌	188505030102	九江軍務	1884091102
金陵官報	1892071702	蘇臺雜錄	188506060203	九江碎錄	1884091702
金陵官報	1892073103	麋臺寒跡	188801120102	潯陽秋信	1884091803
金陵官報	1892090403	丁簾波影	188803210203	江西軍報	1884092302
月華秋色	1892090603	竹西歌吹	188807300203	潯陽消息	1884100902
蘇省官報	1892092303	臺城秋柳	188810190102	九江瑣語	1884101302
鉢池波影	1892092602	江南春雪	189003220102	潯陽兵事	1884110702
金陵官報	1892093003	姑蘇近事	189004140203	九江瑣錄	1885011903
京江談藪	1892100302	淮揚雜紀	189010280203	九江碎錄	1885032902
二分月色	1892100702	白下官場紀要	189103100203	灌城雁信	1885040602
金陵官報	1892101303	秦淮瑣述	189104140203	江省雜聞	1885051702
金陵官報	1892102802	白門耳食	189111120203	西汀叢語	1885052502
京江瑣錄	1892103103	京口叢談	189111210203	江省雜聞	1885061202
金陵官報	1892111402	金陵官報	189111250203	江省雜聞	1885062602
金陵官報	1892111903	淮□瑣誌	189112210203	九江近事	1885071602
金陵官報	1892112003	金陵官報	189201240203	潯江秋信	1885090502
清河誌	1892122602	笛步延涼	189208040203	潯陽雁信	1885101302
金陵官報	1893031103	鐵甕江聲	189209150203	西江瑣語	1885111002
石頭城踏青記	1893050803	蘇省官報	189211260203	西江瑣語	1885120202
潤州宦轍	1893052502	袁浦談屑	189302130304	豫章新語	1885122002
北固江山	1893061402			章門談屑	1885122602
白門柳蔭	1893062502	**以地理為主要特徵的四字新聞集合**		西江瑣語	1886010202
邀笛步納涼記	1893062602	**華東・江西**		九江□說	1886020102
北固看山	1893062703			章門近信	1886022102
清溪絕唱	1893081602	江垣官報	1879021402	尋陽瑣誌	1886030802
壺嶠秋虧	1893082802	江西官報	1880091901	豫章事紀	1886040203
鐵甕秋濤	1893090603	江西官報	1881042202	潯陽近聞	1886042602
京口官場紀事	1893092203	江右官報	1881071701	丁沽近信	1886052402
鎮江官場紀事	1893111602	江西官場瑣錄	1881081102	西江鯉信	1886052902
南徐攬勝	1893111902	江西官報	1881082801	江西紀事	1886061702
平山秋眺	18909050203	官場雜錄	1881082902	九江雜事	1886070502

江右雜聞	1886081002	爐峰瀑布	1889111102	潯上官場紀事	1893012902
章江瑣錄	1886091102	九江雜錄	1889111203	潯江暖浪	1893032802
章貢紀聞	1886101802	彭蠡寒潮	1889111402	江州客述	1893060302
潯陽雜錄	1886103002	峰泖寒信	1889121603	潯江夏汛	1893080902
章門雜述	1886111002	潯江寒籟	1889121902	溢浦秋濤	1893090802
潯陽秋意	1886111202	江西官報	1890010202	潯陽官話	1893091502
章門紀俗	1886122502	潯陽玹韻	1890011402	潯江秋嘯	1893091902
九江瑣語	1887032803	潯陽瑣誌	1890013002	潯陽紀事	1893100302
九江近事	1887040902	南浦春波	1890022502	溢浦秋濤	1893102502
九江紀事	1887051602	江右紀聞	1890041002	溢浦寒濤	1893122503
豫章瑣語	1887053102	洪都三筆	1890062702	潯江雜佩	1893122902
潯江弦韻	1887061202	潯陽新政	1890071902	江西官報	188304030102
潯陽紀事	1887071903	潯江夏汛	1890072102	潯陽近事	188505040203
潯陽小紀	1887072602	劍池波影	1890090203	溢浦回錄	188704060102
九江紀事	1887091402	豫章秋雁	1890091302	九江錄要	188706220203
章江秋汛	1887092801	章門紀要	1890091503	洪都客述	188708190203
章門雜誌	1887123002	潯陽雜紀	1890120602	江西官報	188908260203
潯陽春訊	1888022803	潯陽雜錄	1891022303	潯陽年景	189002030203
章門新語	1888031202	潯陽雜紀	1891031202	章門雜錄	189003150203
江西官報	1888031402	溢浦春潮	1891040902	洪都客述	189011180203
江西官報	1888051002	潯江梅雨	1891062902	江西善政	189111050203
百花洲迎夏記	1888052302	溢浦秋聲	1891082702	九派江聲	189206020203
九江二事	1888080702	潯陽楓葉	1891091002	興奴弦韻	189208310203
九江官場紀事	1888091002	潯陽雜錄	1891091902	江流九派	189304090203
潯陽瑣誌	1888091903	溢浦漁歌	1891101603	溢浦新秋	189308250102
秋江玹韻	1888102003	潯陽紀事	1891101903		
潯陽近事	1888120502	潯陽紀事	1891122102		
潯江瑣述	1888121502	九派江聲	1891122303		
潯江泛棹	1889012903	潯陽雜記	1892011603		
江西官報	1889030403	南浦飛雲	1892012302		
章門雜錄	1889040302	豫章紀要	1892021202		
潯水濤聲	1889040503	潯城春色	1892022903		
豫章近事	1889040802	豫章雜紀	1892051603		
潯江瑣誌	1889041003	江西官報	1892051903		
章門春信	1889041102	潯陽雜紀	1892062003		
章門瑣記	1889060303	潯江秋籟	1892090103		
江西官報	1889072702	溢浦秋色	1892090502		
興奴弦韻	1889091002	潯江秋眺	1892092602		

以地理為主要特徵的四字新聞集合 華東·泉州

泉州瑣事	1887040302
泉州客述	1887102503

以地理為主要特徵的四字新聞集合 華東·廈門

廈門瑣誌	1882111901
廈門近信	1884022602
廈門來電	1884081201
廈門確電	1884081301

廈門消息	1884081602	鷺島拾零	1888011302	鷺島延涼	1893071902
廈門電信	1884081901	鷺水來珊	1888012002	鷺江胜筆	1893090502
廈門來信	1884090202	廈門紀事	1888032203	廈客談資	1893110603
廈門近事	1884090702	廈門零拾	1888032902	廈門近聞	188207210102
廈門西信	1884091001	鷺江桃浪	1888041902	廈門魚箋	188408120102
廈門近信	1884091702	鷺江紀要	1888052402	廈島魚書	188409070102
廈門瑣錄	1884092202	廈門近事	1888061602	廈門談屑	188410060102
廈門近信	1884092902	廈門雜錄	1888071502	廈門雜事	188411070102
廈門要電	1884100702	廈島新涼	1888081202	鷺江新語	188511120102
廈門來電	1884100901	廈門零拾	1888111302	廈門雜錄	188512290102
廈門電信	1884102502	廈島紀聞	1889021202	鷺江零拾	188611150102
廈門軍信	1884110102	鷺島春波	1889041602	鷺島春波	188803190203
廈門雜錄	1884120202	廈門瑣事	1889052602	廈門近事	188810120203
廈門錄要	1884120402	鷺島晴巒	1889060402	廈門紀事	188812270203
廈事瑣錄	1884121402	廈門客述	1889082802	鷺島寒濤	188912140203
廈門西信	1884122102	廈門雜錄	1889121802	廈島紀聞	189004100203
廈臺近事	1885012502	鷺島春波	1890012902	鷺島雜咀	189101220102
廈事摘要	1885012702	廈門紀新	1890031502	廈門紀事	189103230203
廈門談屑	1885032602	廈門紀要	1890040102	鷺江談屑	189104050102
廈事錄要	1885043002	鷺江宦轍	1890060602	廈門近事	189104130203
廈門雜錄	1885050502	榕陰清話	1890061602	鷺江近事	189105080102
鷺江新語	1885120102	廈門近事	1890063002	鷺江零拾	189206110203
鷺江雜說	1885121303	廈門紀事	1890071501	廈門瑣事	189210050203
鷺州新語	1885122102	廈門時事	1891071702	鷺江寒浪	189312080102
廈門紀要	1886012202	廈門近事	1891101003		
鷺嶼述要	1886012902	廈門零拾	1891101903	**以地理為主要特徵的四**	
鷺江紀要	1886021802	廈門瑣記	1891102103	**字新聞集合**	
廈門來翰	1886051902	廈門雜紀	1892060402	**華東‧山東**	
鷺水棹謳	1886060102	鷺島新波	1892080802		
鷺江談屑	1886080402	鷺江秋汛	1892090302	煙臺近事	18900917
鷺江雜紀	1886110202	廈門雜述	1892092902	煙臺傳聞	1882052601
廈門紀要	1886120702	鷺島寒濤	1892112902	煙臺來信	1882090901
鷺嶼要聞	1887031002	鷺江春泛	1893032902	煙臺增戍	1884010102
鷺島紀聞	1887032902	廈門近事	1893050202	芝罘近錄	1884071302
廈門雜獵	1887040902	廈門紀事	1893050703	煙臺近信	1884072703
廈門鼉言	1887050602	鷺島述新	1893051503	煙臺消息	1884072902
鷺島延秋	1887091102	廈客述新	1893060402	煙臺近聞	1884073002
廈門零拾	1887122402	廈門道聽	1893062902	煙臺郵信	1884080102
				芝罘來信	1884081503

煙臺勝錄	1884081702	煙臺小錄	1886110802	東海鯨波	1889050402
芝罘近事	1884082502	之罘寒色	1886110902	煙臺瑣記	1889061202
芝罘鳳信	1884092302	煙臺近事	1886112503	煙臺近事	1889082602
煙事二則	1884100403	之罘寒色	1886112902	之罘談藪	1889090303
芝罘談苑	1884101202	之罘寒汛	1886120902	煙臺近事	1889091102
煙臺近事	1884101802	煙臺寒色	1886123002	之罘近事	1889102603
煙事□述	1884102702	煙臺新景	1887013003	之罘近事	1889111302
煙臺叢錄	1884110802	煙臺年景	1887021202	煙臺瑣語	1889120902
煙臺郵信	1884111802	煙臺瑣紀	1887021402	登州海市	1889122202
山左消息	1884112001	煙臺新語	1887022502	登州海市	1890010702
煙臺要聞	1885010802	煙臺餘話	1887032402	煙臺近事	1890021802
煙臺瑣記	1885030802	煙臺官報	1887033102	煙臺雜錄	1890042402
煙臺近信	1885051602	不夜春光	1887040602	登州海市	1890081002
煙臺近事	1885052202	煙臺叢話	1887041602	煙臺近事	1890111503
煙臺勝錄	1885060502	登萊近事	1887042502	登州海市	1890122802
煙臺雜錄	1885061503	煙臺雜錄	1887050302	煙臺近事	1891010403
芝罘魚素	1885063002	煙臺瑣綴	1887050802	煙臺新語	1891030702
煙臺近事	1885070603	煙臺雜誌	1887052802	煙臺近事	1891050302
煙臺雜誌	1885072102	煙臺雜錄	1887061803	煙臺近事	1891061202
煙臺瑣錄	1885072702	海市奇觀	1887082002	蓬萊觀日	1891061802
煙臺瑣錄	1885082502	芝罘瑣紀	1887083002	之罘石刻	1891062902
煙臺近事	1885092302	煙臺雜誌	1887100802	蓬萊秋色	1891092603
芝罘縷述	1885100702	齊東野語	1887120902	煙臺瑣綴	1891102103
煙臺雜錄	1885111203	煙臺近事	1887121702	煙臺臘鼓	1892010402
芝罘多景	1885120901	之罘近事	1888011102	煙臺雜誌	1892020803
芝罘選勝	1886012102	煙臺小誌	1888012602	登州海市	1892032402
芝罘近信	1886021101	東海□流	1888020502	登州海市	1892042503
煙臺春汛	1886022802	之罘春色	1888030502	海市奇觀	1892062002
芝罘戎政	1886032202	芝罘小誌	1888032603	芝罘閒話	1892072602
之罘來雁	1886050702	蓬萊觀日	1888051302	煙臺雜錄	1892080702
煙臺近事	1886060202	芝罘近信	1888052202	芝罘客述	1892091302
煙臺雁帛	1886062602	煙臺雜錄	1888060702	芝罘脞錄	1892092703
煙臺清話	1886071502	芝罘延夏	1888070502	煙臺近事	1892112602
煙臺脞說	1886080302	煙臺選勝	1888111702	芝山清話	1892121802
煙臺碎錄	1886092802	之罘餘話	1889021102	之罘瑣綴	1893050202
蓬閣秋茄	1886100702	煙臺零語	1889030802	之罘瑣語	1893051203
煙臺瑣誌	1886101602	煙臺瑣誌	1889040702	煙臺新語	1893052802
之罘歸雁	1886103002	煙臺雁帛	1889041502	東海采風	1893110202

芝罘殺錄	1893121202	袁江雜錄	1884110802	袁江雜錄	1892041102
煙臺瑣錄	188207060102	袁江雜錄	1884112202	袁江雜錄	1892061002
煙臺瑣誌	188502120203	袁江小識	1885020403	袁江雜錄	1892072802
芝罘紀事	188504050203	袁江尺素	1885042002	袁江雜錄	1892081503
之罘雜組	188609200203	袁江近事	1885050403	袁江雜錄	1892091002
芝罘雜錄	188701100203	袁江雜錄	1885083102	袁江雜錄	188301070102
蓬壺曉漏	188702130203	袁江雜錄	1885100402	袁江雜錄	188409080203
煙臺錄要	188706270203	袁江雜錄	1886012902	袁江小誌	188501190203
煙臺雜錄	188812260203	袁江雜錄	1886022402	袁江雙鯉	188701200203
之罘春眺	188902270203	袁江雜錄	1886060703		
古黃佚事	189004050203	袁江雜錄	1886062492		

以地理為主要特徵的四字新聞集合
華東·浙江

芝罘近信	189005260102	袁江雜錄	1886073102	浙省瑣聞	1876080102
煙臺近事	189111130102	袁江雜錄	1886081202	臨餘續信	1876101601
之罘雜錄	189203130102	袁江談薈	1887011803	杭垣近事	1876102002
煙臺零拾	189311160203	袁江瑣語	1887031402	寧郡瑣聞	1877042002

以地理為主要特徵的四字新聞集合
華東·袁江

袁江官報	1886030302	袁江雜錄	1888021903	寧波近事	1877060602
袁江清話	1885100402	袁江雜錄	1888052302	武林雜誌	1877072102
袁江雜錄	1889021902	袁江官報	1888092503	四明瑣記	1877092002
袁江雜錄	1883032002	袁江雜錄	1888121902	甬上雜音	1877100302
袁江雜錄	1883041602	袁江雜錄	1889050902	寧波瑣事	1877101102
袁江雜錄	1883050902	袁江雜錄	1889072302	寧波近聞	1877102402
袁江雜錄	1883060803	袁江官報	1889072702	寧波近信	1879062102
袁江雜錄	1883062703	袁江雜錄	1889081602	寧波近事	1879090302
袁江雜錄	1883091202	袁江雜錄	1889090202	浙省官報	1879121401
袁江官報	1883110102	袁江雜錄	1889093003	甬東近信	1881051301
袁江雜錄	1884043002	袁江官報	1889122303	杭省近聞	1881092801
袁江官報	1884061702	袁江雜錄	1889123002	東甌瑣誌	1882121602
袁江雜錄	1884081502	袁江雜錄	1890051502	溫處瑣聞	1883010202
袁江雜錄	1884100402	袁江雜錄	1890062502	溫郡瑣聞	1883011002
袁江雜錄	1884100903	袁江雜錄	1890070302	寧波官報	1883040801
袁江雜錄	1884101302	袁江雜錄	1890071602	溫州近聞	1883042702
袁江雜錄	1884101803	袁江雜錄	1890092502	溫州瑣聞	1883080402
袁江雜錄	1884101902	袁江雜錄	1891012703	溫州瑣聞	1883081802
袁江雜錄	1884103102	袁江雜錄	1891081702	寧波瑣聞	1883082402
		袁江雜錄	1891113002	寧波雜聞	1883090902
		袁江雜錄	1892022102	武林近事	1883091602
		袁江雜錄	1892030503		
		袁江雜錄	1892033003		

東甌瑣誌	1883091802	四明紀事	1886061502	廣東郵音	1884040702
東甌瑣誌	1883110902	杭事拾新	1886062602	粵省近事	1884041702
寧郡設防	1883121902	溫州官報	1886073002	穗垣瑣述	1884041802
溫州近聞	1884012403	甬東小錄	1886080902	析津郵信	1884041902
東甌瑣誌	1884030302	東甌雜紀	1886081202	穗垣近事	1884042402
鄞江近聞	1884041601	東甌瑣錄	1886100902	穗垣郵信	1884050102
鎮海近聞	1884080603	四明瑣記	1886101502	粵垣近信	1884050802
甬江近信	1884081603	括蒼小志	1886111102	粵省近事	1884051202
甬上近聞	1884082403	湖垣瑣拾	1886112002	粵西近聞	1884051301
寧郡近聞	1884082803	四明多景	1886113003	粵中近事	1884061402
甌郡述聞	1884090103	括蒼瑣記	1886122502	穗垣近事	1884062302
寧郡近聞	1884090503	溫州雜誌	1887010402	粵垣郵信	1884062702
十洲瑣記	1884090703	東甌瑣誌	1887020102	粵防鞏固	1884081202
寧波官報	1884091902	寧波□事	1887020402	粵垣近事	1884081603
甬東瑣錄	1884092202	禾中近事	1887021802	粵中來信	1884082901
甌郡碎筆	1884092303	溫州脞筆	1887032802	百粵瑣談	1884090903
甬事雜錄	1884100503	白門述事	1887041102	粵東軍信	1884091002
溫州近事	1884100603	溫州雜錄	1887041702	穗垣防務	1884091602
甬江近信	1884100802	甌郡官場雜紀	1887122502	粵東近事	1884092102
四明雜事	1884101203	括蒼零拾	1890032402	百粵紀聞	1884092802
甬上雜聞	1884102002	語兒鄉語	1890061502	粵垣近事	1884092903
嘉郡近聞	1884102103	溫郡官報	188201110102	粵東近事	1884100202
溫事瑣誌	1884102603	甌郡述聞	188408250203	粵事紀餘	1884102502
嘉郡瑣聞	1884103002	寧郡近聞	188408310102	粵事縷述	1884102702
甬東碎錄	1884110702	樵李紀聞	188409240203	嶺南勝記	1884103102
溫郡新談	1884120402	甌郡談資	188410010203	嶺南近信	1884110402
溫州近事	1885013102	鎮海近聞	188410140102	穗垣叢述	1884111802
寧郡雜聞	1885013103	甌多紀要	188412290203	粵垣瑣聞	1884112102
鎮海來函	1885060103			粵東紀事	1884112502
溫州雜錄	1886011102	**以地理為主要特徵的四字新聞集合華南·廣東**		粵西近事	1884120403
鄞山叢話	1886011402			粵中雜事	1884121502
東嘉選勝	1886012002			粵事紀要	1884121902
四明瑣記	1886040102	北海近聞	1829090902	東粵近聞	1884122502
東甌述事	1886041102	粵省近信	1883062002	穗石要談	1885010703
溫州瑣誌	1886050302	穗垣近信	1883082902	嶺南近事	1885011102
禾中近訊	1886052402	汕頭信息	1883121602	粵海郵音	1885011302
東甌雜誌	1886052802	東粵傳聞	1884010802	粵東紀事	1885011903
溫州近事	1886061002	粵東消息	1884012202	粵海音書	1885012002

西粵傳聞	1885012202	粵東近事	1885120403	粵事紀要	1887011402
嶺南雜述	1885013002	珠江波影	1885121902	粵東紀事	1887031002
粵東近事	1885013102	粵東紀要	1885122402	粵東瑣紀	1887040902
嶺南談屑	1885020602	粵垣近報	1886010202	羊城春色	1887041402
嶺南雜咀	1885021102	粵東近事	1886010702	百粵宦遊記	1887041602
穗垣雜述	1885022102	穗垣近事	1886011002	穗城紀事	1887042902
東粵□談	1885022302	花田香書	1886012602	粵事紀要	1887050402
嶺南叢話	1885032102	嶺南梅訊	1886021002	東粵紀聞	1887051402
嶺南拾聞	1885032502	珠江櫓唱	1886021102	嶺南日記	1887051602
粵東近事	1885040903	珠海春潮	1886021902	粵東彙紀	1887052502
五羊近事	1885041702	粵東雜錄	1886030602	粵東紀事	1887061102
粵中近事	1885041902	穗垣近事	1886031502	穗垣紀事	1887062202
穗垣近事	1885042303	南海魚緘	1886032902	荔灣清賞	1887063002
穗垣近事	1885051302	穗石芳箋	1886040702	嶺南雜採	1887070202
穗垣近事	1885052103	珠海紅鱗	1886050202	粵東雜紀	1887072002
穗石談資	1885052902	穗城紀事	1886051002	穗石談資	1887080902
粵東近事	1885060102	粵東瑣述	1886051803	珠海新涼	1887082202
粵東近事	1885060202	穗垣雜錄	1886051902	粵東紀事	1887092402
穗垣途說	1885062502	珠江月色	1886052902	五羊近事	1887100302
嶺南紀事	1885070202	鵝城郵信	1886053002	東粵官場紀要	1887100402
粵東瑣述	1885071802	岑南近事	1886061502	穗城秋信	1887102102
穗垣談屑	1885080602	荔鄉清話	1886062202	嶺南梅訊	1887120203
穗垣近事	1885080802	嶺南聞見錄	1886062902	粵東紀事	1888010102
粵事雜誌	1885080902	粵事述新	1886071102	粵東郵信	1888010902
羊城摭要	1885081302	東粵新談	1886072902	粵省官場紀事	1888030503
穗垣錄事	1885091102	粵東錄要	1886081902	粵海春潮	1888031903
穗垣雜錄	1885091602	羊城近事	1886083102	粵東紀事	1888032302
嶺南雁帛	1885091802	嶺南雜記	1886091002	東粵官場雜事	1888040303
粵垣郵信	1885092502	佗城秋色	1886091202	東粵官場紀要	1888040902
東粵郵簡	1885092902	羊城消息	1886091902	羅浮風雨	1888042102
粵海魚書	1885093002	粵東紀事	1886091902	荔枝香曲	1888051302
東粵新聞	1885100202	嶺南紀事	1886092002	荔灣香語	1888070602
粵中紀事	1885101103	嶺南歸雁	1886100702	珠海涼波	1888082002
東粵紀聞	1885101702	五羊鴻雪	1886101502	穗垣秋信	1888090203
粵東近事	1885102002	廣州雜錄	1886102102	穗垣紀事	1888092502
五羊竹素	1885110502	粵東紀要	1886110702	珠江秋雨	1888101002
粵東雜錄	1885111302	粵事零拾	1886120503	臺嶠郵簡	1888103002
粵東雜誌	1885112802	嶺南梅信	1886121002	粵東雁字	1888110502

臺疆雜誌	1888110702	五羊紀勝	1890031703	廣東官報	1891103102
穗垣瑣事	1888111403	廣東官報	1890032203	珠江寒汛	1891111702
穗垣雜聞	1888111602	轂埠春波	1890032203	嶺南多旭	1891112102
臺疆雜誌	1888112702	穗垣瑣錄	1890052601	粵東官報	1891112502
穗垣紀事	1888120102	穗石談資	1890060702	嶺南梅信	1891121903
粵嶠霜鐘	1888121202	粵東新語	1890062202	珠江餞歲	1892012603
臺北雜誌	1888121902	東粵官場紀要	1890070903	嶺南雜誌	1892040403
嶺南多旭	1888122102	荔灣消夏	1890072202	珠江近事	1892051502
穗垣紀事	1888122203	珠江消夏錄	1890073103	粵東官報	1892051803
穗垣近信	1888122802	粵東紀事	1890082302	粵東紀事	1892062902
穗垣紀事	1889011302	粵東紀要	1890090202	嶺外音書	1892081803
粵東紀事	1889020503	粵東紀事	1890090702	粵海寒濤	1892120302
粵東官報	1889032502	穗垣紀要	1890091902	五羊客述	1892122502
珠江春泛	1889032502	粵東官報	1890092402	羊石仙蹤	1893011903
粵東雜事	1889040102	嶺南閒話	1890100502	佗城道聽	1893012602
廣州近信	1889041902	五羊仙跡	1890101201	嶺外音書	1893022102
珠海春潮	1889042202	東粵官場紀要	1890111202	嶺南歲事	1893022502
珠江夏漲	1889051403	嶺南近事	1890122602	佗城巷語	1893030203
東粵官場紀要	1889053003	廣南梅信	1890123002	羊石仙跡	1893071202
五羊仙跡	1889060502	廣南清話	1891010802	珠江雜俎	1893092002
珠江晴浪	1889061302	廣南叢話	1891011203	珠江雜錄	1893110302
珠海夜月	1889070802	粵東官報	1891011303	粵垣軍事彙錄	188312120102
荔灣買夏	1889072303	穗石談資	1891022102	粵事近聞	188312160102
珠海錦鱗	1889082202	粵東近事	1891022502	粵防續述	188408060203
嶺南碎語	1889082402	嶺南芳汛	1891032602	粵中郵音	188409050102
粵事紀聞	1889091703	穗石談資	1891040602	粵憲示諭	188409210203
廣州碎語	1889092902	嶺南雜誌	1891061602	穗石叢談	188410160102
粵嶠晴巒	1889110702	珠江夏汛	1891061802	粵海音書	188412070102
嶺南雁帛	1889112302	東粵官場紀事	1891071602	粵東近事	188412180203
羊城雁信	1889113002	嶺南雜誌	1891072502	嶺南新話	188412310203
穗石談資	1889121802	羊石新談	1891080802	粵東近事	188505270203
穗垣雜誌	1889122802	嶺南閒話	1891082003	粵東近事	188507250102
粵東談屑	1890010102	穗城私信	1891082303	羊城紀事	188508280102
粵嶠郵音	1890010203	羊城新語	1891083103	五羊近事	188509140203
珠海冰花	1890010702	南海秋潮	1891090403	東粵新談	188608160102
廣州近事	1890011602	廣州官報	1891092403	東粵談資	188610230102
嶺南春語	1890013002	羊城官話	1891101702	東粵官場類紀	188702120203
粵嶠音書	1890031602	羊石委談	1891102903	粵東雜紀	188703280203

嶺南近事	188706090203
荔鄉炎景	188708080203
羅浮夢影	188708160102
粵東紀事	188709100203
穗垣紀事	188710180203
粵中紀事	188711150203
穗石叢談	188712180203
粵東紀要	188801210102
粵垣春信	188802190203
嶺南瑣事	188804020203
粵東紀事	188806250203
粵□郵簡	188808060102
珠江春潮	188903060102
粵海春潮	188904100203
嶺南清話	188906230102
穗城暑雨	188907150203
潮陽執訊	188907310203
粵東鴿信	188909060203
佗城彙錄	188910150203
珠海寒潮	189001130203
五羊仙跡	189005020203
粵東官報	189101170203
嶺南鴿信	189104180203
鐵城迎夏	189105110203
嶺南雜咀	189108020203
嶺南雜識	189110130203
嶺南近事	189112090102
鯤身白浪	189112170203
羊石談資	189303070203
珠海濤聲	189305180203
羊城零拾	189311220203

以地理為主要特徵的四字新聞集合
華南・廣西

桂林郵信	1884062102
廣西述聞	1886052601

以地理為主要特徵的四字新聞集合
華南・瓊州

瓊州郵耗	1879042902
瓊州信息	1884020203
瓊州近聞	1884020301
海南近信	1884022202
瓊州有備	1884030902
瓊海近聞	1884080102
瓊海紀事	1884082002
瓊州近信	1884101901
海南芳訊	1886041202
瓊州消息	1886121802
瓊崖客話	188705240102

以地理為主要特徵的四字新聞集合
華中・湖北

鄂垣近事	1877091802
鄂垣近事	1882110702
武漢餘聞	1883052002
沙市近聞	1883060804
武漢近聞	1883061802
荊沙郵音	1883062402
鄂省官報	1884011403
鄂事雜錄	1884081902
鄂垣軍政	1884091002
鄂事續述	1884092402
宜昌雜事	1884093003
宜昌瑣事	1884100603
宜昌近聞	1884101602
鄂中軍事	1884102801
宜事述新	1884103002
宜昌近事	1884110602
宜昌近事	1884110902
宜昌近聞	1884113003
襄垣叢話	1884122002
宜昌近事	1884122303

宜昌瑣言	1885032602
宜昌近事	1885041603
宜陵雜述	1885043003
宜昌近事	1885050202
宜昌近事	1885060603
宜昌紀聞	1885061102
宜昌瑣事	1885071102
襄垣雜錄	1885082802
宜陵錄事	1885083002
鄂渚紀聞	1885101402
漢皋紀事	1885101502
宜昌雜綴	1885120202
宜昌雜錄	1885122302
宜昌來信	1886010302
漢溪寒色	1886012502
襄垣紀事	1886012702
武漢近聞	1886013102
鄂渚官報	1886030302
鄂事撮要	1886032602
鄂事採新	1886051002
彝陵瑣綴	1886051701
襄垣紀實	1886052402
宜昌來翰	1886061702
襄垣雜誌	1886062302
宜昌瑣話	1886062902
襄垣瑣誌	1886071602
彝陵歸雁	1886102102
彝陵紀要	1886110302
襄垣雜誌	1886111302
彝陵雜錄	1886112202
彝陵來翰	1886112602
宜昌紀要	1886122402
彝陵雜錦	1887010803
彝陵紀事	1887012103
彝陵瑣綴	1887022303
楚北見聞	1887052102
宜昌瑣綴	1887052502
彝陵雜採	1887071502

襄水雜聞	1887072102	彝陵郵簡	1890053102	鄂渚官報	188905070203
襄垣筆記	1887080903	彝陵櫓唱	1890072302	漢電譯登	188907090102
彝陵瑣誌	1887082402	彝陵櫓唱	1890091302	冶城霜信	189011110102
宜昌近事	1887090102	襄水春鱗	1891032202	宜昌近事	189111220203
宜昌近事	1887091103	彝陵近事	1891052802	漢帛瑣錄	189202050203
襄垣新誌	1887091902	漢口叢談	1891061903	襄水綠波	189203040203
彝陵瑣誌	1887112902	宜昌近事	1891070203	彝陵瑣紀	189206270102
嶺表寒雲	1887122302	宜昌近事	1891071302	襄水清談	189210030203
宜昌近事	1887122703	宜昌零語	1891072203	襄垣春色	189303060102
宜昌雙鯉	1888012102	昭君村中人語	1891080502	武漢摭言	1888020202003
彝陵錦字	1888031302	宜昌近信	1891092102		
襄垣誌事	1888042602	宜昌近事	1891100202	**以地理為主要特徵的四**	
夏口春聲	1888050802	彝陵瑣錄	1891102002	**字新聞集合**	
襄垣軼事	1888061802	武漢瑣聞	1891111003	**華中‧湖南**	
武漢紀聞	1888061903	彝陵瑣錄	1891122102	苗疆消息	1875051102
彝陵爽籟	1888072902	彝陵櫓唱	1891122803	湘事彙誌	1882051101
彝陵瑣綴	1888082702	宜昌近事	1892010403	湘靈瑟韻	1888112202
彝陵近事	1888102003	彝陵冷話	1892012603		
巴峽猿聲	1888110202	漢水明珠	1892070402	**以地理為主要特徵的四**	
宜昌近聞	1888111002	宋玉宅邊人語	1892090603	**字新聞集合**	
漢皋雜佩	1888120803	宜昌瑣語	1892091602	**京城**	
彝陵瑣誌	1888121102	彝陵櫓唱	1892100203	貴州消息	1874112504
東湖月色	1888121303	夏口冰心	1893011903	京師近聞	1881031902
宜昌近事	1889021502	鄂垣官報	1893021002	北京雜聞	1881051801
楚江春浪	1889021602	宜昌雜誌	1893031702	京都近聞	1881112201
襄垣小志	1889042203	彝陵雜紀	1893041702	京信摘錄	1882042601
漢事續聞	1889070802	彝陵春望	1893050802	燕臺近聞	1882101502
巴東消夏	1889071702	巴峽餞春	1893051303	都門近事	1882111902
襄垣雜事	1889082302	巴山話雨	1893052202	都門近信	1883032301
官場述聞	1889090602	彝陵櫓唱	1893062002	都門近信	1883040101
彝陵協唱	1889091703	漢水□瑞	1893111102	京師近事	1883122502
宜昌近信	1889091802	宜昌郵簡	1893122401	都下述聞	1884071401
彝陵雁字	1889093003	鄂事續聞	188211150102	日下近聞	1884071502
襄垣零拾	1889102502	宜昌瑣事	188410120203	京師要電	1884071702
襄垣零拾	1889110103	宜昌近事	188412080203	京華要電	1884071801
彝陵瑣誌	1889110802	宜昌瑣紀	188604100102	都下述聞	1884071902
宜昌近事	1890011102	彝陵雜述	188701040203	北京來電	1884072301
彝陵歡唱	1890011302	襄垣瑣綴	188704300203	京津電音	1884072601
				宣南瑣聞	1884072702

北京雁帛	1884073001	輦轂紀聞	1885011602	日下紀聞	1885070902
京師近事	1884080303	輦轂紀聞	1885011703	都下述聞	1885071702
京電錄登	1884080701	輦轂紀聞	1885011902	春明紀事	1885073002
京師函報	1884080703	京電述聞	1885012101	都門近事	1885080102
日下紀聞	1884082102	京師來信	1885012102	雲間瑣語	1885080302
京華來電	1884082201	日下來函	1885012702	京邸紀聞	1885080602
金臺魚素	1884082502	京電照譯	1885012901	日下傳聞	1885081102
京津贅言	1884083102	金臺紀事	1885012902	日下鴻音	1885082902
宣南軍信	1884090702	輦轂近聞	1885020502	鳳城近報	1885090302
京師來電	1884090801	京華瑣記	1885020603	金臺叢話	1885090902
都下委談	1884091502	都門紀事	1885022802	京華摭要	1885091502
都門近事	1884091603	輦下雜聞	1885030202	燕臺雙鯉	1885091902
鹿苑叢談	1884091603	輦下述聞	1885031802	都門輿誦	1885092202
京友電音	1884091902	日下摭餘	1885032203	金臺耳食	1885092502
京華勝錄	1884092002	輦轂紀聞	1885040502	鳳城談萃	1885092602
天南瑣記	1884092002	都門新紀	1885040802	燕京紀聞	1885100901
京華勝錄	1884092102	春明時事	1885040902	軟紅夢語	1885101502
宣南縷述	1884092102	京華近事	1885041402	輦轂觀光	1885101802
日下紀聞	1884092402	日下紀聞	1885041602	輦轂紀聞	1885101902
京華近事	1884092503	鳳城瑣記	1885042702	帝京紀事	1885110302
吳淞信息	1884092604	京華竹素	1885043002	長安客述	1885110502
京師來電	1884092702	鳳禁紀聞	1885050102	都門記略	1885120402
日下紀聞	1884092702	日下紀聞	1885050902	京師紀事	1885120502
京華雜記	1884092902	京友述聞	1885051002	京華竹報	1885123102
京電述聞	1884100601	帝京紀事	1885051302	帝都勝事	1886010602
京電要聞	1884101001	鳳城瑣述	1885051802	鳳城脞筆	1886010802
京華瑣事	1884101403	都門談助	1885052302	京華尺一	1886011402
日下近聞	1884101702	都門瑣記	1885052802	都門客述	1886011602
京師近事	1884102402	天南瑣記	1885061102	都門談藪	1886011902
京都來信	1884110101	都下叢談	1885061202	鳳城清話	1886012602
輦轂要聞	1884110302	鳳城叢話	1885061802	皇畿日記	1886013102
宣南新語	1884111702	鳳城雜綴	1885062202	京師近聞	1886020101
輦轂紀聞	1884112102	京事遴要	1885062302	宣南瑣記	1886021801
京華瑣記	1884112602	都門談薈	1885062402	軟紅談剩	1886022802
白下叢譚	1884112902	都門郵信	1885062902	都門紀要	1886030502
京師郵聞	1884120502	都門雜誌	1885063002	帝京春訊	1886031602
都下薈談	1884121501	京華綴錦	1885070402	日下紀聞	1886032502
都中雜聞	1885010902	春明紀事	1885070502	畿輔近聞	1886032901

春明佳話	1886040502	古燕筱韻	1886110702	帝京叢話	1887090502
輦轂紀聞	1886040602	金鑾珥筆	1886111302	京師紀要	1887090602
燕京談屑	1886040702	都門日記	1886113002	宣南瑣語	1887091202
輦下紀聞	1886041101	京師途說	1886120602	宣南雜事	1887091502
雲間近事	1886041102	帝京載筆	1886120802	京華麗日	1887091802
軟紅春影	1886041801	燕市茗談	1886121202	都門紀略	1887092002
鳳城春色	1886042102	京師近事	1886122002	神京日記	1887092502
春明叢話	1886042302	都門雜述	1886123002	金臺秋景	1887100202
帝里近聞	1886042702	宣南叢話	1887010803	皇州珥筆	1887100702
都門雜記	1886043002	鳳闕禪輝	1887013002	京洛秋光	1887101002
神京清話	1886050102	天南歸雁	1887022802	軟紅中人語	1887101402
京邸雪泥	1886051602	雲間瑣綴	1887030102	京師脞筆	1887101902
京師雜紀	1886052001	都門紀事	1887030202	燕京雜錄	1887102102
宣南雜組	1886060202	鳳城紀勝	1887030402	禁樹秋聲	1887102802
春明紀事	1886060502	天南春軟	1887032002	京江瑣綴	1887110902
都門紀事	1886062602	神京清話	1887032402	京華夢影錄	1887111302
京江紀要	1886070902	京華□筆	1887040402	鳳闕晴暉	1887120102
日下郵聞	1886071102	都下委談	1887040502	鳳池珥筆	1887120202
京友茗談	1886071402	皇都春事	1887041202	京事紀要	1887120802
京華讕語	1886071502	皇州春色	1887041902	京邸瑣函	1887121001
帝京雜記	1886072002	都下委談	1887042402	京師紀事	1887121602
京華新說	1886072602	燕市醉歌	1887042703	京中人語	1887121902
首善紀聞	1886072902	都下瑣談	1887042802	京事攟新	1887122502
都門紀事	1886080702	京邸述新	1887051702	京江談屑	1888010802
都下述聞	1886081602	金臺夕照	1887052602	皇都紀勝	1888011802
日下紀言	1886082902	畿甸紀聞	1887052702	燕市酒痕	1888011902
帝京客述	1886083002	都門談屑	1887061502	京邸琅函	1888012802
燕市紀聞	1886090302	日下紀聞	1887062102	京師近事	1888012902
神京清話	1886090902	京華紀勝	1887070602	燕北偶談	1888020202
燕市秋聲	1886091302	京師紀事	1887071202	鳳池珥筆	1888020302
首善撫聞	1886092602	京華述事	1887071802	鳳闕恩光	1888020802
燕市酒痕	1886093002	帝京清話	1887072202	禁城送臘	1888020901
京塵雜錄	1886101102	帝京景色	1887072702	皇州春色	1888022101
神京誌勝	1886101402	京華紀□	1887073002	太液春波	1888022802
輦轂紀聞	1886101903	京師紀事	1887080602	神京日記	1888030102
都門日記	1886102202	首善紀言	1887080802	瀛洲草色	1888030802
九峰雲影	1886102702	京師載筆	1887081102	帝京載筆	1888032202
京華紀事	1886102902	都中近事	1887082602	龍池柳色	1888040402

都門紀事	1888041002	鳳池瑞雪	1889011602	京邸秋聲	1889090602
上林韶景	1888042002	日下紀聞	1889012702	都中瑣記	1889090902
都下瑣言	1888042202	皇都春色	1889020503	京師雜紀	1889091702
朶殿春聲	1888042502	鳳池柳色	1889020802	漢苑鳴蟬	1889092102
鳳池春曉	1888050402	日下紀聞	1889020902	輦下紀聞	1889100102
宣南叢話	1888050502	燕市春聲	1889021002	皇都紀勝	1889100402
輦下紀聞	1888051102	京師雜事	1889022302	京師紀事	1889101602
都門便覽	1888051702	龍池柳色	1889030502	上苑晴光	1889102902
皇畿紀勝	1888052102	京華紀麗	1889030702	舳艫晴旭	1889110502
京洛緇塵	1888060102	朶殿春聲	1889031002	燕京雜紀	1889110902
皇畿紀事	1888060602	春明選勝	1889031302	京邸音書	1889111902
皇都淑景	1888061102	京邸紀聞	1889032002	都門瑣記	1889112102
輦轂紀聞	1888061302	京華瑣紀	1889032201	京邸近音	1889112302
禁苑簪毫	1888062602	春明雜紀	1889040602	京畿紀事	1889112902
玉堂佳話	1888062802	金臺雜言	1889042602	都下談資	1889113002
首善述聞	1888071002	下車告示	1889050302	日下紀聞	1889120302
首善紀聞	1888072602	太液晴波	1889050802	舳艫冬旭	1889123102
溫樹涼痕	1888081102	京邸琅函	1889051702	古燕寒色	1890010302
帝京日記	1888081202	燕市酒痕	1889051902	宣南鴻雪	1890010502
都門談屑	1888081702	都門紀事	1889052502	日下紀聞	1890010602
都中近事	1888082602	都下談資	1889060502	京師紀事	1890010802
京師近事	1888082702	皇州淑景	1889060702	上苑春光	1890021302
御園秋色	1888091402	夜池消夏	1889061002	鳳池柳色	1890021802
都下魚書	1888092002	螭陛薰風	1889061502	鳳池珥筆	1890031202
都門雁信	1888100102	京師新聞	1889062201	紫禁春色	1890031302
北雁南飛	1888100201	京師談藪	1889062502	上林淑景	1890042202
太液秋光	1888100302	太液涼波	1889070602	上林韶景	1890050702
神京日記	1888100702	輦下紀聞	1889070702	京師紀事	1890051502
京師瑣紀	1888101602	鳳禁迎暉	1889070902	金鑾載筆	1890052501
紫禁簪毫	1888110202	太液延涼	1889071002	京畿雜綴	1890060302
都門雜錄	1888111102	朶殿延薰	1889071202	輦轂紀聞	1890060801
帝京珥筆	1888111802	螭陛延涼	1889072202	京華客語	1890062502
輦下紀聞	1888120902	御苑蟬聲	1889073102	京邸雜言	1890070802
帝都冬景	1888121502	北平佚事	1889080602	燕市歌聲	1890071901
都門鴻雪	1888121602	都下委談	1889081802	液池秋爽	1890081202
京邸琅函	1889010302	□□秋聲	1889082402	京師災象	1890081501
北□祥□	1889010402	都下委談	1889082502	華蓋蟬聲	1890081902
帝城佳話	1889011202	帝京日紀	1889090302	首喜述聞	1890091402

上苑秋光	1890100602	鹿耳春潮	1892022702	金臺摭拾	18892012602
鳳闕曉鐘	1890101802	螭坳剩語	1892032101	皇州春色	18900240102
京師閒話	1890103002	披垣花影	1892032501	雜譯京信	188003160102
九天珠玉	1890111002	玉階仙仗	1892042302	京師郵耗	188012170102
披垣晴雪	1890121502	玉蝀晴雲	1892042501	北京近事	188210170102
京華記事	1890121602	京師道聽	1892050301	京華雁帛	188407130102
雲中鳳闕	1890122002	朵殿薰風	1892052902	京都郵聞	188407200102
帝京紀事	1890122502	京師巷語	1892060701	輦轂要聞	188411010203
春明雜錄	1891020202	天上清光	1892061902	京師郵信	188411130102
上苑韶光	1891021403	松棟雲痕	1892070302	輦轂紀聞	188412020203
皇州春色	1891030201	鶯坡清話	1892071302	都下紀聞	188501010203
上林紅杏	1891031402	天南新雁	1892082102	都下雜紀	188501020102
蘭臺餘話	1891032002	天南旅雁	1892090602	首善雜聞	188501230203
雲中雙闕	1891032402	天南新雁	1892100202	帝城春景	188503070203
上林語錄	1891040302	燕築餘音	1892112401	都中瑣言	188503210203
上苑春光	1891040602	雲中雙闕	1892120601	帝城春色	188503310102
雲間鳶影	1891041102	虞陛賡歌	1892120901	京師紀實	188505060203
金鼇簪筆	1891041502	輦下紀聞	1893012002	京邸述聞	188505170102
都門紀略	1891041902	神京語錄	1893012201	京師紀事	188505240203
螭陛簪毫	1891053102	上清仙語	1893012701	都門雜紀	188506010102
御園夏景	1891061302	天南梅信	1893020102	日下述聞	188506130203
雲間近事	1891061502	虞陛歌薰	1893052302	京事紀要	188507060102
都門語剩	1891061802	皇都述事	1893072101	皇都紀事	188507160102
太液涼波	1891080401	太液荷風	1893072401	春明紀事	188507180102
蘭臺清話	1891081202	金山玩月	1893072402	鳳城秋信	188508210102
鳳池秋色	1891091202	金華殿中人語	1893073002	日下紀聞	188508230102
京華紀實	1891092401	液池清暑	1893080602	宣南叢話	188509070102
楓陛恩濃	1891100602	金焦黛魚	1893080902	日下歸鴻	188510040102
九天珠玉	1891100701	金鼇載筆	1893100301	帝京紀事	188510310102
御爐焰篆	1891100802	玉蝀祥雲	1893100801	都門清話	188511060102
京師叢談	1891101601	神京紀載	1893101501	京華紀事	188511170102
宣南客述	1891112702	大部鴻文	1893101601	鳳禁咫聞	188511220102
京邸琅函	1891112801	上清珥筆	1893110201	宣南鴻雪	188512160102
皇都紀事	1891112901	大部鴻文	1893111501	京畿紀事	188512170102
螭坳珥筆	1891120502	楓陛承恩	1893111901	帝京瑣載	188601280102
閬苑清談	1891120602	京塵雜錄	1893113001	日下紀聞	188602150102
雲中雙闕	1892011202	鸞坡弱筆	1893120201	京華雜說	188602160102
春明載筆	1892020602	宣南紀事	18890561602	京華春汛	188602220102

九華春語	188603110102	都門雜記	188705250102	上苑春風	188804230102
春明談屑	188603150102	京華紀事	188705300102	春明脞錄	188804280102
九重春色	188603170102	京師近事	188706040102	鳳池珥筆	188805030102
輦轂紀聞	188603220102	輦轂紀聞	188706200102	太液晴波	188805080102
燕市春聲	188603270102	金臺夏景	188707130102	都門迎夏	188805100102
皇州春色	188604120102	皇畿淑景	188707140102	日下紀聞	188805180102
春明紀事	188604260102	春明夢瑣	188707190102	都門紀事	188805190102
日下紀聞	188605070102	京洛讕言	188708030102	神京珥筆	188805280102
神京日記	188605280102	京師近事	188708040102	京華紀事	188805310102
日下紀聞	188605310102	都門紀要	188708130102	鳳闕韶光	188806030102
神京日記	188606070102	京師紀事	188708230102	太液涼波	188806220102
日下紀聞	188606140102	京畿載筆	188708300102	都門紀事	188806300102
京師雜記	188606170102	京畿雜錄	188709080102	皇畿紀勝	188807050102
都門日記	188606240102	神京清話	188709110102	御園炎景	188807110102
京師瑣語	188607010102	京洛軟紅	188709160102	太液涼痕	188807190102
日下談資	188607170102	鳳闕祥暉	188710160102	神京日記	188807240102
輦轂紀聞	188607240102	京師紀要	188710250102	神京清話	188807280102
首善紀聞	188608080102	京華傳語	188711070102	帝京清話	188808040102
京邸紀聞	188608220102	都下委談	188711090102	北雁南飛	188808130102
京事紀要	188609080102	都城聞見錄	188711160102	京華秋色	188808160102
都門紀要	188609160102	帝京清話	188711280102	京邸延秋	188808210102
京華歸雁	188609170102	京師要語	188712030102	帝京紀事	188808240102
帝京日記	188609190102	京師寒籟	188801020102	鳳池秋色	188808280102
京事叢鈔	188609240102	京華紀實	188801030102	御園秋色	188808300102
都下紀聞	188610020102	京華紀餘	188801040102	輦下傳聞	188809050102
帝京脞筆	188610030102	宣南晴雪	188801090102	鳳城秋色	188809090102
京畿紀要	188610100102	京事彙錄	188801170102	都中紀事	188809100102
都門日記	188610170102	禁城臘鼓	188802050102	日下秋鴻	188809110102
都下委談	188610280102	神京日記	188802070102	上林雁帛	188809130102
帝京日記	188610310102	都下春箋	188802230102	京師近事	188809210102
都門瑣記	188611110102	鳳城紀事	188802240102	燕市秋風	188809240102
都下委談	188611200102	輦下紀聞	188803090102	禁城秋色	188809260102
都客述新	188611290102	首善紀言	188803210102	皇都紀勝	188809300102
畿甸紀聞	188701140102	杏林燕語	188803230102	輦下述聞	188810080102
輦轂紀聞	188701170102	日下新聞	188803250102	都下述聞	188810090102
輦下紀聞	188703080203	上苑春光	188804060102	都門瑣紀	188810110102
帝京雜紀	188703310102	紫禁祥光	188804090102	燕市秋笛	188810140102
神京載筆	188704140102	輦下紀聞	188804190102	京臺夕照	188810280102

京師紀事	188810310102	燕京雜紀	188904100102	上林雁帛	188908150102
上林多景	188811080102	金臺紫語	188904110102	玉宇秋風	188908200102
都門雁信	188811200102	京邸雜言	188904190102	畿甸歸鴻	188908230102
首善述聞	188811210102	觚稜□探	188904200102	輦下鴻音	188908270102
燕市衢歌	188811220102	京師紀事	188904220102	都中紀事	188908310102
燕市閒談	188811260102	日下紀聞	188904270102	古燕聞見錄	188909010102
京師近信	188811280102	首善紀聞	188905010102	宣南錄要	188909050102
都門雜紀	188812030102	鳳池雜紀	188905060102	京邸秋鴻	188909110102
上林雁信	188812080102	紫禁朱櫻	188905070102	金闕曉鐘	188909130102
觀光記略	188812120102	燕市歌聲	188905180102	御園秋色	188909200102
宣南稗史	188812130102	京華宧續	188905200102	玉宇秋澄	188909240102
上林雪雁	188812170102	蠟陛簪毫	188905210102	都門雁信	188909270102
鳳闕晴暉	188812180102	長樂鐘聲	188905220102	燕京雜紀	188910020102
宣南鴻雪	188812290102	春明雜誌	188905240102	瀛臺珥筆	188910060102
日下談資	188901020102	輦下瑣聞	188905280102	都中近事	188910080102
晉城寒信	188901050102	西清掞藻	188905290102	帝京雜紀	188910110102
宣南鴻雪	188901080102	都門近事	188906060102	皇都鯉信	188910120102
金殿朝儀	188901130102	瀛州淑景	188906110102	溫樹秋聲	188910170102
京洛□□	188901180102	粉署簪毫	188906180102	首善紀言	188910180102
京師紀事	188901220102	帝京日記	188906190102	帝京瑣語	188910190102
都門餞臘	188901280102	北京近事	188906240102	京師近事	188910210102
上林春色	188902070102	朶殿薰風	188906260102	京師近事	188910280102
皇都吉語	188902110102	陶然亭消夏錄	188907020102	京華紀勝	188911060102
京師近事	188902140102	金華殿中人語	188907050102	鳳闕晴暉	188911100102
京師瑣事	188902150102	鳳池消夏	188907080102	宣南鴻雪	188911200102
瀛臺春色	188902210102	帝京雜紀	188907150102	燕市歌聲	188911220102
皇州春色	188902240102	太液恩波	188907160102	燕市笳聲	188911240102
春明夢餘新錄	188902280102	輦下紀聞	188907170102	燕京從話	188911260102
京事述新	188903040102	日下紀聞	188907210102	帝京雜紀	188911270102
輦下紀聞	188903120102	宣南客話	188907240102	京邸述聞	188912020102
鳳池柳色	188903160102	禁柳蟬聲	188907250102	鳳闕晴暉	188912100102
帝京紀事	188903170102	帝京雜紀	188908030102	京師紀事	188912120102
春明碎錄	188903210102	紫禁延秋	188908040102	日下紀聞	188912140102
京華紀勝	188903250102	京邸傳聞	188908050102	日下紀聞	188912180102
春明叢話	188904040102	北地秋鴻	188908080102	帝京雜錄	188912300102
太液春波	188904050102	蓬山涼翠	188908090102	京師近事	189001010102
都門瑣紀	188904070102	太液涼波	188908110102	都門臘語	189001100102
禁城柳色	188904080102	北平鴻影	188908130102	燕市寒笳	189001130102

禁城寒旭	189001140102	金鼇隨筆	189004280102	漢苑秋蟬	189008140102
都門小記	189001180102	九天珠玉	189005010102	京師瑣記	189008160102
帝京年景	189002030102	京師郵語	189005020102	神京雜紀	189008190102
鳳池淑景	189002040102	宣南客述	189005030102	神京清話	189008200102
朵殿春聲	189002050102	燕京日錄	189005050102	紫禁簪毫	189008210102
燕市春聲	189002060102	蓬壺曉箭	189005060102	九天雨露	189008240102
都下叢談	189002080102	龍池夏景	189005080102	玉蝀秋雲	189008250102
神京日記	189002090102	虞陛韶音	189005090102	金鼇夜月	189008300102
京邸新聞	189002100102	咫尺瞻天	189005140102	紫殿爐香	189009010102
鳳池春曉	189002110102	皇都紀述	189005160102	京邸秋聲	189009050102
帝里韶光	189002190102	金臺載筆	189005170102	京都紀事	189009080102
皇城春色	189002210102	紫金簪毫	189005180102	京塵雜錄	189009100102
皇都柳色	189002220102	京邸瑤函	189005190102	禁城曉箭	189009160102
春明吉語	189002230102	鳳池延夏	189005200102	鳳闕晴暉	189009170102
帝里春光	189003080102	九天珠玉	189005270102	觀光紀事	189009210102
上林鶯囀	189003100102	首善□聞	189006020102	輦轂觀光	189009220102
瀛州草色	189003110102	鳳池延夏	189006060102	西山秋籟	189009260102
上林春色	189003140102	帝京清話	189006070102	京師雜紀	189009270102
京邸瑣聞	189003150102	太液恩波	189006100102	都門日記	189009290102
上苑恩暉	189003160102	都門瑣語	189006110102	禁苑秋聲	189010010102
瀛州淑景	189003170102	燕京雜錄	189006140102	上林雁帛	189010030102
鳳闕晴暉	189003180102	玉河梅漲	189006180102	京師紀事	189010070102
日下紀聞	189003190102	金臺小錄	189006190102	日下紀聞	189010080102
鳳闕觀光	189003200102	宣南雜誌	189006200102	東華新錄	189010090102
京師紀事	189003210102	春明夢縠	189006210102	玉蝀秋雯	189010150102
螭坳載筆	189003230102	鳳池藻夏	189006240102	上國觀光	189010190102
帝京雜誌	189003240102	金闕曉鐘	189006280102	金鼇玩月	189010210102
春明雜錄	189003250102	輦轂述聞	189006300102	御溝紅葉	189010230102
春明紀事	189003280102	蓬壺曉箭	189007010102	玉宇秋痕	189010250102
京師瑣事	189003290102	帝城夏景	189007100102	禁城秋眺	189010290102
龍池春雨	189003300102	帝鄉炎景	189007180102	燕郊雁宇	189011030102
都門日記	189004030102	鳳池藻夏	189007220102	雲中雙闕	189011050102
瀛臺春賞	189004040102	都門新語	189007250102	楓陛恩濃	189011090102
上苑春光	189004090102	京師紀事	189007300102	京師近事	189011130102
京洛紀新	189004100102	紫殿薰岑	189008030102	玉案□香	189011170102
禁城春曉	189004120102	御苑蟬聲	189008040102	五雲樓閣	189011180102
溫樹春聲	189004150102	蒸琴解慍	189008090102	京邸近聞	189011200102
神京日記	189004230102	輦轂觀光	189008100102	舮稜愛日	189011210102

皇都郵語	189011220102	蘭臺清話	189103090102	太液恩波	189106170102
金闕曉鐘	189011230102	杏苑春光	189103120102	京師雜紀	189106210102
上林寒雁	189011290102	鳳城春望	189103130102	鳳闕恩光	189106220102
京邸琅函	189011300102	皇洲吉語	189103150102	春明夢影	189106230102
長樂鐘聲	189012030102	京師巷語	189103160102	皇都勝事	189106250102
昭陽日影	189012050102	上林春色	189103170102	日下咫聞	189106260102
螭坳載筆	189012060102	杏苑春光	189103190102	太液澄波	189106290102
神京載筆	189012110102	蓬壺清漏	189103270102	上林淑景	189107020102
天南雁宇	189012120102	上苑鶯聲	189104010102	日下紀聞	189107040102
京師瑣誌	189012130102	瀛臺載筆	189104020102	宮槐蟬噪	189107060102
輦轂紀聞	189012140102	螭坳載筆	189104070102	東報譯登	189107070203
西山晴眺	189012170102	京塵雜錄	189104090102	蘭掖清風	189107100102
燕郊涼築	189012180102	輦下觀光	189104120102	京邸夏聲	189107110102
禁城曉箭	189012260102	龍池柳色	189104130102	京師道聽	189107130102
神京載筆	189012270102	春明夢餘新錄	189104140102	虞陛薰風	189107170102
京事□錄	189101050203	都門紀略	189104170102	金臺客述	189107180102
上國觀光	189101060102	神京載筆	189104240102	帝里風光	189107210102
京中人語	189101070102	春明漫錄	189104250102	鳳池波影	189107220102
京師餘話	189101080102	鳳闕曉鐘	189104260102	觀光記略	189107240102
幽燕多景	189101120102	蘭液清風	189104280102	省善郵音	189107250102
長樂鐘聲	189101130102	玉京瑤箚	189104290102	鳳池藻夏	189107270102
閬苑鶴書	189101150102	蘭臺佳話	189105010102	日下新聞	189108010102
帝京臘鼓	189101210102	春明舊夢	189105050102	蘭池藻夏	189108030102
五雲樓閣	189101240102	蓬瀛新夏	189105100102	玉京瑤箚	189108050102
燕京雜錄	189101270102	螭陛簪毫	189105110102	金鼇珥筆	189108100102
京師傳語	189101290102	虞陛歌薰	189105120102	玉珂清韻	189108110102
上林瑞雪	189102030102	瀛臺淑景	189105150102	京畿近事	189108180102
春明韶景	189102150102	日下炎言	189105170102	神京載筆	189108200102
皇州吉語	189102160102	金華殿中人語	189105210102	道善采風	189108210102
御苑韶光	189102180102	蓬瀛新夏	189105270102	漢苑秋蟬	189108220102
鳳闕恩光	189102190102	輦下傳聞	189105290102	瀛臺紀事	189108250102
蘭臺佳話	189102240102	日下傳聞	189105300102	神京耳食	189108270102
神京清話	189103020102	雲中鳳闕	189106010102	太液涼波	189108280102
雲間春色	189103030203	虞陛薰弦	189106040102	螺山攬勝	189109090102
龍池柳色	189103040203	蘭液清風	189106060102	魚藻恩波	189109130102
螭陛春風	189103050102	帝京景色	189106080102	神京驛使	189109160102
宮樹鶯聲	189103060102	京邸雜聞	189106100102	太液秋波	189109180102
春明雜錄	189103080102	日下書來	189106140102	宣南秋眺	189109210102

瀛臺選勝	189109220102	玉陛鶯聲	189201030102	蘭披清風	189204290102
金鑾載筆	189109260102	京邸琅函	189201040102	虞陛薰琴	189205010102
鳳城秋景	189109270102	皇都道聽	189201110102	太液恩波	189205040102
九天雨露	189110010102	玉堂清話	189201130102	上苑風光	189205190102
螭坳珥筆	189110100102	上清仙語	189201150102	九霄月色	189205200102
金鑾退食記	189110130102	玉京瑤箚	189201160102	太液恩波	189205300102
金華殿中人語	189110140102	帝都臘景	189201180102	端門午景	189205310102
瀛臺清話	189110150102	西山晴雪	189201190102	太液清波	189206060102
鑾坡珥筆	189110200102	長安日近	189201210102	玉階蚪箭	189206110102
禁苑簪毫	189110210102	九天珠玉	189201220102	液池藻夏	189206130102
帝城叢話	189110240102	神京珥筆	189201230102	鳳池染翰	189206160102
日下近聞	189110280102	上林雁帛	189201270102	蓬雲五色	189206290102
皇都客述	189110290102	鳳闕祥光	189202050102	液池蘭氣	189207050102
長安日近	189111010102	京華燕語	189202090102	太液新荷	189207090102
鳳城紀事	189111090102	上林梅泛	189202120102	京塵雜錄	189207140102
楓陛恩濃	189111100102	紫禁簪毫	189202130102	玉蝀晴雲	189207160102
長安日近	189111110102	官樣文章	189202140102	彤庭珥筆	189207200102
鑾坡多景	189111120102	上苑和風	189202160102	舢稜日麗	189207220102
京邸鱗鴻	189111140102	上林淑景	189202180102	陶然亭延涼記	189207290102
楓陛承恩	189111170102	杏苑春聲	189202250102	上林蟬噪	189207300102
鑾坡清話	189111180102	玉堂清話	189203030102	金鑾退食筆記	189208050102
春明夢影	189111190102	九天珠玉	189203040102	玉蝀晴雲	189208070102
蘭臺佳話	189111220102	鳳闕春雲	189203050102	紫省珂音	189208140102
鳳城寒眺	189111230102	瀛洲草色	189203150102	上苑延秋	189208160102
舢稜晴旭	189111240102	玉階蚪箭	189203180102	宣南雁宇	189208170102
皇都愛日	189112020102	金闕曉鐘	189203190102	漢苑秋光	189208210102
玉京多旭	189112030102	金華殿中人語	189203200102	鳳池秋色	189208230102
京邸傳言	189112100102	宣南客述	189203240102	金臺秋色	189208240102
閬苑鶴書	189112110102	春明□筆	189203260102	玉京清話	189208250102
紫禁簪毫	189112120102	金闕曉鐘	189203280102	上苑新秋	189208290102
玉京寒色	189112140102	宮花笑日	189203290102	上國衣冠	189208310102
京華客述	189112150102	天門金榜	189204030102	螭陛簪毫	189209020102
天上瑤華	189112160102	鑾坡珥筆	189204040102	上苑秋光	189209030203
閬苑鶴書	189112170102	宮袍湛露	189204050102	金臺夕照	189209090102
都中人語	189112180102	太液春波	189204060102	上林秋景	189209100102
昭陽鴉影	189112220102	仙臺華月	189204140102	宮袍清露	189209110102
玉京叢話	189112230102	瀛洲草色	189204160102	上苑秋光	189209130102
金闕曉鐘	189112240102	帝城春色	189204170102	溫樹秋聲	189209140102

巒坡珥筆	189209160102	天南梅信	189212280102	龍池柳色	189305020102
上林秋雁	189209190102	蘭臺佳話	189212290102	京師雜紀	189305030102
金鼇玩月	189209240102	西清珂韻	189212300102	帝京雜紀	189305070102
漢宮威儀	189209250102	玉蝀晴雲	189212310102	玉階劍佩	189305100102
鳳城秋眺	189209270102	山清仙錄	189301050102	神山晴眺	189305120203
鳳池染翰	189209280102	蘭臺新話	189301060102	液池柳蔭	189305130102
宏我漢京	189209300102	玉京瑤箚	189301090102	陶然亭餞春記	189305160102
九天閶闔	189210010102	九陛雲璈	189301100102	巒坡弭筆	189305170102
金鼇玩月	189210020102	宣南鴻雪	189301110102	玉京瑤箚	189305210102
京華雁箚	189210030102	鳳闕恩輝	189302110102	鳳池藻夏	189305270102
上苑秋光	189210070102	巒坡珥筆	189302220102	花磚步影	189305310102
鳳闕祥雲	189210080102	虞陛賡韶	189302270102	紫禁朱櫻	189306100102
金臺晚眺	189210110102	上清仙錄	189303020102	宮槐日影	189306130102
帝京紀事	189210120102	鳳城紀勝	189303030102	虞陛薰琴	189306140102
長樂鐘聲	189210130102	鳳城紀聞	189303090102	午門蒲劍	189306160102
日下紀聞	189210160102	九天雨露	189303100102	神京清話	189306200102
宣南鴻雪	189210200102	上林春色	189303110102	陶然亭避暑記	189306220102
日下紀聞	189210220102	宏我漢京	189303140102	神山晴眺	189306240102
日下瑣言	189210260102	紫省坷音	189303150102	居庸晴翠	189306270102
上林秋景	189210270102	太液春波	189303220102	巒坡珥筆	189307030102
上林秋雁	189210290102	舳稜日彩	189303230102	金鼇玉蝀橋玩月記	189307120102
輦下述聞	189211010102	龍池柳色	189303250102		
楓陛恩濃	189211090102	皇洲鶯轉	189303260102	漢家制度	189307130102
日下紀聞	189211120102	鳳池染翰	189303290102	帝京人物志	189307140102
神山英佩	189211120203	神京日記	189303310102	金鼇玩月	189307170102
漢家制度	189211150102	皇都淑景	189304030102	上清銀榜	189307190102
瀛臺秋眺	189211160102	上苑韶光	189304040102	臺閣文章	189307200102
朝野僉載新編	189211200102	御苑春風	189304050102	御苑蟬聲	189307310102
巒坡弭筆	189211210102	都門雜誌	189304060102	虞陛歌薰	189308020102
蘭臺佳話	189211300102	玉京仙籟	189304070102	太史書云	189308130102
薇省坷音	189212010102	靈和春柳	189304190102	上林新雁	189308140102
魏闕祥暉	189212020102	宮花笑日	189304200102	錦秋墩延涼記	189308170102
鳳闕祥光	189212100102	西清藻采	189304220102	披垣花影	189308200102
巒坡珥筆	189212110102	帝里風光	189304230102	朝野金載	189308220102
五雲樓閣	189212120102	五雲樓閣	189304250102	太液清波	189309020102
宏我漢京	189212130102	鳳城宵柝	189304260102	螭坳簪筆	189309040102
日下紀聞	189212160102	帝京雜紀	189304290102	雍容揄揚	189309090102
金闕曉鐘	189212170102	輦下述聞	189304300102	太液清波	189309120102

大部鴻文	189309240102	**以地理為主要特徵的四字新聞集合**		吳淞信息	1884082603
帝京例載	189309300102			吳淞紀事	1884082703
大部鴻文	189310010102	**上海**		吳淞近事	1884082803
都下述聞	189310100102	本埠官報	1883061503	浦濱閒話	1884082902
神京雜記	189310110102	本埠官報	1883062102	吳淞信息	1884083103
上清寶笈	189310120102	本埠官報	1883062203	吳淞紀事	1884090103
上國衣冠	189310130102	本埠官報	1883062703	吳淞紀事	1884090203
都門吏治	189310190102	吳淞近情	1884071603	吳淞紀事	1884090303
部務彙錄	189310230102	吳淞消息	1884071703	吳淞近事	1884090503
玉堂秘籍	189310240102	吳淞近事	1884072103	吳淞紀事	1884090703
上清銀勝	189310270102	吳淞近事	1884072103	滬上雜聞	1884090703
鳳城雲樹	189310280102	吳淞近事	1884072502	吳淞紀要	1884090803
皇都贅筆	189310300102	吳淞消息	1884072603	吳淞紀事	1884090903
九天閶闔	189310310102	吳淞消息	1884072703	吳淞雜誌	1884091103
玉京瑤笥	189311010102	本埠官報	1884072703	吳淞紀事	1884091202
楓陛簪毫	189311040102	吳淞消息	1884072903	吳淞紀事	1884091303
上林雁字	189311050102	吳淞要信	1884073003	吳淞紀事	1884091403
金鼇珥筆	189311060102	吳淞來信	1884073103	吳淞紀事	1884091502
雲中雙闕	189311070102	吳淞信息	1884080103	滬上瑣言	1884091603
鳳闕恩暉	189311110102	吳淞信息	1884080203	吳淞紀事	1884091603
金鼇隨筆	189311120102	吳淞消息	1884080303	吳淞紀事	1884091703
官樣文章	189311170102	吳淞近售	1884080403	吳淞信息	1884091903
巒坡珥筆	189311180102	吳淞信息	1884080503	吳淞紀事	1884092103
雲中雙闕	189311210102	吳淞信息	1884080703	吳淞紀事	1884092203
上林雁宇	189311250102	吳淞信息	1884080803	本埠瑣事	1884092304
鳳城紀事	189311260102	滬防鞏固	1884080903	吳淞信息	1884092903
鳳闕雲書	189311270102	吳淞消息	1884080903	吳淞信息	1884093003
豐鎬衣冠	189312010102	吳淞近售	1884081003	吳淞紀事	1884100203
宣南鴻雪	189312050102	吳淞形勢	1884081203	吳淞紀事	1884100303
三山清話	189312070102	吳淞日報	1884081302	吳淞近聞	1884100403
都門雜紀	189312090102	吳淞信息	1884081503	吳淞近事	1884100703
鳳闕祥雲	189312100102	吳淞信息	1884081603	吳淞近事	1884100803
鼇棟寒雲	189312110102	滬上傳言	1884081802	吳淞近事	1884100903
帝京人物誌	189312140102	吳淞信息	1884081903	吳淞近事	1884101003
上林寒雁	189312170102	滬上傳聞	1884082202	歊浦瑣言	1884101503
官樣文章	189312300102	吳淞消息	1884082203	海上閒談	1884101803
上林多旭	189312310102	滬北述聞	1884082203	吳淞紀事	1884101803
上林秋景	18880918010203	吳淞軍報	1884082503	吳淞紀事	1884101903

吳淞紀事	1884102003	滬上瑣事	1884121703	吳淞紀事	1885051403
吳淞紀事	1884102103	淞水軍容	1884121903	吳淞紀事	1885051503
吳淞紀事	1884102203	海上瑣聞	1884122203	吳淞紀事	1885051603
吳淞紀事	1884102303	申江雜咀	1884122303	吳淞紀事	1885051703
吳淞紀事	1884102503	滬濱瑣語	1884122804	吳淞紀事	1885051903
吳淞紀事	1884102703	淞口近聞	1884122903	吳淞紀事	1885052003
吳淞紀事	1884102803	吳淞紀事	1885010803	吳淞紀事	1885052203
吳淞紀事	1884102903	滬濱雜誌	1885010803	雲間小誌	1885052403
吳淞紀事	1884103003	淞口近聞	1885011602	吳淞紀事	1885052803
吳淞紀事	1884103102	吳淞雜誌	1885012203	吳淞近事	1885052902
吳淞紀事	1884110103	吳淞近事	1885013003	淞口述聞	1885053002
吳淞紀事	1884110202	吳淞紀事	1885020303	吳淞雜事	1885060303
吳淞紀事	1884110403	吳淞近事	1885020603	吳淞紀事	1885060803
吳淞紀事	1884110603	歇浦小言	1885020604	吳淞紀事	1885061103
吳淞記事	1884110703	吳淞近事	1885020703	吳淞小誌	1885061303
吳淞紀事	1884110803	春江碎錦	1885030503	吳淞近事	1885061403
吳淞紀事	1884111003	淞濱寄語	1885030703	淞口瑣聞	1885061503
吳淞紀事	1884111103	浦畔雜聞	1885031803	吳淞紀事	1885061603
淞□雜聞	1884111203	滬事雜錄	1885040603	吳淞鯉信	1885061803
吳淞雜事	1884111303	淞口瑣言	1885040803	吳淞紀事	1885061903
吳淞紀事	1884111803	松江述聞	1885041002	吳淞紀事	1885062203
吳淞紀事	1884111903	淞口近事	1885041503	吳淞雜錄	1885062303
淞水近聞	1884112002	吳淞紀事	1885041603	吳淞紀事	1885062403
淞水錦鱗	1884112403	淞口雜誌	1885041703	吳淞紀事	1885062503
吳淞記事	1884112503	淞口近聞	1885041803	吳淞紀事	1885062702
吳淞船事	1884112703	淞口紀聞	1885041902	吳淞紀事	1885063003
滬濱瑣談	1884112703	茸城瑣綴	1885042003	吳淞紀事	1885070103
淞事雜錄	1884112803	滬濱雜事	1885042003	吳淞紀事	1885070503
吳淞瑣事	1884120103	淞口近聞	1885042303	吳淞紀事	1885070703
淞口要聞	1884120203	歇浦紀聞	1885042603	吳淞紀事	1885071003
吳淞紀事	1884120302	吳淞紀事	1885042802	吳淞紀事	1885071103
吳淞紀事	1884120602	滬事瑣拾	1885042803	五茸韶訊	1886021102
淞營瑣誌	1884120702	淞口述聞	1885050103	五茸韶訊	1886021102
吳淞紀事	1884120803	淞事二則	1885050603	松郡雜組	1886030102
吳淞紀事	1884120903	淞口近事	1885050703	茸城紀事	1886060102
淞水紀聞	1884121002	吳淞紀事	1885051002	柳濱漁唱	1886061802
淞煙小誌	1884121102	吳淞紀事	1885051203	五茸災景	1886071302
吳淞紀事	1884121303	吳淞雜錄	1885051303	五茸零拾	1886073102

五茸紀實	1886090202	吳會春寒	1892021902	滇雲紀事	1886062401
淞波雁信	1886092302	五茸清景	1892061303	滇南近信	1886070301
滬上官場紀事	1886092402	鱸鄉客述	1893120302	滇南消息	187611030102

以地理為主要特徵的四字新聞集合
西南・四川

鱸鄉清話	1886100102	吳淞近事	18884072302	蜀中消息	1886080901
五茸途說	1886100802	吳淞防務	188407200203	成都消息	1887010902
泖峰寒信	1886101602	吳淞信息	188408140203	蜀岡寒色	1887121302
吳淞近信	1886101603	吳淞近事	188409060304	巴山話雨	1892092603
泖濱問棹	1886111202	吳淞紀事	188410160203	蜀道鈴聲	1893022103
五茸霜柝	1886111701	吳淞紀事	188410240203
九峰寒雁	1886122202	吳淞紀事	188411050203

以地理為主要特徵的四字新聞集合
臺灣

松郡客談	1887010402	吳淞紀事	188411090203	東灣近聞	1875081202
茸城巷語	1887030702	淞口述聞	188505020203	臺事彙錄	1882070602
鱸鄉清話	1887110902	吳淞紀事	188506280203	臺灣近信	1884022102
茸城新語	1888042502	吳淞紀事	188507020203	臺灣近信	1884022702
五茸春草	1888050502	蟹舍叢談	188610150102	臺防嚴密	1884040202
三柳波紋	1888052103	茸城瑣語	188804030203	雞籠近信	1884072201
峰柳傳聞	1888060402	五茸春草	189002100203	臺灣近事	1884081302
松江談屑	1888061502			臺廈近聞	1884081702

以地理為主要特徵的四字新聞集合
西北

松事擷新	1888071702			澎湖宜防	1884082001
滬上官場紀事	1888101903	讀錄喀什噶爾事	1874072201	臺廈近聞	1884082202
□舍燈痕	1888121402	甘省軍務	1875030403	基隆近情	1884090201
雲間郵簡	1889032602	新疆紀聞	1879010702	淡水近信	1884090202
松江道聽	1889060802	伊犁近聞	1882041601	臺灣郵信	1884090903
鱸鄉秋思	1889090402	西陲續聞	1882051301	淡水消息	1884091402
五茸寒意	1889101902	西陲郵音	1882090501	淡水郵音	1884091602
滬上官場紀要	1889111302	伊犁消息	1883040401	淡水郵音	1884100301
茸城返櫂	1890062803	甘省官報	1888031402	臺廈雜錄	1884101402
雲間夏諺	1890070702	傳述西陲事	18741110902	淡水要信	1884101601
茸城汗簡	1890071402	喀什噶爾紀	187406270304	臺北信息	1884101801
三泖波光	1890072002			淡水來信	1884102102

以地理為主要特徵的四字新聞集合
西南・滇省

五茸爆竹	1891022102			淡水來電	1884102201
滬江宦轍	1891030703	滇黔近事	1876062901	淡水近聞	1884102402
五茸草色	1891040703	滇邊郵信	1884081202	打狗信息	1884103101
滬上官場紀事	1891052803	慎邊軍信	1884121802
滬上委談	1891060403	滇池鯉信	1885092702
三泖涼波	1891090302
滬濱途說	1891101303
申江霜冷	1891110402
曝書亭語	1891121303
雲間寒雁	1891123103
歇浦瑣聞	1892012504

臺疆近情	1884110102	臺廈紀事	1885091902	臺北雜誌	1889070603
淡水西信	1884110102	臺廈摭言	1885092403	臺瀛消夏	1889073002
臺軍近信	1884110201	臺廈近事	1885100602	臺北雜誌	1889080202
臺廈雜錄	1884110302	臺廈錄要	1885102802	臺疆雜誌	1889081402
臺廈□錄	1884110402	臺北述聞	1886032903	臺疆雜誌	1889091302
淡水傳聞	1884111501	臺廈紀事	1886043002	赤嵌雁字	1889092502
臺北消息	1884112502	臺灣紀要	1886051301	臺嶠郵音	1889101302
臺島近音	1884120202	臺北客談	1886052102	臺北談屑	1889101503
淡水信息	1884121001	臺事遴要	1886071202	臺北近事	1889102502
臺廈軍事	1884121002	臺廈紀聞	1886072202	臺疆瑣誌	1889102803
淡水消息	1884121101	赤嵌來雁	1886072301	臺北雜誌	1889112102
淡水消息	1884121201	淡水近信	1886081802	赤嵌錦鱗	1889112202
臺廈軍情	1884121602	臺北雜聞	1886100502	臺北郵音	1889112402
臺廈近錄	1884122102	臺廈紀事	1886102502	臺北叢談	1889121002
臺灣述聞	1884122402	赤嵌紀要	1886110202	臺北雜誌	1889121502
臺廈軍事	1884122902	臺疆消息	1886112802	臺北官報	1889123002
淡水要信	1885010301	臺灣雜誌	1886120702	鹿門零拾	1890010402
臺北近信	1885010302	臺廈紀言	1886121702	臺北郵書	1890020303
臺廈近事	1885010402	臺灣消息	1886122701	赤嵌錦字	1890021202
臺疆消息	1885010601	臺疆要信	1887010501	臺北近事	1890021402
臺廈近聞	1885010702	臺北消息	1887070402	臺北郵音	1890030402
臺灣近信	1885011501	臺嶠雜聞	1887071202	鹿耳門望江記	1890040402
基隆消息	1885011702	臺廈紀要	1887102002	鹿門拾零	1890040702
臺灣消息	1885012302	臺疆紀俗	1887122302	臺北雜誌	1890041602
臺事確音	1885012901	赤嵌山色	1888032202	臺北郵書	1890042202
臺嶠近音	1885020902	臺疆小識	1888042102	臺嶠春鱗	1890042302
澎廈述要	1885041502	臺疆雜誌	1888071202	臺北紀聞	1890050102
臺疆近信	1885042102	赤嵌雜要	1888072802	臺北近事	1890051002
臺嶠近信	1885050502	臺嶠郵音	1888090202	臺北日紀	1890060702
臺澎消息	1885051302	臺疆消息	1888091602	鹿門夏景	1890062402
基隆近信	1885060201	臺疆近信	1888092202	臺疆雜誌	1890070602
臺廈要錄	1885060302	臺北拾零	1888100502	鹿耳觀潮	1890072702
臺廈小錄	1885062802	臺北叢談	1889011402	赤嵌秋雲	1890082102
臺廈錄要	1885071402	赤嵌瑣誌	1889012401	臺海秋光	1890090102
臺北近聞	1885072502	赤嵌瑣誌	1889030702	鹿門雁字	1890102102
臺廈紀要	1885080802	臺事雜述	1889031002	臺北郵書	1890103002
臺灣近事	1885081802	臺灣瑣事	1889041202	鹿門霜信	1890110902
臺廈紀聞	1885091402	臺北瑣談	1889042302	臺北郵書	1890112502

臺事續陳	1890121202	雞嶺霜痕	1892101202	赤嵌雲錦	189106300203
鹿耳觀潮	1890121603	雞嶺霜痕	1892101602	臺北郵書	189110150203
赤嵌霜信	1891010201	劍潭秋影	1892102103	鹿耳秋潮	189110230102
鹿耳寒潮	1891012102	赤嵌紀要	1892110602	赤嵌霜籟	189112010102
臺疆雜誌	1891020402	鹿耳觀潮	1892111902	臺灣霜信	189112050203
臺□嬉春	1891021503	赤嵌霜汛	1892121702	臺垣臘鼓	189201250304
鹿耳郵書	1891030303	基隆觀潮	1892121902	蓬瀛仙語	189203010102
臺嶠望春	1891031002	鹿耳寒潮	1893010301	艋津春泛	189203090203
臺北嬉春	1891032202	鯤洋鯉訊	1893011102	稻江春浪	189204090102
鹿耳春潮	1891040802	赤嵌霜鐘	1893012102	□洋郵簡	189206120203
鹿門錦浪	1891053002	臺垣臘鼓	1893012502	雞嶼消夏	189207270203
鯤身白浪	1891060802	赤嵌紀事	1893070603	鹿耳秋濤	189208220102
赤嵌觀海	1891062402	臺嶠郵書	1893081902	臺島探梅	189212270102
□江消夏	1891071302	臺嶠秋風	1893102503	臺嶠魚書	189303270203
鯤島傳書	1891073003	臺嶠郵書	1893110402	臺嶠郵書	189304100102
稻江秋汛	1891090202	鯤洋秋汛	1893110902	鹿臺談資	189312280203
赤嵌錦字	1891090402	臺嶠陽春	1893112003		
臺澎秋色	1891091403	臺灣近事	188409290102		
鯤洋宦轍	1891100302	臺疆消息	188501030102	**以地理為主要特徵的四**	
□海秋帆	1891100602	臺廈要聞	188501130102	**字新聞集合**	
稻江秋語	1891102403	臺廈錄要	188505200203	**香港**	
鯤洋鯉訊	1891122802	臺廈要錄	188506170102		
臺疆小錄	1892010902	赤嵌近述	188606230102	香港近事	1873031202
稻江春雁	1892020602	臺嶠雜聞	188612240102	香港要電	1884081401
臺陽春景	1892022402	臺北秋鴻	188810040102	港電譯要	1884090701
臺疆剩語	1892022503	臺疆樵語	188810220203	港報譯錄	1884093002
臺省官場紀要	1892042803	臺北雜誌	188906250203	香港要電	1884100201
赤嵌榆蔭	1892060802	臺北郵書	188907290102	港報摘錄	1884100301
臺灣零拾	1892062101	臺北郵書	188909020102	港報譯登	1884101102
臺嶠仙蹤	1892070403	臺嶠夏雲	189007210102	港報譯登	1884102902
赤嵌雲錦	1892070602	赤嵌錦鱗	189008110102	香港來電	1884103101
鹿門潮信	1892071402	臺北雜誌	189009290203	港報譯要	1884111202
劍潭幻影	1892071602	赤嵌寒雲	189012270203	港報譯登	1884120601
臺疆案牘	1892072902	臺北郵音	189104040203	港報譯登	1884122402
滬尾觀潮	1892081802	臺北郵書	189104190203	港報彙譯	1885010402
臺嶠新秋	1892083102	鹿耳春潮	189104290203	港報譯登	1885010501
赤嵌秋雲	1892091502	臺北述新	189105240203	香港近事	1885102702
稻江秋語	1892091703	赤嵌近事	189106220203	香港近聞	187604250102

雜項

戲炮傷人	1882021001
名優軍演	1876053102
樹成軍械	1877111602
軍門搏虎	1878061302
憫號軍文	1893090601
須保兵險	1885050602
訛字改正	1874090903
互毆釋忿	1884111902
改發從軍	1888070202
總會辦洋藥捐局即補府正堂褚張海防分府上海縣正堂莫告示	1877102902
廣告·越南地圖出售	1883070501
廣告·奉送越南地圖	1884021001
告白·發人往越南探信	1884031401
告白·平定粵匪紀略出售	1880082601
告白·軍興紀出售	1879062701
告白·新印淮軍平撚記出售	1877072501
新印吳中平寇記出售	1875101301
告白·豫軍紀略出售	1878010201
告白·新印平浙紀略出售	1876021401
廣告·代辦林明敦槍	1875052808
廣告·代辦軍轉機器	1875052808
廣告·機器軍械出售	1875052906
廣告·代辦軍裝機器	1875052907
廣告·代辦林明敦槍	1875052907

廣告·代辦軍裝機器	1875051907
廣告·代辦林明敦槍	1875051907
廣告·洋槍出售	1875050406
廣告·代辦林明敦槍	1875042907
廣告·機器軍械出售	1875042908
廣告·代辦林明敦槍	1875032607
廣告·機器軍械出售	1875032608
廣告·軍械俱全	1875031207
廣告·機器軍械出售	1875031208
廣告·鐵甲船出售	1874100706
廣告·機器軍械出售	1875052807
告白·洋畫出售	1876052901
廣告·機器軍械出售	1874071805
廣告·買兵器	1874071805
廣告·買兵器	1874060806
廣告·買兵器	1874051207
廣告·兵船拍賣	1873070807
文生用武	1878032601
棄文用武	1888031402
兵事彙譯	188007250102
軍事類誌	188006170102
將軍用武	1888081303
用武餘聞	1888081403
將軍可畏	1879032502
論崇將軍變通奉天吏治章程	1876021701
書邸抄部議穆將軍處分後	1876053001
曹將軍軼事	1883061803

武弁能詩	1872121603
送陳舫仙方伯歸農序	1884122101
田協戎海壽訓子詩跋	1888052301
儒將風流	1890071403
聞官軍克復新疆喜作和龍湫書隱韻	1878050204
壬午春初八十述懷十二章	1882020603
從軍行集唐	1880101603
軍犯奪挑擔傷人	1873092502
軍犯滋事	1873060503
記某軍犯事	1875112403
軍犯控官	1879090602
軍犯滋事	1881100502
軍犯兇橫	1882101203

新聞來源·本館接奉電音上諭恭錄

恭錄上諭	1877121101
恭錄諭旨	1878032801
恭錄上諭	1878032902
恭錄諭旨	1878042701
恭錄上諭	1878051302
恭錄上諭	1878051701
補錄十月十七日上諭	1878112301
恭錄上諭	1878122002
恭錄諭旨	1879010102
恭錄上諭	1879022402
恭錄上諭	1879032201
恭錄諭旨	1879041802
恭錄上諭	1879080302
恭錄諭旨	1879081002
恭錄諭旨	1879091302
恭錄諭旨	1879100702
恭錄諭旨	1879101102
恭錄上諭	1879121201

恭錄上諭	1880090501	本館接奉電音	1886031301	本館接奉電音	1890032701
恭錄上諭	1880092201	諭旨恭錄	1886040601	本館接奉電音	1890050701
恭錄上諭	1880102001	本館接奉電音	1886040801	本館接奉電音	1890070601
恭錄諭旨	1880111301	本館接奉電音	1886042701	本館接奉電音	1891031001
恭錄上諭	1881032401	本館接奉電音	1886061001	本館接奉電音	1891061601
恭錄諭旨	1881040601	本館接奉電音	1886061201	本館接奉電音	1891101301
恭錄諭旨	1881060201	本館接奉電音	1886081101	本館接奉電音	1891102501
恭錄諭旨	1881082101	本館接奉電音	1886090302	本館接奉電音	1891103101
恭錄諭旨	1881082901	上諭恭錄	1886091901	本館接奉電音	1891112101
恭錄諭旨	1881091301	本館接奉電音	1886100401	本館接奉電音	1891120601
恭錄諭旨	1881121601	本館接奉電音	1886122902	本館接奉電音	1891121001
諭旨恭錄	1882050501	本館接奉電音	1887031102	本館接奉電音	1891121301
諭旨恭錄	1882052501	本館接奉電音	1887031402	諭旨恭錄	1892011501
諭旨恭錄	1882072201	本館接奉電音	1887120201	本館接奉電音	1892012601
上諭恭錄	1882110501	本館接奉電音	1887121801	本館接奉電音	1892041101
諭旨恭錄	1883050301	本館接奉電音	1887122901	諭旨恭錄	1892041601
上諭恭錄	1883112201	本館接奉電音	1888060902	本館接奉電音	1892082601
本館接奉電音	1884041502	本館接奉電音	1888081102	本館接奉電音	1892101901
本館接奉電音	1884052901	本館接奉電音	1888120801	本館接奉電音	1893110101
電音錄要	1884091401	本館接奉電音	1888121901	恭錄諭旨	187712040102
本館接奉電音	1884100401	本館接奉電音	1888123101	恭錄上諭	187712050102
本館接奉電音	1885020302	上諭恭錄	1889030801	恭錄上諭	187801180102
本館接奉電音	1885032401	本館接奉電音	1889040201	恭錄上諭	187801190102
本館接奉電音	1885040601	本館接奉電音	1889050301	恭錄上諭	187803090102
本館接奉電音	1885041102	本館接奉電音	1889051702	恭錄諭旨	187804180102
本館接奉電音	1885041701	本館接奉電音	1889051801	恭錄上諭	187805150102
本館接奉電音	1885070902	本館接奉電音	1889072101	恭錄諭旨	187806120102
本館接奉電音	1885081601	諭旨恭錄	1889080901	恭錄上諭	187809090102
本館接奉電音	1885082201	本館接奉電音	1889081501	恭錄上諭	187809160102
諭旨恭錄	1885083001	諭旨恭錄	1889082401	恭錄諭旨	187811040102
諭旨恭錄	1885091002	本館接奉電音	1889090302	恭錄上諭	187811070102
本館接奉電音	1885093002	諭旨恭錄	1889100601	恭錄上諭	187811180102
上諭恭錄	1885101001	本館接奉電音	1889103001	恭錄上諭	187811270102
本館接奉電音	1885101001	本館接奉電音	1889112201	恭錄上諭	187811280102
上諭恭錄	1885101401	本館接奉電音	1889120102	恭錄諭旨	187812100102
本館接奉電音	1885101501	本館接奉電音	1889121702	恭錄諭旨	187901110102
本館接奉電音	1886010701	本館接奉電音	1890021701	恭錄諭旨	187902010102
本館接奉電音	1886012301	本館接奉電音	1890030401	恭錄諭旨	187903110102

恭錄上諭	187903150102
恭錄上諭	187903240102
恭錄諭旨	187905220102
恭錄諭旨	187908150102
恭錄上諭	187909260102
恭錄諭旨	187910030102
恭錄上諭	187911190102
恭錄上諭	187911230102
恭錄上諭	187911290102
接錄十月初五日上諭	187912010102
恭錄上諭	188003140102
恭錄上諭	188003230102
恭錄諭旨	188006040102
諭旨恭錄	188102040102
恭錄諭旨	188103160102
恭錄諭旨	188204030102
諭旨恭錄	188303240102
本館接奉電音	188405140102
本館接奉電音	188407190102
諭旨恭錄	188408030102
本館接奉電音	188409010102
本館接奉電音	188409160102
諭旨恭錄	188409270102
諭旨恭錄	188410070102
諭旨恭錄	188411110102
本館接奉電音	188411190102
本館接奉電音	188411220102
本館接奉電音	188501270102
本館接奉電音	188502040102
本館接奉電音	188502040102
本館接奉電音	188503200102
本館接奉電音	188504250102
本館接奉電音	188507100102
上諭恭錄	188507140102
本館接奉電音	188507170102
諭旨恭錄	188507230102
上諭恭錄	188509190102
諭旨恭錄	188512010102
本報接奉電音	188598190102

上諭恭錄	188601140102
諭旨恭錄	188602130102
本館接奉電音	188603300102
上諭恭錄	188604300102
本館接奉電音	188606040102
本館接奉電音	188606130102
本館接奉電音	188701080102
本館接奉電音	188701160102
本館接奉電音	188702090102
本館接奉電音	188706020102
本館接奉電音	188803180102
本館接奉電音	188805010102
本館接奉電音	188811020102
本館接奉電音	188901110102
本館接奉電音	188901270102
本館接奉電音	188902250102
本館接奉電音	188904060102
本館接奉電音	188907010102
諭旨恭錄	188907070102
本館接奉電音	188911290102
本館接奉電音	188912290102
本館接奉電音	189008050102
諭旨恭錄	189008070102
諭旨恭錄	189008280102
本館接奉電音	189009250102
諭旨恭錄	189012100102
本館接奉電音	189101030102
本館接奉電音	189104030102
本館接奉電音	189107260102
諭旨恭錄	189111270102
本館接奉電音	189112190102
本館接奉電音	189205290102
本館接奉電音	189302050102
上諭恭錄	18850713010203

新聞來源‧本館自己接到電音

本館自己接到電音	1882011901
本館自己接到電音	1882012001

本館自己接到電音	1882012901
本館自己接到電音	1882043001
本館自己接到電音	1882060301
本館自己接到電音	1882092801
本館自己接到電音	1882102701
本館自己接到電音	1882110701
本館自己接到電音	1883012301
本館自己接到電音	1883040601
本館自己接到電音	18821018010 2
本館自己接到電音	18821231010 2

新聞來源‧倫敦電音

力持正論	1895051102
倫敦電報	1883042001
英京電音	1883052501
倫敦電報	1883070102
倫敦電信	1883070402
倫敦電音	1883083002
倫敦電音	1883083102
倫敦電音	1883090701
倫敦電音	1883090802
倫敦電音	1883091102
倫敦電音	1883091302
倫敦電音	1883091401
倫敦電音	1883092001
倫敦電音	1883092301
倫敦電音	1883092801
倫敦電音	1883093001
倫敦電音	1883100701
倫敦電音	1883101201
倫敦電報	1883102302
英國消息	1883102601
倫敦電音	1883102701
倫敦電音	1883103001
倫敦電音	1883110401
倫敦電音	1883112202
倫敦電音	1883113001
倫敦郵音	1884011601

英報摘錄	1884022101
倫敦電音	1884031301
倫敦電音	1884040202
倫敦要電	1884062901
倫敦電音	1884070901
英國來電	1884102801
英京來電	1885030102
倫敦電音	1885052301
倫敦電報	1885071702
倫敦電音	188312020102
英電譯要	189410310102

新聞來源・外洋

中外新聞	1872071803
外國消息	1882012901
外洋消息	1882060801
外洋消息	1882111701
外洋消息	1883012302
外洋消息	1883051201
外洋消息	1883071902
外洋信息	1883091701
外洋消息	1883100401
外洋消息	1883110201
外洋消息	1884091802
外洋消息	1884112501
譯東報記外洋來電	1888051803
中外新聞	187206030304
中外雜聞	187411140304
外洋郵聞	188304200102
外洋雜紀	188812250102
洋報彙錄	188812270102

新聞來源・西報西信西事西電

西人貴州來函	1874112602
西報彙誌	1880122802
西報彙譯	1881092201
西報辯誤	1881110101

照譯西報	1882041003
譯錄西報	1882092002
西報摘譯	1882101401
西信匯錄	1882110401
西信摘錄	1882111501
西報彙錄	1882112302
英報摘登	1882112501
西信譯略	1882122201
西報彙錄	1883082201
西報譯要	1883092701
西報照譯	1884073002
西信譯登	1884082602
西報照譯	1884092702
西信譯登	1884100502
西信照譯	1884100702
西報述聞	1884101002
西商電信	1884101202
西信譯登	1884102202
西報譯聞	1884103101
西報照譯	1884111001
西報譯登	1884111202
西報照譯	1884111902
西報照譯	1884112902
照譯西報	1884120401
彙譯西報	1884120601
西報照譯	1884122402
西報照譯	1885011401
西報譯錄	1885011502
西信譯登	1885012802
西報照譯	1885042502
照譯西報	1885042601
西報摘譯	1885102202
西報彙譯	1886011602
西事撮要	1886013102
西信匯登	1886051401
西電照譯	1888012401
西事彙譯	1888110703
西電匯登	1889012602
西事彙譯	1889032302

西報譯登	1889032801
外洋時事彙登	1891060103
西信譯登	1891061702
西報譯略	1891080801
西電譯登	1891082001
西報彙譯	1891091902
西報彙譯	1891092002
西電譯登	1891093001
西事雜譯	1891123002
西事譯新	1892080302
西電譯登	1892091701
撮拾西報	1893011602
西報譯新	1893021003
西報譯新	1893021103
西報譯登	1893041402
西報譯存	1893041702
西事譯存	1893041802
西報譯存	1893042702
西電匯存	1893050402
西事譯存	1893052502
西事譯要	1893060703
西報譯登	1893060802
西報譯存	1893061502
西報譯登	1893062202
西報譯要	1893062903
西報譯登	1893072002
西報譯存	1893072502
西事雜組	1893123103
西報譯登	188411290102
西信譯略	188501230102
西報譯要	189211280102
西報譯登	189311080203

導言部份參考的評論

用才論	187802101
書鮑武襄軼事	188011201
轉弱爲強論	1872071903
中國當奮志振興	1874091101
答續史樓主人書	1874091401

駁答續史樓主人書	1874092401	論中國一統之勢獨盛於元	1884051201	論時務	1886011901
狂談	1874100301	管帶浙江溫州□石炮臺王守戎熊彪上福建向制軍稟	1884102301	書左文襄遺疏後	1886012301
書墨癡生來信後	1874112101	論前代監軍之失	1884111501	論天下大勢	1886030701
談戰	1874120501	審機說	1884122301	留侯武侯論	1886052401
論兵法	1875061501	綠竹主人筆記書後	1885011401	照錄謝方山主政條陳擬稿	1886060401
論振興中國事	1875083101	後解嘲	1885012401	接錄謝方山主政條陳擬稿	1886060501
來書	1875090401	接續朝日往來公牘彙登	1885031102	臺灣撫劉□請續假奏稿	1886061202
論練兵	1875091401	錄候補監大使張俊民上張香帥稟	1885031104	述豪傑事跡應泰西駱任廷問世故之一	1886071101
論中西治世各法	1875100701	罪言戲言	1885031501	述豪傑故事續前稿	1886071301
喜見申報書後	1875120701	書某弁言中國將才後	1885032801	閩浙總督楊船政大臣裴奏稿	1886071302
論中國歷朝得失原委	1876070301	遠識篇	1885060501	述豪傑故事續前稿	1886071501
論中華得國之難	1876070401	近憂篇	1885060701	述豪傑故事續前稿	1886071701
談時務	1877110201	劉爵撫奏劾臺灣劉道疏	1885072901	述豪傑故事續前稿	1886071901
論時世	1877120401	左侯奏稿	1885093001	論盛衰得失之數	1886102001
泛海東遊客來箚	1878011202	正本清源論	1885101701	論吳淞市面	1886102401
書本報論中華將來必能擴大後	1878030101	錄蘇臬憲詳督漕撫憲稿	1885102601	富強論	1886111301
尊權論	1879020501	閩浙總督福州將軍穆會銜疏	1885102802	內憂亟於外患說	1886111401
論時局	1880041101	錄蔡和甫太守條陳	1885111301	隱憂篇	1886120601
懲忿說	1880091501	接錄蔡和甫太守條陳	1885111401	酒邊新語	1886122701
和說	1880092001	接錄蔡和甫太守條陳	1885111501	富強芻言	1887011701
論元帥	1880092801	□錄閩浙總督楊石泉制軍奏稿	1885111502	總理海軍事務衙門王大臣奏稿	1887041002
賣國說	1881052901	接錄蔡和甫太守條陳	1885111601	代擬條奏	1887052801
大事不惜小費論	1882030601	錄□力山主政條陳	1885113001	三續吏部恭錄清單	1887060602
續隱憂篇	1882071201	條陳接錄	1885122702	政體□	1887061801
楚師強弱異時說	1882111401	中國宜勿受欺於人說	1886011201	書中國先睡後醒論後	1887061901
屬國重輕說	1883060501			一得芻言	1887070201
茗話	1883071901			接錄船政請獎銜名單	1887070902
深慮續論	1883092001			論國治不在兵強	1887082101
書宗太守批鎮海紳耆稟後	1883092301			化黎扼要	1887090101
惻隱論	1883092401				
譯錄香港商務局致港督書	1884030102				
憂時篇	1884040801				
問戰	1884042001				
曾襲侯致李中堂書	1884051101				

防微杜漸論	1887092601	悟癡生奉貴館書下	187411180102	寧郡招兵	1880112501
山東巡撫張奏稿	1887100701	書彙報各論後	187411230102	招兵到寧	1880122601
北洋大臣奏稿	1887102201	書彙報中外時務論後	187412190102	巡勇募齊	1881050802
論著書當紀述近事	1888012201	論中華將來必能擴大	187802210102	新招兵勇	1883081402
安危篇	1888031001	論近時敝政	187805130102	挑募勇丁	1883081802
臺灣巡撫劉中丞奏稿	1888120702	書銘將軍奏疏後	187901140304	募兵駐閩	1883122802
味道館三才兵法序	1889030201	大一統論	188306140102	募勇赴浙	1884011102
消寒新語	1890010601	西友閒談	188307130102	京口招兵	1884011302
論市面之壞	1890020701	綠竹主人筆記	188501120102	寧波招勇	1884012002
紀客述蘇宮保政續	1890031001	左文襄遺摺	188510030102	添募營勇	1884020203
校武說	1890062001	劉省帥奏稿	188511300102	募勇續聞	1884022002
虛實辨	1890110601	劉省三爵帥丞奏稿	188601130102	招募勇丁	1884032502
論近今列國大勢	1890112201	雲貴總督岑奏稿	188603190102	招募炮勇	1884050302
論武	1890112901	錄閩督楊臺撫劉會銜奏稿	188606130203	招募營勇	1884050502
辨惑	1891062001	閩浙總督楊石泉制軍奏片	188609260102	招勇赴閩	1884051002
弭變策	1891062601	照錄兩江督憲曾爵帥大閱事竣摺稿	188611190102	招募兵勇	1884051502
中國當自用其長論	1891071101			鎮江招勇	1884051702
取材異同說	1891072101	五續吏部恭錄清單	188706080102	募勇到防	1884051902
論有可當變弭變之策	1891091201	中國先睡後醒論	188706140102	遴選旗兵	1884071302
中西利害篇	1891092401	接錄中國先睡後醒論	188706150102	續募湘軍	1884072002
中外時局扼要論	1891101001	臺撫劉爵帥奏稿	188812200203	遴選營兵	1884072102
平爭篇	1891102801			續募湘軍	1884072702
談兵	1891110601			練勇續聞	1884081302
古今天下時局論	1891112201	# 第 1 章		募勇防邊	1884081302
軍書	1891121901	## 1.1.1 徵兵、兵源		公堂募勇	1884081403
談兵	1892042201			臺灣招勇	1886122102
精技藝以致富說	1893100801	募充巡鹽弓兵告示	1872070203	設局募勇	1887102303
修兵	1893110601	杭城募勇	1874092102	招募新勇	1887122302
駁中國宜奮志振興論來書	187409120102	杭城復招勇丁	1874092502	招募勇丁	1888110503
辨惑	187410190102	杭城續募勇丁	1874092903	臺撫募軍	1888111401
與申報館論事第一書	187410200102	招募勇丁	1875062102	招募練勇	1890073002
與友論新報所論事	187411140102	招募水軍	1880081102	銘軍招勇	1890082602
		杭省招兵	1880092601	募勇成軍	1893042402
				閩省募勇	188101060102
				踴躍用兵	1894101103
				煙臺防務五	1894101402
				煙臺防務一	1894101402
				禾中瑣語一	1894101504

煙臺防務一	1894102002	招兵續述	1894072803	潞水霜鱗五	1895010402
粵東防務四	1894102002	茶火軍容二	1894073102	鎮軍赴湘	1895010902
招募駐防	1894102502	漢陽招兵	1894081202	乞丐投軍	1895021002
添兵置戍	1894102603	招勇述聞	1894081302	曾軍繼起	1895021302
招兵續述	1894102603	廈門募勇	1894081602	甌江淑景六	1895022703
皖北招軍	1894100502	杭諺五	1894081603	虎勇雲集	189503140203
踴躍從戎	1894100601	添募勁兵一	1894081801	電徵炮勇	1895031502
募勇設防	1894100603	添募勁兵二	18940818 0102	西信譯登一	1895032001
兵差續述	1894111303	募勇補額	1894081802	赴湘招勇	1895032502
津水雙鱗一	1894111303	粵防紀要二	1894081902	派員招勇二	1895041002
改派招營	1894111802	宿將剿倭	1894082002	派員招勇一	1895041002
選將鄭重	1894111802	招募勇丁	1894082002	粵勇招營	1895041103
籌捐招勇	1894111902	募勇防倭	1894082202	添募新軍	1895041403
皖上備兵志二	1894111903	踴躍從戎	1894082402	羊石采風四	1895040103
招募新軍	1894112403	營口防務三	1894082502	招勇不易	1895042202
津上雜言三	1894112502	踴躍從軍	1894082502	荔灣選勝四	1895052402
潯陽紀事五	1894112503	招募勁旅	1894082702		
招勇駐防	1894112503	招募湘軍	1894082903	**1.1.2 訓練**	
督餉募軍	1894110401	武林雜誌六	1894083002	寧波兵習水操	1873070402
粵志三	1894110402	招募勇丁	1894080803	提標右營督飭操演	1874091602
添招營勇	1894110603	招練新軍	1894080902	滿營操練	1874101003
鳩茲獻曝二	1894110809	招募新軍	1894091002	護勇操練	1874102802
禾中瑣語七	1894110902	北固山訪碑記十	1894091302	撥勇習技	1875030302
禾中瑣語十	189411090203	招募勇丁	1894091302	參府操兵	1876041302
新勇待練	1894121602	招募淮軍	1894091502	黔省訓練行伍	1876081502
招勇赴防	1894120103	煙臺防務三	1894091602	槍隊操演	1877010201
募勇補□	1894122003	粵東募勇二	1894091802	鄂垣操兵	1877020201
北固山訪碑記三	1894122009	粵東募勇一	1894091802	新歲開操	1877022402
津郡招軍	1894122102	募勇續聞	1894092003	旗兵操演	1877033102
派將招兵	1894122102	煙臺近事四	1894090203	杂戎操兵	1877052602
選將得人	1894122602	募勇設防	1894090602	操兵紀略	1877060202
請募防營	1894122902	募□高懸	1895011003	撫憲練兵	1877102702
皖南招兵	1894122902	招兵越界	1895011102	營兵操演	1877110203
宿將募勇	1894123002	招募□勇	1895011102	八旗大操	1877122702
勁旅星馳	1894120802	慎重招兵	1895011403	操演藤牌	1878072403
臺灣招勇	1894071503	招勇駐防	1895011802	講求武備	1878120902
募兵備用	1894072103	招勇剿倭	1895010103	炮船會哨	1879080502
踴躍從戎	1894072301	派撥勇丁	1895012004		

通節各營操練事	1879082402	寧郡開操	1886032502	營兵合操	1894102103
忝府練兵	1879110702	辦差述略	1886042702	金鼇玉練橋□月記一	1894111101
定期操兵	1879112303	水師會哨	1886061403	語兒鄉語一	1894110102
提道操兵	1879112402	合演洋操	1886073003	禾中小誌六	1894112503
操兵攻期	1879112903	教練護勇	1886110903	操演打靶	1894121503
操兵紀略	1879120203	定期秋操	1887103002	操練精勤	1894121603
武弁練槍	1879121202	考選主將	1888110601	淞南防務四	1894122103
水師開操	1880032002	拳師比賽	1889040302	書院屯軍	1894122502
兩營會操	1880042302	操兵志盛	1889040802	滬江防務三	1894122702
操演認眞	1880053001	講求武備	1889101502	江右籌防一	1894122702
操練認眞	1880090203	講求武備	1890031102	鹿城宦跡一	1894010402
操演水師	1880091902	操演認眞	1890032102	煙海波濤二	1894021203
防軍嚴整	1880112602	演放大炮	1890033103	循例開操	1894032203
定期演炮告示	1880121902	整飭戎行	1890101502	神山拾翠四	1894032402
操演水師	1881021703	會操紀盛	1890111802	安不忘危	1894032602
操軍防變	1881022503	操演精勤	1892043002	摩厲以須	1894032703
操練認眞	1881070601	皖上軍容	1892050802	芝罘雜錄二	1894030502
武營操兵	1881090601	奮武揆文	1892100402	彝陵樵唱二	1894041003
操演兵船	1881102201	預期操演	1893033103	金焦黛色一	1894041303
旗營演炮	1881110402	合操紀盛	1893052201	瓜洲閱操記	1894041402
循例操演	1881110502	蠡水軍容	1893061202	水陸操演	1894040103
水陸並操	1882032302	借地練兵	1893100102	西泠煙水一	1894042003
操練認眞	1882032901	欽派專操	1893101402	汰補練兵	1894040302
操練認眞	1882042402	演炮定期	1893102002	安不忘危	1894050203
操兵認眞	1882052001	戟門校藝	1893111303	操演水師	1894050503
壽誕開操	1882052102	合操派員	1893112301	西江迎夏二	1894050703
武飭熱鬧	1882110902	水操布陣	187405210102	搜軍志略	1894061003
習練武備	1883101602	伯相操兵	187706220102	鳩茲艾虎三	1894061102
提道操兵	1883120202	水師會操	187711060102	江省水操紀盛	18940625020 3
約束嚴明	1884012002	合演水操	187911290203	彝陵夏汛一	1894060402
華兵會操	1884071802	霜降操兵	188011080203	營兵操練	1894080202
認眞操演	1884072002	操防認眞	188202020102	邗水操兵	1894080902
整頓營務	1884072002	津操紀盛	188702030203	夜操志略	1894080903
操練認眞	1884072602	誼篤親親	188903110102	北固山訪碑記九	1894091302
連日操兵	1884080803	荼火軍容	189311070304	訓練精勤	1894090803
敵愾同仇	1884081102	新軍會操	1894101502	匡廬紀勝一	1895101402
操練章程	1885091502	親兵操練	1894101602	訓練精勤	1895101803
湖口水操	1885110203	粵東防務三	1894102002		

神山秋月一	1895100103	操兵紀事	1879072902	都轉閱操	1886092202
演操待閱	1895102002	操軍候閱	1880050502	督□閱操	1882050402
神山莫佩四	1895102202	查閱海口	1880121702	督撫看操	1881012601
操演認真	1895102402	大搜日期	1892040402	督憲閱船	1893070702
禾中人語二	1895111002	大搜盛典	1891120802	鄂垣大閱	187901010203
月湖寒汛二	1895111503	大搜誌盛	189204200102	鄂智閱兵	1892122402
鍾阜晴雲二	1895111702	大閱兵船	1879072101	撫憲閱兵	1879041802
武林寒信一	1895112002	大閱傳聞	1882042602	撫憲閱操	1892051102
京畿紀事一	1895112601	大閱電音	1892041702	撫憲閱操	1889111702
潤州霜信三	1895110603	大閱恭記	1889050502	赴松候閱	1892042303
靈隱霜鐘二	1895110902	大閱紀盛	1890032002	傅相巡洋	188406280102
之江道聽三	1895121802	大閱紀盛	1886091902	宮保閱操	1887071202
京營會操	1895122001	大閱紀事	1886121502	瓜州大搜記	1893042602
羊城竹素二	1895122802	大閱紀餘	1890051102	關道閱兵	1885102102
京口濤聲二	1895120303	大閱軍政	1891083103	觀察閱操	1888112902
煙臺雜錄六	1895013002	大閱確聞	188608300102	邗江大閱記	1886092202
潤州防務五	1895010902	大閱日期	1887040102	邗上大搜餘話	1892042602
旗營操演	1895021203	大閱師徒	1884011902	杭垣大閱	1881112302
標兵開操	1895022402	大閱信息	1882052602	侯相閱操	1188203220102
浙省官場事宜六	1895022603	大閱移營	1876042401	護撫閱兵	1880043001
巴山黛色三	1895032003	大閱有期	1890111103	護撫閱兵	1880042202
江州客述一	1895030302	大閱有期	188609150203	護撫閱兵	1880040102
合操志略	1895030703	大閱餘聞	1890062002	滬上觀兵記	1892051703
廣軍合操	1895051703	代閱軍容	1893122903	淮上觀兵	1892050102
雲間夏諺一	1895052202	代閱水師	1893042302	淮上觀兵續記	189205030102
浙省官場紀事九	1895050303	道憲閱兵	1876041901	江撫大閱	1883090402
五茸春草一	1895050903	道憲閱兵續述	1876042001	江撫大閱	189009240102
潯江雜紀二	1895062702	道憲閱操	1882041003	江撫閱兵	1883100802
水軍操演	1895060802	定期大閱	1893011403	江撫閱操	1890072002
軍憲閱操	1895071501	定期大閱	1890040502	江上軍容	1893102402
北固山消夏錄四	1895070402	定期校閱	1886082002	江西大閱	1886053002
軍門閱操	1895070902	定期巡閱	1889041501	將軍大閱	1882060903
大將威名	1895081202	定期巡閱	1889082702	將軍閱操	1883120102
蘇垣即事一	1895092403	定期閱操	1893122102	將軍閱武	1880112102

1.1.3 閱兵

		定期閱操	1893072202	京口搜軍記	1892050602
參府閱操	1886060703	定期閱操	1889121202	京口搜軍記	1893073002
參戎閱操	1880053002	定期閱伍	1886083102	九江閱兵	1890060402
補述閱兵	1890050702	都轉閱操	1892041402	爵帥閱兵	1892112102

軍門出洋	1886052402	示期閱操	1893060803	五茸搜軍記餘	1892051902
軍門會閱	1880092802	示期閱操	1886040802	五茸閱武記	1892051701
軍門巡洋	1893052103	守戎閱操	1893111403	武林閱兵	1877101802
軍門驗炮	1881032402	書彭宮保巡閱水師事竣摺後	1888082501	湘撫閱兵	1881091002
軍門閱操	1888061502	松江大閱	1886101803	詳記揚州大閱情形	189204230102
軍容整肅	1879050102	松郡搜軍餘話	1892052201	詳紀蘇省大閱情形	1886101501
軍憲閱操	1891061602	淞軍茶火	1892052202	詳紀鎮江大閱情形	1886101002
閩督大閱	1893010102	淞水軍容	1892051803	詳述閱操情形	188704040102
閩督公文	1889090703	搜軍誌盛	1893070202	詳述浙撫閱兵情形	1887022202
閩督閱兵	1893121102	蘇撫大閱	1884041802	校武認眞	1891120102
閩督閱兵	1891121902	蘇撫閱兵	1891100403	校閱期近	1886092502
閩督閱兵	1889100301	蘇撫閱兵	1890100902	校閱水師	1882061003
閩督閱兵	1878051601	蘇撫閱操	1890051602	校閱有期	1893031903
閩督閱操	1889011202	蘇撫閱操	1890111103	續記寧波大閱事	1890031102
閩督閱軍	1880122501	蘇撫閱操	1886100502	巡閱紀聞	1890061102
閩省大閱	1889122102	蘇郡大搜餘話	1892051601	巡閱炮臺	1884043003
閩中大閱紀聞	1890040602	蘇松閱兵記	1886101901	巡閱炮臺	1890072602
臬憲閱操	1882042401	提道閱兵	1888120102	巡閱續聞	1884062902
寧郡閱兵	1877101702	提道閱兵	1887031803	巡閱餘聞	1890061502
寧郡閱操	1893103103	提督會操	1880111401	潯陽大閱	1890061002
甌江大閱	1890032302	提督巡洋	1884070302	循例閱操	1889042503
鄱湖大閱	1890031703	提督閱操	1887121102	翹盼軍麾	1893042302
鄱湖大閱	1891041903	提憲閱兵	1887051302	定期閱兵	1893121803
欽派秋演	1893102101	提憲閱兵	1882110702	宜昌閱武	1881100701
欽使微行	1876082301	天津要電	1885112001	營兵調閱	1876042702
欽使閱船	188111180102	忝戎閱操	1893112103	預備看操	1882030601
潤州閱操記	1893120603	皖撫大閱	1891091501	閱兵傳言	1883091303
廈門大閱詳記	1893122301	皖撫閱兵	1887102902	閱兵改期	1879072303
廈門閱武	1881110201	皖撫閱兵	1890102802	閱兵緩期	1881091401
上將搜軍	1893042502	皖省大閱近聞	1882060802	閱兵紀盛	1886033102
上相行程	1891060602	皖垣大閱情形	188205210102	閱兵紀聞	1882060103
上相搜軍	1891053102	委閱打靶	1882061202	閱兵略述	1877111002
上相閱兵	1887033002	委閱秋操	1889083003	閱兵續聞	1880051702
沈制軍閱兵賞賚	1876061902	溫郡閱兵紀略	1887041502	閱兵續聞	1878040302
盛陳兵術	1876101302	溫州大閱	1887042402	閱兵迅速	1881091901
示改操期	1893112003	吳郡閱操記	1892051202		
示期校閱	1890031003	吳淞大搜記	1892052303		
示期閱操	1893111603	五馬觀兵	1892112802		
示期閱操	1893111203				

閱兵已竣	1887011002	制軍閱邊	1881090401	大連灣海防大閱章程四	1894050502
閱兵易期	1881111602	制軍閱兵情形	1876051301	大連灣海防大閱章程五	1894050502
閱兵重賞	1880050602	制軍閱操	1880061602	閱伍先聲	1894050802
閱操情形	1881041903	制軍閱操	1877060602	江撫閱操	1894051202
閱操未果	1884042202	制憲閱兵	1888110803	準備大閱	1894051303
閱操詳紀	1886052302	制憲閱兵行程	1876050802	東海鯨波六	1894052203
閱操詳紀	1886091503	制憲閱兵消息	1876031802	大閱先聲	1894052302
閱操詳述	1882040802	中丞大閱	1890042302	上相閱兵	1894052602
閱操續述	1886092003	中丞閱兵	1880122501	傅相閱兵續紀	1894052902
閱操志略	1892102603	中丞閱操	1880120802	雲間新燕四	1894053003
閱操誌盛	1884050302	準備大閱	1890040202	海防大閱續記	1894060202
閱技補缺	1874071403	準備閱操	1893052002	江撫閱操	1894070403
閱看炮臺	1886042802	準備閱□	189307100102	準備大閱	1894070803
閱視練勇	1880013002	五羊大搜記	1894010302	搜軍餘話	1894071002
閱視水操	1891103103	閩督閱兵	1894010302	軍容荼火	1894072102
閱伍紀略	188206070102	鹿城宦跡三	1894010402	大閱有期	1894072103
閱伍續聞	1891041101	粵東大閱	1894010802	試演水營	1894091009
閱武餘聞	1892052102	再誌粵東大閱	1894011102	閩督閱操	1894122602
閱小操記	1891080501	蕪湖官場紀要一	1894011702	閱視水操	1895012302
粵中大閱詳紀	1881111601	大閱有期	1894041002	江撫閱操	1895020902
浙撫出省閱兵消息	1877101202	統領閱操	189404210102	鎮軍閱操	1895032802
浙撫出轅	1887021902	大閱先聲	1894043001	大閱先聲	1895041902
浙撫憲大閱	187406130102	北洋海軍大閱章程一	1894050202	皖撫閱兵	1895042102
浙撫閱兵	1890030702	北洋海軍大閱章程二	1894050202	皖撫閱兵	1895042802
浙撫閱兵消息	1877110802	北洋海軍大閱章程三	1894050202	大帥閱操	1895071902
浙省大閱	1881100802	旅順海防大閱章程一	1894050302	鎮軍閱操	1895080203
浙省提憲閱兵	1879073002	旅順海防大閱章程二	1894050302	鳩江漁唱二	1895101403
浙省雜聞	1874070803	旅順海防大閱章程三	1894050302	蘇州近事四	1895101403
鎮江大搜餘話	1892051002	旅順海防大閱章程四	1894050302	北固山賞秋記一	1895102103
鎮江閱兵	1880101001	大連灣海防大閱章程一	1894050502	五羊采風一	1895102202
鎮軍大閱	1892122802	大連灣海防大閱章程二	1894050502	提憲閱操	1895102302
整備大閱	1882062602	大連灣海防大閱章程三	1894050502	水軍閱操記	1895102602
爹憲閱兵	1887101203			預□待閱	1895110803
制軍出轅信息	1876040502			江州客述二	1895110902
制軍大閱	1888060502			滬南大閱	1895112503
制軍大閱	1876051602			提憲閱操	1895112703
制軍大閱	1886032601				

1.1.4 裁撤

裁撤病勇	1888091202
裁撤營勇	1878101903
裁撤營勇	1878100402
裁撤漁團	1885100602
裁撤員弁	1881021002
裁減勇額	1893051402
撤營奏稿	1881110701
減兵說	1881122601
九江撤勇	1885110402
局務裁定	1880052801
遣撤營勇	1887041402
留撤親兵	1879122802
擬撤營勇	1881052402
遣散營勇	1876031702
遣勇回籍示	1881080602
遣勇續信	1876032301
沙汰練軍	1884080202
霆軍遣散	1885123102
武弁撤委	1882100702
續裁營勇	1885102603
營勇裁撤	1876011902
營勇暫裁	1877011303
粵省節流	188507160102
酌撤防營	1885110202
資遣營勇	1883050303
裁勇近聞	1895050402
裁撤民團	1895052503
民團裁撤	1895060503
嶺南炎景一	1895061902
武林官話一	1895062302
帝京志三	1895062501
裁撤勇丁	1895070802
三泖涼波四	1895072002
白下官場紀事四	1895072202
廣軍裁撤	189507250102
陶然亭納涼記一	1895072602
武林官轍一	1895072903

煙水亭納涼記二	1895080102
煙臺瑣誌四	1895080402
綸綍宏宣	1895080902
宦海鴻泥七	1895081102
撤勇過申	1895081103
八閩瑣紀二	1895081203
金焦秋色三	1895081902
京師零語五	1895090101
潞江墨浪十一	1895091702
穗石秋痕一	1895092001
□濱雁影二	1895092203
調輪載勇	1895092302
本館接奉電音一	1895100501
京華瑣紀一	1895100501
粵客譚資七	1895101402
潤州秋雁一	1895101403
北固山賞秋記二	1895102103
津郡紀聞三	1895102202
裁兵節餉	1895103002
煙臺零拾二	1895110502
巫峽猿聲一	1895110702
珠簾卷雨二	1895110902
潯陽□帛一	1895111503
豫章近事三	1895112303
潯陽雜記三	1895120302
撤勇述聞	1895120402
煙臺零拾二	1895120902
煙臺零拾四	1895120902
裁兵不易	1895122202
裁兵申牘	1895122302
煙海紀聞一	1895122403

1.2.1 武闈

北闈人數	187509270102
璧合珠聯	189109250203
代辦武闈	1889092802
定期校射	1893110903
鄂城武試	1891122303
鄂省武闈	1882120502

鄂省武闈差委 街名單	1879111702
復試武童	1891123003
杭垣武試	1880051502
杭垣武試日期	1893111203
杭州試事	189003280203
湖北武鄉試題 名錄	1889112502
會試紀聞	1889042202
己卯科廣東武 鄉試題名錄	1879122903
己卯科浙江武 鄉試題名錄	1879121302
類紀粵闈武試事	1885112402
技勇場規	1891112302
江南考事	188908170102
江南武闈瑣述	1889111202
江武試紀事	1889050102
江西武闈續聞	1888120202
江右武試	1893031303
江右武試紀事	1889102702
江右武試紀聞	1889111202
金陵接辦武闈	188910170203
金陵武試紀聞	1891112001
金陵武闈紀事	1891111802
九江試竣	188805140203
考錄武場遺才	1876111502
考試騎射	1893092601
考試水手	187910270102
考試武童	1892030403
考試武童	1891122603
闈姓述聞	1893121102
鷹揚盛典	1891111702
鷹揚盛宴	1893121402
掄元維技	1891120802
南昌武試	1885111902
入闈盛儀	1893111902
山東武鄉試題 名錄	1888022702
善文能武	1891082103

示期武試	1889111202	武試入簾	1885120602	武闈續差	1879112302
松江武試三述	1889032102	武試慎重	1893121002	武闈續聞	1879121103
松郡武試紀事	1889031702	武試盛儀	1885111902	武闈伊邇	1882102302
松郡武試再述	1889031803	武試述聞	1885112402	武闈餘話	1893112902
松試武□	1889032303	武試有期	1891121703	武闈雜述	1879120702
松試已竣	1892051102	武試餘聞	1889070403	武鄉式名錄	189312040203
松屬新武生全案	1892051402	武試再紀	1882122702	武宴盛儀	189012020102
歲試續述	1889122902	武試展期	1889011703	武元訪族	1878012302
黃堂試武	1892010702	武童府試日期	1889030203	先試弓箭	1889041002
提調示諭	1890112002	武童復試	1885123103	縣考武童日期	1874030901
通節武生監錄遺日期示	1879100502	武童取齊	1880062002	縣考武童外場示	1880010502
通州武試	1887010402	武童人少	1880051202	縣試武童	1880030402
童試續述	1892030503	武童驟多	1880032202	縣試武童正案	1892010803
五茸試武	189203250203	武闈榜信	1893112702	校武改期	1890110302
武場捏考	1882101702	武闈發榜紀聞	1893120402	潯郡武試	1892052102
武場覆試	1889012003	武闈防弊	1893111302	鷹揚誌盛	1888102701
武舉拔差	188102260102	武闈各差續聞	1893110903	諭武生監照章錄遺示	187910050203
武考取齊	1880110502	武闈紀事	188512250102	院試武童	1889040202
武科鼎盛	1889110302	武闈紀事	1893112102	閱箭情形	1877010202
武場挑榜	1880010502	武闈紀聞	1891110702	粵東武試	1889111202
武燕誌盛	1889110902	武闈紀聞	1888111402	粵東武試紀聞	1892120102
武士程材	1893112802	武闈揭曉	1883101902	粵東武試述聞	1892111002
武試定期	1880010402	武闈揭曉定期	1893120302	粵東武闈紀事	1893120902
武試定期	1889032802	武闈開考	1888111501	粵東武闈近聞	1893120403
武試改期	188001280203	武闈例示	189009230102	粵東武闈瑣聞	1875120301
武試改期	1892053103	武闈例示	1890100402	再復武童	1891123103
武試改期	1889011403	武闈偶記	1879111702	增減武額	1886102002
武試紀事	1889011903	武闈派差	1891102103	浙江武闈續聞	1888112402
武試紀聞	1892062003	武闈派差	1893110903	浙江武闈餘話	1893120602
武試紀聞	1892060902	武闈試竣	1891112703	浙省武闈紀聞	1888111303
武試紀聞	1891112202	武闈述聞	1893112302	浙省武鄉試錄遺信	1875110402
武試紀聞	1889051903	武闈瑣述	1893102702		
武試紀餘	1892120502	武闈瑣聞	1880102402	**1.2.2 軍官的任命、免職、退休**	
武試例示	1892112201	武闈瑣聞	1893112403		
武試錄遺	1879112302	武闈瑣聞	1888112602		
武試內場	1885122902	武闈瑣誌	1882120102	都戎赴任	1893120602
武試內場	1892010103	武闈詳述	1885111702	都統蒞任	1893072402
武試日期	1889061402	武闈新語	1893121202	恩眷老臣	1889080403
武試日期	1886032203				

更調大帥	1882091702	統領接事	1889112202	電音彙錄	1891100901
更調巡輯水師炮船弁	1876022102	統領易人	1893112202	都統過揚	1890061802
		統領易人	1893052602	鄂省軍政	1887122502
管帶視事	1889081303	統制接篆	1893093002	赴松祝嘏	1893122403
管帶易人	189308050203	武員更調	1882112701	公燕軍帥	1889031203
將軍抵任	1882050801	武員瓜代	1885100202	宮保抵鄂	1878110102
將軍接篆	1879021202	協戎出缺	188407300203	宮保抵鄂	1887051601
將軍蒞任	1884081902	營官到任	1882020601	宮保抵廈	188104060102
將軍殳卸	1882012201	營官接任	1883061003	宮保抵蘇	1888062402
接署海防印	1879032502	營員告退	1882041002	宮保抵粵	188312110102
接印有期	1893041603	雍容坐鎮	1886120903	宮保過蘇	1889092601
津道兼署	1882062601	遊戎瓜代	1889052602	宮保過皖	1889091801
爵帥接印日期	1892111002	暫縮兵符	1892031903	宮保過燕	1886060402
軍門赴任	1886051501	箚委總統	1889012402	宮保行程	1887051402
軍門赴任	1887012002	浙將軍出缺續聞	1879122802	宮保行程	1887060400
軍門回籍	1883042402	浙省大吏近聞	187804120102	宮保行程	1888050202
軍門接任	1882060201	鎮軍赴任	1891092002	宮保行程	1890042902
軍門接篆	1886062502	鎮軍接任	1893121303	宮保凱旋	1890041502
軍門履新	1891120602	鎮軍武員接任	1891090403	宮保蒞皖	1891052602
軍門履新	1893031902	鎮戎接篆	1889041803	宮保蒞蕪	188707240102
軍門乞養	1879040202	鎮浙將軍出缺	1879122201	宮保上巡	1879061002
軍門視事	1878042001	中軍撤任	1884041702	宮電照登	1891112101
老成謙退	1890091002	總兵革職	1881071101	恭送行旌	1893101802
參戎接篆	1886031403	總鎮赴任	1886061802	恭送旌麾	1892090902
履任有期	1889032002	奏稿照登	189104120102	恭迓節麾	1891011003
馬隊男員	1893101402			恭迓軍麾	1889121702
派充專操	1893092402	**1.2.3　軍官的公務活動**		冠裳晉接	1887091701
起用方員	1884070902			郭軍門北上近事	1877092203
守戎履新	1890042202	兵官來滬	1883060502		
水師改轄	1886061202	兵輪起椗	1891022803	行轅瑣述	189102270102
松海防廳出缺	1879032402	大官過境	1880021803	候接軍門	1879070703
臺守調任	1882092402	大帥抵滬	1884072502	滬江宦跡	1890042703
提右營出缺	1879042503	大帥抵鎮	1892102202	吉人天相	1888091702
愙戎赴任	1893041503	大帥回轅	1892102702	閫寄得人	1889092702
愙戎接印	1893041203	大帥回轅	1893102002	江西武員官報	1880032102
愙戎履任	1893121403	大帥將到	1884072203	將軍拜客	1886040102
同日接印	1880072201	大帥凱旋	1890040402	將軍拜客	1888061803
統帶師船	1878031303	大帥言旋	1892102502	將軍北上	1884072902
		點勇言旋	1893041602		

將軍出轅	1883112702	軍麾過鎮	1893071703	軍門行程	1887103103
將軍抵潤	1882101502	軍麾過鎮	1893120602	軍門行期	1884062903
將軍赴閩	1880031303	軍麾即發	1892102103	軍門回鄂	1893120403
將軍過滬情形	1877040601	軍麾將涖	1889030303	軍門回滬	1883062703
將軍行程	1877040502	軍麾就道	1893112803	軍門回籍	1882092002
將軍行程	1877042702	軍麾來滬	1893080203	軍門回寧	1884071702
節抵金陵	1887080802	軍麾戾止	1890100902	軍門回署	1880011102
節麾過鄂	1893020302	軍麾涖滬	1889030703	軍門回署	1886060402
節鉞將臨	1889082702	軍麾涖滬	1890021803	軍門回松	1890051303
節鉞已旋	1889092702	軍麾涖滬	1892102003	軍門回松	1892071103
旌麾北上	1892091103	軍麾涖滬	1892121103	軍門回松	1893100603
旌麾涖滬	1887121602	軍麾涖閩	1893042003	軍門回甬	1890082902
旌節南旋	1889112002	軍麾□滬	1893042903	軍門回粵	1887010402
爵帥出轅	1893051501	軍麾已返	1892101403	軍門晉省	1877042102
爵帥抵寧	188406030102	軍麾已涖	1889030803	軍門晉省	1877062103
爵帥赴臺	1884050402	軍麾已去	1890022003	軍門晉省	1884071702
爵帥赴湘	1893010102	軍麾指滬	1889100303	軍門來滬	1878112103
爵帥行程	1883060502	軍麾駐邵	1892092603	軍門來滬	1880082902
爵帥行程	1886092602	軍節東旋	1889103002	軍門來滬	1881070602
爵帥行程	1893051302	軍節還轅	1889122402	軍門來滬	1881102002
軍麾遄返	1890053101	軍節回轅	1889032403	軍門來滬	1883030303
軍麾到皖	1893121803	軍節將臨	1888061302	軍門來滬	1883052903
軍麾抵鄂	1892122802	軍□回申	1893120303	軍門來滬	1883093003
軍麾抵滬	1893092103	軍門拜客	1888080503	軍門來滬	1888030203
軍麾抵申	1892062503	軍門出巡	1887111903	軍門來滬	1888080803
軍麾抵蘇	1893050102	軍門出洋	1893092203	軍門涖滬	1884042903
軍麾抵皖	1889123103	軍門抵鄂	1893062802	軍門涖滬	1886101603
軍麾抵潯	1893062702	軍門抵滬	1884072302	軍門涖滬	1887020103
軍麾抵揚	1893052002	軍門抵滬	1886042803	軍門涖滬	1887022303
軍麾抵鎮	1890011402	軍門抵滬	1887051002	軍門涖滬	1887101803
軍麾過漢	1889121002	軍門抵滬	1893052002	軍門涖滬	1887111703
軍麾過禾	1893010102	軍門抵松	1886061502	軍門涖滬	1890050402
軍麾過滬	1886092402	軍門抵臺	1888110601	軍門涖滬	1890051102
軍麾過滬	1891082803	軍門抵皖	1893121302	軍門涖滬	1891021603
軍麾過滬	1892031903	軍門赴鄂	1891111602	軍門涖甌	1893122102
軍麾過滬	1893052803	軍門赴松	1892091103	軍門涖蘇	1886051203
軍麾過滬	1893112503	軍門過滬	1893031003	軍門涖皖	1890021201
軍麾過鎮	1893050702	軍門過潯	1887050203	軍門涖皖	1892112202

軍門菀皖	1893060602	軍政紀聞	1892070902	哨官被遣	1877031302
軍門奠醊	1885120902	軍政考語	1887121302	石帥行程	1886040702
軍門啓節	1889100402	軍政展期	1887121002	蜀藩抵滬	1892040203
軍門起程	1879072702	開弔誌盛	1889010702	水師紀聞	1893031402
軍門起節	1882100302	參戎進署	1891032303	提督到滬	1877122603
軍門起節	1884081803	劉軍近狀	1885121801	提督赴鎮	1891093902
軍門起節	1886092503	六軍頌德	1879122102	提督進署	1882091702
軍門起節	1887122103	臚陳政績	1887112002	提督來滬	1877102502
軍門起節	1891042403	馬將軍入觀	1874091102	提臺來滬	1879072602
軍門日轅	1878122302	閩督出轅	1890032702	提憲抵寧	1890042703
軍門旋滬	1887121102	名將重來	1884031502	提憲渡臺	1888071202
軍門巡洋	187912040203	南來電音	1883061602	提憲行旌	1890042302
軍門□恙	1884072502	派員坐探	1889123002	提憲來滬	1882083002
軍門移轅	1880112802	企望旌麾	1893122602	提憲巡洋	1892043002
軍門已返	1887112803	粲戟遙臨	1890090602	秊戎赴郡	1893022003
軍旆回滬	1893100403	粲戟遙臨	1892081902	秊戎赴松	1893042603
軍旆回松	1892121603	翹盼旌麾	1893040903	秊戎赴淞	1893091803
軍旆回松	1893053003	翹盼旌麾	1893091702	秊戎回滬	1893052203
軍旆回松	1893080503	翹企節麾	1893092102	秊戎回滬	1893092003
軍帥起節	1893051801	請緩覲見	1887092302	秊戎回署	1893112503
軍憲拜客	1891082903	求榮反辱	1880022402	秊戎就道	1893051303
軍憲北上	1888052302	戎旆過滬	1891112403	秊戎履任	1891031503
軍憲抵滬	1885101103	戎旆過滬	1893091303	秊戎啓行	1893051603
軍憲抵滬	1888021803	戎旆回滬	1891060303	秊戎謁廟	1893041403
軍憲抵鎮	1892101003	戎旆將發	1893061402	統領抵津	1893082202
軍憲過鄂	1888080902	戎旆來滬	189311100203	統領過滬	1893071203
軍憲過松	1888012303	戎旆移駐	1891081102	統領來滬	1881120802
軍憲過揚	1890011601	戎旆已返	1893062102	統制北上	1893082202
軍憲行程	1890010502	戎旆已菡	1893040903	統制過津	1893082101
軍憲行期	1886050901	戎旆在望	1893092002	皖撫回轅	1887112201
軍憲將臨	1885102503	戎旆晉省	1888030103	微服巡行	1893080903
軍憲晉京	1886031601	戎旃返松	1893032203	文將軍過境	1873061802
軍憲來滬	1888071803	戎旃赴松	1893061802	文制軍抵申	1872120202
軍憲啓行	1889031303	戎旃回申	1893122703	武臣再覲	1887120802
軍憲啓行	1891051702	戎旃將菡	1893040703	武員多狩	1878012503
軍憲起程	1891083003	戎旃旋津	1893040902	憲節赴湘	1880072702
軍憲勤勞	1886093002	戎旃言旋	1893022403	憲節將回	1884081902
軍政紀聞	1887112202	賞格照錄	1889031002	憲轅事宜	1884081003

孝思不匱	1886042001	將軍出殯	1880022902	防海籌捐	1880091701
孝思得遂	1889033002	提督丁憂	1881011302	派捐軍需	1880102101
協戎回籍	1877110902	守戎暴卒	1881121002	捐款籌防	1880121702
新任杭州將軍過申	1874120701	靈輀回籍	1883041402	預籌軍餉	1883111902
雪帥蒞蘇	1886052502	良將云亡	1883060202	酌抽房捐	1884050102
巡江傳述	1878112202	將星忽隕	1884073003	籌餉得法	1884051802
偃武修文	1887081701	軍門丁艱	1885121802	榷稅芻言	1885101002
衣錦榮歸	1890021902	軍門丁艱	1886070601	憲示照登	1886061002
譯西報記彭宮保事	1878060502	軍門歸櫬	1887030103	臺撫言旋	1886061101
迎送軍門	1881021702	爛其盈門	1887082802	憲示籌捐	1886092702
優禮重臣	1887112702	營官逝世	1887102302	接餉北上	1887082303
遊戎返旆	1893053003	將星忽殞	1887112801	解錢北上	1887082403
幼官軍政	1893061802	將星忽殞	1888090202	榷務紀陳	1888050102
預辦軍政	1882060503	將星遽隕	1889012401	戶部奏稿	1888051702
元戎返旆	1892021402	發引有期	1889042202	擬節度支	1891062002
元戎起蘇	1892111602	軍門乞假	1889070402	部駁報銷	1891071802
遠迓節麾	1885100802	將星遽殞	1889081402	奏疏恭錄	1892020601
遠迓旌麾	1893121602	小星殉節	1890011802	仍辦炮捐	1893012302
粵東軍政	1888012002	大將星沈	1891071602	炮捐減摺	1893040802
鎮軍陛見	1893102101	將星遽隕	1891091901	兵米改章	1893042502
鎮軍抵皖	1881080702	大將星沈	1892100601	領餉新章	1893122303
鎮軍蒞滬	189005140203	宿將騎箕	1892122401	節費助餉	1894081702
鎮署稱觴	1888040102	將星遽隕	1893050202	軍餉充裕	1895031102
鎮憲晉鄂	1889051102	官犯身故	1893071102	葉邑尊查捐軍餉請獎告示	187210090203
政體霍然	1890080802	將星遽隕	1893072102	楊制軍奏稿	188606250102
制軍回省	1888061002	大將星沈	1893102102	裁汰軍費	189509130203
總戎陛見	1893101602	投營病殁	188104280102	鹽商好義	1894101002
總戎來滬	1891040803	兵官出殯	18？1112203	釐商好義	1894101602
總戎來滬	1892051503			辱井寒泉一	1894101602
總戎蒞滬	1889052303	**1.3.1 稅、捐、餉**		捐餉續聞	1894101802
總戎蒞滬	1893120403	協助軍餉	1874081102	房捐濟餉	1894101803
總鎮赴皖	1893121602	譯錄蜀友來書	1874100302	遼陽近信二	1894100102
總鎮回轅	1888031102	改闈姓爲守助會	1875072202	變通海運	1894102002
左帥抵京	1881022601	催提聞餉銀	1876040802	輸餉踴躍	1894102003
		告貸軍餉	1877061301	黃牛峽磨崖記四	1894102102
1.2.4 軍官的雜事與家事		起解軍餉	1877072701	廣備軍餉	1894102202
將星遽沈	1879041001	湖北兵備道告示一則	1877112002	西樵山訪碑記二	1894102503
		委解撥餉	1880072702	截糧裕餉	1894102802

鄂商好義	1894103002	蕪湖官場紀要三	1894011702	彝陵櫓唱二	1895013102
粤商好義	1894103002	部務例載四	1894010201	浙省官場紀要二	1895010402
欠餉啓釁	1894100501	帝京臘鼓四	1894013101	催收房捐	1895010902
籌撥軍餉	1894100802	宏我漢京五	1894010501	粤東雜誌二	1895021502
營口訪事人述近日軍情一	1894111001	京師載筆八	1894010802	勸捐例示	1895022003
米穀抽釐	1894111103	金臺春眺三	1894021501	論保續述	1895022304
蜀道探奇五	1894111403	官樣文章三	1894021602	鄂省籌捐	1895022703
撥餉清解	1894111602	官樣文章四	1894021602	甌江淑景一	1895022703
失餉復得	1894111702	官樣文章九	1894021602	皖山青鳥三	1895020303
籌餉先聲	1894112103	鼇燈春戲三	1894021901	海運述聞	1895020603
房捐開徵	1894112202	紫禁簪毫十	1894020202	軍餉充裕	1895031102
綢捐未定	1894112203	九天閶闔五	1894020902	章樓聽雨記三	1895031203
籌餉特誌	1894112304	鷺島春光二	1894031903	業捐生色	1895031203
撥款浩繁	1894112402	鷺島春波一	1894041102	水手鬧餉	1895031302
派員籌餉	1894112402	營口客談二	1894052003	皖山晴翠三	1895031402
購馬免稅	1894112502	牌示領銀	1894050303	武林紀要五	1895031702
捐及糠糖	1894112504	廈門紀事四	1894060203	房捐停止	1895031802
籌餉條陳	1894112701	新徵車捐	1894071202	漢臯雜佩五	1895031802
創辦房捐	1894113001	提銀充餉	1894081302	柳浪聞鶯三	1895031803
茶糖增稅	1894110602	節費助餉	1894081702	潯水春鱗二	1895031902
錢江寒信二	1894110802	預備軍餉	1894082702	設局運餉	1895031903
京餉被竊	1894110803	豫籌餉項	189408290102	神京紀要一	1895032001
鳩茲獻曝四	1894110809	連撥餉銀	1894083001	神京紀要二	1895032001
琿春市語一	1894121103	請領餉械	1894092502	南屏曉鐘十二	1895032002
杭諺二	1894121302	鉅款立集	1894090202	巴山黛色二	1895032003
業捐開局	1894121602	短徵續聞	1895101802	設局勸捐	1895032202
巫峽晴雲三	1894121902	神山秋月三	1895100103	籌餉勸捐	1895032502
試辦捐輸	1894122402	京師剩語二	189510220102	嶺南紀勝九	1895030202
開辦米捐	1894122502	章贛雙流四	1895111802	籌捐踴躍	1895030302
書生獻策	1894122603	鷺江紀事二	1895111902	房捐查竣	1895030403
捐廉助餉	1894122902	北通州近聞八	1895110503	鳩茲防務四	1895030502
緞商義舉	1894122903	燕市瑣談四	1895122002	加徵釐金	1895030502
皖垣紀事二	1894120603	鬧事雜登六	1895122902	西泠漁唱六	1895030902
籌捐續述	1894120702	委解京餉	1895011102	邀董籌捐	1895030903
折價風聞	1894120703	茶糖抽捐	1895011602	百花潭泛舟記一	1895041002
首善筆談七	189401170102	浙省官場紀事一	1895010103	西泠宦跡四	1895041202
首善筆談十二	1894011702	開局籌捐	1895010103	赭塔春光四	1895041803
		典當繳捐	1895012903	蘇州紀事一	1895041803

章贛雙流二	1895041903	籌捐局批	1895062502	度地移營	1883040902
房捐續述	1895041903	津門零拾二	1895062802	營濠拓地	1889032002
擬辦房捐	1895040102	出示勸捐	1895060602	新創營房	187912190203
勸捐紀事	1895042002	垃圾停捐	1895060902	修理營坊	1880081602
皖山晴翠二	1895042302	漢江雙鯉四	1895071102	興修營房	1880100301
催繳墊款	1895042303	清溪□歌三	1895071202		
派捐志略	1895042402	武林雜誌四	1895071602	**1.3.3 祭祀、習俗**	
勸捐續述	1895042902	武林雜誌一	1895071902	祭事孔明	1895031203
諭繳團捐	1895040403	武林雜誌三	1895071902	北固山踏青紀六	1895022102
襄江桃浪四	1895040503	蕪城客述一	1895073102	飭修振武臺示	1880122902
邑令勸捐	1895040802	神京紀要二	1895082101	恭迎青女	189511010203
抽捐助餉一	1895040802	膏捐續述	1895082303	□觀霜降	1891102403
抽捐助餉二	1895040802	勸繳臺捐	1895082602	海外奇談	1883030602
諭繳□稅	1895040803	鷺島拾零二	1895083001	淮軍續到兵送已故都統回籍情形	187508040102
奏片恭錄二	189505110102	裁汰經費	189509130203		
神山夏景七	1895051303	錢江秋汛二	1895091602	祭□開操	1893032102
舉辦繭捐	1895051502	不許懸牌	1895091803	祭□炮臺	187801230102
樂善好施	1895051603	裁汰糜費餘聞	1895091902	祭旗□盛	1889040102
五雲樓閣二	1895051901			祭旗誌盛	1895022401
捐務告竣	1895051903	**1.3.2 後勤**		解餉詞	1894110103
火器新捐	1895052002			禁止賽會	1895031203
房捐邀免	1895052102	改造行轅	1892080703	龍燈祭盛	1891030902
白下官場近事三	1895052302	提督衙署落成	1873092703	擬建□將軍祠	1875070601
京塵雜錄一	1895052401	購地續聞	1882111202	入祠紀盛	1885122802
鳩江夏汛二	1895052502	北通碎錦六	1895032702	賽會暫停	1895021603
火器新捐	1895052903	委辦轉運	1895042702	祀事孔明	1895022803
漢口捐示	1895052909	聘君亭閒話一	1895031203	武營迎□	1893103103
設席籌捐	1895050303	東省軍情一	1895030901	武營迎喜	1878030602
越郡捐數	1895050402	軍米被擄	1894121202	武營迎喜神日期	1879020603
捐議將成	1895050403	採辦軍糧	1894081102	潯江春汛一	1895022602
太守勸捐	1895050602	天津軍報四	18940830010 2	潯上丹楓一	1895110102
捐務續聞	1895050802	驗收營工	1884040302	循例祭旗	1891030802
白門志略三	1895050902	刺史去臺	1889042402	迎秋誌盛	1892103003
柳浪聞鶯一	1895050903	軍需局裁撤	1875102302	迎喜神	1892021503
西江叢話二	1895061303	與子同袍	1883011501	營官迎喜	1878022803
明白曉示	189506140203	頒□到營	1884081502	重修猛將軍廟	1876041502
土業籌捐	1895062003	工程彙記	188110200102	重修猛將軍廟示	1878081502
白門閒話五	1895062202	新築營盤	1881052202	專祠官祭	1882062301
帝京志六	1895062502	修建營房	1881031003		
		兵房落成	1892021203		

1.3.4 裝備、軍火管制

張中丞□閲炮局	1873101102
浙省赴粵購炮信息	1874101502
浙省購炮委員確信	1874112702
丁中丞閲視炮局	1875030302
論置用輪船宜練水手事	1875051101
洋槍案不復再審	1875073002
天津蓋屋存放軍械	1876040701
吳淞演炮	1877063002
演炮紀略	1877070503
修理師船	1877102901
爭載軍裝	1878053003
請禁軍械出口	1878111302
禁售軍械	1878112302
漕船領繳軍械告示	1879021303
申禁槍船	1879032202
搜獲軍械	1879061202
搜查軍械稟批	1879061702
搜查軍械筋	1879061702
盜賣軍裝續聞	1879082603
禁藏軍械	1879110802
私帶軍械	1879112503
放槍灼手	1880022002
軍火運北	1880040302
炮彈到津	1880042302
軍需日備	1880052002
江□試炮	1880062002
私攜軍器	1880080803
購辦軍裝	1880082702
採辦軍械	1880090203
暗藏軍器	1880091602
廣備軍械	1880092201
軍械出口	1880092401
軍械往北近聞	1880092601

軍械抵北	1880101702
兵械往北	1880110402
火器傷人	1880110602
兵械運北	1880111901
續運軍械	1880112502
趕造軍火	1881010601
廣購軍械	1881010602
購辦軍械續聞	1881020502
炮船加捷	1881030301
新炮運北	1881031902
添造巡船	1881061301
起出軍裝	1881091703
手槍充公	1881092802
禁賣軍械	1881112301
巡獲槍彈	1882062402
查禁私藏洋槍示	1882090703
易炮而球	1883011302
嚴究軍火	1883062003
禁售軍械示	1883072902
炮船續述	1883091903
兵船述聞	1883092303
拖帶炮船	1883092303
續拖炮船	1883092503
槍械赴粵	1883100602
兵船裝炮	1883100903
炮船續志	1883101103
軍械充公	1883121902
密查軍械	1883122802
解送軍火	1884010602
火船裝炮	1884010702
傳言未確	1884011802
趕造軍火	1884012002
私帶軍械	1884020301
趕造軍火	1884020303
私帶軍裝	1884021902
解送軍火	1884031003
禁止軍火	1884031201
軍裝來滬	1884031302

邏獲軍火	1884031502
續解軍火	1884040302
軍裝來滬	1884041703
嚴查軍火	1884062603
運械赴臺	1884072502
分撥軍械	1884072603
運槍過滬	1884072903
軍火來滬	1884073103
私販軍火	1884081201
待領軍裝	1885031903
巨炮來申	1885102503
准購戰馬	1885120901
改設兵輪	1885122003
裝運大炮	1886040303
兵器宜慎	1886052002
搜出軍裝	1886081303
炮彈傷人	1886110902
私運軍器	1886111203
私帶軍裝	1886111701
訊不知情	1886112503
販私被獲	1886112602
水陸並行	1887033002
製備軍裝	1887040102
福州船政大臣裴奏稿	1887070802
接錄船政請獎銜名單	1887071102
私販軍裝	1887071803
私販軍裝案解訊	1887071903
發縣收管	1887072003
續獲軍火	1887072403
嚴禁軍火濟匪示	1888011202
廣售軍械	1888071102
洋槍傷人	1889021602
私藏軍火	1889061203
火藥案破	1889061502
並未調往	1889061703
火藥案結	1889091002
手槍肇禍	1890021302

存儲火藥	1890081902
禁賣軍火	1890091303
私販軍火	1890120203
嚴懲私販	1890120303
不認販槍	1890120803
兩訊私販軍火案	1890123102
私販餘聞	1891081802
私運軍裝	1891091503
私運軍裝續聞	1891091702
搜出軍火	1891100201
禁運軍裝	1891100701
搜獲洋槍餘聞	1891101802
查禁軍火	1891102402
禁運軍械	1891110301
私販科罪	1892012302
查獲軍裝	1892072903
私藏火藥	1892091803
私藏火藥案送縣	1892091904
私藏火藥案徹訊	1892092303
禁令新頒	1892101202
防禁軍火	1892122302
私帶炸藥	1892122602
定期演炮	1893052303
供認販槍	1893091603
竊禾炮斃	1893121602
法公堂案十三	1895091104
東海秋濤一	1895091302
法公堂案八	1895092004
捶彈遭傷	1895092602
私藏軍火	1895101404
英界公堂瑣案	1895102703
縣案三則一	1895110703
浙省赴粵購炮委員消息	18741124 0203
丁中丞總理船政局事宜	18751028 0102
續述吳淞演炮	18770706 0203
私販軍裝	18781001 0203
軍械運津	188103240102

拿獲軍火	188711270203
嚴禁私運私售軍械示	18911020 0203

1.4.1 團練

琳餘團練得力	1876102302
飭辦團練告示	1878050902
籌辦團練經費告示	18781107 03
頒賞團兵	1883102402
團操志略	1883112502
團操復誌	1883120202
飭辦鄉團示	1884011902
飭辦漁團示	1884011902
團防近事	1884030102
粵團認眞	1884032702
議辦鄉團	1884040602
趕辦團練	1884041603
粵團近聞	1884042702
團練難恃	1884050102
議辦團練	1884051502
本埠練勇	1884072903
義民團練	1884073102
留意民團	1884073103
諭辦民團	1884080303
虹口辦團	1884080504
潤州團練	1884081502
鄉民團練	18760120 0203
天津團練	1894101102
派員抽查	1894101504
□城耳食三	1894102102
會哨例誌	1894102104
擬辦民團	1894102502
西樵山訪碑記一	1894102503
閱視團丁	1894102503
臺北誌要一	1894100802
營口近信二	1894111102
東粵紀聞一	1894111203
津水雙鱗二	1894111303

煙臺近信一	1894111303
鄉鎮□防	1894111503
潞水霜鱗一	1894111803
親點團勇	1894111803
皖上備兵志三	1894111903
點驗團勇	18941119 0304
煙臺近事一	1894112303
開辦民團	1894112803
煙臺近事三	1894112902
會哨例誌	1894112904
杭諺三	18941102 0203
飭造□冊	1894110503
熱河辦團	1894110602
鷺島新談三	1894110702
舉辦團防	1894110802
潤州聞見錄四	1894110803
津郡團練紀事	1894121902
寓兵於農	1894122002
煙臺紀要二	1894122302
琵琶亭題壁一	1894122403
煙臺雜錄五	1894120202
襟上酒痕二	1894120303
招募團勇續述	1894120603
擬辦團防	18940507 0203
煙臺□錄二	1894061903
擬辦團練	1894072303
辦團定議	1894072503
會議團防	1894072703
團防議安	1894072803
定期舉辦	1894073103
會哨改期	1894081103
民團會哨	1894081203
神山新雁一	1894081303
團練會哨	1894081304
閩事彙登二	1894081403
擬辦團防	1894081602
團兵夜哨	1894081703
舉辦團練示	1894080103

勸辦民團	1894082303	金臺選勝三	1895043001	續述吳淞口炮臺情形	1874091702
團丁會哨	1894082303	北通州近聞四	1895043002	商購樓架棧房	1874091901
閩省團防	1894082402	煙臺軍務三	1895040502	吳淞防務	1874092102
團練會哨	1894082603	煙臺軍務五	1895040502	西報稱吳淞戍兵	1874092102
訂期會哨	1894080203	紀廈門近□情形七	1895040603	乍浦議築炮臺	1874092202
舉辦鄉團	1894080803	團操誌盛	1895040703	兵赴舟山籌處	1874092903
會哨紀事	1894091203	紫禁簪毫三	1895040801	鳥籠山炮臺工竣	1874100902
團兵夜操	1894091403	紫禁簪毫四	189504080102	吳淞炮臺尚未增築	1874101501
鷺江雜誌一	1894091703	淮商好義	1895051302	乍浦炮臺開工	1874102203
巡丁會哨	1894091703	漁團述聞	1895051403	述鎮海炮臺事	1874110502
招募民團	1894090103	鳩江夏汛四	1895052502	上海□內不放警炮	1875022002
專辦團防	1894090103	甌郡官場紀事十二	189505050203	述江防情形	1875030102
鷁岡樵話四	1894092603	鷺江春浪六	1895050802	虹口拽起巨炮	1875030602
團練會哨	1894090203	復辦漁團	1895062201	福州設防	1875032002
民團巡緝	1894090803	創辦民團	1895091803	乍浦炮臺築成	1875051802
甬防新志三	1894090903	漢上團兵	189509260203	裝運大炮	1875052802
渝城小錄一	1895100202	漢上題襟二	1895092902	興建炮臺	1875061002
履勘團防	1895010303	創辦團練	1895090902	滬防局另調兵勇	1875062102
團練會哨	1895021703			海防雜議	1875062302
潯水春聲二	1895021902	**1.4.2 屯田、寓兵於農**		商辦江防	1875072102
神山新語五	1895022402	寓兵於農	1887042002	津沽傳聞	1876042501
派辦團練	1895022603	飭兵墾荒示	1879032103	津沽近聞	1876072202
北通州紀事八	1895031802			寧郡雜事	1876121102
暫停會哨	1895031903	**1.4.3 防務、炮臺**		譯西報記閱視炮臺	1877070602
羊城春樹一	1895032302	寶山設防	1884080903	武備嚴明	1877090601
北通碎錦三	1895032702	天津香港新報李督在津門自駕兵船閱炮臺	1872051502	津沽續到大炮	1877092502
會哨例誌	1895032803	香港華字日報呼籲設立海軍邊防巡邏安良	1872051604	水排易陷	1878012302
團兵得力	1895030402	天津來信	1873031902	海防要策	1878012604
東北軍情三	1895041202	吳淞口外擬建炮臺	1874062502	閱驗炮臺	1879051703
團練漁戶	1895041402	續述吳淞炮臺	1874062602	軍門巡洋	1879082202
團哨例誌	1895041703	述近日傳聞	1874081401	增築炮臺	1879082402
邛水春濤一	1895041803	寧郡民情	1874091502	大炮易位	1880011902
粵東防務二	1895041803	湘軍續赴鎮海	1874091502	簡練軍實	1880022102
粵東防務四	1895041803	中國整飭邊防	1874091502	津沽防堵	1880041101
潯陽紀事十九	1895041903			防堵風傳	1880041601
籌備團費	1895042402			查閱海防	1880041702
城團會哨	1895042702				
創辦竈團	1895042902				
北通州紀事二	1895040202				

籌辦海防	1880051002	增築炮臺	1884011902	籌設防兵	1884080403
防海增兵	1880051602	監修炮臺	1884012102	調換新炮	1884080503
巡閱海口	1880052402	津防嚴密	1884012302	查閱水師	1884080702
認真操防	1880071902	閩省辦防	1884020501	武備森嚴	1884080703
津沽武備傳聞	1880081101	添築炮臺	1884022001	炮臺告成	1884080902
撥兵防堵	1880090203	堵塞海口	1884022302	統帥□炮	1884080902
籌辦海防	1880090203	粵防鄭重	1884022602	修建炮臺	1884081003
福州防堵	1880090802	增築炮臺	1884022802	月城置炮	1884081003
□設籌防	1880090802	閩防續述	1884030202	驗收工程	1884081103
駐津兵數	1880090802	閩人謠諑	1884030501	秣馬厲兵	1884081202
議修炮臺	1880100902	津防信息	1884030702	嚴密設防	1884081203
福州海防	1880101301	臺防增重	1884030702	委驗炮臺	1884081902
山左海防	1880101301	津沽風鶴	1884031402	軍機要件	1885090201
海防要聞	1880103002	粵防近耗	1884032002	擬更臺制	1885090202
福州海防	1880111701	臺防近信	1884032601	片摺照錄	1885091002
寧郡防務	1880120202	巡閱炮臺	1884040602	會勘炮臺	1885101903
粵省防務	1880120402	舟山設防	1884040802	臺灣西簡	1885112502
修補城垣	1880120802	北方嚴密	1884040902	上相驗炮	1885112602
炮船停口	1880121402	營口籌防	1884040902	旅順兵威	1885113002
海防續聞	1880121702	江防要務	1884041402	淡水來信	1885122802
要地宜防	1880121801	調守炮臺	1884041702	猛將守關	1885123102
福州民情	1881010601	煙臺防務	1884042102	川省□防	1886032701
添築炮臺	1881010602	趕築炮臺	1884042202	海防近信	1886070301
防務來弛	1881020902	操防嚴密	1884042403	軍容補記	1886080302
新築炮臺	1881090902	鎮海防務	1884043002	西友述聞	1886080702
遴選鐵板	1881111902	大沽設防	1884050102	預備海防	1886110702
浙撫到寧	1882042501	煙臺防務	1884050602	巡閱炮臺	1886120402
添置炮位	1882110102	防務關心	1884051102	炮臺鞏固	1887020401
邊防孔固	1882121202	軍書緊急	1884051301	海口設防	1887031102
整頓邊防	1883011302	巡閱江防	1884051502	海防愈固	1887041302
吉林防務	1883011902	加意臺防	1884060201	制憲閱臺	1887061102
巨炮運到	1883040901	炮臺防務	1884071401	築堤禦水	1887070902
兵船薈萃	1883062002	淮上籌防	1884071902	炮臺告竣	1887071501
補充兵額	1883071102	東南重鎮	1884072703	軍憲閱炮	1887111602
鎮憲調防	1883071502	簡練軍實	1884073003	大帥巡邊	1887112502
嚴修武備	1883082102	浙海防務	1884073102	閱視炮臺	1887121602
邊防近信	1883091102	勘驗炮位	1884080103	運炮紀聞	1888031302
防海傳言	1883100901	布置嚴密	1884080403	閱視炮臺	1888033102

邊帥查邊	1888050202	臺北誌要三	1894100803	潤州防務二	1895010902
會勘炮臺	1889010502	添築炮臺	189411100102	炮臺失慎	1895022601
創築炮臺	1889020603	閩督關防	1894110309	添兵赴乍	1895020502
主試閱臺	1889111501	粵志二	1894110402	勘視炮臺	1895020602
閱視炮臺	1890011602	琿春市語二	1894121103	安設巨炮	1895031303
改造炮臺	1890030202	添築炮臺	189412170203	十洲春色二	1895031402
雲津營務	1890030902	淞南防務三	1894122103	鎮防嚴密	189503280203
籌建炮臺	1890060402	煙臺雜錄四	1894120202	鹿城官報四	1895042203
大帥閱邊	1890112102	基防驗炮	1894123102	鹿城消息八	1895040402
閱視炮臺	1891030503	芝罘瑣綴五	1894031703	添築炮臺	1895051603
改建炮臺	1891031102	驗收炮臺	1894032402	布置江防	1895053003
威海軍容	1891040902	鷺島雜言二	1894042503	操演炮位	1895050502
勘驗炮臺	1891041802	臺嶠郵書二	1894051102	鷺江消夏錄三	1895060702
查閱炮臺	1891090403	閱操炮臺海面打靶章程一	189405040203	修理炮臺	1895070702
巡閱炮臺	1891120802	閱操炮臺海面打靶章程二	1894050403	修改炮臺	1895081403
督修炮臺	1892090502	西報譯登三	1894061702	分犒勇丁	1895092002
驗視炮臺續述	1892092702	臺嶠夏雲八	1894071302		
閱臺中止	1892100102	會看炮臺	1894071402	### 1.4.4 調動	
閱臺續記	1892100402	淞口設防	1894072202	調兵赴吳淞防堵	1874091602
築臺募款	1892101202	驗放巨炮	1894081602	閩督將移駐廈門	1874092402
勘視炮臺	1893021402	鎮海防務	1894081702	閩督移節廈門	1874101401
大帥閱邊	1893031501	炮臺鞏固	1894081802	調兵赴天津	1875042602
帥邊籌防	1893042101	煙臺防務一	1894081802	閩省更立營制	1875051001
方伯閱臺	1893072202	添設炮臺	1894081902	神機營新章續錄	1875070201
扼要築臺	1893090403	總理炮臺	1894082102	中國炮船來滬	1875100902
制軍閱臺電音	1893101102	煙海防倭記二	1894082202	移營	1876040402
督憲閱臺	1893101502	煙海防倭記一	1894082202	揚防換營	1876050102
驗收炮臺	1893121002	勘臺已竣	1894091502	北兵來滬	1876071202
吳淞建築炮臺	187409230102	驗視炮臺	1894091502	寧波過兵	1876102002
修築乍浦炮臺已有成議	187410140102	□□秋柳一	1894091503	寧郡過兵續聞	1876102703
閩廣籌防	188012310102	擬添炮位	1894092102	調兵關東	1877051902
先事預防	188312250102	神山雜誌四	1895113002	裝兵轇轕	1877081303
名帥□邊	188703040102	鄂撫閱臺	189511080102	戰艦守凍	1878112902
巡視內河	188705250203	珠海霜濤三	1895123002	恭錄朝命	1879061602
添築炮臺	189211070203	武林消寒記四	1895011002	戰船赴廈	1879122602
粵省設防二	1894101602	白下官場紀要四	1895011503	皇朝兵制考	1880040302
江防鞏固一	1894102002	浙撫回轅	1895010402	旗兵調駐	1880041502
增築炮臺	1894102103			調兵防邊	1880082501
西樵山訪碑記三	1894102503			兵船駐滬	1880083103

輪船載兵	1880090902	蘇皖兵數	1882060601	裝兵赴臺	1884022702
移營鎮海	1880090902	整旅回營	1882061302	雄師抵粵	1884022902
載兵往北	1880091401	水師回泛	1882071602	兵船調防	1884030301
載兵往北情形	1880091701	軍門赴防	1882081602	中國兵數	1884030601
皖省軍情	1880091902	調兵續述	1882100802	兵船他去	1884031302
兵差暫駐	1880092001	馬隊到防	1882102802	載兵南下	1884031902
北洋軍報	1880092501	軍門渡遼	1882111601	練軍調防	1884041402
吳淞船舶彙誌	1880092802	戎兵更調	1883051302	兵輪赴防	1884042802
爵帥行程	1880100401	調營消息	1883051702	檄調軍門	1884050102
兵船回空	1880101402	戎兵更調續聞	1883052302	防營日增	1884050402
湖兵抵津續述	1880101702	水師聽調	1883052701	調兵赴粵	1884050402
載兵續聞	1880101702	防兵回營	1883060202	調兵赴東	1884052002
武昌兵信	1880102402	官兵過境	1883070402	箚調炮船	1884052003
霆軍拔營	1880110902	伊勢南指	1883080802	移營守堵	1884052102
載兵往北	1880111802	北防近耗	1883081302	炮船來滬	1884052103
載兵北往	1880112301	防軍來滬	1883082802	檄調防營	1884060201
續運防兵	1880113002	兵船過境	1883083103	營兵到防	1884061502
防兵北上	1880120402	防兵首途	1883110202	官兵過境	1884061702
爵憲赴防	1880120502	調兵傳言	1883110202	調營傳聞	1884070602
運兵續信	1880120701	輪船載兵	1883111002	爵帥赴臺	1884071101
調隊往揚	1880122201	載兵赴津	1883111302	兵船來滬	1884071303
防兵續至	1881011801	勁旅到防	1883111602	密派大員	1884072202
楚軍赴寧	1881011902	兵輪萃鄂	1883112502	營勇回滬	1884072403
提帥移防	1881022501	載兵近信	1883112601	福州借船	1884080401
輪船載兵	1881032301	防軍來滬	1883112702	駐兵守衛	1884080402
防營移駐	1881032602	雄師拔隊	1883120701	兵艦紀聞	1884080803
遣勇回南	1881032801	營官赴粵	1883120701	楚軍到禾	1885090202
遣勇續聞	1881033101	調防近信	1883122302	運兵抵鄂細情	1885090301
兵旋續聞	1881042602	兵輪東下	1883122402	內恭摺請安	1885092602
霆軍未撤	1881052802	兵船開駛	1883122502	接錄劉爵撫滬軍門奏保滬獲勝出力各弁名單	1885110502
鎮軍班師	1881062101	營兵過境	1884010302		
輪船載兵	1881071201	撥兵到防	1884010602	請賞將士	1885112702
兵船開行	1881080302	調船載兵	1884010602	大軍移駐	1885121802
索賞失差	1881091901	載兵赴粵	1884010802	大沽水淺	1886040301
楚勇赴閩	1881101101	調兵防堵	1884011102	兵船往北	1886042102
兵旋續聞	1881102201	載兵赴閩	1884012202	營勇調防	1886052602
輪船守凍	1881121702	移營駐守	1884020502	□帥回防	1886052802
查點兵額	1881122002	兵船開行	1884021502	鐵艦回申	1886061703
移營駐淮	1882052202	勁旅移防	1884021502		

太湖軍實	1886080202	炮艇撤回	1893012002	籌防捐急宜變通	1874100301
物歸舊主	1886080401	軍艦抵甌	1893012202	東南六省海口□帶亟宜團防說	1874100802
兵勇渡臺	1886120503	兵輪將去	1893022103	論水師宜任長材來書	1874101904
銘軍調防	1887051702	兵艦行程	1893022203		
提督全浙軍門歐陽示	1887073002	查點軍額	1893040502	整頓軍政	1875040303
		兵輪迴滬	1893041603	論中國新設炮臺	1875051001
□調防營	1887092702	軍門回防	1893041801	論欠餉報捐事	1875051901
軍門回防	1887102102	兵輪出口	1893062303	論字林西報言中國防務事	1875071701
神機營協巡兵官處稟詞	1887111403	湘軍營制述	1894042501		
		武營得保	187902120203	譯西報論雲南募勇事	1875072201
兵艦行蹤	1888022004	載兵往北續聞	188009150102	閩將移鎮臺灣論	1875072901
兵船抵滬	1888022501	調兵實信	188009160102	論武科	1875113001
病勇撤回	1888081602	楚軍拔營	188009200102	論軍功外獎	1875121401
難蔭新章	1888121002	兵旋續聞	188104230102	論丁中丞治閩	1876050801
昌營移駐	1889021702	裁營善遣	188107310102	論團練實爲靖盜之法	1877032601
遣勇內渡	1889071502	查問兵額	188203080102		
兵輪歸局	1889110502	楚軍更補	188209180102	論西征軍餉	1877042001
軍門履任	1890032002	揚州紮營	188307230102	論借貸軍餉傳說	1877060101
兵船出口	1890041603	勁旅調防	188310310102	辨主伯相與山西人借貸軍餉事	1877060701
兵輪起椗	1890042102	防兵到粵	188312190102		
兵輪抵浦	1890052003	崇祠屹峙	189009200102	論練兵以固邊防	1878012303
兵輪進口	1890061303	軍政續紀	189305240102	論內外臣工務宜和衷共濟國事	1878061201
兵輪出口	1890071602				
准建□祠	1890080202	**第 1 章涉及的評論**		西人論臺灣廢棄各事確有所見說	1878112602
兵船□滬	1890080203				
鎮軍出缺	1890100302	古今兵事論	1872062202	西人論臺灣廢棄各事確有所見說	1878112701
兵船回浦	1890122203	寓兵於農論	1872121601		
兵輪南下	1891012502	論招墾	1874040301	論軍需宜力求□節	1879012804
兵船萃滬	1891030803	辨建築炮臺之非	1874062702		
兵船萃泊	1891031003	論吳淞口宜修築炮臺	1874063001	論粵省兵力單一	1879020801
示渝彙登	1891031903			申論西報言軍律事	1879031701
戎旂過境	1891103103	論欠餉	1874071101		
水師調防	1891112803	論將	1874072101	論左侯奏用揚中丞事	1879031801
兵返襄陽	1891121603	練勇宜即起用	1874081401	恭讀整頓吏治兵事上諭書後	1879071501
皇朝兵制考	1892022901	西人論粵垣巡船之非	1874081501		
綠營兵制考	1892030701			西報論待水師官	1879110102
湘軍營制改	1892031501	兵論上	1874090201	海防要論	1879110603
兵輪南來	1892122003	兵論下	1874090301	續海防要論	1879111104
兵艦抵閩	1893011502	論吳淞口海防近日情形	1874091601	操練營兵末議	1879120101

防邊防海難易說	1880021601	練兵之法古今寬嚴不同說	1881110601	籌防扼要篇	1884012201
練鄉因以固海防論	1880042201	文武自爲輕重說	1881110901	西人論塞何事	1884012202
書請加戍兵鹽菜銀兩摺後	1880062701	論中國講求武備	1881111601	論粵省防務	1884012501
籌防宜求實際論	1880070401	武備問答	1881111901	書近日海防各事後	1884020501
兵將一心說	1880072201	閱福州驅逐武並近事因論兵船用人之法	1881112601	論餉源	1884021101
東邊防務議	1880081801			再論餉源	1884021201
兵船用人說	1880082001	書教習王君開敬陳管見摺後	1882012501	書本報中國兵數後	1884030701
論春坎炮足以制勝	1880091001	中國勤修武備答問	1882013001	論閩防不緩於粵防	1884031001
分防煙臺議	1880091601	中國武備續論	1882031101	論閩防亟宜整飭	1884032301
海防可恃說	1880101501	論更易水手	1882053001	論新募兵勇未可遽撤	1884052201
論派捐軍需傳言	1880102401	減兵增餉之法宜於海防說	1882102001	書左侯相繞率神機營事物	1884071801
論秘京華商團練	1880110901	論武試略宜變通	1882102301	綜論中國防務	1884073101
駐防旗兵亟宜變通說	1880120101	武試不宜變通說	1882102701	海防宜慎重炮勇說	1884090601
書捐款籌防	1880122101	旅順口建置炮臺說	1882122001	海防大致可見當求要著以備目前說	1884102001
中西文武輕重不同說	1881032001	沿海邊防大勢論	1883030201		
爲將必諳地輿說	1881032601	海防問答	1883031501	以水雷□敵勝□以岸載□敵說	1884102501
原重文輕武之俗	1881032901	中國海防與西洋異勢論上	1883031601	論中國餉可借資於他國	1884121101
論屯田之利	1881040701			論建築炮臺	1884121301
續論屯田	1881040901	中國海防與西洋異勢論下	1883032201	書籌餉末議後	1884122201
書黔撫岑中丞奏請註銷黎平屯田案夾片後	1881041301	募勇說	1883062101	論近日開捐情形	1885020301
		論中國兵船備足自守海口	1883062601	近事因團練海疆先於陵省說	1885020401
閱伊犁金將軍移屯省費摺子書後	1881041501	論兵將相習	1883081301	接錄開源節流事宜	1885022701
		論邊防近勢	1883090101		
書都統恭奏請鳥城都統領隊衙門加給公費摺後	1881061301	防邊後策一	1883090401	接續開源節流事宜 側重於談流	1885030101
		防邊後策二	1883090601		
		防邊後策三	1883090801	接續開源節流事宜 側重於節流	1885030201
論教習弁兵當備示其法	1881071801	邊防切要論	1883121501		
論海防廢弛	1881082101	閩粵海防異同說	1883121701	論艇船亦足守口	1885050101
書銘鼎臣將軍請放吉林南境圍場荒地疏後	1881091001	兵勇均貴土著說	1883121801	論中國不撤邊防之善	1885050701
		論粵人助餉	1883122201		
縱論武備	1881101101	用兵首爭地利說	1883122301	整兵設備不繫於和不和論	1885051501
論城守之重書江西城防改章事後	1881102001	論兵勇異同書英將論兵後	1884011901		
		瓊防緊要說	1884012101		

論中國將才	1885060301	論人才之可惜	1889062901	論文武相稽	1892080401
善後策設官第一	1885062101	書眾革武員各疏後	1889080501	論防務宜舉其要	1892090501
善後策設防第二	1885070101	兵勇辨	1889090701	論借倉穀以資兵食	1892101301
善後策裕餉第三	1885070501	論武勇	1889110101	論巡閱炮臺	1892103001
論中國此時宜以培養元氣為第一義	1885071601	將帥須曉暢兵法論	1889120201	論廈門炮捐	1892120101
防費支絀請撥餉裁勇以資抿注摺	1885091002	世變新論邊防第四	1890052201	論遣勇	1892122101
練膽芻言	1885092101	世變新論海防第五	1890052701	論宜謹出入以減免 金下	1893031201
營官不及營駕說	1885092701	兵貴訓練說	1890092601	寓兵於商論	1893041701
武科取非所用說	1885092901	兵期無兵論	1890110901	寓兵於商論	1893041701
接錄廣督張疏陳海防要策稿	1885121103	武試亟宜變通說	1890111901	論文武之輕重	1893052401
炮船以節費說	1885122101	論水師因兵會操時	1890121201	續吉林將軍長敷奏練軍各摺片有感而書	1893061701
西友論中國武試	1885122901	整頓兵船議	1890122301	書新撫□芷芳中丞奏陳防營員弁勇丁各臺局卡義學實在數目摺後	1893062701
書劉中丞奏恭臺灣道摺後	1886012001	論抽查兵數	1891040201		
與西友論水口	1886012801	論部臣擬節度支事	1891062501		
裁撤長江水師論	1886021901	再論節省度支	1891062701	巡洋說	1893082801
戶部奏海防捐輸銀數不得增減片	1886071802	論額兵未可□減	1891070301	書張香帥奏節省兵餉銀兩摺片後	1893090201
		團練利弊說	1891070701		
書本報會操誌略後	1886121301	論部駁報銷	1891072201	減釐宜先節用論	1893100101
論遼東當駐重兵	1887011101	減兵所等節餉說	1891081801	書劉制軍閱視炮臺事	1893101701
論穆帥籌邊	1887031001	兵貴□□說	1891090401	政貴因時論	1893103001
論裁汰差使	1887040901	論國家取士文武並重	1891112001	敵營說下	1895021601
論新疆墾田事	1887042701	論輕武重文實為弊俗	1891112101	團練論	187205220203
論長門營發餉事	1887062401	多派兵輪巡洋議	1891122501	兵勇異同論	187304030102
知己知彼說	1887102601	兵宜習勤說	1892011301	論練兵以固邊防接續前稿	187801240304
論宜選拔真材	1888030401	兵荒說	1892012001	武鄉試論	187805040102
象棋可悟兵法說	1888060201	八旗兵術考	1892021601	議經營東南洋以固邊防	187811150304
郡縣宜重其權利論	1888112401	論救時之計節流更急於開源	1892040701	文武輕重說答西人論待水師官	187911040102
屯田私議	1889031101	論漢陽武童頂名事	1892050401	續海防要論	187911130304
書東撫張朗齊宮保疏稿後	1889042301	海防芻議	1892051501	論武員偏見	188001020102
論海運宜改用兵輪船	1889051901	論奮武與揆文並重	1892052001	續論海防團練	188004260102
募勇開山以實邊防論	1889062301	談兵扼要篇	1892071901	法人論華兵	188007070102
				治邊無異於內地說	188011300102

屏訛言以固軍心說	188101120102
書本報議固邊暨電語述聞兩則後	188505100102
上浙江撫憲劉中丞條陳	188509060102
奏稿照錄	188509230102
戶部杜弊新章十條	188703060102
說兵	188711290102

第2章

2.1.1 平匪、平亂

鄉團獲盜	1872060104
貴州軍情時事	1872062102
貴州軍情時事	1872062203
雲南回匪遣人赴英國求救	1872071602
雲南軍情	1872072004
貴州軍情信	1872072203
河南兵事	1872073102
黔軍收復清鎮縣城	1872122303
貴州來信	1873020802
貴陽新聞	1873073102
再紀滇省今年官軍攻剿並肅清始末	1873090901
譯牛莊西信	1874030502
牛莊賊匪劫瓊情形	1874032502
貴州湖南苗匪復叛	1874070601
晉源報述黔事	1876040702
惠州近耗	1876050902
貴州信息	1876051801
營兵殺賊	1876061002
貴州近耗	1876070402
雲貴消息	1876070802
貴陽函述	1876081002

匪黨滋事	1876081701
拿獲匪黨	1876081802
徐州匪犯平定	1876082602
土匪滋事	1877102402
粵東盜耗	1877111602
亂事餘耗	1877112302
客匪又亂	1877121103
粵東戡亂	1878011902
湘省風傳	1878020802
撥兵捕盜	1878031502
頑民不靖	1878060702
□山亂事粗定	1878082901
續述廣西亂耗	1878102902
武員獲盜	1878110403
粵亂續信	1878110602
海南亂耗	1878110702
海南近耗	1878111202
粵亂續聞	1878111202
欽州兵變	1878111302
海南續信	1878112102
粵亂續述	1878112102
□亂紀聞	1878112202
再紀李逆事	1878112202
□州消息	1878112302
亂信郵聞	1878112302
越南近信	1878112602
官員參奏總兵某人不法事	1878112702
亂耗續聞	1878120402
李逆近事	1878120501
海外郵音	1878120502
李逆亂耗續聞	1878121302
李逆郵耗	1878121601
論李揚材作亂大勢	1878121801
粵兵降逆續聞	1878121802
李逆禍不可測宜速圍剿說	1878121901
李逆續耗	1878122401

辨近日所傳李揚材事	1878122403
香港報記李逆事	1878122501
讀沚剿李逆上諭恭誌	1878122501
西報論李逆事	1878123002
粵耗紀聞	1879010202
西報論李逆事	1879010602
瓊州亂信	1879012802
李逆亂始案發	1879012802
聲罪致討論	1879013001
譯安南國王致粵督書	1879013002
調兵捕犯	1879020401
剿匪近聞	1879020502
瓊州請兵批	1879020602
水淹官軍	1879020702
督兵緝捕	1879022103
剿瓊近事	1879022802
越南近事	1879022802
添兵捕盜	1879042302
南亂近聞	1879042902
南亂將已	1879052202
營兵捕盜	1879052402
瓊亂遄已	1879061702
逆蹤近誌	1879062602
營兵捕盜	1879070303
李逆敗耗	1879071502
越南郵音	1879071702
越南捷音評述	1879071802
越南軍耗	1879072302
瓊州軍信	1879080102
李逆近狀	1879080102
港報綜紀李逆事	1879081402
瓊南凱撤	1879081502
客民復亂	1879100702
李逆亂耗近聞	1879111802
東陽亂耗	1879121402
傳首外藩	1880012202

牛莊賊耗	187403230203	妖邪類誌	1876082802	會匪解省	1886111602
萑苻未靖	187512130203	獲匪正法	1876083002	綜紀皖南會匪劫盜案	1887051002
海盜緝獲	187605040203	皖省嚴查匪類	1876083002		
粵東匪亂詳述	187711140203	溫州近事	1876090602	梟斬會匪	1887052102
李逆亂耗續紀	187901180102	溫州續信	1876091102	會黨甚多	1887061202
南亂續聞	187901290102	續述拿獲妖匪	1876091102	閩浙總督楊石帥奏稿	1887061902
瓊事續聞	187903150203	勿惑邪說	1876091201		
剿匪近耗	187903200102	自取虛驚	1876091202	獲匪續聞	1887070801
續述□匪鬧事	187912190102	僵人遇妖	1876092602	會匪尚多	1887071501
獲□傳信	188004160102	餘臨續信	1876101202	續獲匪目	1887072601
臺事續耗	188109200102	京師復有剪辮	1877032602	拿獲剿匪	1887091601
臺匪擾事詳述	188111280102	書香港各報紀會匪火殃三蟠踞南□山後	1877120501	金陵拿獲會匪餘聞	1887092402
臺匪近信	188202230203				
臺匪近聞	188205220102			拿獲會匪	1888042702
絲行被刦	188207180102	查辦會匪續聞	1880010402	會匪就擒	1888100102
臺匪郵傳	188302220102	武寧亂信	1880032002	匪徒蠢動	1889062902
輪船被劫細情	188510270102	派營彈壓	1880051602	匪亂已平	1889070702
長楊縣獲盜始末	188602180102	剪辮又傳	1881082301	哥匪蠢動	1889070703
土匪不靖	188604200102	會匪蠢動	1882110201	匪亂續聞	1889070902
督勇剿梟	188608120102	續述會匪	1882110902	防患未然	1889071003
丁軍旬日平亂記略	188807090304	軍令森嚴	1884021202	土匪鬧事續聞	1889071502
		臺匪肇事	1885070502	會匪送縣	1889080203
詳紀溫臺捕盜情形	188811160102	載兵剿匪	1885071102	嚴禁會匪	1889080602
		會匪遯籍	1885091302	會匪就擒	1890030303
□獲巨匪	189006270102	津沽匪信	1885091403	會匪正法	1890100702
匪亂已平	189110180102	會匪將殄	1885100602	檄調兵船	1891032102
詳述德化剿匪情形	189112260102	匪術甚狡	1885101202	查拿會匪示	1891061002
		會匪正法	1885112002	密訊會匪	1891070902
閩督譚將軍希奏稿	189211250102	會匪破獲	1886012101	嚴拿會匪	1891071501
		會匪正法	1886012402	緝獲會匪	1891071802
派勇辦匪	189306130203	夜半鏖兵	1886030802	嚴拿會匪	1891081502
		團兵可嘉	1886051902	皖撫示諭	1891082102
2.1.2 會匪、妖術		會匪潛蹤	1886052802	訊匪續聞	1891100303
		會匪駢誅	1886060502	緝獲會匪	1891100403
前獲盜匪係哥老會餘黨	1872110203	會匪送縣	1886083103	續訊會匪	1891100403
		不認會匪	1886091202	閩督告示	1891101102
哥老餘黨	1875081102	緝獲會匪	1886101402	會匪就誅	1891101402
教匪口供	1876080902	拿獲匪首	1886102202	押解匪犯	1891101603
打印妖術	1876082302	會匪處決	1886110601	難逃□戮	1891101703
妖異迭見	1876082302				
打印妖術到滬	1876082502				

2.1.3 教案

天津近事	1876080101	剿匪近聞	1884032002	皖垣消息	1891052002
津沽情形	1876080901	惠匪續述	1884032302	示禁謠言	1891052203
津沽消息	1876081001	惠州確耗	1884032602	民教相安	1891052402
津沽近聞	1876081501	惠匪續述	1884032802	剴切曉諭	1891052502
民教不和	1876081601	嚴辦會匪	1884040202	蕪事餘聞	1891052502
建平民變	1876081701	截亂餘聞	1884040802	蕪湖教案續聞	1891052902
欽命江南分巡蘇松太兵備道馮	1876090602	粵中近信	1884040802	丹陽鬧教	1891060401
教匪下場	1876100702	教人被戮	1884042802	保護教堂	1891060403
臨餘續聞	1876120102	教堂被毀	1884090402	鬧堂正法	1891060502
宜昌消息	1877032101	教民遷移	1884090501	皖垣近事	1891060502
武董鬧事案訊結	1877092002	保護教民示	1884090503	丹陽鬧教續聞	1891060602
教堂滋事續聞	1878112602	民教為難	1884092002	教士慈悲	1891060602
武□教堂案續聞	1879021502	牧師被戕	1884100402	蕪湖教案餘聞	1891060902
建寧鬧教	1879022802	戕害教士	1884100702	九江續電	1891061001
福建鬧教又起	1879041001	教案詳述	1884101201	無錫警電	1891061001
高麗禁止傳教近聞	1879082301	教案□談	1884110202	蕪案紀餘	1891061002
論高麗下法教士獄案	1879082601	教案贅談	1884121202	九江續信	1891061201
惡教見端	1879082802	京口近聞	1886010701	江西警電	1891061301
教禍又起	1880021803	美員防患	1886030301	先事預防	1891061302
民教不和又見	1881080502	教案近聞	1886032101	各處鬧教餘聞	1891061402
民教失和續聞	1881080601	教案餘聞	1886032903	蘇信續登	1891061402
查拿教匪賞格	1883051202	鬧教續聞	1886073001	九江續信	1891061502
武漢要聞	1883051202	教案續述	1886080201	教案餘聞	1891061802
民教不和	1883051802	川中教案近聞	1886081301	丹陽鬧教實情	1891061902
民教不和續聞	1883051901	川中憲諭照登	1886090602	未救教禍	1891061902
滇南近聞	1883052301	來信照登	1886090602	武穴鬧教餘聞	1891061903
屯兵防盜	1883052302	蜀中教案	1887010701	傳首示眾	1891062002
戕殺教士	1883061902	錶鏈被搶	1887011301	保護教堂餘話	1891062202
電疑續述	1883062802	教案續述	1887032502	吳城姑塘續信	1891062302
粵省要聞	1883121201	教士被辱	1887101702	漢口籌防	1891062303
粵省近聞	1883122201	交還教堂	1888010902	蜀東教案	1891062402
粵東時事	1884011102	教堂被毀	1888011003	鬧教迭見	1891062501
教士被拘	1884020901	大鬧教堂	1891050602	先事預防	1891062602
惠匪續述	1884031502	蕪湖警電	1891051401	詳記海門鬧教情形	1891062701
惠州近報	1884031902	蕪湖鬧事續信	1891051501	蕪湖鬧教近聞	1891070202
惠匪補述	1884032002	蕪湖鬧事餘聞	1891051802	江西鬧教電音	1891070302
		安慶要信	1891051901	與教為難	1891070302
		調兵彈壓	1891051902		

重適樂郊	1891070303
江西鬧教續信	1891070402
江西鬧教確信	1891070902
前車可鑒	1891070902
教案摭錄	1891071002
江西鬧教續聞	1891071201
防範□嚴	1891071202
示平教務	1891071202
鄂防嚴密	1891071502
謝埠教案續聞	1891071602
憲示彙登	1891072802
總理衙門奏稿	1891073001
粵東教案	1891080202
幾釀教案	1891081102
履勘教堂	1891081302
憲示照登	1891081403
辦理教案	1891081502
□營餘話	1891081503
東安鬧教	1891081602
議結教案	1891082102
教案絮談	1891082302
蕪教議結要電	1891082601
蕪案議結續述	1891082902
蕪湖教案續聞	1891083102
江西鬧教述聞	1891090202
宜昌鬧教	1891090401
宜昌鬧教續聞	1891090901
教□□聞	1891091102
憲示照登	1891091102
教案續聞	1891091502
保衛森嚴	1891092002
風鶴驚心	1891092302
漢口獲匪	1891102203
蕪案已結	1891103002
教案未了	1891110401
北地亂耗續聞	1891120301
鬧教述聞	1892091802
電告毀堂	1892101401
宜昌鬧事	1892121002

民教糾葛	1893040502
閩人鬧教	1893040502
成都教案	1893042102
保護教士	1893042802
教案續述	1893051002
又毀教堂	1893051101
滇人鬧教	1893051402
牧師被殺	1893070502
牧師被殺續述	1893070801
漢電譯登	1893070901
詳述毆斃教士情由	1893071202
西人葬禮	1893071402
宋埠鬧教案述聞	1893071702
集議教案	1893071903
沔陽鬧教	1893080102
教案續聞	1893080802
教案未結	1893121002
教案議結	1893122302
教堂失火	1893122302
譯通文館新聞紙記錄十八日之事	187405070102
教師為難	187503200102
民教不和確聞	187608100102
詳述無錫教民不和事	187608250102
西報譯論關道觀見語	187706200102
民教失和	187809100102
寧變餘聞	187809180102
譯英商華德衛論武夷山教堂事致福州西報書	187812120203
畛域漸融	188002200102
教民被戮	188404110102
教案□談	188410220203
教案奏結	188411060102
醫局滋事	188508060102
教堂近事	188601090102

詳述蕪湖鬧事情形	189105160102
金陵確信	189105310102
蘇信照登	189106120102
續述武穴鬧事情形	189106130102
蕪案續議	189109050102
詳述宜昌鬧教情形	189109110102
宜昌鬧教餘聞	189109180203
蕪事誌聞	189109280102
訊供初志	189110060102
訊供非易	189110210203
蕪案再述	189111150102
熱河警報	189112050102
訛言肇釁	189307080102

2.2.1.1 維護社會治安

派勇彈壓	18870619
新聞撥兵巡緝	1873071702
炮船兵丁拿獲新聞地棍	1873080402
添兵二百駐四明公所	1874051402
移營	1874051502
長江水師漢陽中營遊府	1875021103
搶犯正法	1875030403
演炮捕盜	1875081102
海防分府沈示	1875110103
餘杭將設北鄉分站	1876042202
鎮武軍留駐樂平	1876062301
鄂省調防	1876092602
再述撫恤精兵	1877012002
派兵查夜	1877062202
移營防盜	1877062802
擬□紅單戰船	1877071002
發兵查夜	1877072602
派兵彈壓	1877101102

派兵鎮壓續聞	1877101902	巡防認真	1883120502	關防告示	1889082302
嚴密梭巡	1877110602	防堵甚嚴	1884073003	撥營駐防	1889102203
夜巡會哨	1877112202	夜巡嚴密	1884080303	黑夜喊救	1889112702
海防分府沈告示	1877120303	劉爵撫奏□撫卹災黎片	1885072901	嘉興振務	1890011602
巡防嚴密	1878011003			告示照登	1890022802
裁撤海巡	1878032102	軍門告示	1885101602	廣東海防兼善後總局告示	1890030102
續辦贛防	1878052202	軍門巡閱	1885101902		
滿營巡警	1878052402	氓庶懷恩	1886030702	鎮轅例示	1890101302
湘軍出境	1878061903	民變餘聞	1886040202	巡夜嚴緊	1891010902
稽查嚴密	1878062003	派勇防梟	1886111502	憲示照錄	1891061603
卡兵捕賊	1878070502	慎重江防	1886111502	派勇彈壓	1891072903
營兵起贓	1878072502	駐兵防盜	1886111802	訛傳亂耗	1891080303
楚軍入臺	1878092403	民變述聞	1887050802	右營告示	1891092303
寧郡傳言	1878092602	反側潛消	1887052302	憲示照錄	1891101003
寧海消息	1878100402	驅逐難民	1887072602	懷柔有道	1891112402
寧海餘聞詳述	1878111302	軍令森嚴	1887082102	奏□撤防	1892070602
軍門巡洋	1878121102	壁壘□新	1887100202	禁止小車入城示	1893050103
籌辦防堵	1878121402	請兵續述	1888040102	先聲奪人	1893060902
添設日巡	1878123002	道批節錄	1888051302	派勇彈壓	1893071603
防盜嚴密	1879010602	巡緝嚴密	1888072902	派勇彈壓	1893101803
夜巡加慎	1879011102	舟子兇橫	1888082401	派兵彈壓	1893112303
分防撤任	1879032202	攔路搶劫	1888082402	鎮軍捉賭	1893120602
巡防嚴密	1879042703	送回營中	1888082703	衛安勇移營	187611140102
嚴禁教演拳棒示	1879092402	俄使失竊	1888090202	要犯緝獲	187811070203
撥勇巡城	1880032703	憲示節錄	1888093002	保甲近聞	188106290102
遣勇封山	1880032902	屢鬥不休	1888120702	箚委彈壓	188108020102
派勇彈壓	1880041302	鄉民犯上	1889010303	防維周至	188709210102
武弁獲盜	1880072601	派兵巡查	1889011102	為民除害	188901090203
撥兵防守	1881042502	臨安弭亂	1889031902	憲示照登	189101310203
移營彈壓	1881070702	臨安民亂緣起	1889032102	示禁登城	189104210102
溫郡戒嚴	1881100701	難民不法	1889032203	楊城防務	189110070102
城防改章	1881101501	營兵清街	1889061003	賭□□捕	189312090203
調營防堵	1882032702	漢口鬧事餘聞	1889071202	煙臺防務二	1894101402
調兵彈壓	1882053002	續述漢口近狀	1889071402	夜巡嚴密	1894101403
添委文員	1882070301	漢事答問	1889071501	慎重汛防	1894101502
集眾求恩	1882122402	署廣東潮州府曾告示	1889071502	修理棚欄	1894101603
請兵彈壓	1883031902			編查保甲	1894100103
軍門出洋	1883050103	憲示照登	1889071903	江防鞏固二	1894102002
海南信息	1883110602	兵輪已去	1889082202	禁止夜渡	1894102003

鷺島秋聲四	189410210203	保衛可恃	1894123002	稽查要隘	1894090702
委查保甲	1894102603	禾中人語三	1894123103	新安道聽六	1894090903
煙臺近事一	1894102702	鐵□寒潮一	1894120502	天津防務二	1895011001
傳諭□甲	1894102703	編查保甲示	1894120803	禾城寒柝四	1895011003
示禁謠言	1894102902	總巡視事	1894120803	鷺島寒濤七	1895011603
三吳小志一	1894103102	巡防嚴密	1894073103	神山臘景四	1895011702
蠡水秋光三	1894100503	稽查嚴密	189408140304	羊城寒樹四	1895011703
編查戶口	1894100803	門禁更嚴	1894082003	會哨例誌	1895011803
楓陛恩濃四	1894111801	維揚防務一	1894082102	關防嚴密	1895012003
楓陛恩濃七	1894111802	維揚防務二	1894082102	潯江寒信八	1895012003
神山晚眺五	1894110103	維揚防務四	189408210203	棚夫受責	1895012004
永寧宦跡五	1894110103	五茸蟬噪二	1894082203	挨戶支更	1895012202
巡防章程	1894112502	江流九派一	1894082403	查夜認眞一	1895013002
潯陽紀事七	1894112503	建業秋風七	1894082503	潤州淑景七	1895013102
潯陽紀事九	1894112503	鳩江防務一	1894082603	□山觀景三	1895013103
調兵設防	1894112602	鳩江防務二	1894082603	添設水巡	1895010303
招勇巡防	1894112703	鳩江防務四	1894082603	愼司營鑰	1895010303
白鹿秋聲一	1894110203	防堵森嚴	1894082702	鳩江近事三	1895010602
浙水官場紀事二	1894113002	九江防務三	1894082702	鳩江近事七	1895010602
杭州小志一	1894113002	九江防務四	1894082702	甌海談新一	1895010602
杭州小志二	1894113002	防倭雜誌一	1894082802	請添防勇	1895010603
潤州紀事五	1894110303	防倭雜誌四	1894082802	循例會哨	1895010802
挑選哨弁	1894110403	稽查客棧	1894082803	潤州防務四	1895010902
溢浦秋雁十	1894110603	巡夜章程	1894080303	官場雜紀三	1895021203
整頓保甲一	1894110803	夜巡小誌	1894080303	古董雜言一	1895021902
整頓保甲二	1894110803	門禁森嚴	1894080304	浙省官場事宜四	1895022603
漢上軍容二	1894110902	煙臺要錄一	1894080402	武林新語一	1895020502
因材器使	189412120203	□笛步納涼記一	1894080603	煙臺雜誌三	1895020602
巡防嚴密	1894121302	更夫受責	1894080603	潯江春色六	1895020703
南市紀聞三	1894121303	仁至義盡	1894080803	滬城雜誌一	1895020704
蘇臺紀事一	1894121401	廈防新志一	1894091103	荔子□踏青記二	1895031403
潯陽紀事二	1894121402	溢浦月痕一	1894091103	神山紅杏四	1895031803
加派要差	1894121603	甌江秋浪一	1894091703	地保候諭	1895032303
巡防嚴密	1894122009	議辦保甲	1894091903	巡防嚴密	1895033003
煙臺紀要三	1894122302	派兵彈壓	1894090103	北通近事六	1895030602
古華客述三	1894122303	羊城□錄三	1894092002	滬南瑣語一	1895030903
會哨例誌	1894122903	稽查嚴密	1894090302	白下官場紀事三	1895041509
煙臺雜錄一	1894120202	接辦保甲	1894090303	風鶴驚心二	1895041602

鷺江雜錄四	1895041903
禁止夜行	1895040102
嚴禁科派漁費示	189504300203
紀廈門近日情形三	189504060203
紀廈門近日情形八	1895040603
鐵□濤聲三	1895040903
廈客傳言一	1895051602
八閩叢談三	1895071702
宵小宜防一	1895072602
四明□暑一	1895072602
北固山消夏錄五	1895070402
北固山□暑記六	1895080102

2.2.1.2 冬防

添委巡查	1876050802
江垣冬防	1877012901
冬防加嚴	1877020302
冬防嚴密	1877020702
冬防善政	1877112302
冬防告示	1877120303
冬防嚴密	1877122501
冬防要務	1877122602
巡防嚴密	1878101903
冬防中禁煙館告示	1878103103
整頓冬防	1878110902
冬防加嚴	1878112903
寧郡冬防	1878121702
冬防嚴密	1878122602
冬防嚴密	1879011403
冬防告示	1879111703
冬防宜密	1879112803
水巡嚴密	1879120302
冬防加嚴	1879121203
冬防嚴密	1879122402
水師獲盜	1879122502
辦理冬防章程	1880010103
冬防□嚴	1880011402

冬防告示	1880110402
冬防告示	1880110802
冬防輪替	1880111102
冬防嚴密	1880111602
冬防嚴密	1880112802
冬防嚴密	1880122002
寧郡冬防	1881010702
預備冬防	1881110502
冬防嚴密	1881111902
冬防添委	1881120702
冬防嚴密	1881121502
冬防嚴密	1881122301
增立水柵	1881122602
冬防撤局	1882041803
巡防嚴密	1882102902
冬防嚴密	1882120402
武漢冬防	1882120402
冬防嚴密	1882121202
整頓冬防	1883020202
冬防嚴密	1883120902
調勇防東	1884122803
冬防嚴密	1885010302
裁撤冬防	1885042603
初次會哨	1885111103
開辦冬防	1885111602
團操遇晴	1885112203
冬防嚴密	1886010202
整頓冬防	1886010302
辦理冬防	1886103003
改派文員	1886111203
商議冬防	1886111503
夜巡嚴密	1886120303
漢鎮辦防	1886120602
寧郡冬防	1887010302
冬防嚴密	1887010302
冬防嚴密	1887121302
金陵冬防委員名單	1888071602
冬防嚴密	1889111803

蘇省冬防水陸巡員單	1890110403
冬防認眞	1890112402
變通辦防	1891111602
冬防加嚴	1891111902
冬防嚴密	1891112402
冬防嚴密	1891112702
冬防嚴密	1893011203
委辦冬防	1893110903
派辦冬防	1893111103
冬防扼要	1893111603
舉辦冬防	1893111904
冬防雜誌	1893120703
冬防嚴緊	1893121903
漢鎮整頓冬防示	187812100203
冬防嚴密	187812120102
冬防告示	187812140203
冬防嚴密	188001130203
整飭冬防	188112240203
冬防嚴密	189011220203
辦理冬防	1894102103
魚□宵嚴	1894103103
武漢江聲三	1894111403
廉訪微行	189411170203
潤州寒信一	1894112203
潯陽紀事三	1894112503
派委冬防	189411040203
縣示例登	1894121003
曝書亭題壁三	1894120403
嚴辦冬防	1894012102
金焦寒黛五	1894010402
潯上官場雜錄二	1894010702
北通州紀事四	1894010902
鐵□寒濤一	1894021103
西冷茗話一	1894041602
趕辦冬防	1894092403
四明聞見錄三	1895111002
箚辦冬防	1895110103
豫章雜誌八	1895012303

□水春聲二	1895020602
邗上人言一	1895041402
潤州紅杏二	1895040102
黛山□□三	1895061203
民更告止	1895061203

2.2.2 消防、救火

撥勇救火	1882051602
通州火警	1885053102
防火章程	1886012802
火警類誌	1886022402
杭垣火災	1886121103
福州火警	1887012903
福州火警	1887020402
穗垣火警	1887040802
福州火警	1887041002
鳩江大火	1887041002
滬北火警	1887042803
武林火警	1887060502
貴州大火	1888021703
火災彙誌	1888021704
潯城火警	1888032102
續述太和門火災事	1889021302
太和門災後餘聞	1889021702
火警彙登	1889022102
蘇垣失慎	1889031302
潯陽火警	1889033102
火警紀聞	1889040602
禾城火警	1889091802
粵東火警	1890012703
營口火災	1890032003
失火餘聞	1891083102
揚州火警	1891122101
滬江大火	1893102603
潯城火警	1893120302
閩兩兩誌	1893121502
廈門大火	188612140102
閩中屢火	189011250102

閩中火警	189209190203

2.2.3 邊防、海關

詳述販鹽斃勇事	18870324
海關滋事續聞	1875061001
攻擊梟匪	1876121102
募勇緝私	1878121903
炮船巡鹽	1880042202
祛疫紀聞	1883081202
開河動工	1883122402
營勇築路	1884080703
查艙不易	1885111002
販私拒捕	1885120102
查緝輪船	1886121802
續訊巡丁緝私案	1887011503
販鹽斃勇	1887032303
焚斃駭聞	1889032503
緝私殞命續述	1889042202
拿獲私梟	1893092802
梟犯成擒	1893111002
猾匪成擒	1893121202
詳述鹽梟鬧事	187608170102
兵船抗查	188106170102

2.2.4 軍隊參與行政管理

江南蘇松太兵備道馮示	1876063003
武員助賑	1877102702
武營施粥	1878012402
海防分府禁食鴉片公示	1878012603
武營助賑	1878040902
武營賑錢	1878050902
武官善舉	1878051702
旗營捐銀	1878052502
軍門德惠及人	1887102403
鉅款助賑	1887122303
軍門德政	1888011903
創立詩院	1888060402
愛民如子	1888091502

憲示照錄	1888110102
好行其德	1889082802
瑞桐剩語	1890020702
臺撫告示	1890021502
武員善政	1890122303

2.3.1 軍隊用於排場

江海大關已開	1875022002
丁中丞接辦船政事宜	1875101102
丁中丞到滬	1875102701
丁中丞在滬情形	1875102801
丁中丞憲體違和	1875102902
沈制軍來滬政期	1875103001
沈制軍到滬	1875110401
津沽消息	1876071801
李□伯相到煙臺情形	1876082501
津沽傳聞	1876091501
溫將軍會	1876111502
浙撫出省	1877101802
浙撫出省政期	1877101902
浙撫出轅消息	1877102901
體恤屬員	1877122602
李太夫人抵鄂	1878111302
江撫閱邊	1879040202
譯西報記丁中丞事	1879060502
欽使來滬	1879060702
派隊遠迎	1880070702
迎遷憲旌	1881010702
渡臺近聞	1881011902
制憲行程	1881040902
憲制閱兵	1881041202
督轅紀事	1881051202
猜詳接署	1881071202
閩撫回轅	1881110602
浙撫行程	1881111202
閩督近信	1881120801
憲節言施	1882040501

侯相蒞蘇	1882052002	皖撫行期	1887011101	江十祖餞	1890100402
傅相啓節續聞	1882061102	觀察宕行	1887031302	遠迎靈柩	1890101603
中丞回省	1882110601	彈傷坐船	1887042402	葺治兵輪	1890111503
侯相行程	1883032002	浙臬過禾	1887042402	中丞蒞滬	1891011103
傅相行期	1883051401	學憲抵潯	1887042702	峴帥過境	1891020501
伺候憲旌	1883052601	浙撫回轅	1887043002	宦海相逢	1891021502
侯相拜客	1883102303	湖督來滬	1887061302	憲節過淞	1891030403
憲節抵鎮	1883102802	湖督拜客	1887061403	仙侶同舟	1891030902
傅相回津	1884020302	皖撫行程	1887061802	營勇赴淞	1891042003
浙撫出巡	1884021401	皖撫過蕪	1887062202	接篆續聞	1891042702
侯相行程	1884022301	憲駕登舟	1887092403	蜺旌蒞止	1891043001
預備行臺	1885092103	恭送制軍	1887092503	旌節□滬	1891050902
制軍蒞廈	1886031601	江撫抵省	1887102202	中丞蒞皖	1891051902
官場電信	1886032501	軍政盛儀	1887111001	傅相出轅	1891052302
排單照錄	1886050702	旌節來往	1887111002	上相威嚴	1891052702
邸駕蒞律續述	1886051602	湘撫過潯	1888082802	上相回津	1891061702
邸駕蒞律	1886051902	湘撫抵鄂	1888090502	板輿旋里	1891101503
圖繪英姿	1886052702	憲舟過鎮	1888100602	鎮軍赴寧	1892012502
憲節過楊	1886052902	道憲赴任	1888110601	旌麾抵浦	1892042602
鄂督出巡	1886060101	主試回籍	1888111602	憲節過揚續述	1892050302
皖撫出缺電音	1886061601	預備供張	1888120803	旌麾雲集	1892050402
醇親王片	1886070402	制軍過皖	1889010202	預備供張	1892050503
兵船不可事迎送而廢操練說	1886070801	觀察南旋	1889061202	制憲將臨	1892051302
川督過禾	1886071402	桂撫過楊	1889061402	鵠候憲旌	1892051501
川督過蘇	1886071402	皖撫行程	1889082302	憲節蒞淞	1892051601
醇親王片	1886071402	雨中送別	1889101603	行轅雜誌	1892051803
論中國兵船迎送官員之弊	1886072601	憲節過鎮	1889121802	行轅紀事	1892051903
撫憲過楊	1886072802	辦差周到	1890022802	大帥宕行	1892052003
兵衛森嚴	1886100802	浙撫行程	1890030802	制憲出轅電音	1892102001
預備行轅	1886101603	上相赴京續述	1890032302	鵠候節麾	1892102103
制軍蒞滬	1886101803	漕督過揚	1890033103	補述蘇撫起節	1892102502
制憲赴淞	1886101903	浙撫行程	1890040902	浙臬過禾	1892112003
中丞過鄂	1886102302	接篆盛儀	1890041603	制軍閱局	1892121602
星使抵煙	1886102602	傅相回津	1890042202	出口兵輪船	187205230304
侯憲蒞滬	1886113003	恭迎節鉞	1890050202	天津近聞	187304210102
坐鎮有人	1886120301	皖撫行程	1890050302	沈制軍到滬情形	187511050102
侯憲起節	1886120303	憲節回蘇	1890052602	中西官赴瓊州	187603290102
		皖垣秋審	1890061002	閱操回轅	188112200102
		星傅過營	1890091102	邸節行程	188605230102

邸節行程	188605270102
船主蒙獎	188607280102
皖撫履新	188701120102
制憲拜客	188709230203
迎□恭記	189004130102
皖撫回轅	189011190203
節麾抵揚續述	189204220102
浙撫過禾	189209260102

2.3.2 軍隊隨意差遣

兵船運糧米	1874030402
請兵保護鄉典	1875071203
炮船驛遞	1875092201
牛莊信息	1876072501
號軍正法	1876100702
捕蝗續述	1877060902
移解案犯	1877071802
上海恭鎮府王示	1877092203
營兵修路	1877101002
掘堤續聞	1877122702
營勇捕蝗	1878040202
救災近事	1878050702
申禁兵民登城遊玩示	1881042602
撥兵護監	1881050802
拐匪移縣	1881101802
營勇多病	1882111602
保護商船示	1883012602
濬河雜誌	1883040502
調兵開河	1884010902
防兵任役	1884031702
調勇開河	1885102102
武林西言	1886051301
災後餘聞	1886083002
創築長堤	1887051202
派勇濬河	1887120203
追拿逃犯	1888012902
開濬城河	1888111902
勘視河工	1889010503

津城絞犯	1889010702
營兵公忙	1889040703
觀察驗工	1890041003
來信照登	1890080202
津水續述	1890083102
派兵捕蝗	1892060703
水災餘話	1892080502
撥勇濬河	1893041603
濬河續紀	1893051603
營兵護□	1893090103
蘇城蝗孽瑣誌	187707210102
口碑載道	188906200203

2.4 西北戰局

官軍首付河州紀事	1872051502
陝西軍情信息	1872081303
譯西字報社述甘省軍情	1872111603
天津信息	1873021202
天津信息	1873021902
安瀾炮船失事	1874101602
譯述回部交戰事	1874102403
英國新報論華兵征喀什噶爾事	1874110502
西陲消息	1875032302
回疆情形	1875061101
噶人求援英土	1875081602
西征消息	1875092301
印度報述回部事	1875101602
喀酋近事	1875102302
王師征喀回消息	1875112501
西征消息	1875120102
西師貸銀續聞	1876032902
左營消息	1876051102
甘蜀續信	1876051301
甘省確聞	1876071101
錢莊支紬	1876080101
西征佳音	1876082801
西陲消息	1876083002

譯外國報記西陲信息	1876092301
西陲佳音	1876100701
西陲消息	1877010501
西陲消息	1877010602
西陲捷音	1877011901
西征消息	1877050101
西陲傳音	1877050501
西陲軍事	1877062702
譯述西陲事	1877070502
喀使抵英	1877070902
西征近事	1877092801
西陲消息	1877110901
喀酋消息	1877112202
譯俄總制致左伯相書	1877112602
新疆消息	1877112801
西陲吉報	1877122201
天兵深入	1878011201
新疆紀聞	1878030401
西征捷報	1878031602
論功行賞	1878032301
喀人遠遁	1878041501
西陲近聞	1878071702
西陲近信	1878080702
新疆郵耗	1878091602
喀亂郵聞	1878103002
籌邊近事	1878123002
西口近信	1879021102
新疆警報	1879031401
新疆勝報	1879032902
新疆敗耗	1879041001
王師戡亂	1879042301
新疆郵音	1879061302
伊犁消息	1879092401
俄信合符	1879092602
俄信續聞	1879092702
西陲警報	1879102201
伊犁近事	1879103002

西陲近事	1879121102
西陲近報	1880030402
西陲信息	1880031402
回酋遁走	1880051202
西人論伊犁事	1880060201
取地電音	1880061101
西陲近耗	1880062601
西陲近耗	1880071402
爵帥主戰	1880121101
美報譯錄	1882010701
邊事近聞	1882071301
伊犁亂耗	1885070401
回民作亂續聞	1885070902
伊犁近耗	1885102801
喀事客談	1885112201
關外傳言	1885120601
伊犁亂耗	1886022302
廓事傳聞	1888032801
籌邊末議	1890021202
陝甘軍情	187207150203
楊中丞赴陝信	187512010102
西報述甘省信息	187605120102
陝甘傳聞	187606010102
西陲確信	187606060102
西陲消息	187609150102
西陲郵音	187701230102
新疆軍事	187706090102
西陲郵音	187910100102
西陲郵信	188004230102

第 2 章涉及的評論

論西昌燕山匪徒及平靖情節	1873081901
論中國議將更改護衛西教士之約	1874100801
書申報論中國議將更改護衛西教士之約	1874101401
論盜風	1874121801

論貴州復亂近耗	1876030801
書兩江沈制府覆奏辦理會匪情形疏後	1876042701
論九龍山事	1876082101
論哥老會	1876082201
論近日民間自□邪術事	1876082901
西人論近日邪術事	1876083101
論會匪事	1876091101
論洋場止訛暗與古合	1876091501
論禁絕會匪	1876092001
論西報議中國屠城事	1877072701
黔中苗帥近事	1877080302
論奉化鬧捐□山鬧糧事	1878083001
聞新撫疏衢山案書後	1878101501
聞粵□亂耗妄議	1878103001
再論粵疆亂事	1878110601
瓊崖亂信宜籌海防說	1878110801
衢案質疑來書	1878111301
兩粵亂耗迭見宜厚集兵力說	1878111601
論李逆專意安南之說決不可信	1878112301
聞李逆旁竄滇池未知西南防堵消息疑議	1878112801
書川督查辦逆匪奏摺後	1879010105
粵東盜風愈盛恐有他患說	1879020101
字林報論李逆事	1879021502
新疆邊防不可懈弛說	1879110201
論匪類眾多之由	1879122201
論杭州調兵赴禾	1880052201
論民變	1880052301

論防海盜	1880060501
書曾伯撫□陳郭軍門戰功事跡摺後	1880072801
慎放土匪說	1880091901
論私蓄軍械並言巡船不足懼盜狀	1880102501
書多防告示後	1880111001
原土客之爭	1881032301
書浙東土匪案	1881091401
剿匪必宜合力論	1882022701
平亂宜速不宜緩論	1882110601
論齊匪	1883051901
論辦理滇南慘殺教師案之難	1883052001
中國匪未靖宜先安反論	1883061201
治教匪探源說	1883061601
書惠州亂事後	1884040501
書粵東客匪續信後	1884050901
教士不與國事論	1884082504
論溫州教案	1884101401
急先務說	1885072401
請留從水利說	1885081001
再論中國兵輪出洋保衛說	1885100901
論溫郡剿匪	1885102001
論近日劫盜之事	1885112701
論近日劫盜之多	1885112701
論黑龍江民變事	1886011401
論捕務廢弛亟宜整頓	1886040501
論臺灣善後事宜	1886052301
論會匪亟宜解散	1886053001
論廣東辦理積匪事	1886060201
論四明鬧教堂事	1886072001
論請浦近事	1886072501
蜀中教案公牘	1886072502

論教皇派員駐華事	1886072801	論民教不和	1891052201	嚴多防論	1893010701
民教不和說	1886090801	防患宜急論	1891053001	論臺灣善後事宜	1893012701
論曾爵帥徐州擒會匪事	1886101301	再論民教失和	1891060301	論調勇濬河	1893122001
論瓊州黎客各匪	1886102201	論保護教堂即所以保護中國人民	1891061101	論哥老會餘黨	187211210102
畏盜說	1887042201			復論髮平後情形	187405060102
論辦理械鬥案件	1887042601	弭亂箴言	1891070401	除島民議	187992170102
書西河盜案後	1887050701	論教堂宜迅速辦結	1891082101	緝私流弊說	188705170102
書各處會匪信息後	1887070701	論辦理教案	1891082301	兵以用而後知論	189012090102
再書各處會匪信息後	1887070801	書宜昌鬧教電音後	1891090501		
書湘撫卞中丞拿獲匪首解散黨與夾片後	1887082401	論多防與保甲相輔而行	1891111301	**第3章**	
				3.1 中俄	
合力弭盜論	1887120601	迭紀兆地亂耗係之以論	1891120101	譯英報新報	1874101701
助鄭工議	1888012701	釋匪頌並序	1891120801	俄國調兵南來消息	1876010402
述蘇軍門戰功係之以論	1888022001	論靖匪勿留餘孽	1891121101	俄國船廠	1876041502
除邪教說	1888022701	禁邪教論	1891121401	探路被阻傳言	1877010602
順情乃所以弭亂說	1888110101	論禁旅出征	1891121601	防邊宜亟	1878011002
		權貴自攬說	1891191701	設防嚴密	1878051102
再論臺灣治番之難	1888111401	論戢亂之速	1892011601	間諜宜防	1878082101
平臺亂策	1888111601	論查拿哥老會黨務絕根株即書昨日本報後	1892022201	論晉源報風傳索取喀汗事	1878090901
論多防宜附保甲局	1888121201			俄人歸地	1878100901
印藏構釁緣起	1888122602	論京師捕盜本有專責	1892022301	邊疆不靖	1878102802
西藏時事論	1888123101	讀浙撫崧振拿獲積匪摺有感而書	1892032601	俄京電報	1878111501
書鎮江警電後	1889020901			俄報論伊犁	1878112302
論鎮海盜案	1889021401	論各處鬧教事	1892071701	陰謀可慮	1878120601
宜隱弭盜患以安東省論	1889050601	闢西報謬說	1892072901	日耳曼報論中英俄大局	1878121302
		書剿匪捷音後	1892100801		
治苗客述	1889061301	聞江省匪類肅清喜而書此	1892102101	西陲消息	1878121601
防海盜策	1890121501			復勘地界	1878122102
論會匪	1890122601	論近日內匪易於剿除	1892102301	西陲郵耗	1878122302
論兵船拿獲盜犯	1891020501	剿除內匪扼要說	1892102401	譯西報紀中俄事	1879010202
論巡防不可獨嚴於多令	1891031401	論會匪之所以眾□	1892102501	西陲信息	1879011302
				邊防要信	1879011602
論匪徒□跡官輪	1891042901	五城練勇捕務異同說	1892110201	槍□探騎	1879013001
論欲禦外侮先靖內變	1891050801	書江撫德曉帥懲辦逆首情形摺後	1892120901	俄患日亟	1879020501
				查辦事件	1879020802
				疑殺間諜	1879020802
				火軍西戍	1879022102

西報論中俄事	1879040701	俄國邊防續聞	1880063001	俄使來華	1880091001
索地近聞	1879041001	會議中俄事	1880070101	西報紀俄書	1880091501
俄報妄言	1879041102	勝俄傳聞	1880070301	俄將出巡	1880091701
西事有夕	1879042902	中俄戰信	1880070701	使節至俄續聞	1880091801
俄事雜錄	1879051102	俄報記華事	1880070801	中俄時事	1880091901
俄國內亂	1879053102	俄議軍儲	1880070801	俄事未妥	1880092201
西遊改道	1879061102	中俄戰信息實說	1880070801	俄軍近報	1880092501
還地續信	1879062002	總譯西報紀中俄事	1880071001	俄船消息	1880092901
西陲車報	1879062602	電報彙譯	1880071002	京師消息	1880093001
還地吉音	1879071702	俄船來華續信	1880071302	中俄近事	1880100101
西官偏論	1879102402	伐俄續報	1880071302	俄船來港	1880100701
俄事近錄	1879112902	俄事電音	1880071701	俄船來數	1880100901
安不忘危	1879121101	俄謀通商	1880071801	新疆電音	1880100901
籌邊□急	1879121201	俄敗傳言	1880072001	京師近信	1880101402
譯錄中俄和約	1879121201	緩決疑犯續聞	1880072002	俄使行程	1880101501
京都近信	1880022501	中俄續信	1880072201	俄聲傳言	1880101501
俄□遠略	1880022901	西報記中俄事	1880072401	軍械來華	1880101601
謠言四起	1880032802	西報論時事	1880072801	西事傳聞	1880101701
俄國進兵	1880033001	中俄交涉電音	1880073101	新疆近事	1880101701
中俄信息	1880040302	中俄近事雜譯	1880080401	俄師返旆	1880101802
俄國消息	1880040602	俄船來華消息	1880080501	論俄使折回事	1880102001
俄人疑英	1880040602	西事郵音	1880080801	俄事傳言	1880102401
伊民可惡	1880040602	西陲郵耗	1880081101	使署電音	1880102401
出師電報	1880040802	議設電線	1880081101	天笑妄談	1880102501
狡謀可駭	1880040901	東省近信	1880081201	電音彙錄	1880110301
中俄時局	1880041001	督師來華消息	1880081201	俄報譯略	1880110301
西報論中俄事	1880042301	和局可望	1880082001	琿春近事	1880110401
遠客懷歸	1880050801	新疆安堵	1880082201	中俄近事雜譯	1880110401
中俄邊聲	1880051102	謠傳失實	1880082201	俄船來滬	1880110502
西報記京信	1880051901	譯西報紀款俄事	1880082202	俄將搜兵	1880110601
俄患未已	1880052202	北省傳言	1880082501	中俄邊信	1880110701
京師消息	1880052301	彙譯西報述中俄事	1880082501	俄國信息	1880111601
俄報妄傳	1880060201	軍書旁午	1880082901	譯錄北信	1880111802
兵船來華	1880060901	□□風傳	1880082901	電音志略	1880112401
兵船愈近	1880061302	京師郵信	1880083002	西陲近耗	1880112401
俄人戒嚴	1880061602	電音可疑	1880090401	戰事傳聞	1880120402
俄船出海	1880062201	北海近信	1880090501	俄事電音	1880120801
邊事傳言	1880062301	議和電報	1880090901	戰事末議	1880121001
俄事傳言	1880062601			邊事述聞	1880121501
時局愈危	1880062901			電報志略	1880121902

俄人釋霍罕酋回國	1880122103	俄將據地	1885042102	**3.2 高麗**	
究心華務	1880122201	俄艦被困	1885042902	述日本和約事	1872090303
俄事孔亟	1880123102	俄船株守	1885050301	日本高麗持久不戰考	1872090701
電音傳疑	1881010501	西信譯錄	1885070702	東洋赴高麗之兵船被留	1872112302
電信照錄	1881010801	西報譯登	1885080201	東洋與高麗相和好如初	1872121003
琿春傳言	1881010901	水雷無用	1886010502	東洋與高麗近事	1872122502
津信雜錄	1881011102	增添炮艦	1886011002	日本赴高麗使臣回國	1873010903
京都傳言	1881011302	擇地設宮	1886022402	東洋有欽使將來中國議定合約各款	1873011102
俄事譯登	1881011401	劃界續聞	1886071102	述高麗東洋兩國之事	1874051502
電報佳音	1881012601	伊犁不靖	1886112901	述高麗與東人近日情事	1874101302
中俄戒備	1881020402	俄人佔地	1886120102	日官續赴高麗	1874111002
和議傳聞	1881021001	嚴備俄人	1890071602	高麗近事	1875052502
俄船召回	1881021101	俄兵赴□	1893042802	日本與高麗構釁	1875100602
和議確音	1881022601	訛傳邊釁	187409140203	東洋報論征高麗	1875101302
俄約述略	1881031202	還地子虛	187810120102	高麗情節吃緊	1875101801
俄事述聞	1881040301	中俄交涉近聞	187811080102	高麗人箭攻英國水手	1875102002
賞銀存疑	1881061101	俄事窺微	187811130102	東京防堵	1875110301
俄京電報	1881061601	論索還伊犁	187901020102	傳言日高事	1875110602
接錄中俄改訂條約章程	1881061902	論索歸侵地尚無消息	187904020102	日高尚無的信	1875110801
曾侯近事	1881062401	總譯警報	188003170102	日本將發使臣來華	1875111102
告白·中俄和約出售	1881063001	風傳□□好亂說	188003280102	日高構釁近聞	1875112501
述中俄新約大言	1881063001	俄國軍情	188004200102	日本擬遣使赴高麗	1875120701
告白·中俄和約出售	1881070201	郵傳彙錄	188005160102	譯字林報京津消息	1875121502
曾侯近事	1881070801	譯錄崇星使與俄定約	188005180102	日高近耗	1876020701
俄人治邊	1881090101	備俄近事	188006290102	日高續信	1876021501
西報雜錄	1882011101	俄事近聞	188007060102	高麗近事	1876022101
外國消息	1882021001	勝俄郵信	188008030102	日高和信	1876030701
第一次交銀	1882022302	□議吉音	188008270102	日高和議續信	1876031802
俄員議事	1882030401	京師郵信	188010170102	高麗風景	1876032101
俄人叵測	1882060902	京師郵信	188011090102	東洋雜聞	1876032302
海參崴近事	1882073101	俄事述聞	188012010102		
俄界近聞	1883012302	長崎近信	188101080102		
俄人叵測	1883051001	俄報類譯	188101110102		
琿春消息	1883080302	析津傳言	188104030102		
西陲近耗	1884031902	俄船改載	188104140102		
俄人宜防	1884122502	光緒七年改訂中俄陸路通商章程	188106200203		
俄人叵測	1885031102				

英將責問高麗	1876032302	高麗近聞	1881070201	洋槍資窗	1882081301
再記日公使赴高情形	1876032302	高麗近聞	1881081402	華員赴高	1882081501
高麗使臣赴東洋	1876052702	日高近事	1881082801	津沽近聞	1882081601
高麗國款待欽使	1876061402	日高受累	1881090901	載兵消息	1882081701
高麗邊事	1876072202	日人滋用	1881091701	美高和約近聞	1882081801
英人責問高麗	1876072501	究心西法	1881121701	詳述高麗亂事	1882081902
日高和約	1876091602	高使近聞	1881122801	載兵赴高	1882082001
火船宜往高麗	1877011601	謀逆未成	1882010101	高麗致日本照會	1882082101
日高和信	1877122402	學習製造	1882021001	載兵傳信	1882082101
高麗購槍	1878062002	東報譯登	1882022601	高事孔亟	1882082102
高麗太妃辭世	1878072002	高人誅逆	1882022601	日本往高麗兵數	1882082201
背約可危	1878113002	東海傳聞	1882031301	煙臺來信	1882082201
日高成釁	1878120702	高童續至	1882032301	高麗近信	1882082502
字林報論日高事	1878121201	高麗近聞	1882032502	譯錄公文	1882082601
日高成釁續聞	1878121401	高麗瑣聞	1882040202	煙臺來信	1882083001
日高血鬥息	1879011102	高麗近事	1882041502	日高近聞	1882083101
高麗設防	1879050302	美高立約述聞	1882042601	煙臺信息	1882090202
日高猜忌	1879052802	高使近聞	1882042801	譯錄西報	1882090701
兵船到高	1879060702	高員分黨續聞	1882043001	勘定高麗紀略	1882090902
高麗開埠續聞	1879102201	日高雜事	1882050701	天津來信	1882091001
譯錄日高和約	1879102602	天津來信	1882051002	安撫高麗軍民示	1882091301
日高通商總數	1879110802	俄兵至高	1882051601	高麗雜聞	1882091301
日高近聞	1880042302	津沽近信	1882052601	譯錄西報	1882091401
日高郵信	1880050802	高麗瑣事	1882052701	高麗郵音	1882091801
高麗近事	1880053001	美員將旋	1882052801	津沽近信	1882092002
兵船續至高麗	1880062502	美員抵滬	1882052901	高麗近耗	1882092302
□高日民滋事	1880062502	美高立約情形	1882053101	日高近信	1882092302
新開口岸近聞	1880082101	英員赴高	1882060501	日使來華	1882092601
高使難為	1880091101	美高條約	1882061002	本館自己接到電音	1882092701
日高交涉近事	1880091201	高麗近聞	1882061801	高麗近音	1882092702
高使至神	1880092501	燕臺信息	1882062601	譯錄西報	1882092702
日船至高	1880100901	高麗信息	1882070801	辦理朝鮮事宜吳軍門告示	1882100602
議擴租界	1880102401	高麗近耗	1882070901	朝鮮國王諭	1882100602
高麗消息	1880110601	高麗近聞	1882071501	朝鮮國王陳情表	1882100802
高麗近聞	1880112501	高麗近事	1882072201	高麗近聞	1882100901
高麗近聞	1881020601	日高交易貨物總數	1882072501	朝鮮多礦	1882101501
譯錄日本報	1881052001	日高近信	1882080302	旅人安樂	1882102801
譯錄東報	1881052101	日本消息	1882081201		

高使抵日續聞	1882110302	高麗消息	1883063002	營務所告示	1885020302
高麗雜聞	1882112101	朝鮮近事	1883071402	叛黨就戮	1885020403
朝鮮王招輯軍民論	1882120102	朝鮮近事	1883100602	高黨伏誅	1885022502
錄八月初五朝鮮國王諭	1882120102	朝鮮近信	1883110202	高使抵日	1885022502
高麗雜聞	1882120802	朝鮮近聞	1883122702	日人要挾	1885030702
高麗近信	1882121502	朝鮮近事	1884022402	朝鮮公牘彙登	1885030802
中國朝鮮商民水陸貿易章程	1882122102	朝鮮近聞	1884030502	朝日往來公牘彙登	1885030902
高麗郵聞	1882122202	改革兵制	1884032302	接續朝日往來公牘彙登	1885031002
高麗近信	1883010601	朝鮮近事	1884033002	遣使續聞	1885031101
高麗大開捐例論	1883011001	朝鮮近事	1884040501	氣頤凌人	1885032802
軍門赴高	1883011102	朝鮮郵音	1884041902	英俄爭島	1885042802
外洋消息	1883011801	高王觀操	1884041902	俄人據島近聞	1885062402
日高近聞	1883021302	袁司馬諭朝鮮人民示	1884042402	巨文島形勢	1885062502
立約餘聞	1883022501	朝鮮近事	1884051101	據島續述	1885062602
戰船瓜代	1883022501	高麗調防	1884052401	朝鮮設電	1885070302
英高立約近聞	1883030202	朝鮮郵信	1884060802	高俄潛約	1885070401
朝鮮近信	1883030302	朝鮮近事	1884072602	俄高立約續聞	1885070801
朝鮮近信	1883030901	朝鮮瑣聞	1884072801	立約續聞	1885071502
高麗近聞	1883031802	海外遺哀	1884090302	俄高確信	1885072302
高麗近聞	1883032502	朝鮮王祭吳筱軒軍門文	1884111203	求地續聞	1885072302
朝鮮王諭八道四都	1883032701	朝鮮王世子祭吳筱軒軍門文	1884111203	占島述聞	1885072601
黨人未靖	1883033102	海外建祠	1884111203	尚未成行	1885081501
高人曲突	1883040701	高亂電音	1884121501	朝鮮設電郵聞	1885082002
朝鮮告示	1883042202	高亂詳述	1884121801	朝電開工	1885090902
朝鮮新定職官	1883042202	高亂續聞	1884121802	朝鮮要聞京師消息	1885092301
美員赴高	1883043001	再述高亂	1884121901	創造使署	1885100301
高麗近聞	1883043002	西報述高麗亂耗	1884122301	遄歸故國	1885100302
津沽近信	1883050801	長崎信述高亂	1884122401	天倫重敘	1885102101
高員罷職	1883051202	追述高亂細情	1884122802	巨文島形勢	1885110802
高麗消息	1883051801	兵艦抵高	1885010201	辦理朝鮮電報委員銜名單	1885111002
高事雜錄	1883051902	條陳高事	1885010702	藩邦近事	1885112002
司馬高風	1883052001	高麗募兵	1885011401	棄島述聞	1885112201
高麗近聞	1883052503	朝鮮政府論	1885011502	譯日報述朝鮮事	1885112902
日高近事	1883052602	高亂餘聞	1885011702	易□而弁	1885112902
美高換約	1883060302	高事又變	1885011702	高麗警報	1885121501
高廷賜宴	1883062302	日高和議述聞	1885011702	高事續聞	1885122201
保定近信	1883062401	防營告示	1885020302		

朝事要電	1885122401	譯述東瀛攻擊事	187510190102	彙譯日報	188211120102
高事續聞	1885122401	西字報論日本高麗事	187510200102	日高雜聞	188301190102
據島詳述	1885122402	日高近耗	187601310102	高麗消息	188305040102
形勢所在	1886010502	日高近事	187602260102	朝鮮瑣聞	188305200102
高麗國債	1886011402	高麗公使回國	187607050102	高麗近信	188306100102
高麗西信	1886042702	高麗信息	187803080102	高麗近信	188306220102
法使赴高	1886050501	美國求通高麗	187806250102	換約細情	188307060102
日報論英人占島事	1886051602	高麗背約	187811250102	朝鮮近事	188308130102
尚未簽字	1886052601	絕使風傳	187901310102	高麗郵信	188312170102
高俄附約	1886060602	日高瑣事	187905170102	朝鮮近事	188402290102
和約畫諾	1886061501	高麗制裁	188010240102	朝鮮近事	188403110102
演炮傷人	1886062901	美高好合	188101200102	朝鮮近信	188404210102
高國□臣	1886072501	高麗近信	188103190102	朝鮮近事	188405100102
意高定約	1886080801	日高雜事	188112170102	朝鮮近事	188406300102
實逼處此	1886081601	東報彙錄	188202040102	津電述高麗亂耗	188412180102
派員赴高	1886082901	高麗瑣聞	188204080102	高亂詳述	188412240102
高事救平	1886091302	高麗雜聞	188204290102	高亂緣起詳誌	188412300102
朝鮮外督辦照會各國文	1886111001	高麗彙述	188205100102	復述高亂	188501100102
日人防禦	1886122301	高麗雜聞	188206100102	接錄朝日往來公牘彙登	188503130203
還島述聞	1887020701	通商□廣	188206130102	查辦據島事宜	188506210102
俄高近事	1887021101	東營雜事	188207010102	俄約存疑	188507280102
譯日報紀巨文島事	1887030902	高亂詳述	188208080102	綜記大院君回國事	188511050102
日報譯登	1887032402	高麗信息	188208090102	高事釋疑	188512300102
朝使抵日	1887081802	高亂□述	188208290102	設電互爭	188601020102
照錄朝鮮國王奏稿	1887121602	日高近聞	188209020102	再述高麗近事	188609040203
華兵赴高	1888082601	煙臺近信	188209050102	海外零拾	188704060203
俄韓立約	1889041202	兵艦赴高	188209060102	三韓剩語	188710050203
日高新約	1890022802	高麗近聞	188209220102	日高近事	188807030102
俄韓近事	1892092201	摘譯東報述日高事	188209250102	兵船遊弋	188907270102
高亂述聞	1893042202	高麗近聞	188209300102	詳述高麗亂耗	189304270102
朝鮮近耗	1893050703	高麗近聞	188210060102
高亂續述	1893052002	高麗近耗	188210070102
高亂救平續聞	1893052102	勘定高亂餘聞	188210110102
高日已和	1893060102	述高麗全境形勢	188210190102
東學已散	1893062602	續述高麗全境形勢	188210200102
朝亂未已	1893062903	高麗近聞	188211100102
譯新報□東□攻陷高麗炮臺事	187510180102

3.3.1 琉球事件·地名和消息來源

南海奇事	1872070104
天津來信	1873072602
天津西字日報	1873080202
天津信息	1874031401

東洋來報	1874041402	西友來書	1874071403	昨晚新聞	1874092202
臺灣信息	1874050102	臺灣軍務實錄	1874072202	津沽西友來信	1874092301
長崎新聞	1874050901	譯各西報事	1874072302	高麗國人自東洋來函	1874092403
東洋人來信	1874050902	譯香港西字報述臺灣事	1874072402	京都天津傳聞東事未確	1874092502
附述東洋事	1874051102	述臺灣近略	1874072502	中東近信	1874100103
記東洋事	1874051202	臺灣事	1874080602	譯橫濱長崎各西報	1874100302
譯長崎新報述東洋雜事	1874051502	譯錄東洋西報	1874080802	臺灣眞消息	1874100502
廈門來電信	1874051902	譯西字新報中述及臺灣各節	1874080802	京都消息	1874100601
臺灣近事	1874052502	臺灣信息節略	1874081302	中東兩國之事	1874100701
西人郵來臺灣消息	1874052902	鎮江來信	1874081502	津沽來函	1874100702
續錄香港日報記述東兵在臺灣事	1874061002	譯東洋本地報語	1874081503	京都消息	1874100902
又雜錄各事	1874061002	東人雜聞四則	1874081701	西友天津來信	1874101002
譯錄福建日報信息	1874062002	寧友傳言	1874082001	京都消息	1874101202
臺灣近事	1874062201	昨□鎮江信	1874082002	杭城近聞雜錄	1874101203
臺灣近信	1874062301	津沽來函	1874082102	天津信息	1874101302
津沽郵信	1874062302	通文館論鎮江遣發之兵	1874082202	譯錄西人由打狗來信	1874101601
譯十三字林報論臺灣事	1874062701	雜聞	1874082502	天津中東大局消息	1874101902
日本近信	1874062902	晚探消息	1874082603	譯天津西友信	1874102002
譯錄東洋西字日報	1874062902	漢口來信	1874082604	高人傳言	1874102102
譯錄香港新報	1874062902	香港□信	1874090101	安平西人來信	1874102202
譯錄駐臺西友書	1874062902	譯橫濱報語	1874090102	西報述東國情形	1874102402
臺灣友人郵傳	1874063002	譯錄香港報語	1874090203	譯述天津近聞	1874102402
譯錄日本新報	1874063002	津沽新聞	1874090301	臺灣近聞	1874102602
臺灣近售	1874070201	譯長崎西報語	1874090302	中東尙無確信	1874102801
臺灣近勢	1874070301	東國郵來消息	1874090502	中東大局	1874103003
橫濱消息	1874070601	津門近信	1874090702	長崎雜聞選錄華九月十四日西字報	1874103101
西字報譯登總署移文	1874070601	譯字林報述天津友人來函	1874091001	天津信息	1874103102
臺灣續信	1874070602	天津來信論日本事	1874091201	中東消息	1874103102
廈門近信	1874070901	詳述中東情勢	1874091502	譯錄字林天津十八日友人來信	1874110401
橫濱報論臺灣事	1874071302	譯字林天津友人來函	1874091502	通聞館報述和議細情	1874110902
飛雲船傳來消息	1874071402	天津近聞	1874091702	譯字林報語	1874111002
續述飛雲船傳來消息	1874071402	長崎來報	1874091702	長崎島郵書	1874111002
		京都傳言	1874092202		
		吳淞來信	1874092202		

東洋電音	1874111702	日報論琉事	1879122802	閩省瑣聞	187704170102
譯字林西報論中東和議事	1874111702	中東消息	1880012302	琉球郵耗	187905030102
譯孖剌報語	1874111802	中日近聞	1880052901	日琉近信	187906070102
西報記在臺日兵	1874112302	臺灣近事	1880071402	照譯橫濱西字報論琉球事	187910050102
西報論列日人上廷臣稟帖事	1874121502	臺灣郵報	1880071501	東海瑣聞	188204160102
西報論臺灣海防	1874121601	琉球瑣紀	1880072002	東報彙錄	188212020102
西報論日人用兵之費	1874121902	譯錄日報	1881021902	禁旅出征	189112130102
東洋雜事	1875040902	臺□傳述	1882032602		
臺灣消息	1875042202	琉事議妥	1882052601	**3.3.1 琉球事件・日方調兵遣將**	
臺灣消息	1875042702	臺澎近事	1882061601		
臺灣消息	1875051702	東報雜錄	1882072301	日本使臣來中國理論臺灣生番殺琉球人事	1873040902
閩省雜聞	1875052002	琉球近聞	1882073002	東洋征生番之議寢息	1873111101
臺灣瑣聞	1875052102	譯錄東報	1882092302	東洋回兵消息	1874050902
福建臺灣消息	1875061001	琉球近聞	1882120802	東洋信息兵臨臺灣	1874051601
臺灣軍情	1875062302	照譯日本時事新聞	1883020402	臺灣兵事已見公牘	1874060202
閩省消息	1875072002	琉球近況	1883030302	東洋租船	1874060503
臺灣消息	1875072402	邏報傳言	1883030401	日本欲購置□船	1874061901
臺郡軍情	1875072901	琉球述聞	1884062802	日本出示諭民	1874063001
臺疆風土續聞	1875081202	天討用彰	1884081701	探閱東人舉動	1874081202
臺疆近聞	1875090402	琉球風土	187305080203	東瀛戲子可疑	1874081401
臺灣近事	1875100902	長崎來信	187405020102	東營鞏固	1874081502
閩省近聞	1876111401	臺灣兵事續聞	187406040102	日本調兵信息	1874081702
臺疆近耗	1876121402	譯西字日報述臺灣事	187406090203	日本運大炮至福州	1874082001
臺疆要務	1877020301	臺灣近信	187406160203	東國招募兵士	1874090102
臺疆消息	1877022601	臺灣近日消息	187407100304	東人窺探京師路程	1874091601
臺疆近事	1877032702	臺灣近事	187407250102	東兵議往北京	1874092101
臺灣近事	1878051601	臺灣近事	187408030203	東國尚存有帑銀	1874092202
琉事傳聞	1879050302	述日本近事	187408250102	東國陰謀	1874100702
日琉近事	1879051802	中東情勢	187409010102	日本載病兵回國	1874102303
西字報述中東事	1879061502	接續高麗人自東洋來函	187409250203	臺灣東兵全撤信息	1874120702
海南消息	1879100502	東洋西字報	187410130102		
琉球近事	1879100702	天津友人來函	187410170102	長崎報述臺灣罷兵事	1874121902
附錄來稿	1879100903	中東大局之勢	187410240102	日本將至長崎	1874121902
中東要信	1879110602	臺灣近日情形	187504060102		
中東信查	1879111802	臺軍信息	187507100102		
香港西報述中東事	1879111902	臺灣軍事□紀	187507270102		
西人述中東事	1879112302	臺灣消息	187702080102		

記日本人誇語	1875010204
東洋抗論琉球事	1893072802
臺灣近日交鋒情形	187406060102
東人賃船	187406200102
廈門論日兵近狀	187406200405
東洋統帶奏請增兵	187407060102
東人在鎮江窺伺	187407110102
東人笑談	187408150102
東人有鐵甲船到	187410070102
東洋募勇	187409210102

3.3.1 琉球事件·生番

炮臺將成	1881060202
臺灣考略	1886012101
番民歸化	1886020903
臺灣消息	1886031601
淡水西信	1886033002
生番向化	1886042002
剿洗生番	1886102002
臺疆要信	1886111301
臺灣劉爵帥陳奏剿辦叛番情形折稿	1886112102
臺灣近聞	1886122502
降番未靖	1887071101
生番同化	1887121402
匪黨蠢動	1888052102
剿番情形	1888061602
埤南亂耗	1888090101
埤南續信	1888091501
要電傳聞	1888091501
臺地傳聞	1888101601
咨調雄師	1888102001
臺亂紀聞	1888102102
臺亂餘聞	1888102502
臺北戰事續聞	1888102801
臺亂明文	1888110902
剿番近信	1888121702

派剿生番	1888122902
彰事補誌	1888122902
剿番捷音	1889011402
剿番續述	1889012301
剿番近事	1889012402
臺藩來滬	1889042203
中番復叛	1889101102
整旅剿番	1889110502
剿番□信	1889122402
生番滋事	1889123002
剿番續信	1889123002
剿番近信	1890010202
剿番述聞	1890012802
逆首伏法	1890021002
剿番近信	1890021302
剿番續述	1890040503
生番出草	1890092002
押送勇丁	1891061803
閱視炮臺	1891072002
剿番要錄	1892011502
剿番要錄	1892012503
笩吉出師	1892031702
番事數則	1892032602
遊兵內渡	1892111903
生番蠢動	1893060702
左侯摺稿	188508300102
臺藩告示	188807280203
亂氛已靖	188809020102
埤南捷信	188810050102
彰化亂耗	189109200102
中路番情	189201010102

3.3.1 琉球事件·戰和情況

日本使臣到滬	1873040302
琉球民船遇風	1873072103
日本被風難民安插事	1873072302
詳記日本難民收撫事	1873072901

簡放臺灣	1874060601
日本照會	1874060801
東洋侵臺灣中東先後來往各文牘	1874060801
東洋咨回總理文書	1874061602
西副水師由東旋津	1874062201
臺灣島人至香港	1874062503
日本欽使回國	1874071701
東使入都	1874072102
照會大日本國中將西鄉	1874081003
日本使臣赴京都	1874082001
東洋□事擬請各國欽使公斷	1874082102
動使赴京信息	1874082103
東使開船赴津	1874082402
日本和戰尚無確耗	1874082602
東洋戰和無信	1874082903
李珍大入都	1874090102
西憲評□	1874090302
美欽使詳咨東使舊話	1874090701
東人赴長江各埠	1874090701
東使哦古坡到大沽	1874090802
字林述東使抵津	1874090802
東洋兵輪由臺到滬	1874090802
東船開駛近聞	1874090902
總理衙門於英五月十一日致書東洋外務衙門譯稿	1874091002
日本照會中國	1874091102
中國照會日本	1874091102
詳勘東洋覆書	1874091102
哦古坡欽差上京	1874091402
東欽使到京	1874091702

					3.3.1 琉球事件・中方調兵遣將	
日本強詞	1874092102	兵船到閩續聞	1879062102			
和音已至	1874093001	琉人至中日彙聞	1879062402		發兵赴臺灣信息	1873101102
中東定局之事宜	1874101902	中東交涉近聞	1879072202		中國發兵信息	1874061302
中東會議	1874102002	東瀛謀議	1879092702		兵船駐守臺灣	1874062002
東爵臣俱有和意	1874102303	錄沖繩志後序	1879100104		上海無兵船赴臺	1874062902
日本廷臣宣諭	1874102402	遣使論事	1879101001		欽使請戰	1874062902
揣測局勢	1874103101	告白・使琉球記出售	1879102401		津沽來炮	1874070701
中東和局新聞	1874110502	琉人志節	1879102502		華官諭臺灣番社示	1874070902
中東俱待確音	1874110702	中東交涉續聞	1879110802		依敦船備載兵士	1874081101
中東和局續述	1874110902	故藩可憐	1879111102		津兵赴臺及各海口興築炮臺消息	1874081102
東洋哦欽使回滬	1874110902	琉民改操	1879111502			
詳述中東和局細情	1874110902	排難解紛	1879121101		火船裝兵赴臺	1874081302
哦欽使遊閱炮局	1874111102	琉效日言	1880010702		調兵信息	1874081502
東使赴臺	1874111202	遠設巡丁	1880012402		天津調兵信息	1874081701
中東條約略述	1874111702	京官論事	1880040402		鎮江遣兵	1874082001
中東條款	1874112101	日使言旋	1880112701		鎮江兵船出海赴閩	1874082103
威公使箚飭領事	1874112302	遺臣抱恨	1881071401			
京都談論和局	1874112402	琉臣殉義	1882010702		提憲詣吳淞查勘炮臺	1874082202
哦古坡回日信息	1874120702	琉臣瑣尾	1882021001			
兌償日本銀兩	1874121501	紀念碑	1883011302		火船往鎮江	1874082402
喜聞中東合約效凱歌體十八章	1874122204	琉人可憫	1883112202		建臺雜聞	1874082402
		日本國簡放陸軍中將來華上諭	187406090102		吳淞口移營	1874082503
琉球使人來華	1875051001				師船安抵閩省	1874082703
琉球聘日	1875122002	東人情事	187408220102		海鏡火船回空	1874082802
拯船頒賞	1878021302	中東和戰之聞	187408270102		提標右營水師炮船將往吳淞	1874082802
告白・東徵集出售	1878030101	中東所議須遲日有信	187409030102			
趣召琉球國王	1878072002	事未諧和	187409140102		師船器械整齊	1874082903
面商機務	1879020501	中東了局嘉聞	187411020102		載兵各船已回	1874090303
日琉近政	1879032601	通閩館前報述中東事宜	187411040102		東船窺伺華兵	1874090401
示威鄰國	1879032902				炮彈運往天津之故	1874090502
日本滅琉球	1879041001	中東即有確耗	187411060102			
日琉交涉續聞	1879041902	再述中東和議	187411100102		招募勇丁	1874091102
琉王入東	1879050802	中東會議	187411210102		中國載兵船復往臺灣	1874091402
東報述中使詰問事	1879051701	柳原出國情事	187412150102			
		錄沖繩志前序	187910010304		趕辦軍械	1874091503
琉世子到日續聞	1879052402	中日傳聞	188103250102		賃船裝兵赴臺	1874091901
東事欺人	1879060702	中國照會覆日本	18740608010203		吳觀察自臺灣回滬	1874092202
西報論中日交涉事	1879062002					

兵船聽候調遣	1874092302	臺灣駐兵	1875091802	論臺灣生番亦有恭順可嘉事	1874051301
詳述賃船裝兵事	1874092302	淮軍駐揚	1875111502	記東洋假道伐臺灣事	1874051901
招商船出賃赴牛莊	1874092502	官兵在臺灣失利	1876030601	再論東洋伐臺灣事	1874052101
臺灣到兵	1874100202	整頓臺務	1877011901	聞沈欽使將往臺灣論	1874052801
鎮江第二起調兵船遭危無患	1874100502	生番獷悍	1878030902	論東洋近日籌議情形	1874060301
鎮江第三起調兵船已出海	1874100502	生番殺人	1878041202	論東洋與生番交爭大略	1874060501
東洋水師提督到燕臺	1874100701	臺番復叛	1878091002	論李制軍籌□臺灣近日情形	1874061101
招商局輪船將往鎮江載兵	1874100702	調兵赴臺	1878101502	議林華書館東洋伐臺灣論□附來書	1874061301
沈道憲奉委總辦營務處	1874101002	臺番綏靖	1878112302	論東洋在臺灣構釁近略	1874061501
吳淞防兵調回	1874101202	調兵赴臺	1880122401	東洋伐番開談	1874061801
黃渡鎮有防兵	1874101902	運炮赴臺	1881101601	論東洋伐生番說	1874062001
福州載兵船已回申	1874102002	準備後戰	187408070102	論中國與日本形勢	1874062301
各兵續遣赴臺	1874102102	輪船續赴鎮江載兵	187410080102	來稿	1874070202
海鏡承清兩火船偕往鎮江	1874102202	生番作耗	187609200102	東洋水師不敵中國	1874070701
華兵與生番接仗	1874122902			論臺灣用兵	1874071001
定海湘勇撤回	1875012301	### 3.3.1 琉球事件·涉及的評論		臺灣番社岡俗考之三	1874071104
臺境土番襲殺官兵事	1875030402			論日本侵犯臺灣事	1874071301
臺灣官兵被殺情形	1875031902	譯東洋報論欽使來議臺灣逞兇事	1873040201	好戰必亡論	1874072901
生番拒敵官軍情形	1875041702	論臺灣生番宜懲辦事	1873040901	勸罷兵說	1874080301
福州發兵赴臺	1875051001	東洋請付臺灣生番論	1873072401	書申報日本侵犯臺灣諸論後	1874080401
兵船赴琉球	1875072802	海客偶談	1873072601	論西報述日本近事	1874081001
兵船赴琉球未議	1875072901	釋擬征臺灣生番論	1873111001	西報論臺灣事	1874081101
三批淮軍到滬	1875080501	論臺灣征番事	1874041601	論日本近事	1874081301
三批淮軍到滬續述	1875080601	再論東洋將征臺灣事	1874041701	書日本紳民公稟後	1874081701
英人疑淮軍留滬	1875081602	閱申報論臺灣事	1874042201	譯錄東民上廷臣事	1874081702
四批淮軍返滬	1875081701	再論東洋進征臺灣略	1874042701	再書日本紳民公稟後	1874081901
淮軍由滬回錫	1875081901	譯長崎郵來日報論臺灣事	1874050703		
火船載兵赴揚	1875082403	譯東洋中華兩國近事	1874050801		
淮軍盡數回揚	1875082702	翻譯東洋橫濱西字新報論東洋伐臺灣事	1874050802		
剿臺軍士續往	1875082702	論臺灣事	1874051101		

芻言	1874082201	閩中東合約雜論	1875111901	論開墾臺灣後山	1887040301
論日本定議撤兵	1874082401	論日本厚待琉球	1876011303	論臺灣治番之□	1888082201
或問	1874082602	論丁雨生中丞辦理臺灣事	1877031501	論臺灣時勢	1890032001
當今堵禦之策	1874082702	論丁中丞整頓臺灣各事	1877052601	閱邸抄浙撫奏撫恤琉球難番摺有感而書	1890102301
再覆日本遊客書	1874083101	論整頓臺灣吏治以化生番	1877052901	六續紀論辨琉球事	18880042403
交戰時宜預籌保護人命	1874090701	述臺灣剿撫生番事	1877081502	臺灣土番考中	187405120405
接續辦謬杞優生述征番稿	1874090903	論日本要約琉球	1879020701	臺灣生番考下	187405130304
通聞館論中東兩國之今勢	1874091402	書日本新聞紙各論後	1879021101	臺灣番社岡俗考一	187405270203
譯橫濱西報論附□□語於後	1874092101	琉球沿革考	1879042201	日本進攻臺灣確耗	187406120304
述哦古坡不見爵相之由	1874100201	釋中東交涉近聞	1879072401	西友談兵	187406260102
論臺灣調集重兵來書	1874100901	譯東京日報詳述日本廢琉球情形	1879073002	臺灣番社岡俗考十一	187406260304
衡量中東目下之景說	1874101202	論琉事不足辨宜亟自強	1880012003	論臺灣事	187407270102
書局外人勸中東息兵論後	1874102201	西報論滅琉事	1880012902	臺灣番社考第十四	187408110304
譯錄西報後附識	1874102402	三續紀論辨琉球事	1880030904	日本遊客來稿	187408270203
書申報論中東各事後	1874102601	七續紀論辨琉球事	1880042604	東洋杞優生述征番事辨謬	187409070304
生番歌	1874102604	臺北煙瘴說	1880122004	詳究中東失議之由	187409160102
論中東傳聞異辭	1874110401	東報彙錄	1881010701	揣度中東局勢	187409220102
譯字林報論中東大局	1874110402	福建□將岱齡條陳臺灣事宜	1881101503	書申報述哦古坡不見爵相之由後	187410050102
喜息兵論	1874110901	請岱□將齡條陳臺灣事宜	1881101801	答壁觀主人指陳回報情形書	187410160102
書喜息兵論後	1874111001	接錄岱參將陳臺灣事宜	1881102402	勸中東息兵論	187410210102
與友人論臺灣善後事宜	1874111201	論琉臣殉義	1882011401	私揆和後情形	187411110102
論威公勸和中東事	1874112501	論琉人分黨	1883030501	書中東條款後	187411240102
時務問答	1874112701	化番扼要說	1886040201	論中東事勢	187411250203
記中西各人論琉球事	1874122101	論劉爵撫臺灣	1886083101	書彙報譯西人論中東事後	187411260102
論臺灣事	1875032001	臺撫劉爵帥示書後	1886100901	□譯日本新聞紙論琉球事	187902080102
論臺灣近事	1875043001	治番策	1886122501	轉譯琉球表略	187908140102
閩周軍門撤勇報捐疏書後	1875051801	治臺灣宜分緩急說	1887010401	論琉球民情	187909130102
譯論臺灣善後事	1875061901	論臺灣近有興旺之機	1887033101	紀□辨琉球事	188003050304
臺灣善後來議	1875072802				

續紀論辨琉球事	188003060304
接錄岱參將條陳臺灣事宜	188110260203
接錄岱參將臣臺灣事宜	188110280203
接錄岱參將陳臺灣事宜	188110290203

3.3.2 甲午戰爭時期的評論

聞本報西官閱犯事有感而書	1894010101
論開掘火井	1894010201
論俄人築路	1894010301
論鐵路可以弭盜	1894010401
論門丁縛官案	1894010501
論俄國移民墾荒	1894010601
釜底抽薪說	1894010701
查辦匪鄉論	1894010801
防敵莫先於埋伏論	1894010901
論挖堤之害	1894011001
聞宜昌禁煙館事有感而書	1894011101
論懲匪之法莫善於刺面	1894011201
譯西報工部局會議租界戲館事係之以論	1894011301
臺基難禁而非難禁說	1894011401
書劫絲案結後	1894011501
論德國售酒漸少	1894011601
廣之六章	1894011701
論金陵嚴懲地棍事	1894011801
論巡防委員縱容局勇釀成命案	1894011901
論地甲通賊	1894012001
書薛星使考察近事敬陳管見疏後	1894012101
州縣不宜輕於更調論	1894012201
論變通解餉章程	1894012301

恭讀電傳十二月十三日上諭敬注	1894012401
紀江海新關落成情形係之以論	1894012501
論獄中重案	1894012601
聞朝鮮亂耗書後	1894012701
輪船輪車緣始考	1894012801
再論巡防委員縱勇釀命之非	1894012901
論身死不明案	1894013001
上下之情宜通說	1894013101
論廣東多盜	1894020101
論西國學堂教習華童之善	1894020201
綜論癸巳年上海市面	1894020301
恭擬慈禧端祐康頤昭豫莊誠壽恭欽獻皇太后六旬萬壽頌並引	1894020902
籌經費以設義塾議	1894021001
新年滬上行樂說	1894021101
論法人擬攬河工事	1894021201
新年節費以助賑說	1894021301
論湖北增拓局廠	1894021401
論江西緝捕認真事	1894021501
癸巳年本館協賑所收解總結清單並書其後	1894021601
廣之七章	1894021701
科場芻議	1894021801
論山海關接造鐵路事	1894021901
治河探源說	1894022001
論渡船之弊	1894022101
論甘肅輿圖大關緊要	1894022201
論辦理交涉	1894022301
閱英工部局清單書後	1894022401

禁賭篇	1894022501
廣鑄小銀圓以補制錢短絀議	1894022601
論治亂黨貴清其源	1894022701
客談筆述	1894022801
漕運昔聞	1894030101
論鑄銀絕弊之法	1894030201
本報紀不願出獄事係之以論	1894030301
中西貨幣考	1894030401
山客新談	1894030501
出洋華民善後議	1894030601
論江右會匪蠢動	1894030701
客談再述	1894030801
物理篇上	1894030901
物理篇下	1894031001
禁賭似難而非難說	1894031101
論北洋創設西醫學堂	1894031201
論錫茶暢旺	1894031301
水師客問	1894031401
論華人出洋之非計	1894031501
論服色宜正	1894031601
利言	1894031701
閱本報記德政流芳事直書與客問答語以諷有牧民之責者	1894031801
弭兵說	1894031901
論江撫德中丞嚴辦地棍事	1894032001
閱廣學會第六年紀略書後	1894032101
論德相謀國	1894032201
論禁止出洋	1894032301
憫盜篇	1894032401
中國各種例案宜重訂刊佈說	1894032501
推廣機器紡織議	1894032601
論仕途擁擠之弊	1894032701

論劉□帥嚴查匪類	1894032801	論英巡捕捕頭拘拿唱簀人送辦事	1894042901	河工近論	1894052401
論販運機器章程	1894032901	中西刑律寬嚴得失論	1894043001	論中西治疫之不同	1894052501
經武篇	1894033001	屍氣病人說	1894050101	驅疫說	1894052601
論兵船出洋之益	1894033101	書川督整頓釐金告示後	1894050201	禁裁妖卉譯	1894052701
追述金玉均糾黨謀叛事並抒鄙見於後	1894040101	論禁革差查差覆事	1894050301	增設船政學堂論	1894052801
推廣機器紡織議續前稿	1894040201	論作令之難	1894050401	論保全茶業	1894052901
嚴禁請託論	1894040301	食油宜辨說	1894050501	礦問	1894053001
論工人失業	1894040401	答客問高麗叛臣金玉均戮屍示眾事	1894050601	書上海縣批示後	1894053101
再論販運機器章程	1894040501	戒煙會問答即係之以論	1894050701	論梗阻換約	1894060101
書裁兵電信後	1894040601	能用人而後人樂為之用說	1894050801	論琅岐械鬥事	1894060201
利民說	1894040701	論日人傭工外洋者多	1894050901	嚴防逃犯續說	1894060301
修火政說	1894040801	論海門請加學額事	1894051001	防患未然說	1894060401
論德國精於製造	1894040901	讀江督蘇撫會奏為已故知府懇請立傳□敬書其後	1894051101	論扒竊刺面	1894060501
振興絲業芻言	1894041001			書新約紀聞後	1894060601
打響篇	1894041101	論奏報工程	1894051201	論杭州臺基林立	1894060701
嚴防逃犯說	1894041201	論津地暴棺惡俗	1894051301	續防患未然說	1894060801
書救狗新章後	1894041301	譯西報述福爾康船廠事即書其後	1894051401	論防疫宜先葬停棺	1894060901
振興茶業芻言	1894041401	論工部局能盡其職	1894051501	論韶州南雄等處剿匪事	1894061001
□滬策	1894041501	書本報記金玉均戮屍餘聞後	1894051601	論日本工藝製造之精	1894061101
閱西報載鐵甲船炸裂事係之以論	1894041601	廣鑄銀錢說	1894051701	論誘訊拐匪	1894061201
論汰補練兵	1894041701	論嚴懲拐匪	1894051801	小國不可無政論	1894061301
論預徵錢糧及濫用非刑之弊	1894041801	論京師軋斃幼孩案	1894051901	煤事答問	1894061401
論保薦人才	1894041901	勸各鄉鎮施種牛痘說	1894052001	讀都察院清理京控案件摺敬書其後	1894061501
論捉賭	1894042001	廣育礦務人才論	1894052101	論中國辦理朝鮮事	1894061601
兩粵邊情問答	1894042101	論江西火政	1894052201	禁裁妖卉續議	1894061701
滇省邊情問答	1894042201	論廣東認真考試候補各官事	1894052301	中西教養得失論	1894061801
暹羅世系考	1894042301			中西交涉損益論	1894061901
□滇耳食錄	1894042401			接錄中西交涉損益論	1894062001
湘軍營制述	1894042501			再接中西交涉損益論	1894062101
書劉□帥嚴禁結黨告示後	1894042601			論養生	1894062201
讀十八日上諭謹注	1894042701			女工不如男工說	1894062301
書船務要章後	1894042801				

德國水陸軍政考	1894062401	論湖北鐵政局槍炮廠火災事	1894072201	論日人蓄謀已久	1894082001
論科場策問宜兼及時事	1894062501	論中國之兵可勝日本	1894072301	津地水災宜籌急賑說	1894082101
聞邊亂已平係之以論	1894062601	論出於戰必持之以久	1894072401	天討篇	1894082201
去穢所以袪疫說	1894062701	記西友論堵塞吳淞口事	1894072501	懷歸篇	1894082301
廣途篇	1894062801	和戰□權說	1894072601	論日本情見勢絀中國宜乘機制勝	1894082401
論迎神逐疫之非	1894062901	籌戰議	1894072701	倭語	1894082501
書潮州嚴拿小丑事後	1894063001	先發制人說	1894072801	扼要篇	1894082601
答客問高麗事	1894070101	嚴防漢奸接濟敵軍說	1894072901	論當乘機進搗日本	1894082701
宜聯絡與國以禦外侮	1894070201	論保朝鮮攻日本宜以全力	1894073001	擬王師東渡諭日本檄	1894082801
論江皋憲之治痞匪	1894070301	論和議可恃而不可恃	1894073101	書江南製造總局賞格後	1894082901
論日本不應與中國構兵	1894070401	勿以勝負易其氣論	1894080101	論□宸斷即以順輿情	1894083001
論京師整頓捕務	1894070501	嚴防奸細說	1894080201	備不可懈說	1894083101
事人事鬼辨	1894070601	醒日篇	1894080301	論日人妄出大言之可笑	1894090101
臺防爲今日之急務說	1894070701	聞中國屢捷喜而書此	1894080401	雄談	1894090201
恭讀六月初二日電傳上諭謹注	1894070801	防奸議	1894080501	用兵貴作其氣	1894090301
攘日議	1894070901	論禁米以絕日人之糧	1894080601	防奸續議	1894090401
論戰事將成	1894071001	論朝鮮實與東北相維繫	1894080701	論杭州嚴查種火事	1894090501
戰必勝說	1894071101	籌防客問	1894080801	論倭人窘況	1894090601
論日本之謀朝鮮將爲俄人所誤	1894071201	不戰而困倭人說	1894080901	論緝奸之法貴常不貴奇	1894090701
戰暴說	1894071301	論日本與中國戰斷不能持久	1894081001	用人說	1894090801
論日使致書問朝鮮是否中國藩屬	1894071401	出奇制勝策	1894081101	論無賴攫物之非	1894090901
備日議	1894071501	論酌減薪水	1894081201	論科場弊□之多	1894091001
論必保朝鮮以固東圉	1894071601	論朝鮮大局	1894081301	西友談兵	1894091101
論俄國助中	1894071701	戰事問答	1894081401	論海軍當廣儲人才	1894091201
閱日使上朝鮮國王疏憤而書此	1894071801	論近來□法之弊	1894081501	論日本舉動之可笑	1894091301
記客述輪船捉獲拐匪事	1894071901	日人啓釁客述	1894081601	論吳淞之防不可懈	1894091401
論美國亂耗	1894072001	論自強之計以培養人才爲先務	1894081701	攻心篇	1894091501
論中國爲朝鮮事不可不與日本一戰	1894072101	論暫勸休兵	1894081801	弛華人回國之禁說	1894091601
		移師東伐議	1894081901	嘲倭篇	1894091701

論宜去學校積弊以興人才	1894091801	籌餉芻言	1894101901	行軍以賞罰爲勝負論	1894112101
書弛華人回國之禁說後	1894091901	和辨	1894102001	論戰爭漸有轉機	1894112201
與客談連日本報所譯倭人電信	1894092001	說夢	1894102101	查禁佛店當持之以久論	1894112301
論用兵貴作其氣	1894092101	論中國當變法自強	1894102201	論南邊防務亟宜加嚴	1894112401
書本報紀藩王入貢事	1894092201	論漢口巡捕毆人致斃事	1894102301	論浙防	1894112501
用兵緩急辨	1894092301	防詐篇	1894102401	嚴禁虛□火藥議	1894112601
防奸餘議	1894092401	續妄言	1894102501	行軍以人心爲勝負說	1894112701
論日本不足爲中國患	1894092501	忠君愛國說	1894102601	論閩防	1894112801
論自強宜稍變舊法	1894092601	和疑	1894102701	論臺防	1894112901
臺防客述	1894092701	言和	1894102801	論旅順失守事	1894113001
諭嚴禁偷運	1894092801	論禁止小票事	1894102901	續辦奸論	1894120101
平倭芻議	1894092901	書戶部借用商欵章程奏疏後	1894103001	論昨日本報所登覆查佛店及佛店仍開事	1894120201
論安溪縣包□之弊	1894093001	論宜設洋務總局於上海	1894103101	談兵	1894120301
憤言	1894100101	急救篇	1894110101	再論旅順失守事	1894120401
論宜自強以取外	1894100201	論選將	1894110201	論倭奴殘暴	1894120501
歸併釐局議	1894100301	論選勇	1894110301	論中之與日宜戰而不宜和	1894120601
恭讀八月二十六日上諭謹注	1894100401	論選器	1894110401	論本報所紀倭奴無狀事	1894120701
罪言	1894100501	與客論示禁佛店事	1894110501	論選將	1894120801
論謀定後戰之利害	1894100601	和訣	1894110601	論德中丞破格招軍事	1894120901
堵口問答	1894100701	論宜勝而後和	1894110801	權論	1894121001
練膽說	1894100801	賞罰嚴明說	1894110901	論練兵	1894121101
讀本報紀鴨綠江之戰而係之以論	1894100901	論中國之患在乎欺	1894111001	聞捷誌喜	1894121201
乘時說	1894101001	論整頓保險	1894111101	論儲才	1894121301
譯西報浮□槍價事係之以論	1894101101	閱報記皇上召見德員漢納根事感而書此	1894111201	嚴禁濟敵芻言	1894121401
□內說	1894101201	請特設四部議	1894111301	論中國防務北重於南	1894121501
論用兵不宜過緩	1894101301	論甌防	1894111401	滬江安堵說	1894121601
練兵水陸□難易說	1894101401	論守	1894111501	請廣設科目議	1894121701
論制日本自有其道	1894101501	答客問國債	1894111601	論蠹役殃民	1894121801
平倭小言	1894101601	化莠說	1894111701	行軍以醫生爲要說	1894121901
妄言	1894101701	觀火客談	1894111801	聖明天縱說	1894122001
論匪類之多	1894101801	選將以一眾心論	1894111901	論諫篇	1894122101
		以柔遠爲防奸之法論	1894112001	論貸欵之宜踴躍	1894122201

論英公堂嚴辦縱火事	1894122301	吳淞口外宜審形勢添築炮臺論	1895012101	讀韓廉訪告示謹書其後	1895022201
勸各省紳商踴躍輸將說	1894122401	論讀書不必專攻八股	1895012201	滇緬邊界商務記略	1895022301
制倭策	1894122501	綜論甲午年上海市情	1895012301	論韓廉訪嚴禁佛店事	1895022401
測倭篇	1894122601	迎年序	1895012902	宜及時修省論	1895022501
論宜嚴杜接濟以困倭人	1894122701	論歐亞二洲之關係	1895013001	擬行田捐以濟軍餉議	1895022601
約束兵勇議	1894122801	論用兵宜先察敵情	1895013101	輿圖測量說上	1895022701
論宜准開花會以佐餉需	1894122901	論置備利器必先儲人才	1895020101	輿圖測量說中	1895022801
論剿倭機會	1894123001	論俄國鐵路之利益	1895020201	論倭人注意不在臺灣而在北洋	1895030101
論中西教養之得失	1894123101	振興醫學議	1895020301	輿圖測量說下	1895030201
論捐輸助餉宜官先於民	1895010101	論浙防	1895020401	論倭人無禮	1895030301
論西人輿地之學	1895010201	和倭統策	1895020501	論行善舉宜取法於泰西	1895030401
論言官宜留餘地	1895010301	續錄和倭統策	1895020601	西商創興新工大有造於中華說	1895030501
兵事蠡測	1895010401	再續錄和倭統策	1895020701	請緩會試說	1895030601
論中國有轉移之機	1895010501	論印度興衰並英人治理之始	1895020801	論寒暑表有功於格物之學	1895030701
安置倭奴芻議	1895010601	論和議有可成之機	1895020901	自強策	1895030801
論用兵謀國當先審□料敵	1895010701	勸助行營醫院經費說	1895021001	論二國交戰必先知攻守之法不同	1895030901
論議和仍不能廢戰	1895010801	戰和末策	1895021101	論中國萬不可允倭人割地之請	1895031001
論中國變法之利弊	1895010901	綜紀去年本館協賑所籌賑事略一	1895021201	論行軍恃有利器而尤貴得人	1895031101
書南□鎮劉淵亭軍門致總理各國事務衙門王大臣稟函後	1895011001	論兵輪水師之利弊	1895021301	各直省武舉武生宜撥充軍士議	1895031201
論行軍以間諜為先	1895011101	地營說上	1895021401	論行軍設後路糧臺並寬大之路	1895031301
論議和十難	1895011201	地營說中	1895021501	論中國之患不在今日之倭而在後日之兵	1895031401
論議和有十要	1895011301	地營說下	1895021601	自強策續前稿	1895031501
論法當因時變通	1895011401	論學習格致當以算學為本	1895021701	論倭人之輕中國不始於今日	1895031601
議和須佔便宜說	1895011501	追論喪帥失地之由	1895021801	自強策續前稿	1895031701
論朝鮮	1895011601	紓外患而固邦本說	1895021901	論宜效西法設立藝學	1895031801
論習氣	1895011701	談兵	1895022001	論軍務中有以寡禦眾之法	1895031901
乘機急戰說	1895011801	日本宜與中國和好議	1895022101		
論華軍致敗之由	1895011901				
恭讀十二月二十一日上諭謹注	1895012001				

論用兵之事與地勢有關係	1895032001	重商議	1895041201	論中倭和約	1895050501
變法以求實效說	1895032101	論步馬炮兵列陣法併合用法	1895041301	洋務芻言上	1895050601
善後芻言	1895032201	日本海陸兵制沿革考	1895041401	論臺灣兵變事	1895050701
論用兵之事前□有攔阻軍行之物	1895032301	論中國教育之法不及泰西下	1895041501	論列陣成線之形	1895050801
勸人家爲嬰孩種牛痘不可存疑懼之心說	1895032401	論步馬炮兵列陣法併合用法續前稿	1895041601	論割地輕重	1895050901
備考英法俄三國學校之制度	1895032501	論欲培國本先正人心	1895041701	論中日議和換約事	1895051001
論臨時招勇之無益	1895032601	論步馬炮兵列陣法併合用法再續前稿	1895041801	論列陣成線之形續前稿	1895051101
中國利弊宜變通治法爲善後議	1895032701	論倭人謀甚狡而力不足	1895041901	日本學校考實	1895051201
接錄中國利弊宜變通治法爲善後議	1895032801	論步馬炮兵列陣法併合用法三續前稿	1895042001	洋務芻言下	1895051301
自強策續前稿	1895032901	俄羅斯財賦兵制考略	1895042101	書戶部奏請停止息借並勸諭紳富捐□片後	1895051401
論用兵之事前□有攔阻軍行之物續前稿	1895033001	論美國之盛由於學校	1895042201	論列陣成線之形再續前稿	1895051501
嚴申軍律議	1895033101	論理財以節儉爲本	1895042301	論日人還地	1895051601
日本貧乏說	1895040101	論合用步炮兵按地勢列陣法	1895042401	綜論中日和局	1895051701
再接中國利弊宜變通治法爲善後議	1895040201	論倭人得利不足恃	1895042501	論和約之弊以割地爲最重	1895051801
論中國教養之法不及泰西上	1895040301	論時局之變	1895042601	論臺民義憤	1895051901
論用兵之事前□有攔阻軍行之物續前稿	1895040401	論合用馬步炮兵按地勢列陣法續前稿	1895042701	論中國強鄰逼處□圖變□	1895052001
三續中國利弊宜變通治法以爲善後議	1895040501	善後十策	1895042801	論臺灣得失之難易	1895052101
諭有數□之城	1895040601	日本學校步武泰西	1895042901	論信	1895052201
論李傅相被刺客所傷及倭人允停戰事	1895040701	論散勇難於招勇	1895043001	觀左公平西新劇有感	1895052301
斂財不病民說	1895040801	論合用馬步炮兵按地勢列陣法再續前稿	1895050101	破格用人說	1895052401
論中國教育之法不及泰西中	1895040901	論中日和議未必能成	1895050201	論本報所記流氓站籠事	1895052501
論列陣交鋒之源統	1895041001	論俄日齟齬	1895050301	書臺嶠紳民電稟後	1895052601
恤商宜廢官局論	1895041101	聞泰西婦女設天足會感而書此	1895050401	論和後事宜	1895052701
				論務本	1895052801
				論中國去鴉片之弊爲第一要政	1895052901
				論臺民義憤當籌持久之計	1895053001
				論□事變宜正人心	1895053101
				論中華袪弊變法必先以學校爲本	1895060101

俄軍南下論	1895060201	問答節略書後	1895070301	廢捐納以重名器	1895072901
論守臺灣宜謀持久	1895060301	論強弱相因之道接前稿	1895070401	論風憲官員因事受賄事	1895073001
師說	1895060401	書重整海軍後	1895070501	保身篇	1895073101
論中華亟宜講求□桑之利	1895060501	論以西學培植人才爲急務	1895070601	醫院治病記	1895080101
論臺灣終不爲倭人所有	1895060601	論日人終不能據有臺灣	1895070701	論劉軍門守臺以籌策勝	1895080201
審機說	1895060701	申論海防以鞏海疆	1895070801	論開民之智續前稿	1895080301
論欲富強宜講求物產	1895060801	恭讀上諭保奏人才謹書其後	1895070901	霍亂論	1895080401
廣學校議	1895060901	恭讀電傳上諭□講再注	1895071001	宏學校以育眞才	1895080501
中國宜行新政論	1895061001			造福論	1895080601
論臺事關係匪輕	1895061101	書徐協揆奏請裁汰閒員冗費片後	1895071101	闢吃素說	1895080701
論閱報有大益於人	1895061201	論儲才必期□實	1895071201	洋紗應包稅平價議	1895080801
論兵備	1895061301	論倭人之心志	1895071301	論人不以地限	1895080901
論時變	1895061401	履聞臺軍告捷喜而書此	1895071401	論好古之弊	1895081001
論中國貧弱之原	1895061501	論臺民義憤亦足以震懾遠人	1895071501	續霍亂論	1895081101
論四川鬧教事	1895061601	論藥鋪招牌及仿帖字宜求清晰	1895071601	昌文學以崇聖道	1895081201
論海軍不可廢要在得人	1895061701			人才囿於風氣說	1895081301
接論兵備	1895061801	記客述聯俄拒英事	1895071701	論開民之智再續前稿	1895081401
救時四策	1895061901	論保薦人才不如奏請考試	1895071801	書粵督撫奏裁陋規嚴禁賭館摺後	1895081501
論時變之速	1895062001	論儲才必期□實續前稿	1895071901		
論臺事	1895062101	論變法自強當從考試始	1895072001	紀築路定議事係之以論	1895081601
論中國辦理洋務之難	1895062201	籌臺篇	1895072101	論中西之學宜並取兼收	1895081701
論日本勒停日報事	1895062301	厚官祿以清賄賂	1895072201	答客問臺灣近事	1895081801
擇百揆以協同寅	1895062401	論中國之弊在空言無補	1895072301	擬設鴉片總司議	1895081901
論商務	1895062501	書冤海述聞後	1895072401	讀戶部條陳各欵係之以論	1895082001
論臺灣自主之事	1895062601	論臺事宜和衷共濟	1895072501	論中國四民之苦	1895082101
接論商務	1895062701	論劉大帥本領實有大過人處	1895072601	時事多艱係之以論	1895082201
讀劉軍門告示敬書其後	1895062801			教案問答	1895082301
再接論商務	1895062901	論開民之智	1895072701	論開民之智三續前稿	1895082401
閱本報記粵東禁賭事推廣言之	1895063001	金星與月同度解	1895072801	與客言滬事	1895082501
論重設海軍亟宜變通整頓	1895070101			北洋海軍失利情形上篇	1895082601
論強弱相因之道	1895070201			北洋海軍失利情形下篇	1895082701

論中國讀書之弊	1895082801	科目不在廢時文論	1895092601	再書楊侍御奏請裁撤待質公所摺後	1895102001
論畫報可以啓蒙	1895082901	論天人相感之理	1895092701	開鐵路以振百爲	1895102101
續教案問答	1895083001	西人以數理推求事物說	1895092801	閱本報逆案紀聞一事慨而論之	1895102201
論開民之智四續前稿	1895083101	閱昨報書禮尚往來事試申言之	1895092901	閱本報所載條陳時務試申論之再續前稿	1895102301
論日人於臺灣一事已陰萌悔意	1895090101	宜在上海倡設眾善堂	1895093001	答客問	1895102401
□螺痧論	1895090201	闢界芻言	1895100101	論日人未得便宜	1895102501
論近今俗尚之奢	1895090301	論西藥將盛行於中國	1895100201	論今昔盛衰之理	1895102601
乞振篇	1895090401	嚴懲僞善騙錢議	1895100301	論高麗王僭稱皇帝事	1895102701
論教案	1895090501	論劉淵亭軍門實有大過人之才	1895100401	擴充報務議	1895102801
招勇不若練兵說	1895090601	論幼童宜略知輿地之學	1895100501	書李平江所議籌餉十策後	1895102901
論開民之智五續前稿	1895090701	讀王芍棠星使使俄草綴之以論	1895100601	華人宜通西文說	1895103001
論近今俗尚之奢續前稿	1895090801	論各縣宜設武備學堂	1895100701	論臺事	1895103101
論宜復古法以通上下之情	1895090901	閱本報所紀劫案送縣及釁起蕭牆二則感而論之	1895100801	接論臺事	1895110101
臺民大捷喜而論之	1895091001	恭讀本月十二日電傳上諭謹注	1895100901	再論西藥行於中國事	1895110201
論風水鬼神皆爲中華之錮弊	1895091101	論中國內憂之可慮	1895101001	答客問劉大將軍事	1895110301
論本報紀庸醫被控事	1895091201	論練兵爲立國之本	1895101101	廣輪舶以興商務	1895110401
論黃河決口事	1895091301	閱本報所載條陳時務試申論之	1895101201	論開鐵路之利	1895110501
論風之災異	1895091401	答客問中西醫學之異同	1895101301	論中國宜廣設藏書之院	1895110601
紀客述日本商情係之以論	1895091501	論致治首在得人	1895101401	接論開鐵路之利	1895110701
行公舉以同好惡	1895091601	論經勸息訟事	1895101501	神豆說	1895110801
利國宜廣製造論	1895091701	閱本報所載條陳時務試申論之續前稿	1895101601	格致書院會講西學論	1895110901
論中華婦女之苦	1895091801	書楊侍御奏請裁撤待質公所摺後	1895101701	靖內變說	1895111001
利國宜廣製造論續前稿	1895091901	論剿回之不易	1895101801	論農務宜量爲變通上	1895111101
論禦外侮尤宜靖內變	1895092001	聞甘省回匪猖獗感而書此	1895101901	論本報紀狗熊傷孩事	1895111201
因粵東有地震事係之以論	1895092101			論自強之策不宜枝節爲之	1895111301
昨報論地震事再申言之	1895092201			論治亂之故由於兵威之盛衰	1895111401
論宜法古以從民欲	1895092301			閱本報紀賢令記功一節喜而論之	1895111501
續朋黨論	1895092401				
與客談時疫	1895092501				

論創設瘋院以救瘋人之苦	1895111601
關界閒談	1895111701
論農務宜量爲變通下	1895111801
論鼓鑄銀圓誠爲便民之舉	1895111901
論貧富不均之弊	1895112001
籌捐末議	1895112101
述滬南製造局始末	1895112201
延壽說	1895112301
關界續談	1895112401
論治田必先興水利	1895112501
答客問籌捐議	1895112601
論輪船裝勇宜預防火患	1895112701
書客談匪亂之由	1895112801
論軍營訓練兵勇宜用一律槍炮	1895112901
日本非能果勝中國說	1895113001
氣球對	1895120101
論墾荒廣種屯田亦爲農務之本	1895120201
述客言中國宜廣設醫院	1895120301
論人才爲國之根本	1895120401
論僧人被騙	1895120501
與客論中國軍務當大有轉機	1895120601
答客問算學名家	1895120701
士人宜遊覽以增見識論	1895120801
書准興鐵路後	1895120901
恭讀十月二十日上諭敬注	1895121001
勸世人學算說	1895121101
論錢價之貴由於制錢之少	1895121201
述與客論新式槍炮	1895121301

論惜字之義	1895121401
鐵路巵言	1895121501
論商務不宜掣肘	1895121601
論中國商務有振興之機	1895121701
民富而後國家富強說	1895121801
論商本於工	1895121901
述與客論新式槍炮續前稿	1895122001
馬力解	1895122101
與客論黎□□觀察因病去官事	1895122201
論防務	1895122301
論圖治必先求其通	1895122401
記客述澳大利亞洲形勢利病	1895122501
鐵路求才說	1895122601
南漕折色私議	1895122701
續記客述澳大利亞洲形勢利病	1895122801
禁種鴉粟議	1895122901
久任論	1895123001
論西國監禁罰作苦工之例可以補中國刑政之不及	1895123101

3.3.2 甲午戰爭時期——戰前朝鮮局勢

高亂近聞	189406170102
東報譯登一	1894032202
譯東報記高麗事二	1894010809
朝鮮亂耗	1894012502
高亂已平	1894020202
譯東報記高麗事一	1894022202
譯東報記高麗事二	1894022202
虎入王宮	1894030202
朝鮮近事十	1894030503

逆謀敗露	1894032102
詳記高麗叛臣金玉均被刺事	189403300203
高麗叛臣金玉均被刺記錄	1894033103
高麗叛臣金玉均被刺續聞	1894040103
高員入署	1894040203
記洪鐘宇佚事	1894040303
叛臣已獲	189404050102
刺客留影	1894040504
高員來滬	1894040703
派船護送	1894040803
行刺不成	1894041302
詳述行刺未成事	189404140102
續述李逸植謀刺朴逆事	1894041802
日高交涉記一	1894041902
日高交涉記二	1894041902
三韓紀事九	1894042303
三韓紀事十	1894042303
日高交涉記二	1894042402
戮屍記	1894042602
追紀朝鮮叛臣金玉均倡亂始末	1894050102
詳述李逸植謀刺朴逆事	1894050202
戮屍續記	1894050202
續錄朝鮮叛臣金玉均倡亂始末	1894050402
高麗亂耗	1894050702
金玉均戮屍餘聞	1894051102
朝鮮近事	1894051302
賞功罰罪一	1894051802
賞功罰罪二	1894051802
偷頭	1894052202
朝鮮亂耗	1894052302
朝亂續述	1894053002
日本近信一	1894053003
日本近信二	1894053003
朝亂續耗	1894060102

讒言可畏	1894060203	紀朝鮮今日情形十二	1894071702	輪船無恙	1894073102
朝亂續聞	1894060903	紀朝鮮今日情形十四	1894071702	飛鯨回滬	1894073103
詳述高麗亂耗	1894061502	錄天津訪事人函述高麗事	1894071702	下旗誌悼	1894073103
預□保產	1894061902	錄日本訪事人函述中日時事三	1894071802	詳記飛鯨赴高時所見	1894080102
高麗兵信	1894062102	譯日本報記中日時事二	1894071802	譯飛鯨船主簿記諸事	1894080102
電飭撤兵	1894062102	譯日本報記中日時事三	1894071802	派船巡弋	1894080102
高亂詳述	1894062202	日兵肇禍	1894071902	噩耗虛傳	1894080201
高亂津信	1894062202	譯西人論日高事	1894072002	形同海盜	1894080201
譯西報紀高亂事	1894062202	天津訪事人述中日近事	1894072201	擊毀日船餘話	1894080302
譯西報紀高麗事	1894062402	大兵雲集	1894072501	錄煙臺訪事人信述中日交兵事一	1894080302
高事日記	1894062502	高王被劫	1894072801		
錄高麗訪事人信	1894062801	錄本館派赴朝鮮訪事人函告日高兵事五	1894072802	天津訪事人函述中日近事一	1894080302
譯漢京日報記高麗事	18940628Ⅰ02			海外生還	1894080303
譯東報紀高麗事	1894062802	錄本館派赴朝鮮訪事人函告日高兵事六	1894072802	東報無恥	1894080303
記客述高麗事	1894062802			船主到崎	1894080303
高事述聞	1894062902	錄本館派赴朝鮮訪事人函告日高兵事八	1894072802	海外生還	1894080402
錄天津訪事人述高麗事	1894062902			煙臺要錄二	1894080402
朝鮮軍務補述	18940703Ⅰ02	英電譯要	1894072802	友人函述日本事	1894080501
錄高麗訪事人函述中日近事	1894070401	東人之言一	1894073002	船主至崎	18940805Ⅰ03
譯西友述高麗事	1894070402	東人之言二	1894073002	德艦救人	1894080602
錄日本訪事人函述高麗事	1894070402	東人之言四	1894073002	譯德員述高升被擊事	1894080702
		東人之言八	1894073002	局外被俘	1894080702
錄港報紀高麗事	1894070402	記西友述高麗事	1894073102	日報妄言	1894080702
高麗近信	1894070901	譯東報記高王被劫事	1894073102	丹人已釋	18940808Ⅰ02
譯日本報紀朝鮮事	1894071102			日人殘忍	1894080802
高使回國	1894071102	芝罘訪事人函述日高事一	1894073102	天津訪事人述中日近事二	1894080802
日使致書	1894071202			運船被擊餘聞	1894080802
錄日本公使上朝鮮國王疏	18940717Ⅰ02	芝罘訪事人函述日高事二	1894073102	船主回滬	18940811Ⅰ02
紀朝鮮今日情形四	1894071702	**3.3.3 甲午戰爭時期──高升號事件**		爭索恤銀	1894081102
				撫慰眷屬	1894081203
紀朝鮮今日情形七	1894071702	歸帆無恙	1894092303	詳紀高升失事情形	1894081402
紀朝鮮今日情形八	1894071702	沉船詳述	1894073102	定期鞫案	1894081403
紀朝鮮今日情形九	1894071702			查詢職名	1894081502
紀朝鮮今日情形十	1894071702			鞫案定期	1894081703

兵船確耗	1894081802
擊碎日艦餘聞	1894081802
日員誦詐	1894081802
供語相同	1894081802
查問高升輪船失事情形	189408180203
欺及先人	1894082302
船主回國	1894082502
相助威理	1894082802
海外飄零	189409010102
兵艦述聞	1894090102
煙臺訪事人述朝鮮戰事四	1894090702
三鳥鳴啼	1894090702
高升失事餘聞	1894090802
倭奴獻媚二	1894090802
倫敦電報	1894092202
倭人凶狀	189409260102
殘忍之尤	1894092602
貽笑鄰邦	1894092702
買辦被□	1894100103
罰罪賞功	189410240203
拯溺邀賞	1894120102
西報譯錄三	1895011702
高事彙錄一	1895021202

3.3.2 甲午戰爭時期——清廷中樞

捨和言戰	1894081402
天討用彰	1894081801
用彰天討	1894082001
會議機密	189408200102
節欽犒師	1894082402
不允議和	1894082501
暫停織欽	1894082703
馳奏軍情	1894090202
上干嚴譴	1894100101
天威震疊	1894100501
本館接奉電音	1894100901
槐陛恩光四	1894102502

□臣請旨	1894102702
密商機要	1894121902
詢謀僉同	1895022701
會商機要	1895050601
宸□委任	1894072701
本館接奉電音二	1894080301
天威震怒	1894080601
運籌帷幄	1894081202
會議機要	1894081302
眾議僉同	1894081302
聲罪致討	189408140102

3.3.2 甲午戰爭時期——清軍徵兵

粵勇招營	1895041103
臺灣招勇	1894071503
募兵備用	1894072103
踴躍從戎	1894072301
招兵續述	1894072803
荼火軍容二	1894073102
招募勇丁	1894080803
招練新軍	1894080902
漢陽招兵	1894081202
招勇述聞	1894081302
廈門募勇	1894081602
杭諺五	1894081603
添募勁兵一	1894081801
添募勁兵二	189408180102
募勇補額	1894081802
粵防紀要二	1894081902
宿將剿倭	1894082002
招募勇丁	1894082002
募勇防倭	1894082202
踴躍從戎	1894082402
踴躍從軍	1894082502
營口防務三	1894082502
招募勁旅	1894082702
招募湘軍	1894082903

武林雜誌六	1894083002
煙臺近事四	1894090203
募勇設防	1894090602
招募新軍	1894091002
北固山訪碑記十	1894091302
招募勇丁	1894091302
招募淮軍	1894091502
煙臺防務三	1894091602
粵東募勇一	1894091802
粵東募勇二	1894091802
募勇續聞	1894092003
皖北招軍	1894100502
踴躍從戎	1894100601
募勇設防	1894100603
踴躍用兵	1894101103
煙臺防務一	1894101402
煙臺防務五	1894101402
禾中瑣語一	1894101504
煙臺防務一	1894102002
粵東防務四	1894102002
招募駐防	1894102502
招兵續述	1894102603
添兵置戍	1894102603
督餉募軍	1894110401
粵志三	1894110402
添招營勇	1894110603
鳩茲獻曝二	1894110809
禾中瑣語七	1894110902
禾中瑣語十	189411090203
兵差續述	1894111303
津水雙鱗一	1894111303
改派招營	1894111802
選將鄭重	1894111802
籌捐招勇	1894111902
皖上備兵志二	1894111903
招募新軍	1894112403
津上雜言三	1894112502
招勇駐防	1894112503
潯陽紀事五	1894112503

招勇赴防	1894120103	鹿城宦跡一	1894010402	浙省官場事宜六	1895022603
勁旅星馳	1894120802	芝罘雜錄二	1894030502	江州客述一	1895030302
新勇待練	1894121602	循例開操	1894032203	合操志略	1895030703
募勇補□	1894122003	神山拾翠四	1894032402	巴山黛色三	1895032003
北固山訪碑記三	1894122009	安不忘危	1894032602	浙省官場紀事九	1895050303
津郡招軍	1894122102	摩厲以須	1894032703	五茸春草一	1895050903
派將招兵	1894122102	汰補練兵	1894040302	廣軍合操	1895051703
選將得人	1894122602	彝陵樵唱二	1894041003	雲間夏諺一	1895052202
皖南招兵	1894122902	金焦黛色一	1894041303	水軍操演	1895060802
請募防營	1894122902	西冷煙水一	1894042003	潯江雜紀二	1895062702
宿將募勇	1894123002	安不忘危	1894050203	北固山消夏錄四	1895070402
招勇剿倭	1895010103	西江迎夏二	1894050703	軍門閱操	1895070902
潞水霜鱗五	1895010402	彝陵夏汛一	1894060402	軍憲閱操	1895071501
鎮軍赴湘	1895010902	搜軍志略	1894061003	大將威名	1895081202
募□高懸	1895011003	鳩茲艾虎三	1894061102	蘇垣即事一	1895092403
招募□勇	1895011102	營兵操練	1894080202	神山秋月一	1895100103
招兵越界	1895011102	邗水操兵	1894080902	匡廬紀勝一	1895101402
招勇駐防	1895011802	夜操志略	1894080903	訓練精勤	1895101803
派撥勇丁	1895012004	斷輪老手	1894082602	演操待閱	1895102002
曾軍繼起	1895021302	訓練精勤	1894090803	神山莫佩四	1895102202
甌江淑景六	1895022703	北固山訪碑記九	1894091302	操演認眞	1895102402
虎勇雲集	189503140203	新軍會操	1894101502	潤州霜信三	1895110603
電徵炮勇	1895031502	親兵操練	1894101602	靈隱霜鐘二	1895110902
西信譯登一	1895032001	營兵合操	1894102103	禾中人語二	1895111002
赴湘招勇	1895032502	語兒鄉語一	1894110102	月湖寒汛二	1895111503
羊石采風四	1895040103	金鼇玉練橋□月記一	1894111101	鍾阜晴雲二	1895111702
派員招勇一	1895041002	禾中小志六	1894112503	武林寒信一	1895112002
派員招勇二	1895041002	操演打靶	1894121503	京畿紀事一	1895112601
添募新軍	1895041403	操練精勤	1894121603	京口濤聲二	1895120303
招勇不易	1895042202	淞南防務四	1894122103	之江道聽三	1895121802

3.3.2 甲午戰爭時期——清軍訓練

		書院屯軍	1894122502	京營會操	1895122001
		江右籌防一	1894122702	羊城竹素二	1895122802
煙海波濤二	1894021203	滬江防務三	1894122702		
水陸操演	1894040103	潤州防務五	1895010902		

3.3.2 甲午戰爭時期——清軍閱兵

		煙臺雜錄六	1895013002		
瓜洲閱操記	1894041402	旗營操演	1895021203	傅相閱兵	1894050102
操演水師	1894050503	標兵開操	1895022402	北洋海軍大閱章程一	1894050202
江省水操紀盛	189406250203			北洋海軍大閱章程二	1894050202

北洋海軍大閱章程三	1894050202	大閱有期	1894072103	局輪邅返	1894072902
旅順海防大閱章程一	1894050302	試演水營	1894091009	輪舶如林	1894072902
旅順海防大閱章程二	1894050302	閩督閱操	1894122602	荼火軍容一	1894073102
旅順海防大閱章程三	1894050302	閱視水操	1895012302	荼火軍容三	1894073102
旅順海防大閱章程四	1894050302	江撫閱操	1895020902	雄師大舉	1894080101
大連灣海防大閱章程一	1894050502	鎮軍閱操	1895032802	營口訪事人函述日高事二	1894080102
大連灣海防大閱章程二	1894050502	大閱先聲	1895041902	願策奇勳	1894080102
大連灣海防大閱章程三	1894050502	皖撫閱兵	1895042102	傳語平安	1894080302
大連灣海防大閱章程四	1894050502	皖撫閱兵	1895042802	大帥東征	189408030203
大連灣海防大閱章程五	1894050502	大帥閱操	1895071902	兵船重返	1894080303
東海鯨波六	1894052203	鎮軍閱操	1895080203	勁旅赴鮮	189408060102
上相閱兵	1894052602	鳩江漁唱二	1895101403	大兵已到	1894080602
傅相閱兵續紀	1894052902	蘇州近事四	1895101403	東省軍情一	1894080803
雲間新燕四	1894053003	北固山賞秋記一	1895102103	陸兵抵鮮	1894081202
海防大閱續記	1894060202	五羊采風一	1895102202	健將赴援	1894081202
五羊大搜記	1894010302	提憲閱操	1895102302	調將赴防	1894081202
閩督閱兵	1894010302	水軍閱操記	1895102602	統帥有人	1894081302
鹿城宦跡三	1894010402	預□待閱	1895110803	名將出山	1894081601
粵東大閱	1894010802	江州客述二	1895110902	遼左防倭記六	1894081602
再誌粵東大閱	1894011102	滬南大閱	1895112503	遼左防倭記八	1894081602
蕪湖官場紀要一	1894011702	提憲閱操	1895112703	大軍雲集	1894081801
大閱有期	1894041002			馬隊赴鮮	1894081801
統領閱操	189404210102	**3.3.2 甲午戰爭時期——清軍調動**		補述朝鮮亂狀一	1894081802
大閱先聲	1894043001			朝鮮剿倭記二	1894082202
閱伍先聲	1894050802	天戈遙指	1894061001	禁旅出征	189408250102
江撫閱操	1894051202	派兵靖亂	1894061202	水陸夾攻	1894082502
準備大閱	1894051303	調兵續信	1894061602	猛將如雲	1894082502
大閱先聲	1894052302	氣吞東海	1894070801	高麗軍報	1894082502
江撫閱操	1894070403	聖□廣運	1894071402	天津軍報二	1894083001
準備大閱	1894070803	錄日本訪事人函述中日時事四	1894071802	天津軍報三	1894083001
搜軍餘話	1894071002	譯日本報記中日時事一	1894071802	補述朝鮮軍情三	1894090102
軍容荼火	1894072102	添調勁兵	1894072402	猛將如雲一	1894090202
		錄天津訪事人信述中日事	1894072502	儒將平戎	1894090202
		雜紀中日用兵要事三	1894072602	皖山秋意三	1894090403
		雜紀中日用兵要事四	1894072602	軍電秘密	1894090502
		讕語無稽	1894072602	行兵神速	1894090502
				大兵雲集	1894090802
				勁旅赴防	1894091902

報效精兵	1894102802	雄師將至	189412030203	馮軍北上	1895031902
拔隊回防	1895052602	大兵過鄂	1894121203	勁旅星馳	1895031902
名將被徵	1894080202	奉調東征	1894122103	調兵北上	1895032602
命將專征	1894081202	苗兵到漢續述	1894122202	戎旌北指	1895032902
慷慨請行	1894081402	遠征名將	1894122302	雄師北上	1895040702
起用宿將	1894082501	暫駐薊州	1894122602	臺勇過申	1895041803
力顧大局	1894082702	槍隊赴防	1894122602	雇船裝兵	1894110303
踴躍用兵	1894083102	苗兵北上	1894122902	船戶開釋	1894110604
帆飛白下	1894090802	爵帥抵通	1895010202	板橋雜記一	1894110703
銜命遄征	1894090902	苗兵過境	1895010402	大軍東下	1894110901
大軍過境	1894091002	勁旅如雲	1895010501	匡廬紀勝二	1894112003
行程迅速	1894092202	廣勇來滬	1895010503	潯水春聲五	1895021902
宿將登程一	1894092202	鳩江近事二	1895010602	彝陵零拾二	1895042403
宿將登程二	1894092202	苗兵過境	1895010703	潞州軍報二	1894100702
宿將調防二	1894092402	廣軍已到	1895010703	志切同仇	189412100203
兵差過境一	1894092802	調兵北上	1895011402	回軍赴敵	1894121102
兵差過境二	1894092802	上將東來	1895011502	戎旆東行	1895020602
勁旅待發	1894100502	苗軍北上	1895011502	載兵赴乍	1895020803
大軍過境	1894100602	大軍北上	1895011902	營口近信一	1894093002
擬調宿將	1894100802	雄師北上	1895012102	奉省軍情一	1894100402
大軍過境續紀	1894101502	北通紀勝一	1895012903	大帥旌麾二	1894100702
大兵北上	1894101602	大兵到鄂	1895013003	東省軍情三	1894100702
拔隊東征	1894101802	大軍北上	1895020702	北通州軍信二	1894101902
北通州軍信三	1894101902	星馳北上	1895021102	紀遼瀋近日軍情二	1894111102
北通州軍信四	1894101902	苗兵又到	1895021802		
彤廷日麗七	1894102402	曾軍北上	1895021803	派兵防□	1895010202
述陳廉訪帶兵北上事	1894102403	雄師過鎮一	1895030202	會剿倭奴	1895020302
		雄師過鎮二	1895030202	大軍過境	1895020303
大軍過境兩則一	1894102702	勁旅抵揚	1895030301	塞北軍書三	1895032602
大軍過境兩則二	1894102702	雄師就道	1895030302	移營防島	1895062102
挑選禁旅	1894102901	京江春浪二	189503040203	宿將赴防	1894111702
虎將北行	1894110702	北通近事二	1895030602	新兵過漢	1894101502
大軍過境	1894110802	大兵開差	1895030602	馬隊赴防	1895010202
兵船回漢	1894110803	北省軍情一	1895030702	勁旅赴援	1895020502
□□出師	1894110809	曾軍過境	1895030802	京電譯登	1895021501
軍麾北上	1894111303	鎮軍北上	1895031102	威海羽書一	1895022601
勁旅星馳	1894111503	東海紅鱗三	1895031201	威海羽書四	1895022601
勁旅如雲	1894111602	馮軍過境	1895031401	粵兵過境	1895030302
漢皋雜佩一	1894112003	二分□月一	1895031401	遼瀋軍請五	1895031702

東海軍情二	1895032302	防倭雜誌五	1894082802	通志一	1895062402
北通碎錦五	1895032702	尋覓倭船	1894090102	防營撤回	1895062403
北通州軍信一	1894101902	兵輪消息	1894090702	蘭臺餘話三	1895070301
皖江霜信二	1894111403	咨調兵船	1894091102	南屏滴翠三	1895070402
皖上備兵志一	1894111903	兵輪迴淞	1894092902	袁江雜紀三	1895070703
雄師抵鄂一	1894113001	兵船消息一	1894110302	蘭臺清話一	1895070901
率兵就道	1894121002	譯天津西人信三	1894111402	率隊回防	1895070903
勁旅赴防	1894121302	譯天津西人信述旅順事四	1894112102	撤兵紀事一	1895072001
湘勇抵通	1895011402	營驚仰□	1894112303	撤兵紀事二	1895072001
勁旅調防	1895012904	查視壞船	1894112401	水師撤防	1895082001
皖山青鳥一	1895020303	查檢壞船	1894112901	漢上題襟四	189509290203
虎軍渡漢	1895022403	追述鎮遠受傷事	1894112902	練軍回皖	1895101202
整隊出關	1895032502	新勇赴臺	1894080703	樂歸故土	1895101302
□事雜錄二	1894081203	福軍就道	1894121203	鳩江漁唱一	189510140203
盟長勤王	1894111202	粵勇防臺	1895040602	北通州近聞八	1895102702
大帥督師	1895020801	大兵雲集一	1894092802	洪都客述四	1895110102
威震邊陲	1895020901	大兵雲集	1894100501	潯陽紀事六	1895112103
潯水春聲四	1895021902	潞州軍報一	1894100702	北通州軍信五	1894101902
金焦寒黛三	1894010402	暫駐舊營	1894101002	煙臺紀要一	1894122302
兵艦行程	1894012601	大帥威儀	189410170102	新軍赴敵	1895010502
兵艦行蹤	1894021303	勁旅過津	1894101702	募勇來滬	1895010703
遙盼旌麾	1894032003	勁旅到津	1894102902	南徐寒月三	1895011202
華船赴嶼	1894040302	火速催兵	1894110503	潤州寒汛四	1895011302
華艦近聞	1894040603	江右采風二	1894111402	北通州雜記二	1895011603
東海鯨波五	1894052203	營勇改隸	1894111802	新軍抵粵	1895011703
拜會領事	1894071102	江軍啟行	1894111902	潯江寒信六	1895012003
紀朝鮮今日情形十三	1894071702	勁旅到津	1894120102	新兵過漢	1895020202
電調兵船	1894072602	大軍雲集	1894121602	新軍將至	1895022603
南琛抵臺	1894072802	帶隊赴津	1895040202	大兵抵漢	1895030402
天津訪事人函述中日近事三	1894080302	北通州紀事四	1895040202	新軍已至	1895030902
調艦述聞	1894080802	苗兵小駐	1895050703	新軍北上	189503110102
未遇日艦	1894081002	北通州近聞四	1895052301	虎勇抵漢	1895031102
補述朝鮮亂狀五	1894081802	勁旅赴援	1895022301	新軍崛起	1895031802
行蹤莫測	1894081902	率勇回防	1895052903	漢皋雜佩二	1895031802
營□易人	1894082102	苗勇開差	1895052702	新軍已集	1895040102
兵艦行蹤	1894082502	燕海餘談四	1895060303	都門紀事三	189504070102
兵輪消息	1894082602	螢苑碧蕪二	1895061003	鄂渚珠光一	1895041903
		北通州近聞二	1895061201	新兵過滬	1895042203
				新兵就道	1895042802

六朝金粉四	1895050302	江防新志二	1895010203	粵東防務一	1894102002
臺勇渡江	1895050902	江防新志三	1895010203	粵東防務二	1894102002
丁簾花影一	1895051603	江防新志四	1895010203	五茸訪菊一	1894102203
袁江麥浪二	1895062202	調船備用	1894072501	穗城寒色三	1895012002

3.3.2 甲午戰爭時期——清軍設防

		錄京師訪事人函述保護高麗事宜	1894070502	勁旅過江	1895031102
調兵回防	1894080402	閩省備兵	1894071001	粵東防務一	1895041402
密商戎務	1894081102	福建籌防	1894071602	粵東防務二	1895041402
勁旅調防	1894081102	商議海防	1894071703	粵東防務二	1895041502
鳩江防務三	1894082603	廈防志一	1894080902	粵東防務三	1895041502
舒州□素二	1894110903	廈防志二	1894080902	粵東防務四	1895041502
布置防軍	1894111602	廈防志三	1894080902	粵東防務一	1895041803
練軍開差	1894112503	廈防志四	1894080902	粵東防務一	1895042202
更調防營	1895021802	廈防志五	1894080902	粵東防務二	1895042202
梁山設戍	1895021802	閩防志	1894080902	粵東防務三	1895042202
改□防營	1895022303	閩防彙志一	1894081302	粵防戒嚴	1895071302
戎旌赴皖	1895030402	閩防彙志二	1894081302	禁旅抵通	1894082702
鳩茲防務一	1895030502	閩督閱防	1894081302	猛將如雲二	1894090202
鳩茲防務二	1895030502	設備防倭	1894081802	調兵赴防	1894110302
鳩茲防務三	1895030502	廈防新志三	1894091103	練軍□防	1894111702
調兵赴防	1895031402	請纓氣壯	1894091202	北地軍容一	1894112902
布置江防	1895041502	健將調防	1894091602	北地軍容二	1894112902
安慶官場紀事一	1895041503	勁旅回防	1894101602	北地軍容三	1894112902
赭塔春光五	1895041803	鷺島新談四	1894110702	花漂寒影三	1894113002
調兵赴防	1894081202	藉重長才	1894122003	軍容荼火	1895010202
禁旅森嚴	1894082102	紀廈門近日情形四	1895040603	北通州紀事一	1895040202
軍中利器	1894082902	有備無患	1894071502	北通州近聞五	1895053002
溫樹秋聲五	1894090901	粵東備日	1894072403	燕海餘談一	1895060303
派隊赴防	1894110602	有備無患	1894080602	大帥防邊	1894092102
北通紀勝二	1895012903	粵防志一	1894080702	布置江防	1894110702
勁旅調防	1895032402	粵防志四	1894080702	漢上軍容一	1894110902
天上碧桃三	1895033002	粵防嚴密	1894081302	南軍又到	1895020402
譯天津西友書述中日近事	1894072102	粵防紀要一	1894081902	鄂渚春潮二	1895022202
江上防倭	1894082002	布置防務	1894082802	金陵備日	1894071301
布置江防	1894082702	粵東防務	1894101103	鎮海備兵	1894071903
江防鞏固	1894090302	粵省設防一	1894101602	吳山消夏錄五	1894072603
江防新志一	1895010203	粵省設防三	1894101602	金焦□暑記三	1894080202
		瓊州防務	1894101602	蘇省設防	1894080402
				鎮江設防	1894081403
				移駐防營	1894081503

京口防倭	1894082203	防營移駐	1895040102	藩□零□一	1894100402
金陵防倭記一	1894082302	海州防務	1895040403	東省近情四	1894100903
金陵防倭記二	1894082302	金焦黛色二	1895040702	統帥□防	1894102002
京口大操記	1894082303	勁旅赴防	1895040702	關外軍容	1894102402
調營鎮守	1894090403	履勘城垣	1895040803	遼東軍報四	1894111502
東臺辦防	1894090903	海州防務	1895041002	北方戰務一	1895010202
勁旅開差	1894091002	京江桃浪五	1895041102	大軍雲集	1895020902
北固山訪碑記十一	1894091302	海州近事	1895041602	營口軍書一	1895022802
炮船會哨	1894100403	邗水春濤四	1895041803	奉省軍情二	1895040502
巡閱海塘	1894101703	揚郡設防	189504230203	煙臺設防一	1894071802
湘勇抵漢	1894103002	江防鞏固	189504240102	煙臺設防二	189407180203
江省防務一	1894111202	白門志略一	1895050902	芝罘防日	1894072602
沙頭防堵	1894111303	調兵守險一	1895052002	有備無患	1894073103
募勇駐防	1894112102	調兵守險二	1895052002	煙臺近事二	1894080802
飛飭防倭	1894121802	調兵守險三	1895052002	煙臺防務二	1894081802
移駐重兵	1894121802	白下官場近事一	1895052302	空言難信	1894081902
慎重防務	1894122102	布置江防	1895071601	煙臺近事一	1894090202
船勇調防	1894122202	九江防務一	1894082702	煙臺防務五	1894091602
布置江防	1894122302	九江防務二	1894082702	煙臺防務	1894100601
蘇省備兵一	1895010102	籌防盡力	1894082702	芝罘軍報一	1894101101
蘇省備兵二	1895010102	廬□藻密	189409030102	芝罘軍報三	1894101101
潤州防務一	1895010902	籌筆勤勞	1894090602	煙臺防務六	1894101402
潤州防務三	1895010902	水師調防	1894091402	煙臺防務三	1894102002
南徐寒月五	1895011202	九派江聲一	1894102203	奏留辦防	1894102702
潤州寒汛二	1895011302	百花潭泛舟記七	1895041002	東海揚帆一	1894103102
潤州寒汛三	1895011302	破格用人	1895062403	煙臺防務一	1894111502
潤州寒汛五	1895011302	形勢瞭如	189507220203	煙臺防務二	1894111502
委辦海防	1895021203	遼東防日	1894072702	煙臺防務三	1894111502
要地設防	1895021802	營口設防	1894080602	煙臺訪事人述東邊戰事一	1894112303
京口官場紀事五	1895022302	遼左防倭記一	1894081601	芝罘佚事二	1894112702
京江春浪六	1895030403	遼左防倭記七	1894081602	煙臺近事六	1894112902
戎旌就道一	1895031102	調兵赴防	1894082202	軍聲大震	1894121102
戎旌就道二	1895031102	營口防務一	1894082502	駐防要地	1894121602
戎旌就道三	1895031102	營口防務二	1894082502	芝罘近事六	1894122202
續調猛將	1895032102	營口防務四	1894082502	煙臺防務	1895010202
移營扼守	1895032703	猛將如雲三	1894090202	煙臺雜誌七	1895020602
大□將臨	189503290203	練兵調防	1894090903	煙臺軍務一	1895040502
調兵駐防	1895033102	雄師大舉	1894091802	慎重海防	1894101103
		宿將調防一	1894092402		

遼東軍報三	1894111502	壁壘森嚴	1895031702	練勇赴防	1894111802
榆關防務	1895010901	西信譯登二	1895032001	澈浦增兵	1894120203
北省軍情二	1895011001	析津防務	1895032202	襟上酒痕一	1894120303
軍容□盛	1895033002	倭計宜防	189503310102	西冷泛棹五	1894120702
奏調名將	1894071602	祁口屯兵	1895040602	中丞赴乍	1895010302
松郡設防	1894072802	軍符在握	1895040602	調將赴防	1895011403
慎重防務	1894072903	中倭戰事三	1894103002	永嘉山色九	1895021602
扼守海□	1894080103	海防鞏固	1894072301	甌江淑景五	1895022703
撥兵續述	1894080402	甬上防日	1894072702	十洲春色一	1895031402
防堵森嚴	1894081202	浙省籌防	1894072902	測量險要	1895032502
淞防志	1894081203	虎林話暑四	189407300203	防務加嚴	1895040403
浦東築壘	1894081603	甬防志一	1894080902	西湖佳話二	1895041002
認真操防	1894081702	甬防志二	1894080902	西冷宦跡一	1895041202
移駐行臺	1894081903	盌波防務	1894081503	天竺梵音五	1895042002
載兵赴防	1894082603	杭諺一	1894081602	鹿城官報十三	1895042203
派兵駐防	1894101602	杭諺二	189408160203	鹿城官報十四	1895042203
派防淞口	1894110702	鎮海防務	1894081902	武林官報一	1895042502
淞防嚴密	1894120801	甌郡防倭一	1894082002	操防嚴密	1895042502
添兵防堵	1894121603	甌郡防倭二	1894082002	甬上瑣語一	1895062102
滬江防務一	1894122702	甌郡防倭三	1894082002	武林宦轍一	1895090202
橄調防淞	1895010102	禾中瑣語一	1894082203	電飭嚴防	1895061602
滬防嚴密	1895010303	武林雜誌二	1894083002	臺灣備日一	1894071301
派兵駐防	1895012904	武林雜誌四	1894083002	臺灣備日二	189407130102
□師塡□	1895020203	武林雜誌五	1894083002	臺防續述	1894071402
分□扼守	1895022403	甬防新志一	1894090903	臺防續述	1894072802
炮艇如林	1895022703	甬防新志二	1894090903	留心臺務	1894072902
滬尾軍容	189504290102	甌防新志一	1894091303	臺防志一	1894080902
津海設防	1894081202	甌防新志二	1894091303	臺防志二	1894080902
津防鞏固	1894082502	甌防新志三	1894091303	臺防志三	1894080902
天津軍報一	1894083001	甌防新志四	1894091303	臺防志四	1894080902
天津客述一	1894092702	蜃江雁字八	1894091609	臺防嚴密	1894081403
煙臺訪事人述中倭戰事三	1894102702	蜃江雁字九	1894091609	繫敵懸賞	1894081403
析津紀要二	1894121202	調兵防守	1894091902	臺防撮要一	1894081502
畿輔屯兵	1895010801	□海戒嚴	1894100703	臺防撮要二	1894081502
天津防務一	1895011001	海防耳食一	1894100802	臺防撮要三	1894081502
津電譯登	1895021401	海防耳食二	1894100802	臺防撮要四	1894081502
雲津防務二	1895030702	四明述事一	1894100903	方伯閱伍	1894081502
雲津防務三	1895030702	防軍會操	1894101802	臺防撮要五	189408150203
		甌防鞏固	1894110902	臺廈防倭一	1894082002

臺廈防倭二	1894082002
澎水防倭	1894082002
臺北防務一	1894090103
臺北防務二	1894090103
臺北防務三	1894090103
臺北防務五	1894090103
與子同仇	1894090103
氣吞三島	1894090402
臺防新志一	1894091002
臺防新志二	1894091002
廈防新志二	1894091103
電促赴防	1894091302
臺防嚴密	1894100802
同仇共賦	1894100802
臺北志要二	189410080203
臺灣軍報一	1894101502
臺灣軍報二	1894101502
臺灣軍報三	1894101502
臺灣軍報四	1894101502
臺灣軍報五	1894101502
□城耳食一	1894102102
□城耳食二	1894102102
臺嶠魚書四	1894102903
臺防詳述	1894110603
臺澎防務一	1894111902
臺澎防務二	1894111902
臺澎防務三	1894111902
臺澎防務四	1894111902
呼吸相通	1894121202
臺南防務	1894121402
添造營房	189412200203
臺□總數	1894123002
臺防加嚴	1894123002
情殷報國	1895010702
爲地擇人	189501140203
臺憲閱操	1895011902
臺防嚴密	1895012004
臺撫奏稿	1895021002

臺防宜慎	1895022601
赤嵌城近事一	1895022702
赤嵌城近事三	1895022702
臺防記二	1895022802
臺防記三	1895022802
臺撫電箚	1895030102
臺灣近耗	1895030802
臺防安靜	1895031002
臺防續志一	1895031101
臺防續志二	1895031101
臺防述要	1895032101
統領義勇	1895032101
臺防鞏固	189503290102
分軍駐廈	1895033002
臺防吃緊	1895040602
南崁防倭	1895040602
基隆增兵	1895040703
臺電譯要	1895042002
臺防紀要	1895042702

3.3.2 甲午戰爭時期——清軍設防·堵口

塞口述聞	1894072402
堵口續聞	189407250102
雜紀中日用兵要事一	1894072602
仍擬塞口	1894072802
擬仍堵口	1894073103
窳郡籌防	1894080402
秀語五	1894080403
防倭雜誌三	1894082802
閩口堵塞	1894090402
仍議塞口	1894100603
福州堵口	1894101002
粵志一	1894110402
閩事雜登一	1894121503
購船糾葛	1895011302
塞口述聞	1895040302
羊城春樹二	1895040803

3.3.2 甲午戰爭時期——清軍設防·炮臺

炮臺失慎	1895022601
芝罘瑣綴五	1894031703
驗收炮臺	1894032402
鷺島雜言二	1894042503
閱操炮臺海面打靶章程一	189405040203
閱操炮臺海面打靶章程二	1894050403
臺嶠郵書二	1894051102
西報譯登三	1894061702
臺嶠夏雲八	1894071302
會看炮臺	1894071402
江防嚴密	1894071503
淞口設防	1894072202
驗放巨炮	1894081602
鎮海防務	1894081702
煙臺防務一	1894081802
炮臺鞏固	1894081802
添設炮臺	1894081902
總理炮臺	1894082102
煙海防倭記一	1894082202
煙海防倭記二	1894082202
勘臺已竣	1894091502
驗視炮臺	1894091502
□□秋柳一	1894091503
擬添炮位	1894092102
臺北志要三	1894100803
粵省設防二	1894101602
江防鞏固一	1894102002
增築炮臺	1894102103
西樵山訪碑記三	1894102503
閩督關防	1894110309
粵志二	1894110402
添築炮臺	189411100102
煙臺雜錄四	1894120202
琿春市語二	1894121103
添築炮臺	189412170203

淞南防務三	1894122103	誤觸水雷	189409050203	嚴防藥局	1894080903
基防驗炮	1894123102	舟行宜慎	1894092902	製局試炮	1894080903
浙撫回轅	1895010402	解送水雷	1894101103	稽查嚴密	1894082603
潤州防務二	1895010902	米商集議	1894101504	派弁領藥	1894082603
武林消寒記四	1895011002	誤觸水雷	1894102002	軍裝解甬	1894083103
白下官場紀要四	1895011503	廈門近事一	1894111403	製造無煙火藥	1894090802
添兵赴乍	1895020502	南徐寒月七	1895011202	運載軍裝	1894092202
勘視炮臺	1895020602	演試水雷	189502030203	接辦軍械	1894092302
安設巨炮	1895031303	風鶴驚心四	1895041602	派兵協防	1894092403
十洲春色二	1895031402	水雷無用	1895041701	考工記	1894092503
鎮防嚴密	189503280203	鹿城官報十五	1895042203	武備志	1894092504
鹿城消息八	1895040402	海東觀日四	1895052402	白下新聲二	1894092602
鹿城官報四	1895042203	嶺南叢談五	1895080202	試演快炮	1894100502
操演炮位	1895050502			大增兵艦	1894100703
添築炮臺	1895051603	### 3.3.2 甲午戰爭時期——清軍裝備		防範□嚴	1894100703
布置江防	1895053003			浮報鎗價	1894100902
鷺江消夏錄三	1895060702	朱車領械	1894010302	修船告竣	1894101102
修理炮臺	1895070702	點驗軍器	1894010809	浙省官場紀事二	1894101403
修改炮臺	1895081403	本館接奉電音	1894012601	轟傷工匠	1894101403
分稿勇丁	1895092002	東省官場紀要一	1894012702	利器無雙	1894101903
鄂撫閱臺	189511080102	天門訣蕩十二	1894020102	趕造軍械	1894102103
神山雜誌四	1895113002	遣兵歸伍	1894022802	彤廷日麗三	1894102402
珠海霜濤三	1895123002	購地擊濠	1894042702	甬小志二	1894102503
		北通州近聞四	1894050403	試驗木輪	1894103002
### 3.3.2 甲午戰爭時期——清軍設防·水雷		川東雙鯉八	1894062103	御爐煙篆二	1894110201
		豫章瑣記五	1894062302	採購戰馬	1894110602
水浮除去	1894081703	上清蜎蚪三	189407060102	金鼇玉練橋□月記九	1894111102
曉諭船隻	1894081902	催解軍需	1894070901		
安放水雷	1894072802	潯陽雜記一	1894071803	江省防務二	1894111202
安設水雷	1894080402	九峯黛色三	189407230203	請添兵械	1894111502
曉諭船隻	1894081403	中國購船	1894072403	紫禁簪毫八	1894112502
安設水雷	1894081503	趕造軍械	1894072502	紫禁簪毫九	1894112502
傳諭鄉民	1894081503	訂造雷艇	1894072702	楚北談新一	1894113003
行船須慎	1894081603	載兵取藥	1894072802	製造火箭	1894120203
裝煤不易	1894081603	趕造軍火	1894073003	軍裝運甯	1894120203
安放水雷	1894081802	體恤工匠	1894080103	西冷泛棹六	1894120702
水雷宜慎	1894083103	製局雜聞一	1894080203	考試工匠	1894121003
已設水雷	1894090101	製局雜聞二	1894080203	煙臺紀要七	1894121103
				防務加嚴	1894121603

調兵運械	1894122102	太液鶯歌四	1895041502		
淞南防務二	1894122103	安慶官場紀事二	1895041503		
東甌雜誌二	1894122702	蘭臺春語一	1895041901		
江右籌防二	1894122702	天竺梵音七	1895042002		
畫棟雲痕三	1895010802	開局製鎗	1895042102		
趕製抬鎗	1895011402	白下官場紀事二	1895042203		
吸□炮	1895011602	趕造利器	1895042902		
蓬萊海市四	1895011602	粵海濤聲三	1895042903		
穗垣臘鼓六	1895011603	金臺選勝四	1895043001		
巴峽猿猱四	1895011603	邗乘摭遺二	1895050202		
調兵駐防	1895011802	起解軍裝	1895050203		
芝罘餘話一	1895012003	造雷晉秩	1895051202		
煙臺雜錄一	1895013002	軍裝已到	1895051602		
營勇赴防	1895013104	豫章瑣語十七	1895060503		
趕造抬槍	1895020302	軍火運杭	1895060902		
煙臺雜誌一	1895020602	箚飭修船	1895061503		
鎗廠開工	1895020602	煙臺雜錄三	1895061802		
蘇堤春曉二	1895020802	添造抬槍	1895062701		
新鎗利用	1895020902	稽查嚴密	1895071203		
護送軍械	1895021302	嚴防藥局	1895071402		
協濟軍械	1895021803	武林雜誌二	1895071902		
西報談兵一	1895022102	試驗新藥	1895072003		
西報談兵三	1895022102	添造抬槍	1895072202		
春潭雲影一	1895022302	停工節費	1895072502		
起解軍裝	1895022502	叢翠亭矗詩記一	1895072502		
驗放巨炮	1895030202	浙省官場事宜四	1895080203		
京江春浪四	1895030403	神京珥筆七	1895080602		
東省軍情十二	1895030902	武林雜誌三	1895082302		
南屏曉鐘九	1895032002	登州海市五	1895082603		
珠江花事四	1895032702	□陵紀事三	1895092402		
白下官場事宜四	1895032802	京華瑣紀五	1895100502		
北方軍務二	1895032802	禁苑秋聲三	1895100601		
白下官場事宜五	1895032802	武林寒信三	1895112002		
運械防弊	1895033002	武林官□一	1895112902		
委解軍餉	1895040303	軍械不精	1894102002		
漢市新談四	1895040503	船廠失火續述	1894111103		
柳浪聞鶯三	1895040903	漢奸被獲	1894122102		
百花潭泛舟記二	1895041002				
百花潭泛舟記六	1895041002				

3.3.2 甲午戰爭時期——清軍裁撤

裁兵申牘	1895122302
北固山賞秋記二	1895102103
本館接奉電音一	1895100501
京華瑣紀一	1895100501
裁勇近聞	1895050402
裁撤民團	1895052503
民團裁撤	1895060503
嶺南炎景一	1895061902
武林官話一	1895062302
帝京志三	1895062501
裁撤勇丁	1895070802
三泖涼波四	1895072002
白下官場紀事四	1895072202
廣軍裁撤	189507250102
陶然亭納涼記一	1895072602
武林宦轍一	1895072903
煙水亭納涼記二	1895080102
煙臺瑣誌四	1895080402
綸綍宏宣	1895080902
宦海鴻泥七	1895081102
撤勇過申	1895081103
八閩瑣紀二	1895081203
金焦秋色三	1895081902
京師零語五	1895090101
潞江墨浪十一	1895091702
穗石秋痕一	1895092001
□濱雁影二	1895092203
調輪載勇	1895092302
粵客譚資七	1895101402
潤州秋雁一	1895101403
津郡紀聞三	1895102202
裁兵節餉	1895103002
煙臺零拾二	1895110502
巫峽猿聲一	1895110702
珠簾卷雨二	1895110902
潯陽□帛一	1895111503
豫章近事三	1895112303

瀋陽雜記三	1895120302
撤勇述聞	1895120402
煙臺零拾二	1895120902
煙臺零拾四	1895120902
裁兵不易	1895122202
煙海紀聞一	1895122403

3.3.2 甲午戰爭時期——
有關戰俘

亟圖反正	1894102802
甘心曳尾	1894112902
優待倭俘	1895011701
俘獲倭兵	1895021301
逆跡記五八	1895040302
生入玉關	1895071502
定期釋俘	1895080302
交還弁勇	1895080402
倭事雜聞一	1895080602
互釋□囚	1895081901
海外生還	1895082501
日本釋俘	1895083002
十洲新語一	1895090102
兵艦送回	1895090602

3.3.2 甲午戰爭時期——
戰後諸事

和局未定	1895042701
誓掃海氛	1895050502
奉省近聞	1895052301
不堪回首	1895052602
乞罷和議	1895062101
上諭恭錄一	1895083101
離經叛道	1894092202
□案確情	1894092603
伏闕陳書	1895051001
追述和戰機宜二	1895051102
諫牘紛陳	1895051901
贈書鳴謝	1895053104
條陳時務	1895100401

擬興日報	1895101701
上海強學會序	1895120404
燕市瑣談五	1895122002
花潭月影三	1895020502
禮延西客一	1895021102
金陵雜誌一	1895040803
甌江桃浪二	1895041802
新勇已到	1895052001
請領軍裝	1895070901
飭改兵制	1895072001
宣城秋樹四	1895092901
雲津魚素二	1895102401
丁沽客述二	1895110301
京友談兵一	1895111601
京友談兵二	1895111601
津客談兵二	1895111701
津沽寒信三	1895112602
請餉未回	189512080102
清溪閒話六	1895120802
貔貅留影	1895120901
穗石雜聞三	1895120902
講求武備	1895121203
中德要聞	1895121302
白下官場紀事三	189512220203
裁兵條欵一	189512240102
裁兵條欵二	1895122402
跋東語入門	1895081404
西湖新柳六	1895041102
重整海軍	1895070401
重興艦隊	1895070901
定造兵船	1895071002
續購戰船	1895072601
丁簾秋影二	1895083102
西信雜譯二	1895090602
雷船將至	1895090901
雷艇東來	1895091503
芝罘瑣語三	1895092903
魚艇東來	1895100202
臺民義憤	1895042501

煙臺郵簡一	1895042802
上劉制軍書	1895051002
上劉制軍書接前稿	189505110203
臺民公憤	1895051502
不甘媚敵	1895051701
臺民布告	189505170102
錄臺灣紳民電稟原文	1895052501
巫峽猿聲一	1895102501
煙臺雜誌八	1895020602
逆跡記五五	1895040302
十洲新語九	1895090102
裁撤海署	1895040202

3.3.2 甲午戰爭時期——
有關戰報

戰事將成	1894072002
倭兵大敗	1894090902
倭敗紀聞	1894091902
倭敗續聞	1894091902
東北軍情一	1895041202
攔截師船	1894072801
詳紀日人攔截師船事	1894073001
華船得勝記	189408010102
補述致遠勝敵事	1894080303
勝日傳聞	1894080502
勝日續聞	1894080602
高事要電	1894072501
擊毀日船	1894080802
開仗電音	1894073001
華兵遄返	1894073102
崖山戰記	1894080102
牙山得勝記	1894080201
錄煙臺訪事人信述中日交兵事三	1894080302
錄煙臺訪事人信述中日交兵事五	1894080302

獲勝餘聞	1894080303	煙臺訪事人述鴨綠江戰事二	1894092902	勝仗風傳	1894110302
先據要地	1894080402	煙臺訪事人述鴨綠江戰事三	1894092902	譯高麗西人書述中倭戰事五	1894110302
牙山得勝餘聞	1894080802	煙臺訪事人述鴨綠江戰事四	1894092902	倭奴夢囈	1894110401
煙臺訪事人述朝鮮事二	1894080802	煙臺訪事人述鴨綠江戰事五	1894092902	恢復九連城確信	1894110502
牙山消息	1894081002	鴨綠江戰事餘聞	189409300102	煙臺軍報一	1894110503
煙臺訪事人函述牙山消息	189408140203	新海戰詳細情形	1894100202	煙臺軍報二	1894110503
同仇敵愾	1894081502	戰事餘聞二	189410060102	營口訪事人述近日軍情二	1894111001
補述牙山戰事	1894082002	東省軍情一	1894100702	營口訪事人述近日軍情三	1894111001
高麗軍事確信	1894082102	譯天津西人信二	1894101202	詳述九連城失守事一	1894111102
爭奇出□	1894082202	自認死傷	1894101302	詳述九連城失守事二	1894111102
高麗近況	1894082302	倭船受創	1894101402	煙臺訪事人述中倭戰事四	1894111202
傳語平安	1894082502	譯北地西人書述中倭近事	1894102802	煙臺訪事人述中倭戰事六	1894111202
補述牙山戰事	1894090102	魂兮歸來	1894110303	遼東軍報一	1894111502
牙山戰事餘聞	1894090202	補述朝鮮軍情一	1894090102	大勝倭奴	1894111701
譯西人書述牙山戰事	1894090502	煙臺訪事人述朝鮮戰事一	1894090702	東邊戰事	1894111702
倭官死數	1894090802	煙臺訪事人述朝鮮戰事二	1894090702	剿倭確電	1894111802
大壯國威	1894090903	電傳勝仗	1894091302	中倭戰事三	1894112002
天津訪事人述牙山戰事	1894091502	殺倭快電	1894091402	剿倭機會	1894112201
牙山確信	1894091602	煙臺訪事人述朝鮮近事一	1894091502	連勝倭奴電信	1894112302
西電照譯	1894080102	韓城確信	1894091602	奉天南路軍情	1894112302
錄煙臺訪事人信述中日交兵事二	1894080302	西信姑譯	1894080801	摩天嶺軍報	1894112302
		不遇日艦	1894082102	扼守關隘	1894112303
水師得勝	1894092002	煙客談倭二	1894090702	煙臺訪事人述東邊戰事三	1894112303
勝倭餘話	1894092002	遼左防倭記九	1894081602	捷電頻來	1894112401
吉人天相	1894092102	營口訪事人述近日軍情一	1894102002	營口訪事人述近日戰事	1894112502
詭計盡露	1894092102	營口訪事人述近日軍情三	1894102002	倭兵寇關	1894112801
勝倭續電	189409220102	詭報勝仗	189410290102	營口訪事人述東邊戰事	1894112802
詳述鴨綠江勝倭確信	189409230102	接天津來電述九連城戰事	1894103002	詳述岫巖州失守事	1894112902
再述鴨綠江戰事	1894092502	中倭戰事二	1894103002	英電譯要二	1894120102
海外生還	1894092502	英電譯要二	189410310102	營口訪事人述東邊戰事	1894120202
戰事姑誌三	1894092602	名城已復	1894110102		
戰事餘聞一	1894092702				
海戰確情	1894092802				
煙臺訪事人述鴨綠江戰事一	1894092902				

天津訪事人述旅順失守事	1894120402	中倭戰事五	189501230102	天津訪事人述旅順口近日情形	1894111702
華軍屢勝	1894120801	譯西報紀東北軍情	189501300102	營口訪事人述金旅防務二	1894111702
□歌迭唱	1894121502	遼瀋軍情三	1895013002	營口訪事人述金旅防務三	1894111702
電傳警信	1894121702	奉省軍情	1895020302	營口訪事人述金旅防務四	1894111702
兩軍鏖戰	1894121902	奉省軍情	1895020502	營口訪事人述金旅防務五	1894111702
迭獲勝仗	1894121902	奉省軍情	1895020901	營口訪事人述金旅防務一	1894111702
蓋平警電	1894122002	倭電匯譯二	1895021402	倭人用詐	1894111802
倭兵敗績	1894122002	倭電匯譯三	1895021402	金州消息	1894111802
大軍□倭	1894122002	大勝倭人	1895021501	克復大連灣電音	1894111902
倭兵大創	1894122201	戰事風傳	1895022001	中倭戰事二	1894112002
王師屢捷	189412230102	克復名城電信	1895022501	譯天津西人信述旅順事一	1894112101
電告倭情	1894122502	津電譯登	1895022701	譯倭報	1894112201
戰務電音	1894122502	營口軍書二	1895022802	克復大連灣續信	1894112302
倭未至營	1895010101	日兵登陸	1894090101	述旅順口近日情形	1894112302
倭奴退避	1895010101	謠言無據	1894090202	警電姑譯	1894112502
發電求援	1895010102	遼東軍報	1894091602	天津來電	1894112502
兩軍鏖戰	1895010202	倭事傳聞	1894100902	旅順續電	1894112601
天津訪事人述奉天戰事一	1895010301	倭兵登陸續聞	1894103102	譯西報述旅順失守事	1894112701
天津訪事人述奉天戰事二	1895010301	倭□金州	1894110502	譯英電述旅順失守	1894112801
東省軍情	1895010302	煙臺軍報三	1894110503	煙臺訪事人函報旅順事	1894112801
奉省軍情	1895010402	煙臺軍報四	1894110503	補述旅順戰事一	1894112901
營口近聞二	1895010402	倭奴猖獗	1894110801	補述旅順戰事二	189411290102
電述軍情	1895010501	營口訪事人述近日軍情四	1894111001	陣擒倭帥	1894112902
大勝倭奴	1895010701	紀遼瀋近日軍情一	1894111102	英電譯要一	1894120102
營口近信	1895010802	擊退倭船	1894111102	傳聞異辭	1894120102
補述軍情	1895010802	中倭戰事二	1894111102	譯西報詳述旅順失守事	1894120202
派兵赴援	1895010802	倭奴竄突	1894111102	煙臺訪事人述旅順失守事	1894120202
北省軍情一	1895011001	煙臺訪事人述中倭戰事一	1894111202	旅順失守餘聞	1894121002
勝仗續述	1895011501	旅順警信	1894111302	免資敵用	1894121002
華軍捷報	1895011502	旅順平安	1894111401		
捷書送至一	1895011802	補述大連灣失守情形	1894111502		
捷書送至二	1895011802	慷慨誓師	1894111502		
東邊戰事	1895011901	大言不慚	1894111502		
□軍日記	189501210102	旅順無恙確電	1894111602		
華兵奮勇	1895012201	譯西報紀大連灣事	1894111602		
遼海軍要一	1895012201				
遼海軍要二	1895012201				

煙臺訪事人述旅順失守事	1894121102	煙臺訪事人述中倭戰事二	189410090203	遼瀋軍請一	1895031702
出死入生	1894121202	紀中倭近日軍情一	1894101002	遼瀋軍請四	1895031702
營口訪事人補述旅順失守事	1895010302	罪有攸歸	1894101302	戰事補錄一	1895031702
兵威漸振	1895010802	紀左軍門陣亡確情	189410140102	戰事補錄二	1895031702
陸兵開仗	1894081802	舟行甚速	1894092502	東海軍情三	1895032302
馬車得勝	1894082102	東電告捷	1894072702	東海軍情五	1895032302
朝鮮剿倭記一	1894082202	錄煙臺訪事人信述中日交兵事四	1894080302	塞北軍書四	1895032602
奇計破倭	1894082802	華軍退守	1894093002	逆跡記六	1895032902
王帥大捷確信	1894082902	煙臺訪事人述中倭戰事一	1894100902	奉省近情一	1895033102
王帥大勝確音	1894083001	紀中倭近日軍情二	1894101002	逆跡記四五	1895040202
倭奴□氣	1894083102	義州捷報	1894101201	營口軍報一	1895040502
補述平壤戰事	1894090202	電音告捷	1894101702	營口軍報二	1895040502
馬軍又勝	1894090702	電音告捷一	1894102102	營口軍報三	1895040502
東電照譯	1894091802	電音告捷二	1894102102	譯西信述奉省戰事	1895040602
東電續譯	1894091902	華兵未退	1894102402	錄津友信述遼陽戰事	1895041502
平壤失事	189409200102	又勝倭奴	1894102502	奉天兵信二	1895041702
開城戰事	1894092302	倭兵渡江	1894102702	營臺日記二	1895041802
平壤消息	1894092302	煙臺訪事人述中倭戰事二	1894102702	營臺日記三	1895041802
平壤餘聞	1894092502	勝倭電報	1894102802	營臺日記四	1895041802
電報譯登	1894092602	電報譯登	1894110202	營臺日記五	1895041802
戰事姑誌一	1894092602	先敗後勝	1894110502	遼陽軍信一	1895042302
戰事姑誌二	1894092602	煙臺訪事人述中倭戰事二	1894111202	遼陽軍信二	1895042302
戰事餘聞二	1894092702	煙臺訪事人述中倭戰事三	1894111202	未及交綏	1895042302
擊退倭兵	1894092802	倭信譯登	189503240102	奉省軍情二	1895042802
陸戰餘話	1894092802	逆跡記一	1895030401	補錄田莊臺失陷事	1895050201
營口訪事人述平壤戰事一	1894092902	英電譯登	1895030601	奉天近事一	1895050702
營口訪事人述平壤戰事二	1894092902	牛莊警電	1895030801	日事近聞二	1894082502
營口訪事人述平壤戰事三	1894092902	東省軍情十四	1895030902	中倭戰事餘聞一	1894093001
中倭戰事餘聞二	1894093001	東省軍情十六	1895030902	煙臺訪事人述東邊戰事二	1894112303
詳述平壤戰事	189410030102	營口警電	1895031001	倭艦窺煙	1894121102
平壤餘聞	1894100501	倭電譯登	1895031201	析津紀要三	1894121202
戰事餘聞一	1894100601	詳述宋帥受傷吳軍嘩潰事	1895031502	東邊戰事	1894122202
戰事確電	1894100702			成山虛警	1895010102
平壤餘聞	1894100802			勝倭喜電	1895011601
倭報譯登	1894100902			倭人詭計	1895011802
				倭犯登州	1895012201

中倭戰事二	1895012301	錄天津訪事人信述威海失守事	1895030202	赭嶺秋光一	1894102103
中倭戰事四	1895012301	山左軍書二	1895030802	繪圖□究	1894081103
倭艦窺邊	1895012903	補述劉公島降倭事	1895030802	售圖提究	1894081404
倭兵登岸	1895012903	東軍大捷	1895031602	法報紀中日構兵緣起	189409130102
倭奴履敗	1895013001	煙臺軍務二	1895040502	遼左防倭記五	1894081602
詳譯元旦勝倭事	1895020101	東京訪事人電告日船犯威海事	1894081601	中倭戰事一	1894103002
傳言未確	1895020202	更正	1894081704	示禁謠言	1894111203
威海捷電	1895020301	記倭船又犯威海事	1894082202	柴桑晚菊四	1894111602
威海警信	1895020502	威海餘聞	1894082602	禁售私書	1894112603
威海失守	189502070102	又毀倭船	189408270102	西冷樵唱一	1894112802
兵船奮勇	1895020801	威海軍情	1894082802	禁售畫報	1894120303
中倭戰事一	1895020801	毀船三誌	1894082802	謠言可惡	1894122902
中倭戰事二	1895020801	營口軍報	1894083103	禁售新書	1895082602
中倭戰事三	189502080102	擊毀倭艦	189411050203	都門剩語一	1895091202
中倭戰事四	1895020802	中倭戰事一	1894112002	江左清譚一	1895111002
中倭戰事五	1895020802	迭報勝倭	1894112101		
中倭戰事六	1895020802	擊退日艦	1894081202	**3.3.2 甲午戰爭時期——清軍正面**	
中倭戰事七	1895020802	擊退日艦續述	1894081402		
倭人據島	1895020901	煙臺訪事人詳述威海擊退倭船事	1894081502	遣將慎重	1894082502
倭未占島	1895021001			聞捷而喜	1894082702
威海餘聞	189502100102	開仗謠傳	1894070102	氣吞倭虜	1894122802
要電兩譯	1895021202	謠言難信	1894102602	誓掃敵氛	1894080102
詳譯煙臺西人信	189502140102	謠言可笑	1894082602	老當益壯	1894080103
電傳戰耗	1895021402	西電譯存一	1895022001	氣吞倭虜	1894081902
威海近聞	189502150102	北通碎錦八	1895032702	勁兵侯調	1894082403
大帥降倭	1895021502	傳聞姑誌	1895033101	朝鮮近報二	1894092202
降倭電信	1895021601			激勵軍心	1895011602
□倭記一	1895021702	**3.3.2 甲午戰爭時期——有關新聞媒體**		遼海軍要四	1895012201
□倭記三	1895021702			軍威日盛	1895021301
□倭記四	1895021702	訪事邅回	1894120202	軍威大振	1895030902
威海近聞	1895021802	死裏生還	1894123102	□當以懅	1895031602
煙臺電信一	1895021901	禁傳暗電	1894073001	京峴軍容	1895041002
西電譯存四	1895022002	營口訪事人函述日高事一	1894080102	西人論華兵可用	1894081202
軍信補述	1895022002			縣賞殺敵	1894100803
威海羽書二	1895022601	禁遞暗電	1894080502	神京紀要四	1895032002
詳記劉公島降倭事	189502270102	電局關防	1894082002	東海軍情九	1895032302
紀西人述威海戰事	189502280102			奉省軍情一	1895042802
				倭報譯登一	1895051501

請纓志壯	1894082402
士飽馬騰	1894082602

3.3.2 甲午戰爭時期——清軍負面

妄言可笑	1894091202
大將軍在此	1894112201
破格招軍	1894120802
名將掣肘	1894121002
煙臺紀要二	1894121102
煙臺紀要八	1894121103
慎重招兵	1895011403
補述軍情	189501190102
乞丐投軍	1895021002
平雞將軍	1895022802
東海紀聞四	1895040303
東粵廣場紀事二	1895042903
珠海柔波二	1895043003
宜昌雜誌二	1895050203
宜昌雜誌三	1895050203
宜昌雜誌四	1895050203
操練營兵	1895050702
不拘小節	1895050902
激勵軍心	189505130102
倭報譯登三	1895051501
彝陵碎錦六	1895051703
神山集錦五	1895051902
荔灣選勝四	1895052402
甌城夏諺八	1895060902
嶺南炎景三	1895061902
北通州近聞四	1895071301
粵勇善嘲	1895072302
彝陵簫唱二	1895072602
月湖清話一	1895083103
蓬山青鳥二	1895100902
院示照登	1895101303
津客談兵三	1895111701
敗卒受傷	1895011402
虹口瑣聞二	1895033103

天津訪事人述奉天戰事三	1895010301
軍械資敵	1895010801
詳譯被劫軍裝細數	1895021702
詳譯失船細數	1895021702
煙臺電信二	1895021901
兵士傷亡錄	1895021902
壞船續述	189503020102
北省軍情二	1895030702
兵船資敵	1895030801
東省軍情三	1895030901
逆跡記三一	1895040101
南浦波浪三	1895030202
與子同仇	1894092902
魂兮歸來	1894121103
魂兮歸來	1895012103
扶櫬南旋	1895021902
元戎歸櫬	1895022601
東省軍情十八	1895030902
死有餘辜	1895032202
降將還櫬	1895032903
東海紀聞一	1895040303
本館接奉電音	1895040801
本館接奉電音	1895041201
潯江雜誌二	1895042903
大節凜然	1895050602
褒忠盛典	1895090902
北通州雜記三	1895011603
兵差難辦	1895040902
粵東防務三	1894102002
北方戰務四	1895010202
傷兵就療	1895020904
用人宜慎	1894102403
罪狀昭彰	189506150102
倭事述聞六	1895011902
十洲新語八	1895090102
津友談兵	1894120102
日船失事	1895122901

倭事紀聞二	1895020602
倭報姑譯	189505060102
將帥不和	1894111702
虎帳談兵	1895062502
津客談兵五	1895111702

3.3.2 甲午戰爭時期——清軍負面·腐敗

侵餉請追	1894061703
訛傳募勇	1894083002
僅予薄懲	1894101801
罪狀昭彰	1894112902
呈遞親供	1894121502
嚴查營額	1895011902
西電譯存三	189502200102
軍裝無用	1895031201
委查軍額二	1895040702
吞餉激變	189504130203
劣將□事	1895041502
良心安在	1895041509
珠江錦浪四	1895041902
本館接奉電音	1895042201
臺廈續聞二	1895061801
蘭臺剩語二	1895062802
嚴追吞餉	1895071501
革道質訊	1895073002
法界公堂瑣案四	1895081403
挾餉私逃	1895091503
摘奸發伏	1895102202
珠海濤聲二	1895111102
點驗營勇	1895120803
點驗軍實	1895121102
遼海寒濤二	1895113003
遼海寒濤五	1895113003

3.3.2 甲午戰爭時期——清軍負面·紀律問題

御爐煙篆三	1894110201
詳述虎勇點名	1895032103

委查軍額一	1895040702	約束兵士	1894102104	營勇不法	1895021503
芝罘叢話五	1895071202	蕪湖剩語一	1894102503	法界公堂瑣案五	1895021503
營□正法	1894093002	賞罰嚴明一	1894102802	法界捕房紀事二	1895021804
死有餘辜	1894100102	賞罰嚴明二	1894102802	鳩江春泛二	1895022202
統帶正法餘聞	1894100802	粵屑二	1894110703	約束軍士	1895022501
紀濟遠兵船兩次開仗情形	189410190102	中倭戰事三	1894111102	營口軍書三	1895022802
詳述□□□正法事	1894102102	逃勇正法	1894111302	□水春鱗三	1895030102
日電照譯	1894110602	嚴諭□□	1894111504	約束營勇	1895030402
倭電誇詞	1894110702	東海揚□四	1894111602	雲津防務四	1895030702
遼東軍報二	1894111502	譯天津西人信述旅順事三	189411210102	橫雲山踏青記三	1895032202
營臺日記一	1895041802	本館接奉電音二	1894112302	執法如山二	1895032202
貽誤軍機	1895040802	告示例登	1894113003	潞河春鯉一	1895032302
紀廈門近日情形七	1895040603	軍律嚴明	1894120502	潞河春鯉二	1895032302
嚴緝假勇	189411110203	英廨晚堂瑣案三	1894121304	東海軍情八	1895032302
天南春信六	1894021302	劣弁犯法	1894121702	整頓營規	1895032502
防營失慎	1894022302	法界捕房紀事二	1894122304	閩雜俎二	1895032502
穗垣道聽六	1894030502	泉唐佚事三	1894122509	□李春聲四	1895032503
僧勇滋事	1894040203	東甌雜誌三	1894122702	哨弁不法	1895032802
閩中新燕四	1894041102	法界公堂瑣案六	1894122704	□廊餘韻三	1895033002
蘇臺語小一	1894041103	營勇受責	1894122903	本館接奉電音	1895040301
八閩新語五	1894041302	鳩茲寒□五	1894123002	鹿城消息九	1895040402
武弁忿爭	1894053003	北方戰務二	1895010202	珠海春濤二	1895040702
臺疆瑣語一	1894060502	武林消寒記二	1895011002	水手交閧	1895040902
皖江夏汛五	1894062103	營勇互爭	1895011102	潞河春鯉五	1895040902
蘇臺小志二	1894081503	潤州寒汛六	1895011302	花埭茗談一	1895041202
軍法森嚴	189408280203	軍令森嚴	189501150102	鳳城雲樹三	1895041302
差查稟覆	1894082903	本館接奉電音	1895011601	邗上人言二	1895041402
白下新聲三	1894092602	上海縣案彙紀一	189501170304	太液鶯歌六	1895041502
具保無人	1894100202	倭事述聞五	1895011902	潤州春草二	1895041702
奉省軍情三	1894100402	營兵不法	1895012202	邗水春濤五	1895041803
潞州軍報三	1894100702	遼瀋軍情二	1895012903	廣勇滋事	189504250102
潞州軍報四	1894100702	委查營伍	1895013002	煙臺郵簡六	1895042802
東省近情三	1894100903	團勇被毆	1895013104	劍閣晴雲七	1895043003
貽誤軍機	1894101002	勇丁肇禍	1895020302	宜昌雜誌一	1895050203
勇於私鬥	1894101104	營勇劫餉	1895020402	法界公堂瑣案一	189505050304
美界捕房紀事二	1894101104	炮勇肇禍	1895020403	法捕房瑣事一	1895050904
煙臺防務八	1894101402	煙臺雜誌六	1895020602	兜犯解省	189505230203
		黃陵廟尋春記二	1895021103	甌城宦轍七	1895052403
				法界捕房紀事一	1895052403

鹿城榴□五	1895052502
法界公堂瑣案一	1895052603
鬧娼餘話	1895052802
嚴責營勇	1895060602
失銀送縣	1895061603
英界公堂瑣案七	1895061803
甌海榴香二	1895062003
甬上瑣語三	1895062102
□同挾□	1895062102
紀臺灣戰事五	189506240102
袁江紀雜三	1895062702
軍令森嚴	1895072702
武員被議	1895080302
北通州近聞八	1895080403
兵民交鬥	1895080802
恃勢橫行	1895080903
開除劣弁	1895081403
約束勇丁	1895081602
析津近事三	1895081902
營勇劫銀	1895082602
京江秋泛二	1895082802
英界公堂瑣案一	1895082803
石城語錄二	1895090402
蘇垣零拾五	1895091302
折桂亭貞秋記三	1895100203
巫峽秋猿三	1895100803
原犯解回	1895102103
羊城雙鯉四	189510280203
有冤必報	1895103002
□案駭聞	1895112102
鹽捕送縣	1895112403
鹽捕送縣續述	1895112503
木工毆勇	189512050102
健兒滋鬧	189512070102

3.3.2 甲午戰爭時期——
清軍負面・處罰違紀官兵

禍將不測	1894111102
劣將正法	1894111701

怯將伏誅	1894112302
難兄難弟一	189411230203
難兄難弟二	1894112303
潯陽紀事八	1894112503
逃勇正法	189412310203
功罪分明	1895010801
本館接奉電音	1895011501
北通紀勝三	1895012903
時事補錄二	1895020302
時事補錄三	1895020302
本館接奉電音	1895020501
東省軍情十	1895030902
逆跡記四六	1895040202
犯官解到	1895040302
國法難逃	1895040802
本館接奉電音	189504130102
怯將誤國	1895051802
犯官候解	1895060802
營口近情三	1895061802
委訊德員	189506210102
粵諺五	1895062403
津橋題柱二	1895082302
劣勇正法	189508300102
革將定□	189509020102
私行小惠	1895090202
顛倒黑白	1895090602
犯官返柩	1895111802

3.3.2 甲午戰爭時期——
清軍負面・軍民矛盾

螢苑秋痕二	189410180203
北通州軍信六	1894101902
渡夫枷號	1894103003
古逡遒紀事三	1894111002
雄師抵鄂二	1894113001
辦差運械	1894120902
示□舟子	1894122209
蓬萊海市二	1895011602
神山臘景二	1895011702
鄉人匿艇	1895013004

萃軍到省	1895020802
封船致怨	1895022202
羊城仙跡一	1895022302
封船運兵	1895022502
武員被控	1895031303
東海紀聞二	1895040303
語兒鄉語二	1895042502
□山訪古一	1895050102
雇船載勇	1895052202
北通州近聞六	1895061201
丁簾秋影三	189508310203
西信雜譯一	1895090602
續述工勇齟齬事	1895091102
兵民和好	1895091502
穗石秋痕四	1895092001
英公堂案二	1895092903
鴛湖風月三	1895110302
宜昌雜俎五	1895110303

3.3.2 甲午戰爭時期——
清軍負面・軍事事故

兵艦觸礁	1894100802
輪船失事供詞	189411050304
潤語二	1894121402
演炮傷人	1895012904
珠江春浪三	1895022402
操炮釀禍	1895041202
操炮釀禍續述	1895041303
操演傷人	1895060303
粵客譚資五	1895101402
兵船償事	1895101603
吳宮紅葉二	1895110602
火藥生災	1895112602
嶺南多旭一	189512260203

3.3.2 甲午戰爭時期——
清軍負面・散勇問題

籌辦多防	1895110103
法捕房瑣案一	1895072703

索餉送縣	1895072709	金焦夏色九	1895052102	白下瑣言一	1895072602
法界公堂瑣案五	1895072803	逃兵抵廈	1895060901	螢苑招涼一	1895072603
臺廈述聞一	189506170102	臺廈續聞一	1895061801	散勇紀事	1895072702
津門來信	1895052301	臺廈續聞四	1895061801	蘇臺雜紀三	1895072702
兵變駭聞	1895082501	稽查逃勇	1895061903	撤勇述聞	1895072902
兵變續聞	1895082601	紀臺灣戰事九	1895062402	勸勇歸田	1895073103
兵變未成	1895091802	資遣散勇	1895062402	彈壓散勇	1895073103
輪船慘劫	1895101801	撤勇旋里	1895063002	法界談屑二	1895080103
潤州聞見錄五	1895051502	上海縣署瑣案二	1895070203	法捕房雜紀一	1895080203
循例多防	1895111403	散勇過漢	1895071002	差查遊勇	1895080303
勸辦團防示	1895112702	鳩茲夏汛一	1895071102	回籍無資	1895080403
潯陽雜記二	1895120302	遣勇紀聞	189507120102	神山集錦六	1895080503
東海揚帆七	1894010803	千金亭記一	1895071402	仍擬辦團	1895080503
不知自愛	1894011702	千金亭記二	1895071402	縣訊逃勇	1895080603
八閩清話二	1894032803	千金亭記三	1895071402	英界公堂瑣案六	1895080603
鹿耳濤聲一	1894051503	遣散防軍	1895071501	閩雜俎三	1895080702
臺北郵聞三	1894061603	散勇滋事一	189507150102	資遣散勇	1895080703
煙雨樓題壁五	1894062602	散勇滋事二	1895071502	不准辦差	1895080703
鶴市閒談一	1894070702	散勇滋事三	1895071502	縣案二	1895081003
遣散營勇	1894081303	散勇滋事四	1895071502	幸慶生還	189508120203
牛莊近事一	1894111302	散勇滋事五	1895071502	散勇□恩	1895081303
煙臺雜錄二	1894120202	索餉滋事	1895071503	散勇就道	1895081403
煙臺紀要六	189412110203	津客雜言二	1895071601	二分明月一	1895081502
芝罘近事一	1894122202	散勇過滬	1895071603	金焦秋色五	1895081902
上海縣案彙登一	1895011003	安頓淮勇	1895071603	神山秋信八	1895082003
鞍馬餘生	1895030403	縣案彙錄四	1895072003	甌東零拾五	1895082302
東省軍情六	1895030901	縣案彙錄五	1895072003	劣勇伏法	1895083102
煙臺近信二	1895030902	羊城談藪二	1895072102	驅逐遊勇	189509010203
煙臺近信三	1895030902	彈壓散勇	1895072103	峴山秋眺一	189509030102
東海紅鱗二	1895031201	夏口招涼四	1895072202	雲間秋色四	1895090502
東海紅鱗四	1895031201	夏口招涼五	1895072202	散勇過滬	1895090603
東海軍情一	1895032302	甌海晴波三	1895072203	法捕房瑣事一	1895090604
東海軍情七	1895032302	嚴緝遊勇	1895072203	派探邏巡	1895090703
東海紀聞六	1895040303	潰勇索餉	1895072303	遊勇送縣	1895090803
鷺江雜錄三	1895041903	平山□暑一	1895072402	法界公堂案四	1895090803
散勇釀禍	1895042902	匡廬飛瀑三	1895072402	法界公堂案六	1895090803
荔灣清話六	1895051303	遊勇誤解	1895072403	軍法森嚴	1895091003
遣散營勇	1895052002	路斃可憐	1895072502	法公堂案十二	1895091104

撒勇志略	1895091202	潯上丹楓三	1895110102	續遣散勇	1895122403
護送撤勇	1895091502	赭嶺題糕一	1895110202	豫章寒浪四	1895122603
示諭散勇	189509160304	吳宮紅葉四	1895110602	減價裝送	1895122702
遊勇重笞	189509180304	縣案三則三	1895110703	鳩水寒鱗二	1895122802
彝陵櫓唱三	1895091903	皖左清譚四	1895110803	賫遣臺勇	1895122803
地棍橫行	1895091903	散勇□恩	1895111003		
南徐攬勝一	1895092102	八閩叢譚三	1895111102	**3.4 中法戰爭・傳聞**	
南徐攬勝五	1895092102	不准□恩	1895111103	外洋傳言	1882080302
浙省官場事宜三	1895092302	北通客述二	1895111502	西人傳言	1883051101
散勇傷人	1895092302	鷺江紀事一	1895111902	傳言續述	1883051301
彝陵樵唱二	1895092303	鷺江紀事三	1895111902	邊徼傳言	1883061002
行路難	1895092403	粵東近事三	1895112402	西人傳言	1883062002
散勇傷人續述	1895092802	縣事述聞二	1895112403	目擊軍情	1883092002
石城誌□二	1895093003	津沽寒信一	1895112602	疑寶益滋	1883111302
武漢叢談三	1895100102	津沽寒信二	1895112602	傳聞難信	1883112401
西山秋黛四	1895100102	鷺江墨浪一	1895112803	中法失和傳言	1883112502
商舶如梭一	1895100302	潯陽官話一	1895112803	戰事傳聞	1883121802
商舶如梭二	1895100302	神山雜誌一	1895113002	圖繪戰狀	1884010201
福海潮音五	1895100403	津沽水汛一	1895120202	傳聞異詞	1884010901
散勇回裹	1895100502	巴峽猿吟三	1895120302	凶耗可疑	1884010901
司示照錄	1895100503	潯陽雜記一	1895120302	河內傳聞	1884011001
散勇將來	1895100903	英廨早堂瑣案一	1895120303	電音破綻	1884011002
遣輪載勇	1895101003	沙市散勇	1895120402	捉船傳聞	1884011501
散勇可慮	1895101102	散勇到漢	1895120501	法帥傳聞	1884011801
拿獲搶匪	1895101102	潯江官話一	1895120703	事屬訛傳	1884021902
告示招錄	1895101202	上海官場雜紀三	1895120803	開戰傳言	1884030701
散勇來滬	1895101303	上海官場雜紀五	1895120803	傳聞疑詞	1884031301
協查散勇	1895101303	移送散勇	1895120903	傳聞異詞	1884031601
散勇過境	1895101402	資遣散勇	1895121003	法敗傳言	1884031802
□□攬勝四	1895101502	散勇紛來	1895121103	探事言旋	1884032302
津沽寒汛四	1895101602	實心為民一	1895121302	軍□□語	1884032502
分遣散勇	1895101603	分遣散勇	1895121403	西報傳聞	1884040101
法界捕房紀事三	1895101704	續遣散勇	1895121503	訪事人回	1884040802
縣案彙錄四	1895101803	散勇封船	1895121603	傳言不一	1884041101
潯陽紀事二	1895101903	散勇銜恩	1895121703	津電傳疑	1884042301
散勇又來	1895101903	遞解散勇	1895121703	京都傳言	1884042501
借錢起釁	1895102103	照料散勇	1895121803	索費傳疑	1884043001
北固秋雲二	1895102402	散勇到申	1895121903	中西傳言	1884050302
京口觀濤記一	1895102502	津水水花四	1895122103	議和傳言	1884050402

和局傳聞	1884051201	誤擊傳聞	1884092502	津沽近信	1883062702
電音傳疑	1884070601	船主傳言	1884101901	港報彙錄	1883072502
傳聞異詞	1884071202	開戰釋疑	1884102302	軍信紀聞	1883081602
和戰傳聞	1884071602	妄言妄聽	1884102902	津信摘錄	1883100901
本埠傳言	1884071702	西商傳言	1884103001	印度近聞	1883112101
傳聞異詞	1884071802	美報姑譯	1884111202	軍報彙錄	1883120802
本埠傳言	1884071902	一死一生	1884111902	軍信再述	1884010701
西人傳言	1884072603	轉悲為喜	1884112602	津信譯錄	1884022401
西人傳言	1884072902	閩戰傳聞	1884120502	京都近信	1884022602
西人傳言	1884073103	底蘊畢□	1884120701	中法消息	1884022801
和局傳聞	1884080201	無徵不信	1884120901	港報論北寧事	1884030501
傳言關謬	1884080501	傳單姑譯	1884122001	港報照錄	1884031601
確要信息	1884080902	姑妄聽之	1884122001	港中訪事人來書	1884031602
法兵船述雞籠失守事	1884081002	傳單姑錄	1885010702	來信照登	1884033001
華友述雞籠失守事	1884081002	確言捷音	1885012302	軍事的信	1884042101
晉源報述雞籠失守事	1884081002	傳聞異辭	1885013102	天津信息	1884052401
西友述雞籠失守事	1884081002	淞口述要	1885021202	津信譯登	1884061801
字林報述雞籠失守事	1884081002	京師傳聞	1885022003	天津電音	1884070302
雞籠確電	1884081101	傳聞姑至	1885022703	京師要電	1884071601
雞籠失守續聞	1884081101	電信傳聞	1885030202	軍信紀聞	1884080401
傳述無據	1884081802	傳聞姑述	1885030701	廈門來電	1884081101
宣戰風傳	1884082101	海南傳聞	1885030801	基隆事續述	1884081702
傳聞關謬	1884082102	訛傳兵潰	1885031703	眾寡懸殊	1884081802
電音存疑	1884082202	傳聞異詞	1885040302	津人望捷	1884091202
插旗謠言	1884082203	傳言姑誌	1885042802	軍務密電	1884091802
官場傳聞	1884082301	復職傳言	1885052601	軍書旁午	1884092402
滬上無虞	1884082302	西報姑譯	1885071402	皖省軍信	1884100602
傳聞異詞	1884082501	傳聞姑錄	1885083001	臺北軍電	1884101001
謠言可惡	1884082902	越事傳聞	188309160102	淡水軍信	1884101202
信音歧異	1884090102	確耗未至	188312290102	漢皋軍信	1884101902
捷報存疑	1884090202	傳說紛如	188401010102	臺廈軍情	1884102301
刑疑□妄	1884090601	傳言照述	188407020102	軍信照譯	1884112001
傳言不一	1884091201	謠言可笑	188408110102	□門軍報	1884112902
法船傳聞	1884091401	總署傳言	188408240102	軍信要電	1884120101
軍報存疑	1884091901			吳淞軍報	1884120503

3.4 中法戰爭·地域作為信息來源

港事彙登	1882042601	楚軍近信	1884122302
北京郵信	1883053102	臺北軍情	1884123002
		港報照譯	1885011201
		軍情秘密	1885011702

基隆消息	1885021002
京電節要	1885022003
寧波近情	1885022003
吳淞述事	1885022004
津沽軍事	1885022201
淡水軍信	1885022602
閩中軍信	1885022602
南洋消息	1885022803
兵事客述	1885030202
羊城軍報	1885030202
甬戰餘聞	1885030402
鎮海消息	1885030402
淞口近聞	1885030403
吳淞紀事	1885030403
甬電述聞	1885030501
嶺南軍報	1885030502
甬事述聞	1885030602
滇中軍信	1885030701
四明來電	1885030801
諒山客述	1885030802
閩電述要	1885030802
淞營述要	1885030803
澄江紀要	1885031002
江陰武備	1885031002
甬江消息	1885031101
江陰軍務	1885031301
臺疆消息	1885031301
吳淞紀事	1885031303
寧事要聞	1885031401
楚北防務	1885031402
乍浦近聞	1885031402
寧電錄要	1885031501
臺疆無法	1885031502
淞口紀略	1885031503
京師郵信	1885031702
宣光續述	1885031702
基隆戰務	1885031801
甬洋消息	1885031801
甬洋近事	1885031901

江陰西信	1885032002
甬電述聞	1885032103
淡水軍信	1885032401
基隆近耗	1885032402
廉州風鶴	1885032402
粵西確耗	1885032402
淡水續聞	1885032501
福州西信	1885032701
津沽西信	1885032802
甬事述聞	1885032802
鎮江要聞	1885032802
吳淞信息	1885032803
杭電述要	1885032901
吳淞紀事	1885033003
澂汀書事	1885033003
北海近聞	1885040302
淡水近事	1885040302
港電照譯	1885040302
粵東紀事	1885040402
淞口船信	1885040503
臺灣軍報	1885040703
澎湖續聞	1885041102
江陰近事	1885041303
吳淞紀事	1885041303
閩事電信	1885042201
淞口紀聞	1885042202
滬北雜聞	1885042703
淡水西信	1885062802
龍州秘電	1885063002
淡水弛封	1885070202
基隆近信	1885070202
中外新聞	18720725 0304
津沽要電	188404270102
京師電音	188407030102
基隆事詳述	188408160102
津人快談	188408280102
縷陳軍務	188410270102
飛電告捷	188502120102
石浦軍情	188502200203

粵西官電	188503150102
江陰形勢	188503150203
臺灣消息	188503260203
淡水西信	188503270102
鎮海近聞	188503300102
海防軍信	188504040102

3.4 中法戰爭·電音

電音錄要	1882103102
電音譯錄	1882110101
電報彙錄	1882122001
電音照錄	1882122601
電音照錄	1882123001
電報譯登	1883010201
電音彙錄	1883011101
電音錄要	1883050801
電報錄要	1883051301
電音錄要	1883051901
電音錄要	1883052601
電音錄要	1883060401
電音彙譯	1883060901
電音照錄	1883072401
電音錄要	1883082401
電信紀要	1883082702
電音雜錄	1883091002
電音彙錄	1883110701
電音彙錄	1883112501
電音彙錄	1883122401
電音彙錄	1884010101
電音譯錄	1885031301
電語述聞	1885050802

3.4 中法戰爭·法方情況

法船近耗	18850309
法國取安南	1873030402
法國大修武備	1875072201
法將軍赴安南	1875102902
總統辭位	1879020102
法籌軍餉	1880031702

法軍敗信	1880092101	法軍驟勝	1883112801	法人叵測	1884031601
法國購馬	1881061201	法軍殘忍	1883120101	法艦回國	1884031802
法語可駭	1882060601	法敗傳聞	1883120402	法敗續信	1884032501
法人叵測	1883051901	法艦至廈	1883120601	法船叵測	1884032602
法事臆見	1883052901	□言失職	1883120802	法國軍籍	1884032702
法使啓行	1883060101	法艦抵廈	1883122002	法船可疑	1884033001
法事要聞	1883060501	法報照譯	1883122201	法船回國	1884033002
法使行程	1883060602	法艦赴越	1883122201	調回法將	1884040302
法報述安南事	1883060802	偵探形勢	1883122201	法兵來滬	1884040403
法使行程	1883060804	法兵攻順化傳聞	1883122302	法艦覆沒	1884040501
法將述聞	1883061201	法軍敗北	1883122702	法兵續述	1884040602
法人集議	1883061302	法軍覆沒傳言	1883122702	法軍近聞	1884040602
法事彙錄	1883062202	元戎赴越	1883122702	法軍近信	1884040901
法事述聞	1883062602	法艦赴越	1884010302	志在要求	1884041001
法人探路	1883070502	法國電音	1884011001	法人述黑旗勇略	1884041101
法艦抵越	1883071102	法船來越	1884011002	法報譯錄	1884041102
法兵到越	1883071502	法軍消息	1884011501	法艦將來	1884041702
法兵實數	1883081002	法船赴越	1884011602	法艦行程	1884041901
法艦赴越	1883081002	法京近聞	1884011602	法船行程	1884042001
法事風傳	1883081501	法軍近信	1884011702	法艦傳聞	1884042001
法帥曉諭越人示	1883082902	法帥消息	1884011702	法人矜功	1884042301
法人示禁	1883090202	法人擬攻北寧	1884012502	法艦來滬	1884042402
法艦東來	1883092002	法相大言	1884020203	法艦續聞	1884042502
法敗餘波	1883092102	法報照譯	1884020602	法艦行蹤	1884042602
法船駐泊	1883092103	法人購馬	1884020602	法船進口	1884042702
法兵赴越	1883092202	法船總數	1884020802	法艦又來	1884042802
法國消息	1883092502	購騾近聞	1884020802	法國近聞	1884042902
法軍敗績彙記	1883092502	法帥自危	1884021001	法將來淞	1884042902
法艦將來	1883092602	法艦赴越	1884021702	蒲法傳言	1884042902
訂約餘聞	1883092701	法將抵越	1884021702	法□日增	1884043002
法報電音	1883092701	法兵續述	1884021901	法人橫暴	1884050102
法軍近耗	1883100102	法船啓程	1884021902	借□可笑	1884050102
法艦沉沒	1883101202	法軍死傷實數	1884022202	析津續電	1884050102
法將蒞任	1883102501	法船行程	1884022902	法將行蹤	1884050202
嫁禍宜防	1883102501	法將赴越	1884030401	法艦泊淞情形	1884050503
法艦赴越	1883110201	法船赴越	1884030501	兵官識體	1884050702
法事消息	1883111301	法將接替	1884031201	法報狂言	1884050702
法國軍信	1883111602	法員告示	1884031301	法兵將操	1884050802
法事要聞	1883112701	法將抵港	1884031502	索費述聞	1884050802

法將遄行	1884051402	法不認敗	1884081402	法督購船	1884111202
法兵操演	1884051503	法國增兵	1884081602	法艦裝煤	1884111202
法將到津	1884051801	法船出口傳聞	1884082002	法人□張	1884111401
法人命將	1884052501	法船裝煤	1884082101	法人狡謀	1884111701
法使近聞	1884052801	法船避去	1884082302	法船購煤	1884111902
法將行程	1884060101	法船潛窺	1884082602	法事述聞	1884112102
法兵多疾	1884061601	法廷電音紀聞	1884082602	法軍信息	1884112202
法艦裝兵	1884062302	法領事告示	1884082703	法人增餉	1884113001
法將近耗	1884070302	法船蹤跡	1884082801	法人添餉續聞	1884120101
法報譯錄	1884070401	法人叵測	1884083001	法船赴港	1884120202
法艦赴越	1884070601	法船將去	1884083002	法船待修	1884121201
法將暫駐	1884070802	法艦來華	1884090202	法兵東來	1884121602
法事傳聞	1884070901	法人狡謀	1884090202	法艦將來	1884121902
法事述聞	1884071001	法人意向	1884090302	法人猜忌	1884122802
法報狂言	1884071101	法船出口續述	1884090402	法艦抵越	1885011001
法船到滬	1884071103	法輪壓境	1884090402	法帥辭任	1885011602
法人延幕續聞	1884071103	法帥易人	1884090402	法兵逃遁	1885011702
法事近聞	1884071202	法船抵港	1884090902	法船抵日	1885012102
法事近聞	1884071301	法未增兵	1884091001	法船遊弈	1885012901
法報照譯	1884071501	法船到港	1884091602	法人增艦	1885020302
法將北行	1884071501	法船叵測	1884091602	法船不堅	1885020402
法船續來	1884071602	法人多疑	1884091702	法人殘暴	1885020402
法艦南行	1884071702	並無法船	1884091802	法兵遊弈	1885020502
法船擱淺	1884071802	法船到港	1884092101	法官易置	1885020502
法船出險	1884072001	法兵在途	1884092602	法兵受傷	1885021202
法艦續來	1884072201	法船消息	1884092602	法人增兵	1885022003
法京消息	1884072201	法船叵測	1884092702	法用氣球	1885022003
外洋消息	1884072201	法艦續來	1884092802	法報譯登	1885030102
法人備兵	1884072301	法人詭秘	1884093002	法報照譯	1885030102
法督將來	1884072403	法人狡謀	1884100301	途遇法船	1885030103
不願興戎	1884072501	法人狡計	1884100802	法艦來中	1885030402
法將行程	1884072501	法兵乏糧	1884101201	法人詭計	1885030402
法事譯聞	1884072702	法人□詐	1884101702	法人添將	1885030402
法兵敗耗	1884073001	法帥電音	1884102401	法人無禮	1885030402
法人叵測	1884073002	譯法帥書	1884102402	法人租船	1885030803
法船又壞	1884080502	法人言法	1884102902	法船蹤跡	1885031003
法人預備	1884080802	法兵多病	1884103001	法船雲浙	1885031101
洞悉法隱	1884081002	法兵東下	1884110601	法人殘暴	1885031902
法兵首途	1884081202	法船到港	1884111001	法人遣將	1885031902

法人驚遠	1885031902	法使南來	188306050102	趕造軍艦	1884021601
法人添兵	1885032002	法事近信	188306250102	兵費譯聞	1884021602
做法自斃	1885032301	法敗續聞	188309220102	兵船遭損續述	1884021901
法人狂言	1885032501	法艦抵滬	188310160203	兵船迭壞	1884022102
法人受創	1885032501	法兵信息	188312230102	氣球到越	1884022801
法船行蹤	1885032802	法帥談戰	188401120102	情殷敵愾	1884032601
法人慘酷	1885032903	法軍毒計	188402160102	氣球到越	1884041201
法將受傷	1885033101	法國郵報	188403140102	增餉續聞	1884062002
法人查船	1885040201	法兵的信	188404030102	封口警報	1884072001
法將抵港	1885040302	法人狡獪	188404260102	封口電音	1884072601
法將殞命	1885040302	法船行蹤	188405070102	回電已來	1884080602
法艦行蹤	1885040501	增兵旁議	188405080102	封口續述	1884081002
法又窺閩	1885040902	法艦總數	188407080304	將帥歧見	1884081702
法人殘忍	1885042102	法軍失利	188407210102	增兵續信	1884082002
法艦行蹤	1885043002	法技已窮	188408080102	並非封口	1884082202
法人懷憤	1885050301	法船南行	188409060102	不擾上海	1884082202
法船行蹤	1885051202	法籌兵餉	188410170102	索還旗炮	1884082202
法將赴越	1885051202	法事要電	188411300102	兵未成行	1884082602
法人叵測	1885051901	法人暴戾	188502050102	覬覦廈門	1884082602
法兵將退	1885052301	追思法督	188506170203	招人赴越	1884090102
法兵赴越	1885052402	譯法人會議事	188603080102	窺伺臺疆	1884090903
法船新例	1885052402			增兵傳言	1884091301
法兵幸生	1885052601	**3.4 中法戰爭・法方情況**		覬覦不已	1884091902
法國增兵	1885052601	**不含法字**		軍裝無恙	1884092602
法謀甚狡	1885052601	調兵赴滇	1875072002	傷兵載回	1884092602
法將續述	1885052801	鐵船被焚	1880022301	增兵傳聞	1884092801
法艦觸礁	1885061302	議取安南	1880063001	詭計宜防	1884092802
法員回國	1885070102	請剿匪黨	1882060501	增兵述聞	1884093002
法船將行	1885071102	越使求援	1883051601	自有公論	1884100101
法將遠行	1885071601	趕造巨船	1883072202	狡謀叵測	1884100102
法將歸骨	1885071702	馬匹運越	1883072202	詭計宜防	1884100303
法兵多疫	1885072001	兵船赴越	1883080501	增船消息	1884101201
法兵已退	1885072602	載兵回國	1883080902	封口述聞	1884101901
法將禁酒	1885073102	增兵近信	1883100502	封口續述	1884102402
法船多疫	1885082003	進兵不易	1884011002	增兵傳述	1884102402
法將電音	1885082601	添兵電報	1884020202	刺聽外情	1884102601
提審法員	1886011901	封口章程	1884020601	創建船廠	1884111202
法將行蹤	1886020902	趕製兵器	1884020602	勿爲敵誘	1884111303
法報照譯	1886021601	增兵續信	1884020701	包造炮臺	1884112602

病兵赴越	1884120601
撫恤傷兵	1884120601
增兵信息	1884121401
購船近聞	1884121602
意存恫喝	1884122102
窮兵不已	1885010101
增兵續信	1885011001
運餉赴越	1885012201
狡謀不測	1885022602
增兵續信	1885030102
商船被查	1885030701
意圖封口	1885030701
查船續聞	1885030803
日船被查	1885031103
商船被扣	1885031401
搜米紀餘	1885031802
調兵未已	1885042802
拘船續聞	1885050502
船事再述	1885051102
聞兵先退	1885051802
印報譯登	1885052201
增兵續聞	1885052801
殊湛齒冷	1885060302
孤拔病終	1885061502
來信匯錄	1885061602
退兵述聞	1885062402
撤兵近信	1885071402
退兵近信	1885081102
勘界述聞	1886020902
三船俱廢	1886020902
狂言可駭	188401030102
招募客兵	188401220102
越事可慨	188401250102
進見越王	188402020203
譯錄法越大臣問答各語	188402100102
大言不慚	188403090102
議餉續述	188408200102
軍裝被劫	188409210102

法船設防	188410260102
徒勞無益	188501070102
軍務控憶	188503040203
詳述費利辭職事	188505200102
出遊被執	188506060102

3.4 中法戰爭·法越

法越軍信	1883091302
法越近耗	1883112302
法越軍售	1883120402
越南順法	1884033002
法越和約	1884092603
安法近聞	188306060102
法越軍售	188308080102
法越郵音	188310110102
法越戰事	188311190102
法越消息	188311270102

3.4 中法戰爭·漢奸及軍火

查獲奸細	1883120301
暗壞水雷	1884080702
盤獲奸細	1884080702
私裝軍火	1884090102
查出軍械	1884090203
煤船存疑	1884090402
查獲軍裝	1884091603
違例造船	1884092101
潛運地雷	1884092702
嚴杜接濟	1884100203
軍械充公	1884121101
私帶軍火	1884121902
軍火給回	1884122201
售炮被阻	1884123101
恪遵公法	1885012502
例守局外	1885020502
日人遵例	1885022502
購煤鬧鬥	1885030102
緝獲漢奸	1885030403
仗義執言	1885030701
從逆宜誅	1885030902

德願運米	1885031802
照會補登	1885031903
嚴杜接濟	1885032103
購煤違例	1885032501
私濟法人	1885040303
港法傳聞	1885040503
此物何來	1885042103
嚴查濟法	1885042302
漢奸授首	1885042902
水雷漂失	1885050602
港報照譯	1885070202
接濟宜防	188410060304

3.4 中法戰爭·外國人

英將論兵	1884011202
英官慎重	1884031602
議論可異	1884031901
西舍被劫	1884090902
誤擊英船續述	1884091102
婉詞□過	1884091401
華弁謝罪	1884092002
懸旗示別	1884092602
賠費償命	1884100102
誤擊英船	1884102801
保護照會	1884103003
西人赴閩	1884111501
人思效命	1884111501
醫院來函	1884112001
不惜重賞	1884120701
教練得人	1885010402
德弁至粵	1885021002
逃兵被獲	1885022703
遠臣□貺	1885031802
西人辭職	1885042202
留名酬庸	1885051102
賻唁英將	1885060301
一簣功成	1885081801
不甘辭歇	1886010102
誤轟英船	188409090102

3.4 中法戰爭・外洋消息

外洋消息	1885062402
外洋消息	1883021302
外洋消息	1883061302
外洋消息	1883071002
外洋消息	1883112502
外洋消息	1883120402
外洋消息	1883121401
外洋消息	1884030901
外洋消息	1884060402
外洋近信	1884062701
外洋消息	1884081202
外洋來電	1884091201
外洋消息	188306210102
外洋消息	188307200102
外洋消息	188412230102
外洋消息	188503170102

3.4 中法戰爭・西報

譯錄西報	1882092201
譯錄西報	1882100401
戈登論戰	1883081702
西報述越事	1883082802
譯東報述歐洲事	1883090402
西人觀戰	1883091902
譯西報論中法事	1883120402
西人料法兵	1883121202
譯西報錄彭大司馬奏摺	1883121502
譯東京西人書	1884010802
西信譯錄	1884011102
局外消息	1884011202
西信譯登	1884011902
西人述見	1884012201
法報譯錄	1884021301
西人傳言	1884022301
西人論法越軍事	1884042202
西人論法將	1884042402
譯西報論略	1884042402

譯西報述中法事	1884042902
洞悉情形	1884072702
西人傳言	1884080902
西人意見	1884082202
西報照譯	1885020901
西報照譯	1885022502
西報述香港事	1885030102
西信照譯	1885031702
西報彙譯	1885032101
西報姑譯	1885032802
西報彙譯	1885042402
西報述法敗情形	1885052002
譯錄西報	188305310102
西報論中法事	188307110102
英報論法國事	188311040102
西報彙譯	188404020102

3.4 中法戰爭・議和

安法和約	1875080501
安法東京通商	1875081703
安南開關通商碼頭	1876103101
使節暫留	1882102801
中法交涉近信	1883010901
使星南指	1883053102
英使行程	1883062002
□費傳言	1883062902
越事可和	1883070402
和局難成	1883070502
排難解紛	1883080802
法使行期	1883091302
法越和約接錄	1883100402
中法罷議	1883101101
德使來華	1883101601
橫議愈甚	1883110301
意在弭兵	1883120701
錄曾襲侯照會	1883122302
弭兵近信	1884011202
中法大臣往來文件譯登	1884012301

復議安南	1884020203
使節傳聞	1884030401
使署問答	1884030802
法使答問	1884030901
調停越事	1884032701
議和述聞	1884040901
議和傳言	1884042202
和局述聞	1884050901
和議續聞	1884051301
和議確電	1884051402
議和約款	1884051501
齎約回國	1884052001
起用勳戚	1884052601
中法和成書曾侯李相書後	1884053101
外洋消息	1884061902
照錄二月二十五日法官致劉淵亭提督書	1884062402
照錄劉淵亭提督覆法國吏部尚書書	1884062402
和約有成	1884070202
和約續述	1884070302
電音譯要	1884070801
失和確情	1884070901
和議好音	1884072001
和議確音	1884072101
會議機密	1884072901
執理與爭	1884072901
會議續聞	1884073003
會議紀聞	1884073102
使臣執拗	1884080102
總署述聞	1884080302
總署照會華文原稿	1884080302
重商和局	1884080401
天威震怒	1884081301
靜以有待	1884081402
戰勢將成	1884081601

靜聽□音	1884081701
壹意主戰	1884081901
調停法事	1884082001
請定和戰	1884082002
多此一語	1884082102
英德勸和續述	1884082102
法欲轉圜	1884082302
照會摘錄	1884091003
□敘法事	1884111102
法人要挾	1884111602
法人言法	1885010902
天威赫怒	1885031802
法提督李士卑斯致浙江提督書	1885042102
浙江提督歐陽軍門覆法提督書	1885042102
來信照登	1885060403
法電匯譯	1885072801
法使將來、法國防邊	1886020902
安法立約未成	187506110102
譯錄法越和約條款	188309010102
法越和約續聞	188310010102
新擬條約	188311110102
接錄中法大使來往文件	188401240102
警信紛傳	188407080102
□議和戰	188407280203
會議續聞	188407310203
下旗警電	188408220102
總署照會華文原稿	188408270102
彙錄總署致法公使照會	188409100203
洞悉陰謀	188501040102
議和電諭	188504090102
停戰述聞	188504130102
中法草約譯錄	188506090102

3.4 中法戰爭・越南來的信息

安南信息	1875050702
安南近聞	1875083102
安南不靖	1876070702
西貢消息	1876081601
越南近耗	1879021402
越南危機電音	1880013101
越南近耗	1880022502
越南近事	1880100702
越南近聞	1882041901
安南兵事續聞	1882051801
安南兵事	1882071301
西貢消息	1882072001
安南近聞	1882092002
安南近聞	1882092901
海防近信	1882122201
越南消息	1883030701
越南近信	1883040301
越事炭炭	1883051001
安南近信	1883052201
京都近信	1883052301
越南郵報	1883053002
越南近報	1883060502
越南軍報	1883060802
越南近聞	1883061402
越南近聞	1883061902
越南近報	1883062802
越事近聞	1883070202
西貢近信	1883070802
越南近耗	1883071002
越南近耗	1883071802
海防近信	1883072902
越事近聞	1883082101
越南近事	1883082702
越南近耗	1883083002
西貢信息	1883083102
越南消息	1883090202

越南近信	1883090802
海防近信	1883091102
海防近信	1883091902
倫敦電音	1883092602
越南近耗	1883092602
河內要聞	1883093001
越南近耗	1883100301
海防信息	1883101202
越南近耗	1883101601
河內近信	1883101802
越事近聞	1883102001
越事近聞	1883111102
越南郵信	1883111201
海防郵音	1883112202
海防近信	1883112301
海防近信	1883112702
海防信息	1883112802
海防信息	1883113001
海防信息	1883120402
越事電音	1883120501
越事近聞	1883121201
越南近信	1883121802
海防被圍	1883121901
海防近信	1883122001
河內近報	1883122002
越事電音	1884010201
北寧軍耗	1884010402
海防信息	1884010702
西貢近聞	1884011001
東京近聞	1884011202
北寧軍信	1884011801
海防信息	1884012102
東京近信	1884020601
海防近信	1884021201
海防信息	1884021601
河內消息	1884030401
越南要電	1884031101
北寧郵耗	1884031201
越南要電	1884031401

海東近耗	1884031402	官電詳述	1884082502	法報姑譯	1884122402
越南要電	1884031501	電音彙錄	1884082502	海防近信	1884122501
河內近聞	1884031601	官電錄要	1884082601	東京消息	1884122802
北寧續信	1884032301	商電述聞	1884090102	倫敦電音	1885010601
越南要電	1884032501	商電述聞	1884090402	倫敦電音	1885010701
越事要電	1884032901	電音傳述	1884090402	東京軍信	1885010701
防兵過漢	1884032902	來書照登	1884090502	東京郵音	1885011502
海防郵報	1884033002	俄疆消息	1884090602	海防續信	1885011802
河內郵報	1884033002	海防近信	1884090902	英報譯要	1885012202
海防近信	1884040202	東京要電	1884091401	電報譯聞	1885020102
越事電音	1884040901	來函照譯	1884092102	東京軍信	1885020302
河內續聞	1884041101	俄報彙譯	1884092301	海防來信	1885020501
海防近報	1884041101	倫敦電音	1884092402	東京軍報	1885022003
越事要電	1884041801	海防來信	1884092602	東京軍信	1885030402
海防郵報	1884042802	傳音彙錄	1884092602	海防近信	1885032402
東京來信	1884042902	西貢信息	1884092702	海防來信	1885050201
越南捷音	1884050301	海防來信	1884100502	東京近信	1885052701
東京軍信	1884050701	東京要電	1884100801	越事未定	1885070902
河內近信	1884052301	電音譯錄	1884101201	越南確耗	1885071502
越南信息	1884062402	東京軍信	1884101202	越南傳述	1885072302
越南近事	1884062602	來電照登	1884101202	越事追述	1885073102
炮船來滬	1884062603	電信照錄	1884101301	關外要音	1885080801
越南電音	1884062701	海防來信	1884101402	越南近信	1885082501
越南電音	1884063001	東京軍信	1884101702	越未服法	1886010102
海防近聞	1884070201	東京軍電	1884102102	越難未已	1886010801
東京近事	1884070701	東京戰信	1884102102	添設領事	1886011702
龍州電音	1884070702	來信譯登	1884102301	越不服法	1886011702
官場瑣述	1884070802	法信譯登	1884102301	越事電音	1886031201
海防近信	1884071301	基隆來電	1884102803	越南可危	188001300102
海防近信	1884072102	東京軍信	1884102902	越南近耗	188008170102
東京近聞	1884072702	龍州電音	1884110101	越南續信	188010080102
西貢近聞	1884072702	東京要信	1884110501	海防近耗	188205060102
越南軍報	1884080401	東京軍信	1884111202	越南近事	188205250102
河內近信	1884080602	海防信息	1884112202	安南兵事	188209270102
東京近信	1884081202	海防來信	1884112502	越南近事	188210260102
海防要電	1884081401	法報妄言	1884112602	安南近信	188304120102
西友述福州事	1884081502	東京軍信	1884112802	越南續聞	188304240102
海防來信	1884081802	海防信息	1884121201	安南消息	188306130102
電信譯聞	1884082102	越事要電	1884121301	海防近信	188307090102

越事近聞	188307190102	地利可恃	1883121901	與越同仇	1884081602
海防近報	188307260102	桑臺被圍	1883122101	英官傳警	1884082401
越事近聞	188308140102	桑臺失守電音	1883122301	華軍敗績	1884082401
越南近聞	188309090102	越南三宣提督劉督師檄	1883122701	基隆交戰情形續述	1884082402
河內近聞	188310190102	戰事續聞	1883122701	先期開戰原委	1884082502
越南近聞	188310230102	桑臺續聞	1883122802	彙譯西報述福州戰事	1884082502
海防郵音	188310300102	港報述桑臺戰事	1883122901	吉電匯登	1884082502
西貢信息	188311250102	桑臺失守續聞	1884010201	確電備登	1884082502
越事近聞	188312130102	□督奏稿	1884010202	長門捷報	1884082601
越南近信	188312140102	桑臺失守餘聞	1884010301	力攻炮臺	1884082601
越南近耗	188401100102	黑旗敗耗	1884010802	孤拔技□	1884082601
河內近信	188401170102	宣泰恢復近聞	1884011002	戰事餘聞	1884082602
河內近報	188402170102	南定被兵	1884011702	連碰三船	1884082602
海防近信	188402260102	宣泰佳音	1884011902	詳述福州戰事	1884082701
海防近信	188403010102	戰事餘波	1884012102	東京大捷	1884082701
海東來信	188403210102	海防安靜	1884020203	福州確電	1884082701
北寧續信	188403300102	北寧兵數	1884020802	續述福州戰事	1884082802
河內近信	188405170102	法敗續聞	1884030102	華軍捷報	1884082802
海防近信	188405250102	山西捷音	1884030401	失機可惜	1884083002
東京近信	188406130102	北寧戰務述聞	1884032601	邊外捷音	1884083002
越南近信	188406240102	捷報再錄	1884033101	基隆戰事詳述	1884090202
越南近耗	188406290102	北寧捷報	1884033101	基隆復警	1884090601
越南近聞	188409080102	捷音迭至	1884040101	馬江開戰□情	1884090802
海防來信	188410110102	西報捷音	1884040201	無理取鬧	1884090902
海防軍信	188412170102	捷音已確	1884040201	福戰續述	1884090902
海防軍信	188501170102	收復河內	1884040702	續錄馬江開戰細情	1884091002
西貢電音	188501290102	收復北寧確聞	1884040801	馬江開戰死傷情形	1884091402
來稿照登	188502020304	劉提督告示	1884040802	越南捷報	1884091902
東京信息	188502090102	洪化難攻	1884041001	東京捷報	1884092502
東京軍信	188503010102	官場消息	1884041102	東京開仗	1884092902
越南亂耗	188603040102	北寧戰務詳錄	1884041102	截船傳言	1884100101

3.4 中法戰爭・戰報

法軍又敗	1883061801	中國戰勝續聞	1884041201	查探越南邊務情形稟閏五月二十四日自越南諒山省發	1884100102
黑旗檄錄	1883062202	三戰三捷	1884041502		
法軍又勝	1883082302	眾口交推	1884050102		
法軍敗耗	1883090502	戰事郵音	1884070401		
法兵攻順化細情	1883091102	開兵述聞	1884070501	福州開戰前後細情	1884100302
擬截法兵	1883121901	如期撤兵	1884080502		
		官場消息	1884081602		

福州警電	1884100401	基隆又勝	1885020902	越南戰事補述	188401160102
張幼帥摺	1884100501	宣光大捷	1885021101	劉提督戰書	188403240102
基隆續耗	1884100601	省帥電音	1885022003	北寧戰事詳述	188404040102
張□編片	1884101102	軍情口述	1885022301	法敗確情	188404060102
臺軍得勝	1884101301	來往不測	1885022402	北寧確耗	188404070102
法敗餘聞	1884101401	臺軍紀實	1885022402	再述捷音	188404080102
法不認敗	1884101501	臺捷詳登	1885022602	洪化失守續述	188404280102
淡水捷報	1884101501	臺疆警電	1885022801	津人述戰	188407050102
臺北戰事詳述	1884101702	甬戰續電	1885030401	續述諒山戰事	188407070102
淡水軍情	1884102102	諒軍傳述	1885030402	法船受損	188408260102
基隆捷報	1884102102	再犯甬防	1885030402	續述馬江開戰細情	188409090203
法兵大敗	1884102102	驅法電音	1885030602	何欽憲摺	188410050102
捷音彙錄	1884102102	名山無恙	1885030602	法敗譯登	188410250102
東京戰信	1884102401	諒山已復	1885030801	錄基隆□梁上臺灣道稟稿	188411020102
合軍望援	1884102402	宣光軍信	1885031001	關外軍報	188411100102
諒山軍報	1884102402	勝法傳言	1885031403	傳單照錄	188411250102
船事詳述	1884102403	宣光戰事詳述	1885032902	生還記	188412050102
華兵大捷	1884102902	關外捷音	1885033101	滬尾捷音	188501250102
省帥電音	1884103001	龍州捷電	1885033101	補述諒山軍事	188503020102
戰勝續述	1884110102	剿法餘聞	1885040702	甬江戰事彙述	188503040102
進規北寧	1884110501	詳述暖暖鄉失守事	1885040703	基隆勝法細情	188503090102
基隆克復	1884110701	華捷詳聞	1885041002	甬友言戰	188503100102
捷音再錄	1884111001	淡水捷音	1885041202	捷報的音	188504060102
三岐捷音	1884111001	澎湖失守詳述	1885041402	宣光軍事	188504070203
九月十四日閩人上楊制軍公稟	1884111202	淡水失利	1885041502	補述法軍挫敗情形	188504210102
南□捷音	1884112801	澎事補述	1885041502	縷述軍情	188507300102
劉爵帥奏報滬尾獲勝情形摺	1884112802	華軍又捷	1885041502		
敗法述聞	1884120202	兵船被擄	1885041702	**3.4 中法戰爭‧正面**	
勝法要電	1884120801	臺事補述	1885042102	踴躍從軍	1884072302
關外捷報	1884123002	法奪諒山	1885052401	急公好義	1884082802
告捷電音	1885010401	法兵死傷計數	1885060702	學徒奮勇	1884090902
關外捷音	1885010501	兵禍記數	1885073101	各懷義憤	1884092001
捷音述餘	1885011502	越法戰耗	1885081102	重賞勇夫	1884092102
關外軍信	1885011701	法人獲勝	188307310102	義憤可嘉	1884092203
京電誌喜	1885012601	法勝續信	188308020102	民心激憤	1884092601
劉軍大捷	1885020102	法軍又勝	188308040102	豪傑歸心	1884092602
基隆大捷	1885020402	桑臺續信	188401060102	洞悉敵情	1884100902
		西報述桑臺戰事	188401080102		

軍械進呈	1884101302	懸牌給獎	1885102201	餘波未平	1886102601
積勞成疾	1884112001	擬練越兵	1885102702	越王告殂	1886111201
霆軍紀略	1884121402	越亂未已	1885111001	法員逝世	1886112102
華兵聲勢	1884121602	越亂續聞	1885111101	越藩來翰	1886120502
左侯偉略	1884123002	法使抵京	1885111501	越盜續聞	1886121602
刮目武員	1885010802	法使近聞	1885111701	潰兵受戮	1886121892
挾□銘思	1885010903	美報譯要	1885112001	越事瑣紀	1886122802
氣吞強虜	1885030801	河內近信	1885120501	越事述聞	1887010102
爵帥誓師	1885031301	中法換約	1885121001	中法和約變更	1887010401
商民義捐	1885031902	出關繪圖	1885121702	越事照錄	1887010401
軍門佚事	1885040803	法使召回	1885123102	預防意外	1887011401
馭兵有法	1885042103	法將告示	1886031402	東京消息	1887011602
短長互用	1885042502	越南消息	1886031402	法人受創	1887020201
協戎勤奮	1885042703	法報譯登	1886032401	越南近事	1887020902
義憤難平	1885051901	法兵啓行	1886032701	法人增餉	1887021401
軍門忠勇	1885070102	法將回國	1886033002	越南近事	1887021502
劉帥嚴肅	1886021602	滇南要信	1886033102	越事譯聞	1887030202
義憤可嘉	188409160203	法將赴日	1886040301	安南近耗	1888011201
不爲法役	188411030102	西報電音	1886040701	法兵屢衄	1888012202
敵將傾心	188501210102	法報譯登	1886041301	越王被執原由	1889011603
		法員大言	1886042102	東京近耗	1889012602
3.4 中法戰爭・戰後		法報述略	1886042702	東京消息	1889041202
		法將回國	1886042702	越南不靖	1889051402
修船費鉅	1885090101	分界已定	1886042802	法官剿賊	1891091703
法殺護差	1885090202	法事譯登	1886050901	量地增兵	1891092802
越民大變	1885090202	法官大言	1886051102	越裳近耗	1891112302
星使抵法	1885090202	法電譯錄	1886060402	法兵敗北	1892072302
法餉總數	1885090202	越南近聞	1886061302	法國官場紀事	1892121203
越事續聞	1885090802	邊卒相攻	1886061401	法船失事	1893030902
海東信息	1885091102	擬廢舊船	1886061801	法重邊防	1893121503
奏稿照錄	1885091502	法員患痢	1886062301	片奏照錄	188509080102
越難爲國	1885091602	東京西信	1886072901	綜紀法國選舉議紳情形	188511290102
東京消息	1885091602	東京近耗	1886072901		
越事駭聞	1885091801	海防消息	1886080201	續紀法國選舉情形	188512120102
撤兵膌語	1885092002	越南近信	1886081401		
越南消息	1885092202	劃界近聞	1886090702	法官懷仇	188605300102
外洋消息	1885092902	法人大言	1886092201	東京近耗	188607220102
調派兵官	1885100301	裝運驢馬	1886093002	越裳雜事	188611140102
越南新語	1885101002	海防近報	1886102002	滇界勘竣	188612250102
操練越兵	1885102101				

越南盜案	188701200102	馬江形勢	1884082202	開捐傳聞	1884091001
越亂電音	188901100102	添兵防守	1884082202	查驗放行	1884091002

3.4 中法戰爭・中方

調兵往安南	1879010702	滬上防營彙誌	1884082203	防軍抵抗	1884091102
兵船赴越	1882063001	調兵到寧	1884082203	崇銜彙誌	1884091103
派將領槍	1882090602	統領告示	1884082203	軍帥防邊	1884091202
東南重鎮	1883061502	禦敵善法	1884082302	募勇續聞	1884091302
趕造快船	1883062703	粵垣募勇	1884082302	粵防鞏固	1884091303
載兵往越	1883113002	兵士就醫	1884082402	購船備用	1884091402
華兵赴越	1884011002	蘇省募勇	1884082402	舉辦民團	1884091402
戎容□□	1884012402	寧郡民團	1884082403	廈門防務	1884091402
兵船移駐	1884071202	炮臺招勇	1884082403	兵輪到漢	1884091502
檄調軍門	1884071202	團練述聞	1884082702	馬兵赴防	1884091503
爵帥赴臺	1884071302	官船類誌	1884082803	勇丁來滬	1884091503
陸營調防	1884071402	吳淞招勇	1884082803	裝兵赴臺	1884091603
黃埔駐兵	1884071702	縣署募勇	1884082803	總統告示	1884091603
閩防吃緊	1884071802	招募勇丁	1884082803	京口招軍	1884091702
調兵防衛	1884072102	炮臺試炮	1884082902	招募勇丁	1884091703
派兵防護	1884072103	五炮皆中	1884083002	健帥閱防	1884091802
面諭練軍	1884072202	江防獻策	1884083101	恤賞告示	1884091902
水陸設防	1884072203	湖口駐勇	1884090203	暫緩堵口	1884091902
防護機局	1884072401	添募勁旅	1884090203	添設炮位	1884091903
防將得人	1884072401	粵防嚴密	1884090203	兵船信杳	1884092002
要地宜防	1884081002	招募炮手	1884090203	防務蟊言	1884092003
調船赴援	1884081702	甬東招勇	1884090303	募勇正訛	1884092103
踴躍用兵	1884081702	廣籌軍火	1884090402	先期操演	1884092201
慎重海防	1884081703	團練會哨	1884090403	軍憲移節	1884092202
察看炮臺	1884081803	募勇告示	1884090404	港口設防	1884092301
議添兵費	1884081902	煙臺防務	1884090502	堵口紀聞	1884092302
海防加嚴	1884082002	炮船暫泊	1884090604	堵口照會	1884092302
鎮海辦團	1884082002	總統告示	1884090604	調勇赴淮	1884092303
重招舊部	1884082002	道憲照會	1884090702	忝贊戎機	1884092502
舟行不便	1884082002	將軍閱武	1884090702	勁旅過潯	1884092703
北洋防務	1884082101	填堵吳淞口照會	1884090702	粵憲告示	1884092703
□湖團議	1884082102	派兵彈壓	1884090703	電飭擊敵	1884092802
粵團瑣志	1884082102	炮臺告□	1884090802	修葺炮臺	1884092802
壯心未已	1884082102	捐資助餉	1884090901	北洋防務	1884092902
籌辦炮子	1884082103	募勇赴臺	1884090903	黑夜移營	1884093002
		廈防鞏固	1884090903	皖省募勇	1884093002
		援閩續述	1884090903	煙臺防務	1884093002

招勇赴臺	1884093002	軍門蒞皖	1884110801	藩憲閱兵	1884121502
鎮江防務	1884093002	巡閱炮臺	1884110802	浦江兵船紀數	1884121503
船事彙誌	1884093003	協濟軍需	1884110902	駁運機器	1884121602
廈門防務	1884100102	閱操再誌	1884111003	雄軍赴閩	1884121602
招勇赴臺續聞	1884100202	請發重兵	1884111102	軍憲節臨	1884121702
奉諭設團	1884100203	拔隊移防	1884111203	急於援臺	1884122102
擇地紮營	1884100203	中國炮火紀數	1884111301	勁兵赴越	1884122102
兵輪出口	1884100303	調兵赴臺	1884111403	書劍從軍	1884122102
鄂垣募勇續述	1884100303	增設炮臺	1884111503	操演陣法	1884122403
閱視炮臺	1884100303	籌餉彙談	1884111602	兵勇過境	1884122502
蘇垣演炮	1884100402	省帥告急	1884111602	鐵甲回滬	1884122502
調兵協守	1884100402	築城護臺	1884111702	撤勇招勇	1884122702
要地設防	1884100502	軍憲接篆	1884112102	宮保行旌	1884122802
營勇移屯	1884100503	兵船待修	1884112202	募勇成營	1884122802
築臺堅固	1884100601	救臺續聞	1884112301	觀察閱操	1884122803
兵船抵鄂	1884100602	兵船過境	1884112402	皖撫出轅	1884122902
盼望□麾	1884100602	淞軍小誌	1884112603	制軍閱操詳記	1884122902
提憲赴防	1884101002	觀察來淞	1884112703	皖撫閱臺	1884123103
炮臺工竣	1884101202	勁旅赴防	1884112703	憲示照登	1885010703
調用舊部	1884101203	新募水勇	1884112703	添置軍裝	1885010802
勁旅過潯	1884102001	購辦軍裝	1884112801	旅防鞏固	1885011002
派兵防衛	1884102402	將軍抵揚	1884112902	榆關防務	1885011401
鄉鎮團防	1884102503	閱兵詳記	1884112902	再議封口	1885011502
演炮無聲	1884102503	籌餉充邊	1884113002	閩省諸紳耆挽留左爵閣東渡稟	1885012302
軍火運閩	1884102602	瓊防鞏固	1884113002		
軍門抵潯	1884102602	入告機宜	1884113002	幹軍近報	1885012401
營勇過潯	1884102602	兵船出廠	1884113003	勁旅過蕪	1885012402
援臺姑誌	1884102602	兵頭謝世	1884120302	太史從軍	1885012402
制局調兵	1884102603	改赴閩防	1884120302	芝罘防務	1885012703
渡口興工	1884102801	吳淞船事	1884120403	兵船到閩	1885012803
宮保卦音	1884102801	傳相閱船	1884120501	大兵雲集	1885020102
出示封口	1884102902	巡閱炮臺	1884120502	援臺祭蠡	1885020102
定購軍裝	1884102902	太守閱兵	1884120503	欽憲示諭	1885020302
本埠船事	1884103003	提憲赴防	1884120503	途遇雄師	1885020302
援閩消息	1884110202	兵船進口	1884120602	水雷到滬	1885020604
筋援臺郡	1884110301	修築要道	1884121102	師船傳聞	1885020802
團練事宜	1884110302	新造兵輪	1884121203	密埋水雷	1885021101
官軍到滬	1884110503	購船述聞	1884121401	將軍履新	1885021102
新招炮勇	1884110602	添置炮位	1884121403	淞營軍報	1885021103

淞防嚴密	1885022103	鎮海縣示	1885040102	擬撤防兵	1885070202
軍門將至	1885022403	炮臺工竣	1885040303	定期去堵	1885070502
營務得人	1885022403	設法卻敵示	1885040303	寧海通行	1885070502
大帥請行	1885022502	會辦工程	1885040602	兵輪入塢	1885071403
調駐重臣	1885022502	津防孔固	1885040703	沉船將起	1885071601
持令巡街	1885022602	閩江防務	1885040802	兵船來滬	1885071702
巨炮來申	1885022603	營口防務	1885040902	恭□獎勵臺防員弁	1885072001
防營操兵	1885022803	滬江船事	1885041003		
未雨綢繆	1885030102	丞戎回任	1885041003	鐵艦將來	1885080302
軍火起岸	1885030103	升炮示敬	1885041103	撤兵類誌	1885080902
軍務近聞	1885030103	淞營小志	1885041103	恭送行旄	1885081102
軍憲啓行	1885030103	飭候閱操	1885041403	載兵抵鄂	1885081501
淞營探報	1885030103	勁旅過溫	1885041902	爵帥乞休	1885082902
檄調防軍	1885030203	水師調防	1885042103	欽憲啓節	1885082902
元夜操兵	1885030203	阻止法船	1885042103	提炮述聞	1886010203
添募營勇	1885030502	水師操演	1885042303	登州遣勇	1886010402
欽憲行程	1885030702	防範仍嚴	1885042402	會閱水操	1886010802
總署照會	1885030802	大蒙激賞	1885042602	軍門乞休	1886011102
防營分駐	1885030902	堵口未開	1885050301	節鉞涖閩	1886011302
廈防已成	1885031102	金山防務	1885050301	防務需人	1886011702
粵東募勇	1885031702	派員赴營	1885050402	兵勇過滬續述	1886011703
分別□恤	1885031802	勁旅可恃	1885050502	雪帥抵廈	1886011802
交勘總戎	1885031802	兵船過境	1885050703	預備行轅	1886012201
移駐重臣	1885031802	輔固邊防	1885050802	節旄將至	1886012602
添派重臣	1885031902	海防勸捐告示	1885051002	軍門抵粵	1886020903
觀察閱兵	1885032102	新埠設防	1885051202	榮晉崇銜	1886021101
載營來滬	1885032103	募勇成營	1885051602	星使將來	1886021101
運炮赴淞	1885032203	不撤民團示	1885052102	行期已改	1886021302
操演槍炮	1885032403	溫州防務	1885052302	閩浙總督楊奏稿	1886022102
乍浦防務	1885032502	添築炮臺	1885052402	督撫臨廈	1886022202
堵口告示	1885032601	添築炮臺	1885052603	驗工彙紀	1886022602
修築炮臺	1885032602	傅相閱兵	1885052703	兩淮海防新班員名單	1886022702
北海封堵	1885032701	趕辦軍裝	1885060102		
握節入關	1885032701	援軍抵甬	1885060703	未與團拜	1886030602
統領出巡	1885032903	載兵到漢	1885061402	輪行電報	1886031001
趕運軍煤	1885033002	展期撤兵	1885061402	廈門船事	1886031002
憲示照錄	1885033002	兵船將回	1885062303	廷諭禦敵	188408190102
江陰防務	1885040102	預備閱操	1885062403	舊部從軍	188408210203
細述浙海軍情	1885040102	鎮戎出缺	1885062503	奉檄巡邊	188408220203
				周浦募團啓	188409150203

北防臆說	188409250102	譯英國爵臣紳士公啓	1878021402	續論南洋大勢	1882052701
蘇防彙述	188409280203	論西國用兵中國亦有關係之處	1878040201	論埃及亂事	1882070701
江撫行期	188411150102			論蘇彝士河防務	1882070801
鎮海防務	188411210203	會議英俄交涉事件續聞	1878060502	保護安南十策總論	1882071501
旅防雜誌	188501140102	總論歐亞大局	1878062202	保護安南十策第一	1882072001
道憲照會	188501200203	歐亞局勢論	1878112501		
辨明封口照會	188502070102	論俄國近事	1879022104	保護安南十策第二	1882072401
本部奏開海防事例章程	188502200405	書阿誓後	1879022701	述埃亂緣起書後	1882073101
江防記	188503300203	詳考軍事	1879031502	保護安南十策第四	1882090901
法艦宜防	188504030304	譯西字報論俄國事	1879061602	保護安南十策第七	1882092001
旌節□臨	188505230203	阿洲非廢地說	1879092601		
宮保抵蘇	188601250102	西報論亞歐大局	1879112803	保護安南十策第八	1882092201

3.4 中法戰爭・涉及的評論

論兵凶戰危	1874111704	論歐洲近日不肯輕啓兵釁	1880012404	保護安南十策第五	1882092801
新立戰規	1875011403	論英人減兵之非計	1880012704	保護安南十策第六	1882100301
論俄普法三國增兵事	1875022601	論俄主父子意見歧異	1880020104	保護安南十策第九	1882100601
論日本近事	1876011101	論日本□□	1880022401	保護安南十策第十	1882100701
再論日本近事	1876012401	西報論普俄事	1880032602	收黃黑二旗黨以衛安南說	1882100901
歐羅巴通市考略	1876080101	港報論普澳事	1880032702		
東倭考	1876081801	俄兵至日	1880041302	保護安南十策第三	1882180201
書本報歐洲消息後	1876111501	論俄主結好日本事	1880041901	論法人召回公使事	1883041201
論日本近年加徵田賦事	1877012001	論安法交涉情形	1880043001	論□□兵約	1883041701
書循環日報美民南北不知後	1877020501	論日東大言	1881031501	重兵說	1883050201
		閱日本大言書後	1881031601	論日本近事	1883050601
論保土國情事	1877020901	歐亞二洲可致太平說	1881031901	論中法大局	1883051601
論土耳其近事	1877030501			續論安南事	1883051701
論歐洲各國急宜籌劃保全土國事	1877031401	論法兵戰敗多尼思	1881060101	論法人得志於中國非泰西各國□利	1883052501
		書秘智和約後	1881072001		
書循環日報論日本諱言兵敗後	1877041001	論土法兵釁	1881072401	越南世爲中國藩服論	1883053001
論俄人近事	1877081101	論法人攻破安南海內奪取□事	1882051101	譯西報論法事	1883053002
論日本亂黨宜善其後	1877102501	再論法兵攻取安南海內	1882051201	客談	1883053101
論土俄大戰似宜遣官往閱或盡譯各西報以備戰陣之法	1877111401	安南非琉球之比說	1882051601	書黑旗劉義檄文後	1883060101
		論南洋諸島大勢	1882052501		

法人好兵仇中國且怨他國說	1883060801	論法人攻越南之無益	1883111801	書法越南封口章程後	1884020701
論黑旗劉義越南之捷	1883060901	論美國購還古巴島	1883111901	書增兵續信後	1884020801
援越末議	1883061001	書中法失和傳言後	1883112801	棄瓊州以專注越南說	1884021001
論法人征馬達加斯加島事	1883061101	中法戰局論上	1883112901	書河內西人郵信後	1884021901
駁法人議安南事	1883061701	論法人多仇	1883113001	再書本月初四河內近報後	1884022001
釋辨	1883061801	中法戰局論中	1883120101	論中法不願失和之意	1884022301
駁法人議安南事二	1883062001	法人必有大舉於越南後說	1883120201	再論中法和戰大勢	1884022701
續錄法國謀越原起	1883062102	劉永福非髮逆辨	1883120501	論越信雜聞	1884031401
駁法人議安南事三	1883062301	中法戰局論下	1883120501	論北寧敗耗	1884031601
說戰	1883062501	內憂外患說	1883120701	失北寧電音問答	1884031701
法越勝負關係地球全局論	1883070101	論粵東搜拿奸細	1883120801	論越南失援	1884031801
或聞	1883070301	歐洲各國以中法之和爲利說	1883120901	論法人之得北寧爲失計	1884031901
英士高奮蔚論中法越局勢書	1883070302	兵事臆見	1883121802	北寧有無華軍辨	1884032001
安事末議	1883070503	防戰客談	1883121901	論目前軍務需人	1884032201
說和	1883070701	軍情必須續密說	1883122001	越南軍事無害於雲南礦務說	1884032501
中法爭越論	1883070901	論越南王被弒事	1883122101	論法人索賠	1884032801
論法軍戰勝安南	1883080401	論海防近勢	1883122601	論調停越事之難	1884032901
中法宜互相維持國體論	1883080501	論法人用阿非黑兵之失	1883123001	論中國密止北寧官軍勿與法人開戰	1884033101
書法事風傳後	1883082001	論桑臺失守事	1884010401	法人不肯罷兵說	1884040201
論越兵獲勝	1883092701	論法人劫地索賠之謀	1884010501	論法人又議增餉	1884040601
論法軍文武不和	1883092801	論法軍審慎情形	1884010801	勝法後論	1884040701
論中法議定界界	1883092901	論法軍殘暴	1884011001	論法兵中計	1884040901
法事臆說	1883100601	論各報述法越信息	1884011301	論軍報不易灼知	1884041001
論越事近狀	1883101301	譯述中法大臣議論越事書後	1884011601	論中國宜堅拒法人賠費之請	1884041101
論石船沈海之策	1883101401	慎防奸細說	1884011701	論中法兩國外助無人	1884041501
書法人與黑旗議和事	1883102301	閱河內海防最近消息書後	1884011801	論越南軍信	1884041601
黑旗戰捷紀事	1883102502	論法人大言不足懼	1884012001	越南非琉球之比說	1884041901
防法論	1883102601	論越事有全勝之勢	1884020301	法事閒評	1884042301
詳述黑旗事	1883102902	論越南人情	1884020401	辨謠	1884042401
書詳述黑旗事後	1883103001	論法人添兵	1884020601		
法軍必有大舉於越南說	1883111701				

論法兵船至旅順口	1884042801	弭兵說	1884071001	論中國此時當明與法國示戰	1884081701
書近日報登法人情形後	1884042901	今約款即古□詞說	1884071101	法有待戰之意不可不速戰以乘此機會說	1884081801
續辨謠	1884043001	和戰客譚	1884071201	論日下戰務愈不宜遲	1884081901
論法人之橫	1884050201	論和議有難成之勢	1884071301	論總署欲和之意	1884082001
法人心服劉軍說	1884050301	論法人性急	1884071501	和戰仍在未定說	1884082401
書本報中西傳言後	1884050401	論中國不可不一戰	1884071601	論禦敵仍當以炮臺為重	1884082501
論中法皆有願和之意	1884050501	論中國目下情形惟有一戰	1884071701	論中國水師實為有用	1884082601
和戰利害說	1884050601	論戰□說	1884072201	論俄船保護法商	1884082901
內憂外患說	1884050701	論中國人心不可不一戰	1884072301	論中法開戰大勢	1884083001
書本報東京軍信後	1884050801	和戰並述	1884072401	示戰芻言	1884083002
書和局電音後	1884051401	論法人在中國無可以戰	1884072501	閩江戰事失算失援說	1884083101
和局質疑	1884051501	中西和戰利害說	1884072601	鑒閩禍說	1884090101
測法篇	1884051901	老成偉論	1884072702	錄言和書	1884090201
和局有關於市面辨	1884052401	論賠償兵費為歐洲敵國相維之法	1884072801	論時勢之岌岌	1884090301
英法必爭埃及說	1884052701	和議以速成為貴說	1884072901	論中國亟宜照會各國共守局外之例	1884090501
論粵省防務不可不嚴	1884052801	閩事叢談	1884073002	勸設團練兵	1884090502
論法人復攻馬島	1884053001	避亂從擾說	1884080301	論長江防務可爭先著	1884090701
法國經營阿墨亞三洲說	1884060101	書本報西人傳言後	1884080401	嚴禁接濟說	1884090801
書越南劉提督覆法吏部招降書後	1884062501	論海口不如陸戰之可恃	1884080401	法為戎首確證說	1884090901
書本報越南電音後	1884062801	言和末議	1884080501	論戰	1884091001
近日越南消息綜跋	1884070101	論法事近日情形	1884080601	論中法近日情形	1884091101
論中國不撤防務之善	1884070201	論撤兵太速	1884080801	臺灣防守說	1884091301
論中法目前大勢	1884070401	言戰	1884080901	論官軍接濟已遲	1884091401
論中法悔和	1884070501	論法人不應援華地以速禍	1884081001	籌餉私議	1884091403
書本報津人述戰後	1884070601	論雞籠失守事	1884081101	炮臺要策	1884091403
索賠鉅款疑義	1884070701	再論基隆近事	1884081201	緩堵吳淞口利害說	1884091501
書本報東京近信後	1884070801	論雞籠一戰為中國最好機會	1884081301	臺防續論	1884091601
論法人無必戰之意	1884070901	論今日之事惟有速戰	1884081501	論法軍以無煤為慮	1884091701
		書本報香港來電後	1884081601	堅築炮臺以固京師說	1884092001
				論閩防近事	1884092101

法軍定造小火船說	1884092201	書基隆□梁司馬稟稿後	1884110601	法語之言	1885011701
法人援兵之意	1884092401	論目前議和不必以越南讓法	1884110701	論法人殘忍	1885012001
閩防無船商	1884092501	書淡水捷音後	1884110801	臺灣義民善戰說	1885012501
論華人義憤	1884092801	續孫庚堂軍門致彭軍門書喜誌	1884110901	書英報譯要後	1885012601
讀新聞以論辯中法宜和宜戰各條書後	1884092801	論中國備兵太遲	1884111001	論滬尾既敗法人援師正可乘勢而進	1885012701
法人見惡於華人說	1884092901	書關外軍報後	1884111201	書港督禁售軍資示後	1885012801
謹注賞罰馬江將帥諭旨後	1884092901	中國勿爲和議所誤說	1884111301	論法人以無謀致敗	1885012901
論法人增兵信息	1884100201	書滬尾勝仗保舉恭奉諭旨後	1884111401	接續聯民團以同敵愾說	1885020101
論德使迴文不准轉商請罷堵口之議	1884100301	法人封禁臺海海口有違和約公法說	1884111601	論近日剿法有可乘之機	1885020501
福防尚無可恃說	1884100801	論臺灣可守	1884111701	書基隆捷音後	1885020601
水師須聯絡一氣說	1884100901	戰守宜相輔而行說	1884111901	辨西報之東京信息	1885021001
恫喝無益說	1884100901	援臺不可再遲說	1884112401	海防事例書後	1885022301
書臺北信息後	1884101101	議和臆說	1884112501	續孤憤	1885022401
再書基隆淡水軍信後	1884101301	兵輪宜預熟海□說	1884112901	海客談兵書後	1885022701
談水勝仗指證	1884101501	論法人增餉	1884120301	閱西報法兵部大臣議論書後	1885030401
論法人不敢北犯	1884101601	論西報述中國裝兵赴臺	1884120601	論甬洋失事與近日戰勝之故	1885030501
軍貴有援論	1884101701	論局外各國意見	1884120801	解散漢奸說	1885030601
書潘太史忝□□二欽使奏摺後	1884102401	論法文員言東京大勢	1884120901	論法人以局外公共之說愚中國	1885030701
宜急援臺北說	1884102601	書勝法要電後	1884121001	書前昨兩紀法人查船事後	1885030901
籌餉末議	1884102801	論援高與援臺輕重	1884121701	論法人有中餒之意	1885031001
目前各省海防宜會救臺灣說	1884102901	損人不利己說	1884122901	兵船不能巡洋探敵說	1885031301
移營濟軍說敬注八月二十七日諭旨後	1884103101	臺援亦不可緩說	1885010301	綜論歐洲近日時局	1885031401
書西報述法外部大臣之意後	1884110101	書淡水要信後	1885010401	論格□雷輪船被拘事	1885031801
論援臺之難	1884110201	法事答問	1885010701	論接濟不難實查	1885031901
讀窺豹主人辯論中法和戰各條書後臆說	1884110301	譯東京軍信書後	1885010801	書新疆劉爵撫請設南路各□州縣分防佐□摺後	1885032301
接續前稿	1884110401	援臺必克論	1885011201		
孫庚堂軍門致彭紀南軍門書	1884110502	論法人屢次增兵信息	1885011301	招致沿海遊民以杜漢奸說	1885032401
		書廿八日本報津電後	1885011501		

總署致各國欽差照會譯略	188408180102	李欽使赴滇情形	1875082502	英戰船來華續信	1876041201
駁粵海鈞徒言和書	188409060203	津沽消息	1875083102	英國戰船到香港	1876041301
日本報論中法事	188409170102	滇事消息	1875090701	滇省近聞	1876050101
辭□□宜距	188409200203	燕臺近信	1875090701	英兵舶由港出洋	1876050401
譯西報論法外部大臣之意	188410290102	鐵甲船撞沈	1875090702	滇省近聞	1876050801
日本報述中法事	188411100203	北邊消息	1875090803	滇信續紀	1876051001
制敵要策	188411270102	滇事消息	1875091003	英兵船來滬	1876051202
守口芻言	188412280102	北來消息	1875091402	英國水師船至吳淞	1876051502
能戰而後可知論	188501180102	英國試驗水雷	1875091403	中英交涉傳聞	1876052302
接續能戰而後可和論	188501190102	天津信息	1875091502	細訪滇事	1876052501
聯民團以同敵愾說	188501310102	津沽消息	1875092801	西報論議	1876060102
海客談兵	188502230102	北來消息	1875092901	中外消息	1876060302
和議綴言	188505310102	津沽消息	1875093001	滇事傳聞	1876060601
岑宮保撤師日期並調度劉軍安置越民疏	188507310102	中西會議	1875093003	英員行程	1876060601
照錄西字報詳論新船	188804140102	津沽消息	1875100402	兵船調回消息	1876060902
		滇事已有和局	1875100501	英員行程	1876061401

3.5 中英

		譯字林報天津八月二十九日西友郵來信息	1875100501	風傳英將調兵	1876062601
英員勘□西南程途	1874110302	滇事傳言	1875100601	威公使出京續聞	1876062601
岑制軍查訪探路案	1875061802	譯□字林報□載奏	1875100601	威公使抵滬	1876062601
緬甸信息	1875062302	滇事近況	1875101201	中英交涉續聞	1876062801
英緬交戰傳聞	1875070802	都人論滇事	1875101202	威公使出京餘聞	1876062901
勝越□防消息	1875072102	商定滇事續聞	1875101802	中外交涉	1876062901
英員□□回印	1875072701	威公來滬	1875101802	東倭挑釁	1876062902
英緬立約	1875072802	鐵甲船失事	1875102302	英使駐節	1876063001
譯印度西字報論雲南事	1875073001	滇南消息	1875102502	英員到港	1876063001
書英公使威公到津消息後	1875081201	黔省風傳	1875110502	再譯晉源西報論中英事	1876063001
譯述雲南辦理各情	1875081801	英人征秘拉消息	1875112702	英官租屋屯兵	1876070301
滇事尚無確聞	1875082301	英水師提督回國	1875120303	英水師到滬	1876070301
印度續信	1875082302	秘拉餘耗	1875121403	英使辭客	1876070302
津沽消息	1875082502	秘拉續信	1875122501	英員抵滬	1876070402
		西商論滇事	1876011101	外洋消息	1876070501
		英船來華	1876021102	屍骨無收	1876070702
		譯字林論滇事	1876021601	水手跌死	1876070702
		雲南無信息	1876021902	西報酌譯	1876070801
		雲南消息	1876022801	津沽近信	1876070802
		兵舶回英	1876032201	紀英水師船名目	1876071101
		英員到滇日期	1876040602	威公鎮靜	1876071101

中外消息	1876071201	論和議□成	1876092101	津沽續信	187607190102
英船往東瀛	1876071202	中英條約	1876092201	揣測辦理中外事情形	187608150102
天津來信	1876071301	照錄北洋大臣李原摺	1876100703	黑夜剪徑	187608180102
中英消息	1876071301	威公使將回國	1876101402	津門信息	187608220102
傳聞未確	1876071701	西人探路	1877121302	致汀州老漁書	187609060102
西報先述兵費	1876071701	西藏亂信	1879051402	英人探路	187710240102
英船已往東洋	1876071702	議行和約	1880072401	詳述英王孫到港情形	188201010102
中英商議風傳	1876071702	軍情外泄	1880092801		
英廷命將	1876071901	皇孫行蹤	1881111001	**3.6.1 在華外軍**	
寧郡雜聞	1876072002	議待皇孫	1881111101	奧國提督來滬	1874091602
威公避暑	1876072101	迎款盛會	1881112301	兵船回滬	1884031602
中外構難傳聞	1876072501	皇孫來華紀略	1881112501	雜聞	1872070203
譯西報互傳中外近信	1876072601	詳述迎款皇孫	1881112502	澳門停泊炮船事	1872081304
英船去燕臺	1876072601	迎款議定	1881112602	香港兵船	1873031702
維持大局	1876072701	皇孫出獵	1881112602	記兵船事	1874050803
英廷收令	1876080101	皇孫來滬	1881120402	兵船來滬	1874051102
津沽信息	1876080801	預備迎款	1881120901	鐵甲鐵船	1874051402
中英交涉	1876080901	皇孫行蹤	1882010701	法總領事犒兵	1874051902
中英欽使俱赴煙臺	1876080902	皇孫行程	1882012501	麼申幹兵船停泊福州	1874063001
泛論中英大局	1876081401	皇孫到印	1882020402	水師避暑	1874082602
燕臺信息	1876081401	曾侯答詞	1885091702	寧波西友來書	1874091503
煙臺信息	1876081501	傳述雲南近事	187507060102	法兵船抵寧	1874091901
威公行程	1876081702	英緬消息	187507240102	英水師提督到滬	1874100802
煙臺消息	1876081801	雲南近信	187508180102	英提督到滬	1874100902
炮臺作質	1876082301	天津消息	187508270102	燕臺信息	1874102002
論字林西報所言中英近事	1876082501	風傳中英消息	187508280102	水手逞強	1874102603
威公密令	1876082501	滇事要聞	187509080102	西人在路上用兵器	1874111402
西人論中英事	1876082601	譯字林論滇事	187509280102	工部局擬撤華兵	1874111902
煙臺消息	1876082901	欽憲行程續錄	187510230102	英水師分駐中國者擬增添	1874121902
京師近聞	1876083101	秘拉消息	187511300102	兵船冒煙	1875011202
煙臺消息	1876083101	李制軍抵滇信息	187512180102	鐵公船回英	1875012502
煙臺消息	1876090401	英大臣宣諭補述	187601040102	美國戰船停留不發	1875012702
煙臺近聞	1876090501	譯英國相臣諭眾語	187601080102	水師送葬	1875021802
戰船回滬	1876090801	滇南消息	187602090102	法國鐵甲船來申	1875031003
燕臺信息	1876091101	來箚	187602210102	鐵甲船啓行	1875040703
和議確音	1876091501	調兵續聞	187606290102		
和議傳聞	1876091601	譯字林報論滇案	187607010102		
		和允消息傳聞	187607030102		

鐵甲船去天津	1875041302	修約傳聞	1877071001	葡人論澳事	1880062201
英戰艦擬赴宜昌	1875041702	撞沈兵船	1877081802	西員回滬	1880062302
鐵甲船遭遇風	1875042202	法國水師提督來滬	1877102603	德艦來華	1880071302
英水師操演	1875042902	中外輯睦	1877111701	俄船來滬	1880090501
□兵船將□來華	1875081702	講□武備	1878022701	俄官去滬	1880090802
再述西國兵船	1875081801	拜會英弁	1878030101	海船被撞	1880092403
戰船在東洋續聞	1875082403	日使回國	1878053102	英船留防	1880101201
日耳曼炮船抵福州	1875111302	議減兵舶	1878080701	英使行程	1880101201
續述日耳曼兵船至閩	1875112602	日耳曼失陸續聞	1878083101	兵船出口	1880101702
福州近聞	1875120701	請行和約	1878122102	兵官被刺	1880111701
英觀察看操	1875121302	更派新船	1879012002	澳事續聞	1880112102
秘國來員續記	1876011101	武員失足	1879031802	俄船抵滬	1880120303
調換駐港英兵	1876021102	英使行程	1879032001	俄船到滬	1880121502
西員猝斃	1876021501	欺人太甚	1879032702	俄船到寧	1880121902
葡萄牙設備	1876030602	鐵船至滬	1879050302	俄船返滬	1881020602
秘國公使來滬	1876031001	鐵船擱淺傳聞	1879051002	日使赴□	1881022103
日國遣兵來華	1876032302	鐵船擱淺續聞	1879051102	使旋續聞	1881022301
軍裝來華	1876063001	鐵船脫險	1879051302	撞船續聞	1881042201
訛傳被盜	1876072402	互議水手佩刀事	1879061403	撞船待訊	1881050602
水手行兇	1876080503	兵船到閩	1879061502	美員來華續聞	1881051901
制憲接西員傳聞	1876081502	日本兵船來滬	1879062702	兵船下旗	1881060502
英兵送葬	1876101601	水手拘捕	1879063003	撞船續聞	1881061201
停泊戰船	1876102002	水師操演	1879110603	兵船待質	1881062101
水手作案	1876102401	客軍演武	1879112803	澳員獲盜	1881070601
戰船回國	1876102701	美兵操演續聞	1879112903	和眾輪舶被撞初訊	1881071503
水手鬧事	1876110602	碰傷水手	1880011303	嚴查海盜	1881072001
兵船遇失	1876111802	西兵溺斃	1880012802	兵頭自盡	1881072202
炮船受損	1876112502	英人設備	1880021702	兵頭自盡案訊結	1881073002
澳門消息	1876112901	英員來華	1880023101	兵船被撞	1881081602
兵船擱淺餘聞	1876120101	兵艦來華	1880030201	兵船行程	1881082301
公使長行	1876121402	兵艦到港	1880031902	水手神技	1881103002
炮船拯起	1876121501	駐津船數	1880032001	舊船試行	1881112302
傳言西班牙軍船到臺	1877030302	水手被殺	1880040203	水手不見	1881112503
福州瑣聞	1877031502	兵船集滬	1880041401	西兵操練	1881120902
寧波近事	1877031502	兵船集滬	1880042303	西兵操演	1881122302
水師更替	1877033002	英提督至京	1880052501	俄船到甌	1882021202
津沽輪舶瑣聞	1877070902	水手遇救	1880052502	水手溺斃	1882030102
		西報笑談	1880060301	俄船堅固	1882031002

兵船記數	1884112003	西員更調	1885111901	公估船價	1888021703
水師操演	1884112703	法員啓行	1885112203	英兵操演	1888032203
德船赴廈	1884120401	增設雷船	1885123102	詳述換約情形	1888050501
意船來滬	1884120503	法船演雷	1886011603	詳述槍傷	1888061403
築壘防邊	1884121002	法將到滬	1886040203	兵艦抵漢	1888080302
英兵潛逃	1885011802	水手案結	1886040203	鴻客來賓	1888081802
西兵醉臥	1885012003	撞破兵船	1886042202	設宴娛賓	1888090702
英兵操演	1885020403	賓主歡聯	1886050402	美兵操演	1888112002
長門來電	1885020901	粵督拜客	1886050402	美兵操演志略	1888112302
長門續電	1885021002	法使款賓	1886050502	美兵又操	1888112703
船事彙登	1885021103	駐臺灣英領事霍照會	1886061002	操演續述	1888112803
俄兵操演	1885022103	法艦至申	1886061403	兵丁酗酒	1888122903
保護商船	1885031403	法使啓行	1886061902	鎮江警電	1889020701
美兵打靶	1885031403	澳督履新	1886081102	鎮江消息	1889020901
拜會官兵	1885031503	法艦來滬	1886091202	軍門受窘	1889020903
英艦赴甬	1885032003	冠裳薈萃	1886091502	鎮江鬧事續聞	1889021002
不允許借地	1885040201	督辦福建華稅許秋槎觀察照會英國倭領事稿	1886102701	再述鎮江事	1889021302
津信述中日事	1885042102	英兵會操	1886111803	壞船餘聞	1889021702
英船出口	1885042902	船身無恙	1887013003	美船行程	1889032302
淡水西信	1885050401	碰船餘聞	1887013003	水手滋事	1889040503
兵船進口	1885050803	船已出塢	1887020103	事出無心	1889041003
美兵會操	1885051303	兵輪失事餘聞	1887020503	兵船抵蕪	1889043002
奧員抵滬	1885060203	萬年青輪船淹斃官弁兵勇客商名單	1887022102	日使將來	1889060202
法船將至	1885061403	續譯撞船案供詞	1887022203	水師送殯	1889120702
續到法船	1885061603	兵輪聚滬	1887022803	水淺膠舟	1890042202
法船已開	1885061803	葡約電傳	1887033002	丈量地址	1890051002
法船進口	1885062603	西兵演陣	1887060903	津沽潮風	1890071602
禮尚往來	1885070703	水手滋事	1887062202	英將來滬	1891051802
俄員拜客	1885071103	美國慶典	1887070503	禮待法員	1891052801
法船出口	1885071303	西使赴京	1887070503	海上雄獅	1891061902
法界燈景	1885071502	冠蓋往還	1887102602	兵艦起程	1891070102
法將來滬	1885073003	賽船再誌	1887103002	兵船起□	1891070603
法官拜客	1885080803	祝嘏誌盛	1887111802	兵輪抵寧	1891070702
法督款賓	1885081003	兵輪萃廈	1887120702	兵輪抵宜	1891070702
命案已結	1885100102	暫借軍樂	1888010302	美艦來華	1891081401
法官拜客	1885100603			調船續信	1891081802
船事類誌	1885101203			漢皐消息	1891091001
日人無理	1885102503			死中得活	1891091001
德艦初來	1885111603			租船運兵	1891091301

兵船□漢	1891110202	德船來華	188402210102	西團兵操演	1875082702
大鬧酒店	1891120703	美兵操演	188403010203	西商團練	1876071201
續紀大鬧酒店事	1891120803	保商述聞	188403220102	西人操練	1876071302
法將來滬	1892020603	葡員除暴	188608050102	團練增額	1876080101
東艦來華	1892022103	碰船續述	188701290304	團兵操演	1876082901
東艦行程	1892022503	法督來申	188805310203	團兵操演	1876083103
日艦赴閩	1892030503	美兵又操	188812020203	西商操演	1876101002
兵船萃滬	1892051003	西兵滋事	188812250203	西商團練	1876112802
美生過港	1892082802	西人防患	189106150203	西商操練改期	1876112903
派兵剿匪	1893030803	訊供再志	189110080102	團兵操演	1877030903
師船瓜代	1893031402	訊供三志	189110090102	西兵聚操	1878052203
戰艦將來	1893040503	訊供四志	189110110102	會議操兵	1878102302
解犯抵省	1893042102	美節慶賀	189207160203	團兵會議未定	1878103003
會訊德水手刃斃華人案	1893052503	水手釀禍續述	189305240203	西兵會操	1879041502
續訊水手刃斃華人案	1893052603	**3.6.2　西團**		團練會操	1879073103
兵船擱淺	1893060702			團練操演	1879083103
記巴未申消息	1893071402	西商團練局操演槍炮	1872052703	團兵操演	1879091103
日艦抵津	1893072002	雜聞	1872070402	操演練兵	1879092602
兵船小泊	1893080103	西人操兵	1873030803	操演團兵	1879100802
兵輪進浦	1893092903	西團摻演	1874020202	團練會操	1879100903
兵輪到宜	1893093003	西操	1874040601	團兵會合	1880010303
復訊水手傷人事	1893112503	誤舉號火徵動團練兵	1874050602	西兵會操	1880022703
洋兵誤傷中國婦女事	187405200203	西商操演練兵	1874091502	西商練兵	1880051902
水師擊毬	187410130203	西商演兵	1874091802	西兵會操	1880062602
英提督言旋	187411130102	加得靈炮式	1874111103	操演團勇	1880100402
福州雜事	187601110102	西人賽槍會	1874111402	西兵操演	1881022503
紀兵船到港之盛大	187604280102	西人團練首領已換	1874121602	團練大操	1881030403
日耳曼議改和約	187606140102	西國兵定期操練	1875010703	操演改期	1881030803
兵船擱淺	187611220102	西商操演團兵	1875011302	團練的期	1881031902
英水師提督交代	187812060102	西商復操練勇	1875012702	操兵阻語	1881032002
俄船迭來	188004250102	西商今復操演	1875041302	合操團兵	1881042202
浦發兵船	188005030102	西團兵暫停操演	1875041502	團兵操演	1881042302
日船來滬	188102190102	西商操練團兵期	1875042902	團操述略	1881042602
津沽近信	188205070102	西商議革籌防捐	1875050701	誕期操團	1881052202
毆傷武弁	188206180102	團兵操演	1875072102	西商團練	1881120302
外洋消息	188305190102	團兵操演改期	1875072202	西兵合操	1882022501
		西團兵操練習期	1875081202	合操誌略	1882022602
				西商團操	1882032503
				團操定期	1882040402

西商團操	1882040602	團操甚勤	1884032003	操演誌略	1888123103
團操定期	1882051002	團操誌略	1884032302	兵官閱操	1889040703
團操從略	1882051302	大操屆期	1884032903	團操餘聞	1889040803
團操詳紀	1882052502	西兵操演	1884080103	定期會操	1889120403
夜操詳述	1882060202	團操定期	1884080303	操演停公	1889121002
定期團操	1882062501	西兵團操	1884080703	會操述略	1889121102
西商團操	1882070502	不准辦團	1884100803	團操遇雨	1890032303
西兵晚操	1882072602	西兵會操	1884112203	操兵述略	1890033002
西兵會操	1882092902	團操詳誌	1884112302	團兵合操	1890040603
團操定期	1882111202	觀團操記	1885030803	團兵大閱	1890041303
西商團操	1882111902	團操誌略	1885031503	會操記略	1890121003
團操定期	1882121102	西團演陣	1885032203	會操誌略	1891031503
團兵聚會	1883011302	團操屆期	1885032803	閱操有期	1891040303
西兵整肅	1883011502	團操紀事	1885032903	西操記略	1891040503
□兵會操	1883030103	定期交炮	1886022002	月下整軍	1891072303
團操改期	1883030203	交炮定期	1886030403	打彈續紀	1891092303
團操傳聞	1883030303	交炮誌盛	1886030703	西國團操	1891120803
操兵詳誌	1883030602	團操誌略	1886031403	會操誌略	1891121003
西兵會操	1883033002	將軍來滬	1886032602	閱兵試操	1892032002
點驗團兵	1883040903	將軍已來	1886032702	西兵操演	1892040303
點驗團兵續述	1883041103	將軍閱操	1886032802	觀大操記	1892041003
團兵試演	1883041302	水師會操	1886033003	團兵舉哀	1892102404
整頓團兵	1883041402	閱操再記	1886033102	西人合操	1892120703
操兵略誌	1883041503	兵官回國	1886041701	團操誌略	1892120803
團練誌餘	1883041702	會操及期	1886120903	團操誌略	1893040203
團兵復操	1883042002	會操誌略	1886121003	英將閱操	1893041503
團操續至	1883042103	團操紀聞	1887031302	團操誌盛	1893041603
團兵奪旗	1883052803	團操屆期	1887031903	團操誌略	1894040103
團操誌威	1883052903	西官抵滬	1887032603	西人大閱記	1894041503
團兵號令	1883061503	大操屆期	1887040203	閱操定期	1894070103
操演步伐	1883062003	大操誌略	1887040302	閱操屆期	1894070403
團兵會操	1883090102	團兵操演	1887070603	論西商團練操演事	187402040102
秋操定期	1883092603	定期大操	1887121102	西商團練近議	187904110203
團操略誌	1883100702	團操誌略	1887121602	西商團操	188310060203
團兵演炮	1883101303	團操誌略	1888031803	賽船續誌	188310280203
演炮述略	1883101403	大操誌盛	1888040803	大操詳誌	188403300203
團操定期	1883112102	議舉團操	1888081103		
團操續聞	1883112303	定期合操	1888120702	**第3章涉及的評論**	
法人團操	1883120702	停公操演	1888121202	論高麗約日本交戰書	1872080701

論日本與高麗議戰事	1872082201	續論中英和局	1875101901	再論中英時事書	1876071901
論今亞細亞洲國勢當以自強為本	1873031001	辨西人論事	1875102501	論中英時事第三書	1876072001
		致申報館書	1875102602	辨誣論	1876072501
論暹法既和中國當為之善其後	1873080601	西南大勢論	1875102701	書駁局外旁觀人論中英時事書後	1876073101
		論滇省通商要務	1875103001		
論高麗事	1874031401	滇省勿通商說	1875110201	論西報述喀什噶爾事	1876091201
俄國等增兵數論	1874032801	論高麗宜仇日本	1875110303		
論東洋與高麗事	1874051401	英國各新報與中國交戰	1875112901	論呂宋遣船來華事	1876120801
論英國與回部通商	1874071801			論日本高麗以萊易布事	1877011801
		論征西近日情形	1875120801		
俄國與喀什葛爾結構	1874092102	書英人論鐵甲船碰沈事後	1875121501	論俄欲分土事	1877011901
				論俄不能得土國	1877012301
論喀什噶爾事	1874111101	論日本高麗近事	1876010501	論官軍攻克瑪納斯城及屠戮匪回事問答	1877030201
書論喀什噶爾事後	1874111301	論高麗近事	1876010801		
英人論通商西藏	1874111802	論日高議和通商之利	1876010901	論西班牙人訛詐中國	1877060401
續論通商西藏事	1874111902				
論西陲形勢	1875021204	論日本將侵高麗事	1876021601	中土民情探原論	1877101701
譯西友寄字林報館□	1875041201	論東三省情形	1876021801	隔海控制論	1877101901
		論日高情形	1876022801	論宜設法以保新疆	1877112803
論中國與安緬接界形勢	1875042001	致申報館日高構釁情形議	1876030101	論俄人潛戰黑龍江邊界事	1878011801
紀俄兵屯邊數	1875043002	論高麗必勝日本	1876030303		
論勝越事恐生累患	1875070501	各日報論日高事	1876030702	論新疆善後事	1878032801
		論澳門近事	1876032401	論新疆情形	1878033001
論滇事	1875072701	論高麗情形	1876032901	棄伊犁論	1878112901
論滇省近事	1875073001	辨字林新報所言喀兵入關事	1876050101	論日報錄西征事	1878120303
論中和外藩各國近日情形	1875081001			論高麗與日本失和	1878122303
		論西國兵船多至香港事	1876050301		
論關外事	1875081801			英人論中俄事	1878123102
論中英兩國近日事	1875083001	論喀兵寇甘肅事	1876051801	論俄人專意鐵路中國不可不備	1879011004
		辨近日風傳中英失和事	1876052501		
閱兩日滇事消息書後	1875090901			論俄調兵守邊	1879012703
		譯晉源西報論中英大局	1876062801	論俄人挑唆阿富汗	1879020803
論中外時事	1875091001				
論近日傳聞中英兩國各事	1875092901	論中英失和事	1876062901	論中朝宜加意保護東瀛各小國	1879021703
		中西大局就事原情論	1876070101		
論中英可以無事	1875100601	中英失和勝負利害辨	1876071501	建置屏藩以固邊防論	1879021901
論日本高麗近日情形	1875101601				
論西人皆望中國富強	1875101603	與申報館論中英時事書	1876071801	喀境礦利中國亟宜興修說	1879031201

俄國不能自治說	1879031401	論俄事宜宣示中外	1880050301	論俄師有可乘	1880111301
目前要務治東正省與治新疆並說	1879031901	彙錄西報論中俄事	1880050601	論俄國尼希利士黨人放火事	1880111601
論緬甸大勢	1879032001	書字林報俄□理春華人事後	1880051201	書哥□日報論俄取高麗事	1880112301
論中朝撫馭及遠	1879050804	論俄人有主戰之意	1880052101	籌俄十策總論	1880121301
譯日本人論亞細亞東部形勢	1879051501	論高麗大局	1880060901	論籌將	1880121401
日高大局論	1879052801	西人論日兵	1880061102	論籌兵	1880121601
論緬甸近事	1879060203	書將軍豐撥款趕辦軍械所摺片後	1880061501	論雇船	1880121701
論高麗近事	1879060604	譯英報論中俄事	1880061602	論籌餉	1880121801
論不輕易予俄人護照事	1879061701	論高麗疑備英船	1880062201	論籌械	1880122001
西報訟中日兵艦	1879082802	窺敵小言	1880070101	論籌船	1880122201
書日高和約後	1879102901	勝不可恃說	1880070701	黑龍江中俄邊界考	1880122203
論東瀛事	1879110905	恭譯敕崇欽使論旨書後	1880071501	論籌邊	1880122301
歸還伊犁利害說	1879111401	譯英報論伊犁事	1880071603	論學習俄國事務	1880122401
論緬甸王近事	1879112401	接錄譯英報論伊犁事	1880071703	論籌海	1880122601
論湯溪□匪肇亂案	1879122101	和戰折中書	1880071901	論籌戰	1880122901
中東兵事辨	1880020303	緬甸近事	1880081102	論籌守	1880123101
論會議俄事之難	1880030401	利戰說	1880081601	觀本報中俄消息書後	1880404001
西報論俄事	1880031202	論緬甸近事	1880081701	籌俄十策書後	1881010101
備俄策	1880031701	論中俄和局	1880082401	論籌和	1881010201
俄士論伊犁	1880031702	書俄葡陰謀事	1880082701	籌俄餘議一	1881010401
中東合縱論	1880031801	再論俄人陰謀	1880082901	籌俄餘議二	1881010601
論中俄不宜構兵	1880031803	論高麗關係中國大局	1880091401	籌俄餘議三	1881010901
譯港報論中俄事	1880031902	備俄已有全策論	1880092201	籌俄餘議四	1881011101
備俄策中	1880032101	海戰餘議	1880092401	籌俄餘議五	1881011301
觀西報譯俄事書後	1880032201	論俄將近事	1880092501	籌俄餘議六	1881011501
備俄策下	1880032301	論高麗通商	1880100301	籌俄餘議七	1881011701
港報論俄事	1880032302	西報論中俄事	1880100701	籌俄餘議八	1881011901
論俄人傳約與過使臣申救崇星使事	1880032401	論和戰未定兼為從軍者籌得失利鈍	1880102101	籌俄餘議九	1881012101
中俄今昔情形不同考	1880040701	彙譯西報論中俄近事	1880103003	籌俄餘議十	1881012301
西報論中國事	1880040802	論高麗允意法通商	1880110701	待時說	1881021901
防海管見	1880041001			乘機說	1881022101
局外人論中俄事	1880041501			待時乘機折中說	1881022301
封海略考	1880042501			中國兵船宜至他國海面閱歷說	1881030601
				譯錄西人論中日事	1881030602
				防軍不可驟撤論	1881040301

俄邊善後總論	1881041401	書新加坡近事兼論藩屬大勢	1882062401	書安置高麗大院君諭旨後	1882101101
俄邊善後策第二	1881042201	譯錄西人論放炮書	1882062401	今昔海防異勢論	1882101701
俄邊善後策第三	1881042401	策高麗通商事宜□□第二	1882062601	釋問	1882101801
俄邊善後策第四	1881042601	策高麗通商事宜□商第三	1882063001	論琿春海參崴不設華官	1882111701
俄邊善後策第五	1881042801	策高麗通商事宜□戌第四	1882070201	論高麗君臣於國亂後勵精圖治講求西法有轉危爲安之機	1882120101
俄邊善後策第六	1881050401	論高麗結習未能盡除	1882071001		
俄邊善後策第七	1881050601	策高麗通商事宜化俗第五	1882071101	書朝鮮國王論文日本祭文後	1882120901
俄邊善後策第九	1881051201	法界炮燈事考證	1882071901	論高麗善後事宜正人心第一	1882121101
俄邊善後策第十	1881051401	策高麗通商事宜興學第六	1882072701	高麗與各國通商即所以保全境土論上	1882122301
論高麗不信通商之利	1881052201	海參崴華人盜賭由於無體面富貴人說	1882080401	書中國朝鮮通商章程後	1882122501
中俄疆界大勢論	1881052701				
中德新約	1881061601	論高民攻日本使署事	1882080801	邦交之道今昔不同說	1883011401
答客問美艦來華詰問教案事	1881082201	論高麗亂事	1882081401	固藩三策上篇	1883021701
		籌高策上	1882081701	固藩三策中篇	1883022201
弭兵約論	1881111001	籌高策中	1882081901	固藩三策下篇	1883022501
書楊護督福大臣奏情向化摺後	1881121601	籌高策下	1882082201	固藩三策開篇	1883022801
		策高麗通商事宜靖亂第七	1882082301	補譯西曆二月五日東京日日新聞中國兵備論	1883030202
論高員不肯易□演武	1881122901	策高麗通商事宜誅逆第八	1882082501		
論西字新聞述伊犁事	1882011301	辦理高事需才論	1882082801	論高麗黨亂未弭	1883031101
論高麗大局	1882011701	策高麗通商事宜去黨第九	1882082901	中日高三國大勢論	1883041301
危言可以自□說	1882030101	策高麗通商事宜辨惑第十	1882090401	朝鮮今昔異勢說	1883042101
書派員就學近聞後	1882032301			論西兵登岸事	1883051001
論高麗就學中國	1882040301	高麗水道考	1882090701	論琿春近事	1883051401
論高麗參判閔君憂國致疾事	1882041001	論誘獲大院君之非	1882090801	德兵汕頭之役中國宜□將來說	1883051501
論通商有利無害爲高麗人釋疑	1882050901	論變法之難	1882091401		
		論高麗日本近事	1882091601	論保全屬國之道	1883061301
論高麗善變	1882052201	中國措置南洋群島說	1882092101	越南與朝鮮異勢說	1883062901
譯西報論美將至高情形	1882052801				
論租界放炮事	1882060201	平朝鮮頌	1882100101	論法越與英緬大勢	1883070501
書中巴和約後	1882060901	論高麗之役	1882100801	婆羅洲擬設華官佐治說	1883071401
中巴美高各條約總論	1882061201				
策高麗通商事宜開礦第一	1882062201			論朝鮮近事	1883081501
論高麗合約自明爲中國藩屬	1882062301				

論中國藩屬與泰西各國不同	1883083001	朝鮮深□華兵駐房說	1885051101	論中國之於緬以不救爲救	1885121501
論葡人備邊	1883111201	論西人皆望中國富強	1885060201	論日本之覬覦高麗無益有損	1885122301
書寧波西人論琉球難民信後	1883112501	俄人思占高麗口岸說	1885060601	論法人擬立煤埠事	1885123101
強藩本務說	1884020901	書朝鮮近事後	1885061101	論高麗乞還鳳凰城事	1886010901
保邏議	1884061301	論英俄皆有欲取高麗海島之意	1885061801	論緬事	1886011501
與各國通商以絕一國覬覦說	1884062701	阿富汗足以屏蔽印度說	1885062001	論提審法員	1886012201
論華官宜出示禁民間勿啓他國敵國之釁	1884072001	論高麗宜多設華官	1885062501	論中國欲分緬地消息	1886012401
論洋場團練	1884080101	論英與中國商取高麗海島事	1885070201	讀劉三爵中丞奏臺灣改設省會摺書後	1886013001
租界華人當暫行團練自相保衛說	1884082101	論中英有固結之機	1885070301	論緬王底母自述之言	1886021301
論英國應相助中國	1884120401	論高麗宜有所主而後安	1885070601	論英廷襄助西商團練	1886021601
書朝鮮亂□後	1884121601	書伊犁亂耗後	1885070701	論朝鮮貸銀事	1886022501
論中日宜和衷以固亞洲之局	1884122001	論越難赤已	1885071501	論西商操演兵法	1886030901
書報八日本報高亂詳述後	1884122501	請日員約束日人說	1885072601	論本埠設立華法公塾	1886031001
再書前報高麗亂信後	1884122601	論英人占中國商取哈密爾敦島	1885072801	論日本客民回籍事	1886042201
論朝鮮黨禍未已	1885010101	高俄立約保護說	1885080601	讀新疆巡撫劉爵帥奏疏書後	1886061301
論中日宜和	1885010501	論中國送回大院君事	1885081401	讀粵督張香帥照覆駐粵法領事文書後	1886062901
論吳清帥赴日本商辦高事	1885010601	論藩邦不聽命於大國	1885081501	談燈	1886071801
再論高事	1885011001	論中國急宜以兵船遊歷外洋以壯國威	1885091501	論港議未成	1886072401
書條陳高事後	1885011101	論中朝待藩屬有差	1885092601	西人未盡知中國情形說	1886080901
論日人先與朝鮮立約	1885012301	古今邊疆廣狹攻守難易論	1885102801	論高麗之患俄爲大	1886082101
始亂終成說	1885013001	書本報大院君歸國事後	1885110801	論長崎近事	1886082201
朝鮮經變記錄	1885021102	論小國宜圖自振以覬覦	1885111901	論長崎近事	1886082901
接續朝日公牘彙登	1885031502	論中國宜與於萬國公法	1885112801	長崎控訴院檢事長林君照會	1886091402
朝鮮人上總理書	1885031703			高麗之災中國所宜亟救說	1886092301
中英亟宜聯絡以維大局論	1885032001			長崎一案宜寬猛並用論	1886093001
朝鮮時事論	1885032201				
英俄爭阿富汗有關中國邊務說	1885041401				

西藏宜改省會論	1886100301	譯西報述澳門事□後	1887120201	保朝末議	1890110201
中國不宜以西人□於高麗說	1886101601	譯西報述般島近事書後	1888022801	朝鮮爲中國藩屬宜用何策保守論	1890122401
論高麗背華適以自禍	1886101801	親俄策上	1888022901	朝鮮爲中國藩屬宜用何策保守論接續前稿	1890122501
論高麗近日大勢	1886110201	親俄策中	1888030201	宜□何保守朝鮮論上	1891061401
與客言中日近事	1886112301	親俄策下	1888030701	宜若何保守朝鮮論下	1891062101
論中國之患不在日本而在俄	1886112501	論西報不應輕毀中國	1888030801	論中西大勢	1891072501
論法員被擄事	1886120801	論處置高麗	1888051301	論俄造西比利亞鐵路	1891080201
論拐販高麗幼孩事	1886121101	論琉球人心不向日本	1888061701	書本報美艦來華後	1891081601
論中外交涉事件宜速了不宜延緩	1886121201	三韓平議	1888070901	論日本邀中國兵船前赴東瀛	1891090801
論高麗刑法之重	1886121901	治臺策要	1888111801	西人打彈考	1891092301
論日人之忌中國	1886122801	治臺策要接續前稿	1888120201	書漢口英領事官告示後	1891092601
收島扼要議	1887011201	近交遠攻說	1888121001	論西人□辦教案	1891100601
論德法設有兵爭有礙於中國絲市	1887020301	防邊策附德商李德譯英國騰飛廠節略	1888122301	中俄大勢論□	1891102001
書日本報□巨文島事後	1887020401	後患策略上	1889041001	中俄大勢論二	1891102201
論宜聯絡歐洲諸大國以成亞洲自強之局	1887020601	後患策略下	1889041201	中英大勢論	1891102701
論中葡立約	1887021601	論日本當順民以睦鄰	1889052601	中英大勢論一	1891110801
論俄高讓地互市事	1887022201	近日北邊防務輕重緩急何在論二	1889092201	中外一家論	1891112501
論英刑司訊斷碰船案	1887022601	近日北邊防務輕重緩急何在論三	1889092401	宜保護高麗論	1892012401
論所以待泰西之道	1887042401	四續近日北邊防務輕重緩急何在論	1889092501	俄國西伯利亞造鐵路道里經費時日論	1892041701
論當合力防俄	1887052901	五續北邊防務輕重緩急何在論	1889100101	論中國與俄羅斯訂立接連電線約章大非中國之利	1892090401
論日本之異視中國	1887060301	東三省邊防議	1889101601		
中日難和說	1887080801	中日通商議	1890063001	與客言高麗事	1892092701
論日人勿輕視中國	1887081401	論防俄	1890070501	防俄策	1892112801
論宜專設俄使	1887090501	論英國宜助中以拒俄	1890080801	巴馬論	1893032001
海客談瀛	1887101601	論俄人志在東方	1890081001	遼東陲西邊防說	1893033001
記中國自明代以來與西洋交涉大略	1887102801	西人論中英日時勢	1890083101	論中國宜遠樹屏藩	1893040201
		本朝與俄國議定疆界及專條碑文	1890101002	朝鮮沿革考	1893041501
				論暹法交涉事	1893052301
				閱暹事近聞書後	1893052701

論俄人志在東方	1893052801
論英艦赴暹	1893061501
論法人近日留意於中德兩國	1893062501
書法暹近聞後	1893063001
書暹法開兵電音後	1893071901
暹事答客問	1893072701
保暹羅以固藩封說	1893073101
論暹法聯和	1893091501
論新疆有備	1893092301
論保護暹羅	1893120101
中西交涉損益論	1894061901
攘日論	1894070901
證西陸軍務說	182906160304
譯西字新報日本人論高麗戰書事	187208200102
譯西字新聞辨高麗與日本戰書系偽書	187208290102
俄邊有事	187409170203
海防策	187502030304
論英終不能忘緬甸	187510070304
論本館作報本意	187510110102
西南形勢	187511010304
閱豐將軍籌辦邊防疏書後	187606030102
中英大局議	187607070102
駁局外旁觀人論中英時事書	187607240102
滇客述馬加利事	187607290304
中西貧富強弱辨	187610160102
譯西字報論中外大局	187811020102
再論索地歸因	187901060102
字林報論中俄事	187901070102
俄官致中國來文駁議	187901130102
邦交論	187901140102

海外悍民叛服說	187902180102
防邊問答	187903270102
論俄報妄言	187904150102
論朝鮮備邊防	187905220304
論兼併	187906130102
西南邊境大勢論	187906180102
華民往太平洋島論	187910070102
論日本宜與中國聯絡以保亞洲大局	187910180304
中東和戰比較說	187911100102
譯西報記俄歸地事	187911120102
中國自棄藩邦論	187911200102
西報論俄助中而不助日	188001220304
論中俄戰事利害	188002260102
俄事殺論	188003060102
旁觀臆說	188004150102
譯錄崇星使與俄約書後	188005200102
彙譯中俄近事	188005210102
高麗可危	188006050102
東報論中東事	188006110102
接錄英將策略	188009040102
西報論中俄事	188010270102
俄邊善後策第八	188105080102
抄錄高麗亂黨日樂寬上高庭疏	188208200102
俄邊善後策第一	188404180102
譯日本投述高事	188501060102
測俄新論	188504120102
論俄高私約	188507090102
防俄芻議	188705230102
防俄條議	188707230102
論中國當注意於俄	188808260102
治臺策要接續前稿	188812090102
近日北邊防務輕重緩急何在論一	188909150102

第4章

4.1 日本

輪船被撞	18820429
日本雜聞	18830721
東報摘錄	18840515
東瀛瑣事	18840528
東瀛瑣誌	18840720
保商觀戰	18840912
日報述中東訂約事	18850502
日本人探路	1875090702
日本近事	1872062503
日本近事	1872081304
日本與英美貨銀	1872122604
東洋更換兵制	1873021502
卑魯國遣使赴日本	1873021503
日本國調換和約之欽差將到	1873022202
日本新變軍政	1873041503
紀東洋民變事	1873062602
東洋民變事已平	1873072101
譯東洋西字報	1873081202
日本遣武員赴全國	1873101703
俄國與日本現已議和	1873121102
東洋亂事	1874022402
記東洋作亂事	1874022602
又記東洋事	1874022602
東洋亂事	1874030201
東洋反信	1874030502
東洋亂信紀實	1874030701
日本亂黨逃竄續聞	1874031302
東洋亂魁就獲	1874041402
東洋購備鐵甲船	1874070803
東洋特使謁見李中堂	1874080402
東人又買輪船	1874080802

日人聘請西士	1874081101	東洋亂耗	1876012102	日本增築鐵路	1878051701
東人欲戰之由	1874081302	京都消息	1876012402	日本亂耗	1878062202
東洋鐵甲船式	1874082102	日本消息	1876021902	水手互鬥	1878062202
東洋設立電線	1874082202	傳言雜錄	1876062901	告貸鉅款	1878062901
西人傳言	1874082601	繳還兵費	1876071801	亂黨誅連	1878062902
東人擬拯救鐵甲船	1874090102	日君回宮	1876080102	東洋報論亞洲大局	1878070802
東國鐵甲船已浮至水面	1874090302	水手打架	1877010602	日本驗船	1878073002
東人買鐵甲船	1874090502	東海消息	1877030702	日民急公	1878080602
神戶新聞	1874090502	東洋亂耗	1877031302	日本亂耗續聞	1878080901
日本鐵甲船在燕臺近事	1874091502	東洋消息	1877031501	東京亂信	1878090902
東人帑藏空乏	1874092102	東洋信息	1877031601	廣購軍火	1878101402
西報述東洋病兵	1874100103	東洋近耗	1877032102	亂黨伏誅	1878110402
東洋近事	1874100302	日本郵信	1877032601	日美立約	1879012002
譯錄東國各報	1874101302	東洋續信	1877032801	亂黨謀叛	1879021102
東國籌捐	1874101902	東洋近耗	1877032901	日本軍制	1879031902
東國購買火船	1874102903	東洋郵耗	1877040601	演炮壞屋	1879050802
東國又欲購鐵甲船	1874103102	東洋亂事	1877041602	日本郵音彙錄	1879061302
日本購買輪船	1874103102	東洋亂耗	1877041701	兵船遭風	1879080902
日人購買火船	1874110502	日本消息	1877050801	查救兵船	1879081002
籌辦鐵甲船事宜	1874110702	日本郵耗	1877061802	譯記日本軍籍	1879081702
東洋雜聞四則	1874122902	東洋亂耗	1877062602	日本測海	1879082402
日本雜聞二則	1875030602	東瀛郵語	1877062702	日本近錄	1879100704
英法駐紮東洋之兵已撤	1875030602	東洋雜聞	1877070901	廣購軍火	1879112902
英國□回日本防兵	1875032701	日本近事	1877071401	譯記日本陸軍總數	1880022002
日本兵數	1875040602	東洋郵耗	1877072101	日本節財	1880022602
日本近事	1875051102	東洋亂事將平	1877082502	日人習武	1880030402
日本練使兵船	1875052502	東洋亂事復熾	1877091401	廣儲軍火	1880030501
東國雜聞	1875072002	日本鋤亂	1877092201	英舶至高	1880062002
東國雜識	1875072702	日本平亂	1877092801	日主出巡	1880070301
營兵自盡	1875072902	日本核結亂事	1877121102	日釁存疑	1881021801
日本近聞	1875090402	派船觀戰	1877122201	東洋雜聞	1881030602
東洋購辦軍裝	1875121102	船抵歐洲	1878010902	日本戒備	1881031202
東洋消息	1875122802	水手拒捕	1878012602	修理鐵船	1881031501
東洋雜聞	1876010501	兵弁離□	1878020103	日本世子至英	1881040902
東瀛近事	1876012001	佛岡戡亂續聞	1878041502	兵船精潔	1881052401
		亂首稽誅	1878041702	東洋雜聞	1881060401
		日本購買鐵船	1878051302	東報雜錄	1881061101
		日廷告貸	1878051601		
		日本議汰車輛	1878051701		

煙火新奇	1881062501	新造戰船	1882091602	東瀛瑣聞	1883061102
東報彙譯	1881080601	譯東京日日新聞	1882091602	東報瑣錄	1883061902
東報雜錄	1881103001	論日本新得島嶼	1882091801	東洋雜聞	1883062002
東報雜錄	1881112901	照□東洋新聞	1882092401	東報瑣錄	1883062202
日報彙錄	1881120301	譯錄東報	1882092901	摘錄東報	1883070702
日本水師近聞	1881122401	東報彙錄	1882100101	東報摘錄	1883071402
試演炸藥	1881123001	東洋近事	1882100601	日人觀戰	1883072202
東洋雜聞	1882010101	彙譯東報	1882100602	彙譯東報	1883081102
東洋譯登	1882011501	照譯日本國海軍全部戰艦事	1882102102	日人購船	1883083002
東報摘錄	1882012901	日事雜錄	1882102112	摘錄東報	1883090602
東報譯登	1882021201	日事雜錄	1882102702	日事雜聞	1883090802
電線日盛	1882021701	譯日本西字報	1882110401	摘譯東報	1883091702
東報雜錄	1882022501	東報雜錄	1882111101	摘錄東報	1883093002
東報摘錄	1882031101	日本郵音	1882111201	譯錄東報	1883100602
東報雜錄	1882031801	東瀛瑣誌	1882112101	日報彙錄	1883101202
日本近聞	1882032002	東報雜錄	1882112301	東瀛瑣事	1883101402
東報雜錄	1882040201	東臣祭文	1882120202	東報摘錄	1883111101
日船開行	1882040401	東報雜錄	1882121501	東報摘譯	1883111602
日本近事	1882040802	東瀛瑣聞	1882122301	日本瑣聞	1883112302
東報雜錄	1882050601	日本瑣聞	1883010701	東報譯錄	1883121402
日本雜事	1882050901	外洋消息	1883010901	東報摘錄	1884010702
東報彙譯	1882052701	譯東京日日新聞兵備論	1883012702	日皇驗船	1884011302
東瀛消息	1882052901	東瀛瑣錄	1883021601	廣辦軍火	1884011902
東瀛□聞	1882061001	東瀛瑣錄	1883021802	東報摘錄	1884012001
增兵設防	1882061701	遠出就學	1883022302	東瀛瑣事	1884012502
摘錄東報	1882062501	東洋軍政	1883022402	派船赴越	1884020301
日本兵數	1882070201	會黨□誌	1883030401	日本瑣事	1884020902
譯西報論日本事	1882072201	船炮倒炸	1883031001	日船近聞	1884021501
摘錄東報	1882073102	彙譯東報	1883031002	定造戰艦	1884021502
日本戎備	1882081601	東報雜錄	1883042001	譯錄東報	1884021802
東報雜錄	1882081902	東報摘譯	1883042202	不願爲兵	1884022202
摘錄東報	1882082001	東報彙錄	1883043001	東瀛瑣錄	1884022402
摘錄東報	1882082501	兵船火發	1883050402	增築炮臺	1884030102
東報彙錄	1882090201	東瀛雜聞	1883051201	日員抵港	1884030502
日本兵艦□數目	1882090301	東報彙錄	1883051302	東報雜錄	1884032402
彙譯東報	1882090601	東報彙錄	1883051801	添設船廠	1884040402
論日本深明大義	1882091301	日報彙譯	1883051902	快船述奇	1884041201
摘錄東報	1882091501	東報彙錄	1883060302	東瀛瑣事	1884042002
日報彙錄	1882091602			日本兵弁總數	1884042002

東報摘錄	1884042702	崎案近聞	1887011301	東洋水師各船	187407070102
東瀛瑣事	1884053102	崎案紀餘	1887012101	橫濱報語	187408150203
兵船失事	1884071902	東瀛傳聞	1887022102	錄東國近日情形	187409170102
派人觀戰	1884090602	日本大言	1887031302	譯日本近聞八則	187410240203
日船預備	1884090602	演炮釀禍	1887031802	橫濱新築泊船所	187412290203
日本備兵	1884091702	美使謝過	1887032302	東洋雜聞	187510260102
日本備兵	1884091702	恤銀分給	1887041502	日本亂耗	187511190102
講求海軍	1884112301	日本新約	1887052102	東事再述	187607220102
使節抵崎詳述	1885011001	船不入水	1887070701	日本亂耗	187702200102
日船赴閩	1885013002	長崎勝會	1887102102	東西洋瑣事	187703020102
日人築壘	1885031102	錦標獨□	1887111801	東洋瑣聞	187703100102
日約撮要	1885042201	民心蠢動	1888011802	東洋消息	187704200102
前倨後恭	1885052002	譯東報節登函電	1888012602	日本消息	187704280102
日報紀英俄事	1885052002	巨艦告成	1888062202	東洋消息	187705230102
前後異轍	1885052701	演炮	1888100602	東洋消息	187706070102
美日兵鬥	1885060401	西報述毆斃水手事	1888103102	水手交毆	187706160102
日人防邊	1885081301	日本戶口冊	1888122602	東洋郵信	187710060102
臺島警信	1885090602	日皇閱兵	1889012502	預備國用	187801260102
稽查日婦	1885093002	日兵滋事	1889031502	日本船政	187802140102
定造兵船	1885102301	偵訪兵船	1889041202	東瀛雜錄	187811160102
橫濱風災	1885103101	海軍會操	1889041302	東報述中國事	187912110102
經世成書	1885120201	新制雷船	1889042702	紀論日本兵事	187912260304
日報紀軍□事	1886013102	軍艦巡行	1889083002	譯記日本水師船隻	188001290203
預備軍裝	1886022501	會閱大操	1890041202	日民思亂	188002290102
趕造軍裝	1886030501	船工已竣	1890041901	洋槍新樣	188011130102
幾於大亂	1886033102	日人急公	1890060502	索地續聞	188102060102
派弁赴印	1886040801	日事撮要	1891060602	日本軍政近聞	188110080102
長崎要電	1886081701	日船往法	1891120802	東鄰雜事	188112160102
長崎鬧事續信	1886082001	兵船失事	1892102702	東報雜錄	188201070102
長崎鬧事續聞	1886082401	快哉遊乎	1893012602	東瀛雜錄	188203270102
照譯長崎西報	1886090302	日人據島	1893051802	東報雜錄	188204150102
律師派充委員	1886091002	東報紀俄法兵船事	1893060703	日事摘錄	188204220102
延請英員	1886102101	遊旌待發	1893092703	東瀛雜聞	188207190102
崎案雜譯	1886111602	節省經費	1893122802	東瀛瑣記	188208120102
崎案近聞	1886120102	請弛刀禁	1893122802	東報摘譯	188208240102
長崎消息	1886120702	軍艦行程	1893122902	譯錄東報	188209090102
崎案述聞	1886121502	中外新聞	187206180304	摘錄東報	188209100102
長崎新語	1887010602			摘譯東報	188209140102
尋覓兵船	1887011101				

日本近事	188209230102
日事雜錄	188210210102
東報雜錄	188211030102
東報雜錄	188211240102
東報彙錄	188212080102
東報瑣錄	188212170102
東瀛瑣□	188212300102
日本近事	188301130102
東報雜錄	188301270102
譯錄東報	188301290102
日本近事	188302040102
東瀛近事	188302260102
東瀛雜聞	188303030102
東報譯錄	188303180102
東報彙錄	188303250102
彙譯東報	188303290102
東報雜錄	188303310102
東報彙錄	188304150102
日本雜聞	188305010102
東報彙譯	188305020102
東報雜錄	188306090102
日本瑣事	188306270102
照譯東報	188308030102
彙譯東報	188308250102
日本雜事	188310270102
東報雜錄	188312090102
東報雜錄	188402280102
東報摘錄	188403100102
東瀛瑣事	188403170102
東報摘錄	188404120102
東報摘錄	188405020102
日本兵船得人	188406060203
東報摘錄	188406080102
東瀛瑣誌	188407280102
日人講武	188502040203
青勝於藍	188510160102
船往琉球	188601010102
日本議立電線	188606060102
詳述兵□情形	188608210102

會訊長崎案出記	188609110102
崎案近聞	188610060102
再述長崎會審案件	188611030102
日俄備兵	188803140102
日本水師	188810050203
離宮大宴	189004180102
日本大風	189108230102
日本鐵道近聞	189201090102
日操紀盛	189304230203

4.2 俄國

基俄交爭	1873020603
俄國移兵	1873021503
俄國與基華國戰事	1873073102
西報述俄國與日本事機	1873112503
俄普私盟	1874082001
普俄近事	1875040602
俄國調兵續聞	1875121501
英俄消息	1876073101
英俄確信	1876080101
俄境叛亂	1876092002
俄國武備	1876121601
俄國近事	1877122403
俄使回國	1878051502
俄使回英	1878052801
俄貸鉅款	1878082901
歐事未靖	1878110802
英俄近耗	1878111802
禁泄機務	1878112101
俄窺新開河	1878122002
俄廷新令	1879020801
海島改作軍臺	1879022102
議取海島	1879022102
俄議闢地	1879022601
俄國陰謀彙誌	1879022801
俄謀顯露	1879030502
俄報大言	1879030702

俄事日亟	1879030802
侵蝕軍餉	1879031202
俄國增兵	1879031301
俄將探路	1879032802
軍犯過日	1879080702
俄報傳言	1879110701
俄人歡普	1879122802
設關成釁	1879122802
俄警電音	1880011402
俄聲傳聞	1880012301
俄割日地	1880012302
俄設領事	1880013102
西報論普俄事	1880020702
俄亂電音	1880020702
俄建鐵路	1880021802
譯記俄國水師戰艦總數	1880022102
俄國近事	1880022102
俄謀通商高麗	1880022502
俄亂□起	1880031002
波斯近報	1880031801
日邦近事	1880031801
俄亂郵音	1880032001
普相論英俄事	1880032602
俄移水師	1880032602
俄整水師	1880040602
窮究逆黨	1880040702
俄事風聞	1880040702
英俄交惡	1880041001
俄波爭端	1880041002
俄澳構怨	1880041002
西報論普俄事	1880041401
傳教陰謀	1880041502
撥帑測地	1880041502
水督來華	1880041802
俄國貸銀	1880042201
俄法失歡	1880042302
俄法失和	1880051102
大軍壓境	1880052801

俄人修路	1880062502	俄事電音	1882031501	巴馬確信	1898010102
兵艦往東	1880070301	俄國鐵路近聞	1882032801	接續外蒙古俄羅斯接境侵佔論	187208140102
預折陰謀	1880082601	俄事電音	1882041901	俄皇赴英	187406290102
兵船又至	1880090203	俄亂未靖	1882072902	俄疆日廣	187604150102
兵船暫泊	1880090501	黨人詭計	1882073001	歐洲局勢	187701060102
俄船往北	1880091001	俄將溘逝	1882081202	俄備戰船	187805250102
俄舟續來	1880091801	俄國近聞	1882101002	大局可憂	187903060102
俄舶往高	1880091801	黨人劫獄	1882101601	俄事近聞	187911220102
俄訪部民	1880091901	邊界傳言	1882101802	俄整水師	188001240102
俄購煤鐵	1880092201	海參崴近事	1882110401	藥轟俄主	188002210102
俄將近事	1880092201	琿春近信	1882111101	俄後病急	188003040102
英俄辯論	1880092601	越境緝私	1882112901	俄國近耗	188011060102
俄高交涉近聞	1880100101	電音照錄	1882122801	俄事近聞	188012290102
俄船至港	1880102202	俄國兵數	1883030501	俄約近聞	188405290102
普國電音	1880110401	俄人巨測	1883091002	俄築鐵路	189208030102
俄船往日	1880110701	譯日報記歐洲事	1883100602	俄國近情	189307160102
俄船回琿	1880111003	俄國近事	1883110402		
東報彙錄	1880111301	倫敦郵報	1884050801		
俄使將來	1880111301	俄人遠謀	1885120601	### 4.3.1 英國	
俄國近聞	1880111302	俄蒲要電	1886040401	譯普俄近事	1874102403
議取高麗	1880112101	路聯歐亞	1886060602	英國議增軍額	1877062602
俄兵捕盜	1880112401	蒲俄絕好	1886112502	英師退舍	1878051502
東洋俄師	1880112701	俄奧傳聞	1886122401	鐵船遇禍	1879020102
派查海口	1880120402	俄事述聞	1887052201	英公主行述略譯	1879020502
俄官傷足	1880121001	俄路告成	1891022702	水手逞兇	1879021902
高麗近信	1880121101	俄路述聞	1891081201	預定軍需	1879022701
長崎消息	1881010201	俄國鐵路情形	1892022202	英國籌餉	1879030403
造船近聞	1881010501	俄人武備	1892031101	炮轟鐵船	1879031402
俄員返國	1881010801	俄窺東海	1892092602	軍律罷政	1879072602
取道高麗	1881011202	俄國鐵路紀略	1892122202	公使出行	1880051202
俄軍費巨	1881012302	英電譯登	1893031701	軍費可駭	1880061702
俄船赴東	1881031701	巴馬近聞	1893041002	議院辯論	1880091101
西論譯略	1881031901	譯電傳巴馬事	1893051002	凶黨未靖	1880120801
俄船聚會	1881032701	巴馬電音	1893051201	試放巨炮	1881010801
俄船來滬	1881040602	巴馬近耗	1893060402	兵官病斃	1881020502
擬增鐵路	1881062401	俄法交情	1893121602	阿亂近聞	1881061201
俄增兵艦	1881081301	與國聯盟	1893122201	調派兵頭	1881072402
德俄構兵	1882022701	新置船廠	1893122602	電報譯錄	1881073001
創局製雷	1882031201	俄人築路	1893122702	兵頭接任	1881073002

阿人不靖	1881091101	沉船續電	1893062802	譯錄電音	188104090102
阿亂近聞	1881101901	撞船續述	1893070402		

4.3.1 英與埃

電音彙譯	1881102302	碰船再譯	1893070502	北京要聞	1876021801
電音照譯	1881110901	研訊碰船	1893072102	埃及近耗	1878110802
電音譯錄	1881111701	英京續信	187703150102	埃及近事	1879061102
電音照譯	1882033102	英添炮船	188010210102	埃王受冊	1879081901
電音彙錄	1882062301	電報彙錄	188306190102	電音類列	1881101201
英人備兵	1882062901	英兵更調	188508220102	埃及亂信	1882060701
電音錄要	1882063001			電音彙譯	1882061301
派兵防變	1883032902	### 4.3.1 英與阿		埃事電音	1882062201
英國兵數	1883111002			埃事電音	1882062801
兵船急行	1883112302	鞠旅征頑	1879021902	埃事述聞	1882070101
倫敦電音	1883112401	英國兵敗續信	1879022802	電音譯登	1882070401
載兵回國	1884022102	英軍勝報	1879031302	加保兵險	1882070403
英將可惜	1885022003	電音彙錄	1879032402	埃亂續述	1882070501
英國籌防	1885030102	議罷總戎	1879032702	電信譯錄	1882070601
英將死事情形	1885031702	籌款征亂	1879032902	電音譯登	1882070801
電報譯錄	1885032901	英兵續敗	1879041202	倫敦電報	1882070901
英軍戒嚴	1885033101	阿洲戰信	1879042402	埃事電音	1882071201
英船到港	1885040302	阿南請兵	1879051402	埃事述聞	1882071301
英國防務	1885041502	英阿定約	1879053101	埃事彙述	1882071601
大言炎炎	1885042502	阿南軍報	1879081901	電音照錄	1882071701
租船續聞	1885042802	阿南續報	1879090602	埃及近聞	1882071901
備禦水雷	1885050502	蘇人強武	1879091902	埃事電信	1882072001
英船會合	1885052701	英蘇立約	1879092602	電音錄要	1882072101
英人戒嚴	1885061202	阿洲亂信	1880012202	埃事電信	1882072501
英國戒備	1885062301	亂黨敗釘	1881021601	埃事緣起	1882072701
新制巨炮	1885091002	運兵近信	1881030102	埃事電音	1882072801
新兵到港	1885102702	亂黨議和	1881030902	倫敦電報	1882072902
轉購巨炮	1885110401	英京電音	1881031202	倫敦電報	1882073001
英員抵港	1885111101	亂黨將軍	1881032601	倫敦電報	1882080101
新制師船	1886032801	遷其重器	1881081201	電報彙譯	1882080401
氣球墮地	1888100602	亂黨猖獗	1882030301	電音彙譯	1882080501
英輪遇險	1890121402	阿境亂耗	1882032601	倫敦電信	1882080601
英京軼事	1891091703	電音述敗	1882032601	倫敦電報	1882080901
英國備兵	1891111002	請將弭亂	1882053101	英兵捷報	1882081001
英兵總數	1892010202	外洋近聞	1882100301	倫敦電報	1882081601
整頓水師	1893060102	軍敗電音	187902140102	勒交炮臺述由	1882081801
沉船警電	1893062702	英軍持重	187902270102		
		阿南軍報	187906110102		

電報彙錄	1882081901	電音譯錄	1882101901	阿洲近信	188503180102
英軍電報	1882082201	英船眾多	1882102201		
埃事雜錄	1882082401	電音照譯	1882102401	**4.3.1 英與緬**	
倫敦電報	1882082401	電報□錄	1882102501	緬甸信息	1875110502
電報彙錄	1882082701	電報彙錄	1882102702	緬甸建造兵房	1876040501
倫敦電報	1882082901	奮不顧身	1882102801	緬事略□定	1879040101
埃事補述	1882083001	乞糧述聞	1882110101	緬禍不測	1879040701
倫敦電報	1882083001	倫敦電音	1882110401	緬事續聞	1879041102
埃事補敘	1882083101	電報彙譯	1882110902	緬甸消息	1879050102
倫敦電音	1882090101	電音照譯	1882112301	緬甸近信	1879050802
埃事電音	1882090201	電報彙登	1882112801	緬事補述	1879052202
埃事電音	1882090301	電報照譯	1882113001	緬甸消息	1879071001
埃事電音	1882090501	電報照登	1882120701	緬國可危	1879100502
埃事電音	1882090701	電音照錄	1882121201	英緬交涉近聞	1879111102
埃事電音	1882090801	平埃紀餘	1882121301	印報記緬事	1879112102
埃事電音	1882090901	外洋消息	1882121701	緬甸近聞	1880012402
埃事電音	1882091001	埃兵平亂	1883031001	緬甸亂平	1880070702
埃事電音	1882091201	電音照譯	1883031601	緬甸亂耗	1884062201
埃事電音	1882091301	埃將戡亂	1883051601	緬事續述	1885020502
埃事電音	1882091401	電音彙錄	1883052801	緬亂續聞	1885030102
埃事述聞	1882091601	埃及亂耗	1883121301	緬邊戒嚴	1885102501
埃事電音	1882091701	埃及亂耗	1883121801	覬覦緬甸	1885111001
埃信述聞	1882091901	電音彙錄	1884070202	緬事述聞	1885112502
埃亂將平	1882092002	埃事□議	1884072702	緬甸不國	1885120301
埃事電音	1882092101	英帥首□	1884090401	緬王被放	1885120601
埃事電音	1882092201	埃事電音	1884101002	英緬戰事彙述	1885121202
取回炮彈	1882092201	埃事電音	1885020701	緬甸計程	1885122001
埃事電音	1882092601	英將奏捷	1885032501	象陣紀新	1885122002
煙臺近信	1882092702	西報照譯	1885032601	緬敗詳述	1885122101
倫敦電音	1882092801	電報彙譯	1885032802	詳述緬王去國情形	1885122802
譯錄電音	1882092901	英兵去埃	1885051901	詰問侵藩	1886010402
埃事電音	1882093001	調兵赴埃	1885121001	電音彙譯	1886010501
倫敦電音	1882100501	電音彙錄	1886010701	緬事彙登	1886010502
埃事電音	1882100701	阻查軍火	1886022501	緬事彙錄	1886010902
埃事電音	1882101002	外洋來電	1886031701	英兵入緬情形詳述	1886010902
攻埃鉅費	1882101002	埃事續述	188207140102	存緬公論	1886011701
埃事電音	1882101501	攻毀炮臺細情	188208190102	緬事餘聞	1886011702
埃事電報	1882101701	詳述埃及戰事	188210140102	□地傳言	1886011702
電音譯登	1882101802	英將鏖耗	188411160102		

亡國之臣	1886012601
戴拿起解	1886012602
緬事輯聞	1886020903
緬甸近音	1886031402
經營緬甸	1886040201
緬疆近信	1886041402
緬界述聞	1886042401
緬甸近事	1886042501
緬京不靖	1886051901
緬亂未已	1886072301
倫敦要電	1886080101
外洋消息	1886091401
緬邊近述	1886110901
緬事約章	1886112102
緬甸近事	1886112102
緬甸近信	1886121902
緬甸近事	1887011301
緬甸近耗	1887021502
緬疆未靖	1889030502
緬甸築路	1893122501
緬甸亂信	187812170102
緬甸近聞	187903290102
緬事雜錄	188512030102
緬王妄□	188512200102
緬事餘聞	188512260102
緬甸瑣聞	188601190102
英滅緬甸	188602090203

4.3.1 英與皮魯

英皮失和之漸	1877090702
蠻觸相爭	1879042301
倫敦電音	1887062501
電報譯登	1889030502
倫敦電音	188907060102

4.3.2 法國

法將軍巴彥事實	1872080704
鐵甲船炸沈	1875123102
詳紀法前太子陣亡事	1879080102

法國兵數	1881031801
法國兵數	1881041501
亂黨滋橫	1882120201
拍賣爐餘	1883012501
新制奇燈	1883012601
法船失事詳述	1884101102
法將軍抱病垂危	187511170102
中外新聞	18720604020304

4.3.2 法國與非洲

法國□兵	1881041301
法兵近信	1881042801
法兵赴阿	1881043001
法兵行程	1881051801
電報彙誌	1881051901
論和述略	1881052101
法兵得勝	1881052901
多事述聞	1881060101
多事電音	1881062101
多人亂耗	1881071602
電音彙錄	1881072001
英信譯錄	1881080201
法兵得地	1881080301
多事譯登	1881090901
法國增兵	1881091801
法兵被困	1881092101
電音類譯	1881100501
多事近聞	1881101501
電報譯登	1881110301
□兵資衛	1882030101
電音錄要	1883031302
外國雜聞	188106100102

4.3.2 法國與馬達加斯加

法馬電音	1883062302
法馬續信	1883062401
電音照譯	1883071402
外洋消息	1883080102
論馬達加斯加近事	1883080301

倫敦電報	1883081601
得地復失	1883100901
割地近聞	1884010901
調兵續信	1884052801
法人黷武	1884053101
法封馬島	1884102801
法兵敗信	1885092202
法國調兵	1885112201

4.3.2 法國與暹羅

暹法近聞	1873071601
暹法開兵續電	1873071701
暹羅亂黨已平	1876060302
暹羅郵耗	1879090902
傾心法國	1885091002
放炮遘禍	1885101402
暹警述聞	1887072401
暹國女兵	1887102701
法暹構釁	1893041002
暹法近情	1893051302
暹羅消息	1893052001
暹法要聞	1893060102
暹法近聞	1893060202
暹法近聞	1893060402
暹法近事	1893060702
暹法要聞	1893060802
暹法近事	1893060901
暹羅近信	1893061203
英艦赴暹	1893061302
暹法近聞	1893061502
暹法近情	1893062101
暹法近聞	1893062202
法暹近情	1893062702
暹法近聞	1893062802
暹法近聞	1893070302
暹事彙述	1893070702
暹法近錄	1893070903
遷地避兵	1893071801
法不服暹	1893071902

電傳遇事	1893072001
電傳遇事	1893072501
遇事電音	1893072601
遇事電音	1893072801
遇事電音	1893072901
遇事近聞	1893073001
遇事電音	1893080102
遇事電音	1893080201
遇事電音	1893080401
遇口已通	1893081101
遇事電音	1893083102
遇人賠款	1893091202
兵船赴遇	1893120502
遇事續登	1893120701
苗人思亂	1893121503
遇事近聞	189305250102
遇事近聞	189307250102

4.3.3 德國

普國令將士皆習俄語	1874122902
普國查出刺客	1875051702
謀弒未成	1878051601
重逢行刺	1878060601
監國電音	1878061101
德國近信	1878080602
普議增兵	1880012802
遠道通商	1880041702
整頓島兵	1881050702
譯錄德國大勢	1882052101
德國備兵	1884022602
德國近聞	1884050302
德國添兵	1885081001
租船送客	1885102101
詳述孱王自盡	1886081002
定購魚雷	1888120302
德將遘音	1891043001
德將毛奇事略	1891051803
普軍師謀略	187209230304

德國郵音	188402190102
決謀制敵	188511110102

4.3.4 奧國

兵數紀略	1884062602
奧國籌餉	1887030202
電報譯登	189109170203

4.3.4 德與法

鑄炮爲鐘	1872062603
普法軍情	1872071604
普法修和	1872081003
普國將換和約	1872083003
徵刻王紫釋詮先生普法戰紀啓	1872091003
續錄普法戰紀	1872111103
普法近事	1872111502
廣告·普法戰書出售	1873010805
續錄普法戰紀	1873022603
續錄普法戰紀	1873031203
續錄普法戰紀	1873032103
讀普法戰紀書後	1873042101
續錄普法戰紀	1873042102
續錄普法戰紀	1873050703
續錄普法戰紀	1873060503
續錄普法戰紀	1873061303
續錄普法戰紀	1873070203
論普法戰紀	1874011602
讀普法戰紀書後	1874012301
外洋消息	1877060901
錄東報譯歐洲事	1883102702
倫敦電音	1883112101
德法近聞	1884080602
德法風傳	1885030702
德法傳聞	1885080801
德法兵事	1886121902
要電續譯	1887011801
德法兵事	1887020201
英法電報譯登	1887030902

歐洲兵備	1887040302
爭端難免	1887082002
普法軍情	187205110304
普法戰紀	187210020304
續錄普法戰紀	187210040304
續錄普法戰紀	187210050304
接續普法戰紀	187210100304
續錄普法戰紀	187210120304
續錄普法戰紀	187210140304
續錄普法戰紀	187302180203
續錄普法戰紀	187303040203
續錄普法戰紀	187303260304
續錄普法戰紀	187303310203
續錄普法戰紀	187304230304
續錄普法戰紀	187305150304
續錄普法戰紀	187305240203
續錄普法戰紀	187308040203

4.3.4 德國與西班牙

兵署被焚	1883013101
倫敦電音	1883081102
兵船藥炸	1883082302
德日傳聞	1885090402
德日續聞	1885090802
教王居間	1885092801
德日交涉述聞	1885102401
德日言和	1885112002
西後訪變	1886011701
譯錄西報	188309230102
德日軍政	188512130102
西班牙事	188601050102
整頓水師	1884092309

4.3.4 荷蘭

荷蘭國與亞珍用兵	1873052602
紀荷蘭征亞全始末	1874062901
荷蘭國募人	1875100901

4.3.4 葡萄牙、巴西

葡改兵制	1885013002
巴西大亂	1893092002
亂黨披猖	1893092901
電述亂耗	1893123101
西報譯錄	188509240102
葡人耀武	188704130102

4.3.4 西班牙

西班牙信息	1874011602
西班牙內亂	1875072201
西班牙亂黨將平	1876031602
西班牙近耗	1884021901
西國增船	1884080201

4.3.4 意大利

意大利王被刺	1878112302
詳述意法爭鬭情形	1881072401
論意法爭鬭	1881072901
意國增兵	1884080201
意船誌盛	1884100802
定造巨炮	1884122301

4.3.4 歐洲

英美輯睦	1872051104
英俄失歡	1873020802
英俄輯睦	1873031502
英普近事	1875051802
歐洲近事	1875102601
歐洲擬減兵額	1875102902
私濟軍火	1875122002
英波立約	1880033102
土希近信	1881012001
希亂益熾	1882030202
倫敦電音	1883031101
協力同仇	1883040401
西法失和	1883102001
英國電音	1884021901
電信匯錄	1884050801

英法啓釁傳言	1884052501
法占葡地	1885121802
鑄炮述聞	1886040801
法思防患	1886122201
歐洲大局	1887032302
荷亞交爭	1893042202
創造鐵路	1893122902
中外新聞	187206200304
英國堅護比利時	187504170102
撞沈鐵艦	187806060102
恢復故物	188009100102
開路議罷	188308160102

4.4 阿富汗

英人論開藩事	1878103102
電信匯錄	1878110202
電信錄要	1878110402
阿富汗近事續聞	1878110802
備阿有策	1878111802
刃斫上司	1878112302
問罪電音彙錄	1878112302
外洋戰信	1878112501
英戰電音	1878113002
阿儲軍實	1878120702
俄人謀阿	1878120902
論阿富汗與英啓釁	1878121103
征阿勝耗	1878121701
論阿富汗拒絕英之失	1878121703
電音小□	1878122102
電音彙錄	1878122301
阿事電音	1878122402
俄京電報	1878122802
援阿續信	1878122802
留守不軌	1878123002
預籌軍□	1879010902
征阿電報	1879011602
贈劍致詞	1879011801
□書印行	1879012802

阿富汗近事	1879012901
綜論阿富汗事	1879013101
勝阿電信	1879020103
英軍捷報	1879021201
阿誓	1879022601
阿酋病卒	1879030403
英阿近事	1879042301
阿富汗近事	1879050802
阿事已定	1879051402
英阿和議續聞	1879061702
英阿交涉電音	1879070102
阿富汗善後事宜	1879071501
英阿議和條約	1879071702
阿南捷報	1879072602
阿南捷報	1879073101
英使抵阿	1879073101
估算軍費	1879080302
阿南軍報	1879081202
阿亂續聞	1879091202
阿南郵耗	1879091702
阿王復叛	1879091902
阿甫汗近信	1879100302
英帥起程	1879100502
阿事電音	1879102201
勝阿電報	1879102201
譯英征阿富汗細情	1879111102
彙譯阿富汗事	1879112202
示威叛國	1879112702
阿事略平	1880010402
亂人伏誅	1880031303
阿富汗近事	1880031902
俄人剿遠	1880032401
港極譯事	1880032502
英人留意阿富汗	1880070701
阿亂又作	1880073101
征阿電音	1880080302
征阿大勝	1880090702
阿師大敗	1880091101

土耳其信息	1876080101	俄國軍情	1877072101	海外近情	1877122401
土國近聞	1876101202	土俄消息	1877072602	俄皇回國	1877122701
土國情形	1876101902	外洋消息	1877072701	軍情要信	1878010201
歐洲消息	1876102502	俄役戰備	1877073102	論土宜結英以和俄	1878010203
歐洲消息	1876111401	續述鐵甲船擊沉	1877073102		
歐洲消息	1876112201	土俄戰信	1877080102	論俄國宜因各國以和土	1878010403
土國消息	1876112801	土軍敗北	1877080202		
歐洲停兵	1877010201	外洋郵耗	1877080302	軍情電報	1878010801
土國郵傳	1877011901	俄師戰敗	1877080602	土復失地	1878011002
土國傳聞	1877020302	兩軍會議	1877081302	戰事電音	1878011401
土俄消息	1877020701	俄軍續敗	1877081702	戢兵無期	1878011702
土國近聞	1877030502	俄軍敗耗	1877082201	土相臨戎	1878011802
外國郵傳	1877032202	俄軍獲勝續聞	1877082902	英廷覆信	1878011802
土國郵耗	1877032701	土俄近耗	1877082902	土俄大戰	1878011902
歐洲消息	1877041001	俄軍連北	1877083102	俄軍續勝	1878012201
歐洲消息	1877041602	俄師續敗	1877090302	土軍情戰	1878012301
歐洲戰事	1877041902	土師戰敗	1877090501	歐洲軍情	1878012402
土國近事	1877042101	土俄戰音	1877091002	傳電議和	1878012602
土俄戰耗	1877042301	英俄失和要聞	1877091102	希臘逞兵	1878020802
外洋郵耗	1877042501	俄土戰音	1877091501	議和續信	1878020901
戰耗已至	1877042701	俄土續聞	1877091801	和局中變	1878021102
土俄戰音	1877043001	俄土戰情	1877092002	戰事未定	1878021402
俄土戰音	1877050501	俄國調兵	1877092201	英俄成釁	1878021502
土俄戰音	1877051701	英欲勸和俄土	1877092201	戰事無信	1878021601
土俄戰音	1877051901	王子專征	1877092601	軍信述聞	1878021802
土俄消息	1877052201	議和近耗	1877092601	軍事紀聞	1878022002
土俄戰信	1877060201	軍行遇雨	1877100401	電報和耗	1878022102
土俄郵耗	1877060701	俄土戰事續聞	1877101002	軍信紛傳	1878022701
土俄戰耗	1877061501	俄敗電音	1877101301	軍事電音	1878022802
土俄近聞	1877061901	土俄戰音	1877102401	電信紀聞	1878030101
土俄軍事	1877062201	俄土消息	1877103102	澳國備銀	1878030102
土軍惡耗	1877062702	軍情電報	1877111602	歐洲軍信	1878030401
土耳其消息	1877062902	俄土軍情	1877111701	和議郵音	1878030701
歐洲大局稍定	1877063001	俄土軍情	1877112002	整頓兵額	1878030902
俄土戰音	1877070202	軍情電信	1877112301	和議未成	1878031602
俄土戰音	1877070602	俄土軍情	1877120703	歐洲警信	1878032102
師船進泊	1877070901	歐洲軍報	1877121202	歐洲電報	1878032301
土俄戰音	1877071101	土俄信息	1877122001	歐洲大局未定	1878032601
土俄戰音	1877071401	俄土戰紀	1877122203	電音紀聞	1878032701

巨艦神速	1882062301	西人易用新器	187408120102	摘錄西遊歐洲客論倫敦情形書	1878012601
新設炮船	1882100102	鐵公船□□	187411070102	接錄西遊歐洲客論倫敦情形書	1878012801
改造鐵彈	1882111702	譯錄英兵部新定水師大小官員拜謁章程	187708030203	論歐洲各國人才	1878021301
咨訪電法	1882112101	鋼甲船新式	187909030102	論歐洲近事	1878031304
贈表鳴謝	1882122101	巨艦來華	188205050102	論日本未嘗無人二	1879123004
新制巨炮	1883012201	氣球答問	188612290102	論日本未嘗無人	1880020504
銅炮足恃	1883022201	紀□魚雷艇	188701180304	論日人教戰會	1880030701
地雷新法	1883022301	氣球奇觀	189009280203	論西人教人之義	1882042001
英兵船數	1883032701			論埃亂有□商務	1882071801
快船紀略	1883050501	**第 4 章涉及的評論**		書日本海軍全部戰數目後	1882102501
彙譯西報	1883083002	論窮究逆黨	1880040901	論日本留意人材	1882112401
攻堅利器	1884052201	水雷說	1872071901	論日本習西法之認眞	1882122401
氣雷述奇	1884061302	論英俄交爭事	1873021301	遊□拉兵船記	1884071401
巨炮驚人	1885022502	論俄國富強之故	1873072501	中西炮火利鈍說	1884091801
水底行車	1886043002	論西洋人不秘密造辦船炮	1873091301	論電燈爲海防要具	1885033001
將演氣球	1886122201	論外國之強不在船炮其強在本於風俗之厚法度之嚴	1873092701	論輿圖爲行軍之要	1885041801
氣球泄氣	1886122802			西法撮要篇	1885101901
倫敦電音	1887020201	論日本亦長於用兵	1874010104	與客論中西勤惰	1886031401
氣球觀	1887032903	論西士述東洋事	1874060401	論泰西之重鐵路	1886061001
大美國機師易滋君傳略	1887061202	西人論日本新政	1874061003	論西人作事之堅忍	1887013101
外洋來電	1887071801	論水雷利害	1874070201	論西人執法之認眞	1887030301
考究水雷	1888032502	崇信實學	1874080601	論西國今勝於昔	1887082801
特製輪車	1888082302	論中外炮製	1875013004	論日人能勤於其職	1887121101
電遞對象	1890062003	論英國近造火炮	1875093001		
再放氣球	1890100503	論日本善法西學	1875102001	中西槍炮說	1888011501
新出炸藥	1891120802	書中西優劣說後	1876031001	論西學貴乎精	1888020301
妙拒水雷	1892031102	書本報土國情形後	1876102301	論魚雷船之利	1889032801
講求醫法	1892050702	論中國理財不如西國	1876122501	竹與鐵同功說	1889040801
製造新奇	1892110303	論塞爲土敗	1877020701	格致源流說	1889071801
以柔制剛	1892122302	書本報土俄戰耗後	1877042501	中西算學大成跋	1889082501
兵艦妙製	1893050702	論通商與國禍福必同	1877050101	西士勤學說	1889092601
試瞽妙法	1893122703	論俄土爭戰事	1877072501	泰西教法二	1889111901
赴金山輪船回滬	18733062402	論英俄近事	1877121403	泰西教法三	1889112401
西國新造鐵樓兵船	187208290203				
美兵船急救火災	187306230102				
波斯國沙遊大英國記	187308120102				
士多瓦鐵甲船式	187406230102				

泰西教法四	1889120301
氣球體用說	1890100101
味蓴園觀放氣球記	1890101401
商務通於兵法說	1890112601
論泰西軍制之善	1891101101
論英宜備兵以保屬地	1891102501
英德兩國鐵路多寡考	1891110201
日本地勢軍實考	1892050901
論歐洲近來兵數日增	1892060501
俄國波羅的海水師考實	1893010201
閱德國什好船廠章程書後	1893012301
譯西報記美國某將軍以槍炮致雨事係之以論	1893013001
各國鐵路考略	1893020601
利器篇	1893022801
日東武備論	1893042401
日本兵船考	1893060601
日本兵船考補遺	1893061201
聞演放槍炮測量遠近度數	1893061901
書薛星使考察近事敬陳管見疏後	1894012101
俄軍南下論	1895060201
書論西人不秘密造辦船炮後	187309150102
再書論西人不秘密製造船炮後	187309170102
書崇信實學論後	187408060102
論西國製炮更精	187601010102
述論魚水雷功用	187703030102
書本報俄師戰敗後	187708100102
綜論中東時事	187902110102
論美總統允代□發還兵費□餘	187907060102
論日本未嘗無人	187912290304

克虜伯炮廠詳誌	188405090102
綜論歐洲兵數	188703150102
泰西教法一	188911130102

第 5 章

5.1 外購裝備

西國辦來大炮水雷等	1872071703
天津新到水雷及大炮	1872081503
購辦鐵甲船消息	1874071403
購置鐵甲船	1874072203
購辦鐵甲戰艦	1874080402
華官購辦炮彈	1874081103
火船載軍械來滬	1874081202
譯通文館報	1874081502
中國購買後開槍	1874081902
師船購置螺紋炮	1874082802
中國新購火船	1874082903
英京電信	1874083101
中國已購得鐵甲船	1874090301
鐵甲船尚待華官駕回	1874091002
購□鐵甲船價值	1874101701
西國軍械來華	1874102702
上海議購鐵公鐵甲船事	1874110302
鐵甲船宜即行購辦	1874110401
上海擬購鐵甲船等議情形	1874110602
新到奇炮	1874122202
製造局新購小火輪船	1874123002
英火藥來申	1875030102
招商局新購船樣	1875041002
新炮之妙	1875050803
購造火船	1875092302
續到炮位	1876020901

新到格林炮	1876021102
購辦火船事商妥	1876050802
定購炮船	1876103101
試演水雷	1876110101
新船下水	1876121401
炮船來華	1877061402
水雷停買	1877101102
詳述演試水雷	1877101502
續驗水雷	1877103102
伯相驗船	1878062202
記鐵甲船名	1878072902
驗看炮船	1879071502
新船形式	1879090902
英官帶船	1879091202
水雷輪船來華	1879100802
水雷船來華	1879101102
炮船到港	1879102302
炮船到津	1879111902
法報述聞	1879112102
巨炮來滬	1880022402
盛購軍火	1880033001
廣購軍械	1880050201
續購兵船	1880051802
定購軍械	1880071302
新購兵船	1880071803
軍械至淞	1880093001
重資儲備	1880102402
裝運軍械	1880112101
製造戰船	1880112402
電音譯略	1880121101
購船述聞	1881010901
購槍餘聞	1881031102
監造鐵艦	1881031202
新炮到閩	1881050501
新增船炮	1881050501
兵船至港	1881073101
鋼船試演	1881082501
送船來華	1881082601
新船精美	1881091101

武臣華國	1881092001	快船又竣	1884052501	華人欲購鐵甲船	187406220102
傅相驗船	1881100102	巨炮來華	1884052903	辦買軍器之法	187411170102
購辦軍械近聞	1881100401	德事譯聞	1884080602	製造新船	187705110102
新船詳譯	1881100601	水雷船下水	1885022403	炮解津沽	187708280102
德奧近聞	1881101301	造船開工	1885060301	新到水雷	187709270102
船旋餘聞	1881102801	鐵船擱礁	1885080501	復驗水雷	187710260102
新船抵滬	1881110202	鐵船啟行	1885081601	續購炮船	187808280102
購械宜慎	1881110501	定造兵船	1885090202	加造炮船	188106020102
兵船紀略	1881110503	戰艦鉅觀	1885092602	鐵艦將來	188303070102
戰船修竣	1881111001	驗收鐵艦	1885110101	新船續志	188306030102
戰艦開行	1881111402	西人妙喻	1885111801	試炮述聞	188309060102
新船告竣	1882012502	巨炮來申	1885122902	趕造機船	188312010102
鐵船下水	1882021101	船工已竣	1886022401	兵船將來	188404300102
巨船下水	1882031201	輪行迅速	1886031602	購船照譯	188410240102
鐵船下水續聞	1882032602	購槍餘聞	1886032001	購置練船疏	188509040102
鐵艦告成	1883011801	船堅炮利	1886042401	詳述鐵船	188511180102
重炮來華	1883032903	訂製快船合同	1886060802	詳述船式	188512080102
巨艦志略	1883061302	接錄訂製快船合同	1886060902	添置鋼船	188512270102
倫敦電信	1883062201	雷船告成	1886081102	製船新法	188604130102
鐵艦傳聞	1883072202	雷船將至	1886091201	氣球來華	188703160102
兵艦來華	1883080801	軍械沉沒	1886111101	來信照登	188806150102
廣備軍火	1883080802	鐵艦工程	1887021302		
定製號衣	1883080901	兵輪如浦	1887022003	**5.1.3 援華洋人**	
水手來滬	1883090702	船事譯聞	1887022202	福建製造局厚贈西人	1874030202
鐵艦停行	1883092002	戰艦告成	1887022802	撒瓦至前赴福州	1874081302
巨炮來滬	1883092603	驗收鐵艦	1887042802	西官教習華兵	1874082903
藥單來華	1883100401	鐵艦告成	1887092301	閩省水師擬仍請西人訓練	1874090301
起運新炮	1883102102	鐵艦將來	1887092701	西報閒談	1874090302
趕造兵船	1883112801	兵船抵港	1887120601	商請英國水師官來華	1874100202
詳述鐵船	1884010202	修理鐵艦	1888011401	美將軍欲來中國	1875051101
德國郵音	1884011601	接駕快船	1888021703	西員可笑	1879021502
輪船賜名	1884021502	訂辦軍械	1888091003	起復舊將	1880010202
定造兵船	1884022102	軍火精良	1889121402	錄用舊人	1880041302
巨炮運津	1884040202	安排機器	1889122502	英將來華	1880061501
兵船將來	1884041202	津門演炮	1893051203	戈登來華	1880070702
裝炮被阻	1884042902	遠購魚雷	1893060402	英將行程續聞	1880071002
定製巨炮	1884050302	訂造雷艇	1894072702	戈登來滬	1880071302
巨炮到津	1884050402	西報談兵一	1895022102		
兵船紀略	1884051702				

英將北行	1880071702
英將軼事	1880072502
英將傳述	1880080802
英將來南消息	1880081502
戈登回滬	1880081702
傳諭回國	1880081801
英將策略	1880090203
炮師來華	1880102001
英將來華	1880110301
聘請英人	1881010701
英將近信	1881020902
西員戰跡	1881030302
美員來華	1881051201
延請美人	1881052102
暢觀兵船	1881062401
詳究水師良法	1881062901
兵船易弁	1881080301
軍門觀操	1881082501
親觀水雷	1881092001
西官抵津	1882101002
兵官至津	1882102801
本利全清	1883031601
犒賞水師	1883062402
港報譯登	1883082202
英員來滬	1883111503
聘請美員	1884021901
西員辭職	1884072501
借銀述聞	1885090101
聘請西人	1886011703
剋日赴津	1887030102
聘用日人	1887081102
特沛殊思	188511190102

5.2 中國自製的新式裝備

兵船試水	1872052103
山東將設製造廠	1873080802
炮局□大輪船工將告竣	1873111703
炮局製造水雷	1874062502
置造軍器	1874070803
船主勝任	1874081302
修理火藥局	1874082703
製造局招勇	1874082902
水師精良	1874083102
金陵製造局運火器至津	1874090301
杭省製造軍裝	1874092302
招商局新設鐵廠	1874092502
製造局趕辦戰船兵器	1874100203
中國卒擬開礦	1874100502
直隸開煤鐵礦	1874100701
錢江添設戰船	1874102902
趕造炮彈船艘	1874102903
火船在閩修葺	1874110502
福州製造局築圍牆	1874121602
製造局新設教場	1874122903
製造局新設救火章程	1874122903
新造小鐵甲船形式	1875010102
製造局操演水龍及購新炮	1875011103
炮局演炮	1875041201
試放水雷	1875041201
操江輪船下水	1875043002
督辦船政大員	1875061902
丁雨生中丞幫辦北洋事宜	1875062302
製造局失火	1875072702
天津擬別設製造局	1875081402
鐵甲船下水日期	1875083002
鐵甲船下水	1875090202
鐵甲船入水紀餘	1875090602
鐵甲船下水	1875091702
丁欽使接辦船政局務情形	1875112602
閩事近聞	1876051101
福建船廠添造輪船	1876071301
新制火船	1877011901
兵船修理將竟	1877050502
製造局停工	1878041203
西報自明	1878092702
制局開工	1879012703
水雷轟舟	1879050502
轟碎沉船	1879051302
西報紀製造局事	1879072402
水雷船至津	1879110502
武備嚴密	1880040901
演放新炮	1880050302
炮船修竣	1880052102
試演水雷	1880063003
金陵武備	1880070101
炮船修竣	1880080102
趕造軍裝	1880081401
軍裝運津	1880090802
趕造軍械	1880103002
新船下水	1880111101
船塢落成	1880112802
新船告成	1881010502
演試水雷	1881011501
製炮無成	1881011901
趕造水雷	1881012003
演放新炮	1881012402
購槍轇轕	1881020602
船塢重修	1881031702
演放水雷	1881040202
製造快船	1881051301
撤局節費	1881052201
造船續聞	1881052501
查估水雷	1881062802
演放水雷	1881070401
船局近聞	1881071801
新法製船	1881081401
船局近聞	1881111202
擬轟沉船	1881111402

藥局遷造	1882010802	試演地雷	1884083102	造船續聞	188104130102
疑造水雷船	1882011101	鄂設機局	1884112503	船局近聞	188203150102
試放新炮	1882011702	鋼艦已竣	1885062203	船局瑣聞	188212140102
船局瑣聞	1882032502	驗看炮車	1886030403	購辦軍火	188401090102
修船動工	1882033102	因公身故	1886070301	驗收快船	188406260203
水雷無力	1882041602	聘請匠頭	1886080602	改造炮車	188507210102
機器繁多	1882042002	撤局節流	1886081302	擬造藥局	188801130102
製造遲延	1882042002	廈門洋藥近信	1887011502	新造快船	189010240203
船局瑣聞	1882050602	定期試炮	1887041703	松江紳士請移建火藥局稟稿	189107130203
船局講書	1882052202	演試氣球	1887090703	松江紳士再請移建火藥局稟稿	189107140203
船局瑣聞	1882070302	試放氣球	1887092202	演炮紀事	189306030203
船局瑣聞	1882070702	穹甲快船詳說	1887100901	修船告竣	1894101102
船局命案餘聞	1882082402	汽球大觀	1887100902	浙省官場紀事二	1894101403
船局瑣聞	1882102002	汽球再述	1887101102	迭傷工匠	1894101403
添設炮艦	1882102402	再閱氣球	1887101202	利器無雙	1894101903
船局瑣聞	1882112502	制局試炮	1889010103	軍械不精	1894102002
造船傳言	1882121502	試炮紀盛	1889042003	趕造軍械	1894102103
船局近信	1883010902	北洋船務	1889072801	彤廷日麗三	1894102402
整頓局務	1883050803	察閱機船	1889072802	甬小志二	1894102503
驗放水雷續聞	1883051603	兵船修竣	1890030202	試驗木輪	1894103002
新船試行	1883052302	兵輪出塢	1890050703	試演快炮	1894100502
趕造快船	1883052503	遷局改期	1890080902	大增兵艦	1894100703
燈塔工竣	1883052702	修理軍械	1890092202	防範□嚴	1894100703
新式炮臺	1883061201	快槍述略	1890111102	浮報槍價	1894100902
新炮續聞	1883061303	□移藥局	1891040703	金鼇玉練橋□月記九	1894111102
擬試炮臺船	1883080502	試演氣球	1891100202	船廠失火續述	1894111103
炮船將成	1883081203	制軍觀局	1891120802	江省防務二	1894111202
試放水雷	1883102201	試炮紀事	1893011803	請添兵械	1894111502
趕造戰艦	1884020802	開工製造	1893030402	紫禁簪毫八	1894112502
飭造輪船	1884022702	擬設局廠	1893040102	紫禁簪毫九	1894112502
兵船下水	1884031302	軍火就道	1893041801	御爐煙篆二	1894110201
戰船告竣	1884031602	制局試炮	1893051102	楚北談新一	1894113003
巨炮運津	1884041703	演放氣球	1893111102	採購戰馬	1894110602
新建藥局	1884042702	兵船告成	1893122002	考試工匠	1894121003
驗放水雷	1884050501	上海炮局近日情形	187407150102	煙臺紀要七	1894121103
操演水雷	1884071203	杭城設局製造藥彈	187412070102	防務加嚴	1894121603
試放水雷	1884080303	船局奉諭	188101150102	調兵運械	1894122102
驗放魚雷	1884081702				
□電奇聞	1884083102				

漢奸被獲	1894122102	考工記	1894092503	太液鶯歌四	1895041502
淞南防務二	1894122103	武備志	1894092504	安慶官場紀事二	1895041503
東甌雜誌二	1894122702	白下新聲二	1894092602	蘭臺春語一	1895041901
江右籌防二	1894122702	製造無煙火藥	1894090802	天竺梵音七	1895042002
製火火箭	1894120203	京華瑣紀五	1895100502	開局製槍	1895042102
軍裝運寧	1894120203	禁苑秋聲三	1895100601	趕造利器	1895042902
西冷泛棹六	1894120702	武林寒信三	1895112002	粵海濤聲三	1895042903
本館恭奉電音	1894012601	武林官□一	1895112902	金臺選勝四	1895043001
東省官場紀要一	1894012702	趕製抬槍	1895011402	委解軍餉	1895040303
朱車領械	1894010302	吸□炮	1895011602	漢市新談四	1895040503
點驗軍器	1894010809	蓬萊海市四	1895011602	柳浪聞鶯三	1895040903
天門鉄蕩十二	1894020102	穗垣臘鼓六	1895011603	造雷晉秩	1895051202
遣兵歸伍	1894022802	巴峽寒猿四	1895011603	軍裝已到	1895051602
購地擊濠	1894042702	調兵駐防	1895011802	邗乘摭遺二	1895050202
北通州近聞四	1894050403	芝罘餘話一	1895012003	起解軍裝	1895050203
川東雙鯉八	1894062103	煙臺雜錄一	1895013002	煙臺雜錄三	1895061802
豫章瑣記五	1894062302	營勇赴防	1895013104	添造抬槍	1895062701
潯陽雜記一	1894071803	畫棟雲痕三	1895010802	豫章瑣語十七	1895060503
九峰黛色三	189407230203	護送軍械	1895021302	軍火運杭	1895060902
中國購船	1894072403	協濟軍械	1895021803	稽查嚴密	1895071203
趕造軍械	1894072502	西報談兵三	1895022102	嚴防藥局	1895071402
訂造雷艇	1894072702	春潭雲影一	1895022302	武林雜誌二	1895071902
載兵取樂	1894072802	起解軍裝	1895022502	試驗新藥	1895072003
趕造軍火	1894073003	趕造抬槍	1895020302	添造抬槍	1895072202
上清蝌蚪三	189407060102	煙臺雜誌一	1895020602	停工節費	1895072502
催解軍需	1894070901	槍廠開工	1895020602	叢翠亭鑾詩記一	1895072502
體恤工匠	1894080103	蘇堤春曉二	1895020802	武林雜誌三	1895082302
斷輪老手	1894082602	新槍利用	1895020902	登州海市五	1895082603
稽查嚴密	1894082603	南屏曉鐘九	1895032002	浙省官場事宜四	1895080203
派弁領藥	1894082603	珠江花事四	1895032702	上諭恭錄一	1895083101
制局雜聞一	1894080203	北方軍務二	1895032802	神京珥筆七	1895080602
制局雜聞二	1894080203	白下官場事宜四	1895032802	□陵紀事三	1895092402
軍裝解甬	1894083103	白下官場事宜五	1895032802	修船述聞	22-154
撥兵續述	1894080402	驗放巨炮	1895030202		
嚴防藥局	1894080903	運械防弊	1895033002	**5.3 新法練兵**	
制局試炮	1894080903	京江春浪四	1895030403	兵船之旗新頒定色	1872110903
運載軍裝	1894092202	東省軍情十二	1895030902	軍政嚴明	1874081103
接辦軍械	1894092302	百花潭泛舟記二	1895041002	精練水師	1874081202
派兵協防	1894092403	百花潭泛舟記六	1895041002		

燕臺兵士習練火器	1874082502
洋槍隊續赴吳淞	1874091901
築營分駐	1875040102
營兵改操	1876021402
記津南過兵情形	1877042702
操習洋陣	1880032702
操練火器	1880120802
訓練有效	1881072901
訓練認真	1881092102
打靶行賞	1881121602
中國輪船名	1882040202
更易水手	1882052701
營號仍舊	1882060101
操練新陣	1882072503
士氣恒恒	1884011902
習練水師	1884021102
練勇勤操	1884042702
校閱技勇	1884050402
練軍中止	1884061302
欽使愛才	1884070302
兵輪新章	1885081902
海軍設署	1885112002
北洋兵輪鐵甲船管駕人名單	1885113002
海軍近事	1886021101
海軍雜記	1886021601
條陳照錄	1886030402
海軍籌款	1886031802
海軍雄盛	1886050801
海部要聞	1886052002
擬閱南洋	1887021602
繪送陣式	1887110701
整頓水師	1888090602
海部紀聞	1889041802
皖省軍政	1890051902
整頓營規	1890061602
派隊赴邊	1893031402
派隊赴邊	1893031402

啓行有日	1893031902
啓行有日	1893031902
獨統雄師	1893032202
行期將屆	1893040902
行期將屆	1893040902
新疆有備	1893092002
新疆有備	1893092002
增設槍隊	1893092901
西報論軍律	187903130102
武備修明	187912030102
旗兵習藝	188104070102
武員考槍	189302010102

5.3.3.1 學校

招羅水師學生	1881031003
挑選學生	1881080201
續選學生	1881092201
學生逃學	1881101201
專心學藝	1882042001
習藝從緩	1882042102
裁撤學堂	1882052602
學徒梗教	1882052801
挑選學徒	1884020301
招考學生	1885110102
學堂事宜	1885120402
招選學童	1886030402
招習西學	1886031202
學堂近事	1886031702
考試武備	1887010802
招考學生	1888020802
改建學堂	1889032402
招集學生	1889040703
收考電生	1889050703
學堂雜記	1889070402
學生跌傷	1889080302
憲箚照登	1889100602
招考學生	1889120501
招考告示	1890101103
譯館掄才	1891113002

學堂近事	1891122502
遴選十城	1892010902
箚傳學生	1892051904
學堂考藝	1892110202
武備儲才	1893013102
學堂開館	1893030702
招考幼童	1893052802
考試學生	1893072102
學生赴津	1893080702
憲示照登	1893081702
備文關提	1893082303
考試水師學堂紀事	1893121602
招考學生	1894112302
咨調學生	1895033103
粵諺一	1895062403
學堂期滿	188501110102
旗學課程	189210140102
白門志略四	189505090203

5.3.3.2 出國學習

出洋童子叩謁中西各憲	1874082403
至美查看幼童肄業情形	1875030902
出洋官生安抵東洋信息	1875110601
出洋官生安抵金山	1875120101
出洋肄業	1877041702
學習西法	1878010102
學童回華	1880061301
學童回華	1880112402
選兵出洋	1881021902
學童回華述聞	1881092001
回華學生續聞	1881101102
分遣學徒	1881110201
學生來華	1881111102
委遣學生	1881111602
海外歸來	1885011702

學徒抵法	1886063001
學生抵德	1889070402
續派遊員	1890080202
留美幼童	187408060203
製造局近事	18770425012
駐英欽憲信息	187705100102

5.3.4 新醫療

華童習醫	1884111202
製作一新	1884122402
照譯臺灣打狗慕德醫院學院例則	1887072802
招集學生	1893100902
踴躍輸將	1895021202
醫捐□記	1895021303
細柳懷仁	1895021404
醫院紀聞	1895021502
三軍感德	1895021504
□騰卒伍	1895022104
勸募北洋營勇醫費	1895022104
電謝善捐	1895022403
武士銘恩	1895022704
渝肌浹髓	1895030304
虎旅銘恩	1895030404
仁風翔洽	1895041404
慷擲囊金	1895040104
仁風翔洽	1895040504

5.4.1 鐵路

議造鐵路	1878080902
請開鐵路	1881011302
鐵路近聞	1881031701
鐵路近聞	1881032501
鐵路傳言	1881032901
鐵路傳聞	1882022302
鐵路物料到津	1882041801
鐵路傳言	1883032701
火車運北	1883101302

准開鐵路	1884061902
鐵路利益	1884070502
鐵路紀聞	1884082302
鐵路可成	1884090501
委員勘路	1884092502
承辦鐵路	1884093002
擬辦鐵路續聞	1884100303
鐵路將開	1884110601
鐵條運至	1884123002
鐵路難成	1885022502
創設火車	1885031702
車路已成	1885082501
鐵路述聞	1885120801
鐵路將興	1885123002
德人來華	1886022401
鐵路新樣	1886022501
聚議時事	1886022601
德人赴都	1886032101
西報譯聞	1886040701
商辦鐵路	1886041402
訂造鐵路	1886051902
試演鐵路	1886052702
招攬鐵路	1886060402
造橋述聞	1886062202
鐵路到申	1886063002
鐵路將興	1886071001
擬建鐵路	1886090801
裝運鐵條	1886100701
試演鐵路	1886101001
鐵路將興	1886113002
鐵路將興	1887031602
擴充鐵路	1887031902
鐵路開工	1887032902
開辦鐵路	1887042301
鐵路述聞	1887050102
鐵路批示	1887060102
鐵路要聞	1887061202
鐵路近聞	1887061902
鐵路開遊	1887062202

臺灣鐵路近聞	1887071101
鐵路述聞	1887072902
鐵路餘聞	1887080302
鐵路述聞	1887120802
鐵路運東	1888011902
照錄中堂告示	1888012202
起解鐵車	1888013003
鐵路將興	1888030102
議開鐵路	1888042202
鐵路述聞	1888052601
鐵路述聞	1888062902
鐵路續聞	1888070102
鐵路近聞	1888072602
鐵路近聞	1888081202
鐵路近聞	1888082602
鐵路試行	1888082902
火車述聞	1888090602
試行火車	1888090702
上相勘工	1888101701
天津西信	1888101801
批示照登	1888103002
鐵路述聞	1888112202
鐵路新奇	1888121302
勘視鐵路	1888121802
臺灣鐵路章程	1888121802
火車述聞	1888122902
憲示照錄	1889011702
勘建鐵路	1889012902
鐵路告示	1889012902
鐵路述聞	1889022002
仍復興工	1889031002
鐵路述聞	1889032002
添募工師	1889033002
火車肇禍續聞	1889033102
火車肇禍餘聞	1889040402
火車相碰餘聞	1889040602
火車倒地	1889041102
鐵橋拆毀	1889042602
拆橋紀聞	1889051802

火車改章	1889060602	臺撫奏片	188708110203	滬上擬用德律風	1881120501
火車盛行	1889071302	鐵路稟稿照登	188810290102	總辦巡電	1881121602
鐵路述聞	1889091302	憲筍照登	188812040203	電機嚴密	1882020602
鐵路續聞	1889092202	火車傷人	188812300102	電線旁達	1882020901
總理衙門奏復運籌鐵路摺稿	1889092901	擴充鐵路	188901070102	創設江線傳聞	1882031002
臺北鐵路述聞	1889100901	詳述火車肇禍情形	188904020102	接錄電局章程十條	1883012202
計臣權利	1889101502	鐵路權輿	188909200203	電報近聞	1883031702
工師撤退	1889121502	築路輿誦	188912250102	電局近聞	1883042901
開通鐵路	1890021602	鐵路述聞	189002140203	電局近聞	1883050303
營勇慘斃	1890030302	鐵路續聞	189005100102	起設電線	1883051202
鐵路述聞	1890033002	詳述講求鐵路	189012070102	電線工竣	1883051902
另開鐵路	1890050102	鐵路紀聞	189306010203	設電細情	1883051902
山洞已通	1890052002	來信譯登	189312220102	電報近聞	1883052402
清釐洋債	1890061502			工局議事	1883052402
趕修鐵路	1890090102	**5.4.2 電報**		電報□捷	1883060803
鐵路述聞	1890090702			電報近聞	1883061103
鐵路計程	1891010503	電報行設局吳淞	1873081602	巡修電線	1883062102
鐵路近聞	1891022002	吳淞電線現議接連入海事	1873092702	受愚可笑	1883062402
鐵道續聞	1891050802	福建將設電報	1874062502	北京通電	1883062702
鐵路述新	1891050902	續述閩省設立電報	1874062602	江線興工	1883072402
鐵路續聞	1891081302	西人願代立電線	1874071701	勘設電線續述	1883100802
擬興鐵路	1891092802	福省電報	1874072102	行營通電	1883120701
鐵路近聞	1892032402	建省議設電線	1874081302	保護電線事	1883121002
創建鐵路	1892051803	臺灣廈門設電線信	1874081902	趕辦電線	1884022502
登車宜慎	1892090402	福建設立電線續聞	1874110702	趕辦電線	1884030602
人浮於事	1892120602	福建廈門設立電線公司原約	1874122902	電線近聞	1884032702
推廣鐵路	1893010802	福建電線事	1875030602	新設電線	1884040202
鐵路述聞	1893011602	臺廈定設電線	1877030302	江陰設電	1884051302
鐵路譯聞	1893012002	臺灣設電線告示節略	1877062301	電報局上曾宮保稟	1884072603
鐵路紀聞	1893032202	臺灣新置電線	1877102502	電局新章	1884083003
鐵路紀聞	1893050302	議設電線	1878120301	臺北設電	1884092802
鐵路傷人	1893061102	電線開工	1878121101	設電要聞	1884100502
鐵路述聞	1893070502	電工告竣	1881112602	電工近信	1884110902
火車增價告示	1893080802	電線述聞	1881120301	電工告成	1884111002
鐵路紀聞	1893120202	電局瑣聞	1881120402	電線旁通	1884112202
津報譯登	1895101701			軍營設電	1885011102
裝運鐵路物料	188103180102			電工近述	1885012402
德稅務司璀琳稟總理衙門請開鐵路條陳	188406180102				

廈線續述	1885020902
電局近聞	1885022603
添造洋線	1885060702
推廣電報	1885092202
總辦上海電報局示	1885092202
議添電線	1885092702
□充電務	1885111402
宜昌設電	1886012501
東省設電	1886021002
電師被劫	1886030602
電報需人	1886070903
電報流通	1886091002
電局移設	1886091802
老界傳聞	1886092101
郵政電報	1886092101
東電告成	1886112202
添設電線	1886112502
電報學堂招考學生示	1886121402
電杆修竣	1887022302
滇蜀通電	1887030401
電傳愈廣	1887032002
滇電工成	1887051102
添設電線	1887052602
電局獲利	1887082102
電工述聞	1887092701
閩臺通電	1887101101
察核設電	1887111002
捷音說	1887123102
電報遷局	1888052902
電報招股	1888070602
電局豐盈	1888081003
電線工竣	1889021702
電務彙登	1889050802
更換電杆	1889053102
局員對調	1889061202
電局招考	1889072802
電局付息	1889073103

電報事情	1889112602
鐵路傳聞	1889121402
招考電生	1890011003
電局諸才	1890022002
道署通電	1890062503
移換電杆	1890091302
秦晉通電	1890092102
電路盛行	1890101102
修正電線	1891042702
中國電線考	1891073103
電局□利	1891080603
阻電續聞	1891081402
阻電續聞	1891081902
電局獲利	1892082703
電務譯聞	1892090302
載運電杆	1893010202
增設電線	1893031502
電局新開	1893041502
電局獲利	1893081403
電報獲利	1893091202
增設電局	1893091502
電線逐利	1893121803
福州接設電線事	187412160102
電局需才	188112050102
電局續聞	188112060102
接錄電局章程	188112230203
電局遷移	188306150203
電線工程	188408190203
李傅相奏保電局人員銜名單	188510100102
電工迅速	188511010102
電報總局上海學堂秋季考取各生全案	188611120102
電局新章	188701120203
關外傳聞	188704100102
上海電報總局學堂□季甄別學生案	188710060203

勘路已竣	188812310203
楚人阻電	189108040102
芝罘軍報二	1894101101
赭嶺秋光一	1894102103
特撰密電	1894010902
中俄通電	1894061202
電線西通	1894061703
高電不通	1894062902
線斷誤公	1894071602
增設電線	1894072402
設線續述	1894072502
裝線已回	1894072902
禁傳暗電	1894073001
東人之言三	1894073002
杭諺七	1894081603
羊城載筆三	189408170203
營口訪事人函述日高事一	1894080102
電局關防	1894082002
愼防電線	1894082102
朝鮮剿倭記三	1894082202
撫署通電	1894080402
禁遞暗電	1894080502
電信難通	1894080801
□線□工	1894080902
電員待罪	1894080902
彝陵雜綴三	1894091702
臺電述聞	1894090103
電局餘銀	1895082403

5.5 北洋海軍行蹤（外揚國威）

揚武炮船重出	1875090702
揚武船到橫濱	1875121802
中國火船將赴新加坡	1875123101
兵船停泊東洋	1877041701
兵船出洋情形	1879041202
海東耀武	1891070502

兵船來滬	1891120102
兵船回滬	1892052002
海外盛筵	1892071603
兵艦行程	1892071603
兵艦赴韓	1893032302
兵輪赴東	188608170102
神山耀武	189107100203
威揚東海	189207020102
日東耀武	189303220203
舊金山近事	1877080202
舊金山續信	1877080302
美報譯登	1884100202

5.5 崎案

會訊長崎案出記	188609110102
崎案紀餘	1887012101
崎案近聞	1886120102
崎案近聞	1887011301
崎案近聞	188610060102
崎案述聞	1886121502
崎案雜譯	1886111602
使節抵崎詳述	1885011001
再述長崎會審案件	188611030102
長崎鬧事續聞	1886082401
長崎鬧事續信	1886082001
長崎勝會	1887102102
長崎消息	1886120702
長崎新語	1887010602
長崎要電	1886081701
照譯長崎西報	1886090302

5.5 新氣象的展演

吳中丞閱試水雷	1875010102
閱視水雷	1877042402
詳述傅相閱船	1881121101
傅相閱兵	1882111002
巡閱詳紀	1888052702
中國兵船之數	187407130203

制憲閱視鐵甲船	187504300102
紀李伯相閱兵事略	187704240102
天津閱武	188106160102

第5章涉及的評論

炮局議	1872050702
論福州設航海學院事	1873060401
書譯西報各使覲見事後	1873072801
吳淞口建造火車鐵路以達上海說	1874022601
論福建製造輪船事	1874030701
論電線	1874071401
火輪車為福國之舉	1874071501
讀循環日報書後	1874072401
再書循環日報後	1874072501
論製造	1874072801
火輪車路辨	1874082601
勸諭中國水師	1874082701
論購鐵甲船與築炮臺事	1874082901
論武員應究習西國兵法	1874090501
書彙報論鐵甲船後	1874101501
論電線	1874103101
論購造鐵甲船	1874121501
中國當宜自強為本論	1874122601
書格林炮說略後	1875021902
論字林西報新說	1875072801
書高麗君論字林西報新說後	1875080501
論習用火槍事	1875081301
論鐵甲船勿須買造	1875092801
論中國選用西國各事	1875100901

論中國尚西法	1875102904
與申報論學習輪船事	1875120101
西報論炮局情形	1875121802
揀選武員同赴西國較量兵力並求善法論	1876010401
論中國漸攻西法	1876031101
論宋儒恥言富國強兵之誤	1876042501
論中國崇尚西法	1876052901
論中國日本效行西法事	1877012901
論用新式槍炮之□毒	1878011401
論鐵甲船備患	1878080201
禁藏軍械辨	1879011101
論失竊軍火	1879032801
再論軍火失竊	1879040101
論私藏軍械案	1879070703
論考試水手	1879103001
論緝私擅用槍炮	1880030501
論召用歐洲名將	1880063001
事成於漸論	1880072401
再書英將策略後	1880090901
續教習武員說	1880111303
儲買槍炮說	1880111701
鐵路開評	1881011801
論鐵路擇地之要	1881012001
製造不可輕試說	1881012501
書天津水師學堂章程後	1881030801
購造船械末議	1881031301
再論水師學堂章程	1881031401
鐵路有益於民俗說	1881032501
論因循之弊	1881042001
譯錄西報論鐵路事	1881050802
借材不如育材說	1881051301
論學習西法近效	1881051501

論西員教練津軍	1881062001	續論火車鐵路	1884030401	論兵船駕弁之無人	1885060401
論詳求西學	1881062701	論中國製辦軍火不可惜費	1884030901	兵船宜出洋歷練說	1885061403
論西報言中國設立學堂事	1881090901	軍械戰艦不可自恃說	1884031101	書本報電報總局告白後	1885070801
書日本報論中國學徒事	1881092201	人能用器器不能用人說	1884031501	購辦軍火宜□善法說	1885081101
習西學不宜專事西文說	1881110501	論中國軍械有更變之機	1884041801	書聞省請造鋼甲船疏後	1885081801
論中國製造□精	1881122001	論製造不可畏難	1884051001	譯西報論中國管駕	1885081901
電報說	1881123103	觀南琛船記	1884052403	論吳淞炮臺有應改之道	1885090401
論學徒出洋有美意而無良法	1882012201	南琛遊記	1884052501	購辦軍火宜改繁歸簡說	1885092501
風氣日開說	1882022302	中國宜練海軍說	1884061001	書左文襄請設海防□政大臣疏後	1885100501
論華人買槍	1882031301	論練軍人先於器	1884061201	書粵省操演程後	1885100601
書本報譯記英國鐵路數目後	1882041401	論中國富強之策輪船不如鐵路	1884061601	佘澄甫觀察籌議抽撥捕盜營兵為順天練軍稟稿	1885101201
論□□火藥局	1882041901	書德稅務司璀琳請開鐵路條陳後	1884062001	論儲材先宜借材	1885102501
論教習洋槍	1882050101	鐵路繼電線而成說	1884062101	論中國亟宜興鐵路以防戍伊犁	1885110501
論開平□開鐵路事	1882050401	論中國鐵路事宜	1884062201	論儲器儲材宜分緩急	1885110601
書西報載美□致美□信後	1882051801	復河運不如開鐵路說	1884092301	宜招考素習西學之人以佐理海部說	1885111101
論營號	1882061101	築馬路以立鐵路之初基說	1884093001	中國宜結西法以期富強說	1885121101
書平泉銅礦章程後	1882061901	各省水師可以變通專轄說	1884101001	儲才宜多尤宜精說	1885122501
閱順德礦務局先後□報李傅相□稿書後	1882102901	論他國人投效中國宜善用之	1884111801	論長江□設兵輪	1885122601
論美將式君書中□中國水師語	1882103101	論中國辦理洋務宜用精通西學之人	1884121401	論武備學堂總辦教習辭職事	1886010101
兵勢強弱不關器械新舊說	1883032101	論浙省創設製造局	1884122701	喜書本報鐵路將興事	1886010801
論中國自行管理電線事宜	1883050101	論法人阻米正以速中國鐵路之成	1885022801	軍火宜慎選說	1886011601
中國電報局某司事推廣招徒分設子店議	1883061203	論議和之後宜整飭海軍	1885050601	論私販軍械之宜嚴辦	1886021501
電線當有以輔其不逮論	1883070401	洋務要談	1885050901	中西巧拙辨	1886022701
鐵路不可不亟開說	1883110201	左侯相請拓增船炮大廠疏	1885051701		
論中國戰船	1884012401	華洋利病說	1885052001		
與法戰宜築鐵路說	1884030101	書左相請拓船局炮廠疏後	1885052101		

上海宜倣粵東設西學館議	1886031301	借材客談	1886122401	論延聘西人須擇眞才	1888090901
論廣東招選學童事	1886032001	中國創設海軍議	1887021401	觀金陵機器製造局記	1888091901
洋務慣談	1886032601	接錄中國創設海軍議	1887021501	書鐵路稟稿後	1888103101
論中國宜講求輿圖之學	1886033001	論中國宜講求測繪輿圖	1887021701	塞漏卮論	1888122501
論長江水師當與海軍並重	1886040401	論洋務首在得人	1887041001	培養西學人才議	1889010601
論中國之倣西法但得其似而不得其眞	1886040601	論講求興國爲當今之急務	1887050301	鐵路興而後礦務旺論	1889021601
論中國創造鐵路	1886041301	洋務扼要	1887051901	鐵路不宜中止說	1889022301
論中國兵輪管駕宜先考試	1886041401	書李傅相招股開鐵路示諭後	1887053101	論臺灣鐵路添募工師	1889040201
論中國鐵路有可興之機	1886041601	論新炮炸裂	1887060701	書本報詳述火車肇禍情形後	1889040301
軍火切勿輕試說	1886042501	效法卮言	1887061201	論船政局汰員節費事	1889042401
與西友論中國管駕人材	1886050501	銷兵說	1887072501	論船政局汰員節費事接前稿	1889042601
論海軍雄盛	1886051001	述臺灣打狗慕德醫院辦理原由	1887072801	論炮船	1889053101
書西報福州船廠□錢消息後	1886051901	述臺灣打狗慕德醫院學生考試情形	1887072901	臺灣巡撫劉爵宮保鐵路奏稿	1889063002
論華人習西法之弊	1886060601	鐵路自利說	1887092901	論明洋務貴乎審幾	1889070301
論中國習西法所以致獘之由	1886061201	四快船抵津說	1887110601	論電氣	1889070701
展築鐵路稟稿	1886072702	書本報述臺灣創行鐵路電燈兩事後	1888030601	鐵路考略	1889070801
論中國兵輪遊歷外洋宜緩	1886082401	書福建船政大臣裴欽憲來函後	1888042801	富強策上	1889080401
論中國招人承辦鐵路之法	1886090201	論西學生廣額	1888050801	富強策中	1889080501
鐵路議	1886090601	籌備海軍末議	1888052001	富強策下	1889080601
獨抒謹論	1886091002	禁購軍火議	1888052401	兩廣總督張香濤制軍□陳鐵路奏稿	1889081002
軍火宜儲善地說	1886092901	論中國漸知鐵路之利	1888052901	接錄兩廣總督張香濤制軍□陳鐵路奏稿	1889081102
記中國出洋委員問答	1886102802	滬北鐵路議上	1888053001	論變法	1889081701
譯西報論炮廠事	1886103101	滬北鐵路議下	1888060101	考試西學西法議	1889082301
論華人之習西學尚未得法	1886112901	開鐵路有十利說	1888072201	論洋務當務其大	1889090801
華人子弟不宜只習西文西語說	1886121701	中國創行鐵路利弊論	1888080201	中外情形未易盡知說	1889091701
論華人積習之難化	1886121801	鐵路不可行說	1888080501	鐵路初基說	1889091901
		書本報領憑誌盛事後	1888080701	接錄總理衙門奏復運籌鐵路摺稿	1889093001
		論創興製造	1888080801	中國富強扼要論	1889100301
		閱本報紀電局豐盈事抒鄙見以引申之	1888082001		

論購辦軍械	187909230304
聞江省操演洋陣爲之推廣其法	188003290102
教習武員說	188010310304
鐵路卮言	188407070203
請撥款製船摺	188508160102
船政大臣裴奏稿	188606190102
泰西輪車鐵路考	188702180102
輪車鐵路利弊論	188702190102
紀中國火車鐵路情形係之以論	188801230102
述江南創設水師學堂	189008020203
日本報論中國水師	1884091909
論北洋水師學堂亟宜改聘西國名師	1884101209
中國創設海軍議	1887011211
接錄中國創設海軍議	1887011310
中國創設海軍議	1887011409
接錄中國創設海軍議	1887011512
接錄中國創設海軍議	1887011610
錄中國創設海軍議	1887011709
接錄中國創設海軍議	1887011809
接錄中國創設海軍議	188701201011

第6章

6.1.1 武闈問題

杭州武闈肇事	1873121503
營兵受罰	1874032303
武生被毆案已訊	1874070602
武生夾帶私鹽	1875102202
武生被騙	1876113003
紀貴省鄉鬧事	1876120702
武童用武	1878092602

出示招告	1879012702
營員拿賭	1879111802
武生選事	1879121302
武童滋事	1880032702
武舉寥落	1880080202
□提武舉	1881011002
武童肇事	1886063001
武舉被控	1889012303
武童□□	1889071902
武生用武	1891101303
武生公憤	1891111402
武生作亂	1892022102
軍校獲賊	1893100102

6.1.1 徵兵問題

虹口謠傳招勇之信	1873040302
編丐入伍	1881090501
盜攀哨弁	1882071101
投營效力	1884012303
徵兵有弊	1884012502
勇不可恃	1884081203

6.1.2 缺餉

黔省兵亂	1876072102
國用支出	1877051701
兵餉難籌	1884041702
鬧餉續聞	1887041002
發餉續聞	1887062202
鬧餉續聞	1889090102
籌餉開捐	1895040202
勢力相抗	188801240203

6.1.3 廢弛

撫軍興中置火藥包事	1873072502
辨前記撫軍興中置火藥包之誤	1873080401
血戰笑談	1874082403
信炮誤差	1874092302

夥盜軍火	1875102502
武官不准坐轎	1877060202
炮臺坍損	1880070102
閩軍近狀	1880122002
操練廢弛	1881071102
軍火被竊	1881102302
失竊彈子	1881102602
失彈案復訊	1881102802
巡兵失槍	1882021302
鐵炮失去	1883040101
失炮復得	1883042802
塘兵誤公	1884060302
詳述火藥局事	1885060803
續述寧波藥局事	1885061302
預防劫餉	1885090202
盜劫軍火	1887051502
匪案餘聞	1887052502
軍械不精	1894102002
月湖清話一	1895083103
蟻蛀舊船	188106040102
輪船失修	188202010102

6.1.4 散勇

遊勇攔輿	18851120
嘯聚可虞	18861104
遊勇爲盜	187610103
兩誌盜案	188521902
緝獲散勇	1875070202
遊勇逃籍	1875112603
遊勇滋事	1876042102
遊勇竄撬	1876082801
親訪賊記	1876090602
遊勇竊衣	1877022003
散勇擾民	1877092402
遊勇竊物	1878012303
遊勇滋事	1878030502
驅逐遊勇告示	1878101603
資遣遊勇	1880012402
資遣營勇示	1880050102

驅逐遊勇	1880070802	撤勇過境	1885120102	遊勇成擒	1890022802
嚴拿遊勇	1880092002	諭拿遊勇	1885121304	遊勇行兇	1890071401
給資遣勇歸里示	1880111902	撤勇肇事	1885123002	散勇哄鬧	1891091803
截路被擒	1881011002	遊勇正法	1886013102	資遣遊勇	1891122103
緝訪逃示	1881012402	山東亂耗	1886031601	遊勇封船	1892081502
驅逐遊勇示	1881051602	遊勇可慮	1886041402	資遣遊勇	1892112403
盜劫餉銀	1881071701	遊勇正法	1886042703	撤勇逗留	1892122603
遣勇近聞	1881081102	撤勇逞強	1886051703	逃勇被拘	1893022004
散勇情形	1881110902	撤勇抵申	1886052303	遊勇過滬	1893063003
盤查嚴密	1881111102	撤勇爲匪	1886060402	遊勇擾民	1893100702
散勇過境	1881112902	曉諭遊勇示	1886092602	遊勇作賊	1893120403
汰兵回籍	1881122302	撫恤遣勇	1886102803	先事預防	1893121102
散勇滋事	1882032402	兵勇逃散	1886111801	臺北郵聞三	1894061603
資遣回籍	1882050602	海南亂耗詳錄	1886112102	煙雨樓題壁五	1894062602
驅逐營勇告示	1882052802	查拿遊勇	1886121402	鶴市閒談一	1894070702
驅逐撤勇示	1882072905	撤勇過滬	1887010503	遣散營勇	1894081303
載勇回籍	1882092902	資給勇丁	1887010603	牛莊近事一	1894111302
驅逐散勇	1882101602	撤勇附輪	1887010703	煙臺雜錄二	1894120202
兵船擱淺	1882102802	遊勇逗留	1887012902	上海縣案彙登一	1895011003
兵船抵鄂	1882110203	□報兩岐	1887020702	威海羽書五	1895022601
遊勇作盜	1883051401	遊勇正法	1887021802	鞍馬餘生	1895030403
驅逐遊勇示	1883052902	惠局桑梓	1887022602	東省軍情六	1895030901
遊勇擾民	1883061603	遊勇被拘	1887050303	煙臺近信二	1895030902
示禁遊勇	1883072802	協拿遊勇	1887053102	煙臺近信三	1895030902
遊勇滋事	1883081402	遊勇打劫	1887103002	東海紅鱗二	1895031201
遊勇爲盜	1884032002	查拿遊勇	1887122802	東海紅鱗四	1895031201
遊勇扭毆	1884043003	撤勇過滬	1888012003	東海軍情七	1895032302
汰勇具呈	1884081203	撤勇續聞	1888012103	東海軍情一	1895032302
錯疑遊勇	1885050903	撤勇登程	1888012203	東海紀聞六	1895040303
遊勇串詐	1885060203	花枝狼藉	1888020102	鷺江雜錄三	1895041903
遊勇爲患	1885061303	示禁遊勇	1888052402	散勇釀禍	1895042902
遊勇劫獄	1885062902	航船遇盜	1888062002	論散勇難於招勇	1895043001
先事預防	1885083002	兵變述聞	1888070801	荔灣清話六	1895051303
遊勇嘯聚	1885090202	資遣遊勇	1888111602	遣散營勇	1895052002
撤勇紀聞	1885090502	遊勇候遣	1889030603	金焦夏色九	1895052102
撤勇續述	1885091502	委查遊勇	1889042103	逃兵抵廈	1895060901
撤兵抵鄂	1885092702	酌撤營兵	1889080302	稽查逃勇	1895061903
遊勇傷人	1885101803	裁勇還鄉	1889112603	紀臺灣戰事九	1895062402
寧波撤勇	1885111103	驅逐遊勇	1889120602	資遣散勇	1895062402

撤勇旋里	1895063002	散勇就道	1895081403	潯陽紀事二	1895101903
散勇過漢	1895071002	兵變駭聞	1895082501	借錢起釁	1895102103
千金亭記一	1895071402	兵變續聞	1895082601	北固秋雲二	1895102402
遣散防軍	1895071501	劣勇伏法	1895083102	京口觀濤記一	1895102502
散勇滋事二	1895071502	散勇過滬	1895090603	潯上丹楓三	1895110102
散勇滋事三	1895071502	派探邏巡	1895090703	箚辦冬防	1895110103
散勇滋事四	1895071502	法界公堂案四	1895090803	楮領題糕一	1895110202
散勇滋事五	1895071502	遊勇送縣	1895090803	吳宮紅葉四	1895110602
索餉滋事	1895071503	軍法森嚴	1895091003	縣案三則三	1895110703
津客雜言二	1895071601	法公堂案十二	1895091104	皖左清譚四	1895110803
安頓淮勇	1895071603	撤勇志略	1895091202	八閩叢談三	1895110901
散勇過滬	1895071603	護送撤勇	1895091502	散勇□恩	1895111003
縣案彙錄四	1895072003	兵變未成	1895091802	不准□恩	1895111103
縣案彙錄五	1895072003	地棍橫行	1895091903	北通客述二	1895111502
彈壓散勇	1895072103	彝陵櫓唱三	1895091903	鷺江紀事三	1895111902
夏口招涼四	1895072202	南徐攬勝一	1895092102	鷺江紀事一	1895111902
夏口招涼五	1895072202	散勇傷人	1895092302	粵東近事三	1895112402
甌海晴波三	1895072203	彝陵樵唱二	1895092303	縣事述聞二	1895112403
嚴緝遊勇	1895072203	行路難	1895092403	津沽寒信二	1895112602
潰勇索餉	1895072303	散勇傷人續述	1895092802	津沽寒信一	1895112602
遊勇誤解	1895072403	武漢叢談三	1895100102	鷺江墨浪一	1895112803
白下鎮言一	1895072602	西山秋黛四	1895100102	潯陽官話一	1895112803
螢苑招涼一	1895072603	商舶如梭二	1895100302	神山雜誌一	1895113002
散勇紀事	1895072702	散勇回裏	1895100502	津沽水汛一	1895120202
蘇臺雜紀三	1895072702	司示照錄	1895100503	巴峽猿吟三	1895120302
法捕房瑣案一	1895072703	散勇將來	1895100903	潯陽雜記二	1895120302
索餉送縣	1895072709	遣輪戰勇	1895101003	英廨早堂鎖案一	1895120303
法界公堂瑣案五	1895072803	拿獲槍匪	1895101102	沙市散勇	1895120402
撤勇述聞	1895072902	散勇可慮	1895101102	散勇到漢	1895120501
彈壓散勇	1895073103	告示招錄	1895101202	潯江官話一	1895120703
勸勇歸田	1895073103	散勇來滬	1895101303	上海官場雜紀三	1895120803
法捕房雜紀一	1895080203	協查散勇	1895101303	上海官場雜紀五	1895120803
差查遊勇	1895080303	散勇過境	1895101402	移送散勇	1895120903
仍擬辦團	1895080503	□□攬勝四	1895101502	資遣散勇	1895121003
神山集錦六	1895080503	公遣散勇	1895101603	散勇紛來	1895121103
縣訊逃勇	1895080603	法界捕房紀事三	1895101704	實心爲民一	1895121302
資遣散勇	1895080703	輪船慘劫	1895101801	分遣散勇	1895121403
縣案二	1895081003	縣案彙錄四	1895101803	續遣散勇	1895121503
散勇□恩	1895081303	散勇又來	1895101903	散勇封船	1895121603

遞解散勇	1895121703
散勇銜恩	1895121703
照料散勇	1895121803
散勇到申	1895121903
津水水花四	1895122103
續遣散勇	1895122403
豫章風浪四	1895122603
減價裝送	1895122702
鳩誰寒鱗二	1895122802
資遣臺勇	1895122803
遊勇竊物	187511240203
西撫東來	188506020203
遊勇逞兇	188508240102
港誰照譯	188509260102
軍法森嚴	188606030102
浙撫新政	188610210102
嚴緝假勇	189411110203
臺廈述聞一	189506170102
遣勇紀聞	189507120102
散勇滋事一	189507150102
幸慶生還	189508120203
驅逐遊勇	189509010203
觀山秋眺一	189509030102
示諭散勇	189509160304
遊勇重笞	189509180304

6.1 文武不和

文武不和	1879123002
文武不和	1883121802
習武傷人	1889052202

6.2.1 軍官腐敗

馬軍門業將北上	1874093001
炮臺倒塌瑣聞	1875083101
餉銀□銅	1875102202
炮臺基址不固	1875120801
侵蝕餉銀	1876101402
再記軍火案	1876112902
匿名揭帖	1877101602

失竊軍火續聞	1879041002
裁撤陋規	1880051702
京餉被劫	1880123102
水手上控	1881011602
盜劫兵船	1881031802
覆陳密查營員疏	1881073103
吞捐上控	1882020202
詳述營官撤任	1884072602
採事延緩	1884082402
津郡傳言	1885120402
武弁被盜	1886050902
土匪弄兵	1887010902
整頓□務	1887072202
兵船遇盜	1888013002
盜案兩誌	1888062402
挾嫌上控	1888081702
盜取藥彈	1889091202
捐建房屋	1890082002
白晝劫搶	1890091102
武庫火災	1892030202
武員造冊	1892030902
哨官慘斃	1893081102
訛傳募勇	1894083002
嚴查營額	1895011902
軍裝無用	1895031201
委查軍額二	1895040702
嚴追吞餉	1895071501
點驗軍實	1895121102
軍火失竊	187903220102
奏眔營員疏	188107300304
炮臺崩壞	189302110203

6.2.2 士兵苦況

在臺軍士之苦	1875081001
從軍苦況	1877091002
汛兵投海	1880060702
綠營苦況	1880120902
撤兵回湘	1883110202
基隆大疫	1885112602

自盡類誌	1888052402
武員自縊	1889031303
武員病狂	1889101402
勇丁病瘋	1889120103
窮途覓死	188904010203

6.2.3 軍隊嘩變

兵勇謀變	1874111602
營兵正法	1876071102
詳述兵潰	1877030702
西字報述新城兵潰事	1877030902
兵潰緣由	1877031402
兵勇逞兇	1877032202
營兵打店	1877032802
營兵擊傷	1877032902
擊傷營兵餘聞	1877033102
兵毆哨官	1877040302
懲辦營兵	1877040302
中堂將抵津門	1877040501
兵潰善後事宜	1877040502
廣西近耗	1878102201
水手叛亂	1879082802
惠州兵變	1880101001
兵變訛傳	1880101202
登州兵變	1885061701
兵變續聞	1888021902
潯江兵□	1893020503
津沽兵潰	187703050102
兵潰餘聞	187703090203
潰兵餘聞	187703240102

6.2.3 軍內矛盾

鳳凰山勇丁請假現已各歸營伍	1873010102
嚴束勇丁	1874082703
營兵醉刺	1875062902
營兵侮官	1875080401
毆傷哨官	1876041401
營勇私逸	1876112903

營勇私鬥	1877010802	荊州駐防到杭	1876050403	營兵不法續聞	1879102502
誤犯憲威	1888062402	淮軍過境	1876052202	營兵劫財	1879111702
營勇互爭	1895011102	練勇滋事	1876071002	局勇欺人	1879111903
水勇竊銀	187412290304	營兵號令	1876071202	營兵不法案箚文	1879112502
營兵私鬥	18761226 0102	兵自結訟	1876081002	營兵不法案府批	1879120902

6.2 執法犯法

營官正法	1877053002	傳言未確	1876081502	營兵不法案稟詞	1879121102
委查兵船	1881042001	風傳過兵	1876082102	再錄營兵不法案憲批	1879121202
武員通賊	1891041502	謠傳失實	1876083103		
案涉武員	1891101602	誣兵為盜	1876100703	營兵不法案續聞	1880010902
劣弁宜懲	1892100402	勇丁受責	1876101002	營兵酗酒	1880022402

6.3 軍民矛盾

		營兵遞解	1877012402	營兵斃命案續聞	1880040302
寧波兵過江橋起釁案已結	1873080202	勇丁搶錢	1877022002	兵□捉船	1880052002
黃軍門嚴禁標下湘軍	1874012702	武童打店	1877031002	營兵使酒	1880052902
譯字林西字日報	1874031301	寧波命案續聞	1877042102	巡勇不法	1880081802
武弁魯莽	1874071603	要犯訊供	1877051902	武弁殺人	1880082702
譯字林西報語	1874082902	毆死營兵案訊結	1877060702	營兵酗酒	1880091702
西報論華兵過租界	1874092401	練兵滋事	1877082002	營兵滋事	1880102102
西報論勇丁索□	1874121802	武員插訟	1877082502	船勇質物	1880103103
疑勇為賊	1874123002	兵搏優人	1877121003	勇丁滋擾	1881030103
鎮江勇丁與西人滋事	1875061802	營兵請令	1877121502	煙店控兵	1881040602
鎮江滋事續聞	1875061902	巡勇遭毆	1878020703	水手鬧事	1881061301
鎮江滋事續信	1875062302	營員庇勇	1878022502	勇丁滋事	1881061502
淮軍來滬記餘	1875072702	演戲紀盛	1878040903	勇丁選事	1881061702
派員彈壓淮軍	1875072802	營兵被毆	1878060703	勇丁滋事案結	1881061702
追記淮軍過租界情形	1875072901	誣兵為竊	1878061102	兵役相疑續聞	1881070903
淮軍在途情形	1875081001	獲勇鬧衙	1878070403	營勇尋仇	1881080302
營勇竊銀	1875082303	武人比力	1878070503	炮勇傷人	1881082802
營勇竊煤	1875093003	誤拿教匪	1878072402	苛待船客	1881112202
營兵滋事	1875100603	營兵倚勢	1878080602	驅逐武弁	1881112202
淮軍逗留	1875101102	武員不法	1878091903	局丁恣橫	1881112801
巡勇滋事	1876010802	兵民械鬥	1878112903	手槍傷人	1882031202
營兵滋事	1876021402	械鬥續述	1878113002	箚拿營勇	1882040603
營兵滋事續聞	1876032202	巡兵粗魯	1879011103	勇捕互毆	1882041302
		哨官討情	1879040803	演炮妨船	1882041402
		營勇拐婦	1879080202	放槍嚇人	1882052702
		初審打死營兵案	1879083002	武弁輕率	1882053102
		武紳殺人	1879101902	毆傷局勇	1882061702
		勇丁亂鬧	1879102002	毆弁餘聞	1882070402
		營兵不法	1879102402	水手訴苦	1882070703

練軍滋事	1882072002	營弁滋事	1885122102	武弁作賊	1892082003
營兵滋事	1882081602	水手逞兇	1886012603	縱勇殃民	1892091003
毆傷營勇	1882082702	營勇滋事	1886012603	軍門結義	1892100702
誣兵爲竊	1882092102	營勇拆梢	1886030303	差勇不法	1893022602
私刑獲譴	1882101301	續述滋事	1886031201	哨官被毆	1893072302
馬兵受□	1882102002	煙□小劫	1886041901	武弁荒唐	1893080202
武生滋事	1882102202	武生滋事	1886071702	營勇失物	1893101903
營弁被控	1882112202	武弁訛詐	1886111103	仍蹈故轍	1893121303
汛兵兇橫	1883030802	領事持平	1887030102	兵艦觸礁	1894100802
哨弁恣橫	1883041702	海口近耗	1887030202	東省近情三	1894100903
譴兵續信	1883051802	兵捕打架案餘聞	1887032302	貽誤軍機	1894101002
營勇兔脫	1883072703	腹員將軍	1887032903	北通州軍信六	1894101902
軍律不嚴	1883081002	貪小失大	1887040502	渡夫枷號	1894103003
誤兵爲盜	1883102902	無故開槍	1887052401	古逡遵紀事三	1894111002
營卒尋仇	1883110803	守戎被毆	1887060102	東海揚□四	1894111602
羊城信息	1884031802	汛兵不法	1887090803	本館接奉電音二	1894112302
武弁受辱	1884063003	武弁語塞	1887101003	雄獅抵鄂二	1894113001
兵勇被毆	1884072202	武生不法	1888031403	辦差運械	1894120902
兵毆巡捕	1884072402	詳述浙東戕勇案	1888062202	示□舟子	1894122209
營勇滋事	1884080103	水勇鬧事	1888072502	北方站務二	1895010202
營勇滋事	1884080202	調處得宜	1888072602	本館接奉電音	1895011601
華捕毆兵	1884080203	山左續信	1888073002	蓬萊海市二	1895011602
兵鬥傳奇	1884080402	兵輪抵潯	1888073003	神山朧景二	1895011702
兵鬥續述	1884080602	定期會訊	1888080603	倭事述聞五	1895011902
募勇生事	1884080802	滋事傳聞	1888081502	營兵不法	1895012202
營勇宜懲	1884081903	鎮江來信照登	1889051703	遼瀋軍情二	1895012903
宵小橫行	1885050803	營兵滋事	1889080602	鄉人匿艇	1895013004
兵勇滋事彙述	1885051102	營兵滋事續聞	1889081902	團勇被毆	1895013104
水陸交□	1885051502	勇於私鬥	1889112502	勇丁肇禍	1895020302
營勇鬧事	1885052103	盜劫餉銀	1889122502	營勇劫餉	1895020402
兵勇滋事續述	1885052202	畏罪自戕	1890010702	炮勇肇禍	1895020403
鬧事續述	1885052503	大鬧戲園	1890030802	萃軍到省	1895020802
兵勇滋事辨訛	1885060503	營勇拐婦	1890040802	法界公堂瑣案五	1895021503
兵民械鬥紀餘	1885061103	革勇候懲	1890043003	營勇不法	1895021503
營兵不法	1885071304	哨弁不法	1890062302	封船致怨	1895022202
炮兵滋事	1885072403	艇勇被拘	1890062303	羊城仙跡	1895022302
裝兵繆輥	1885091103	恃符妄作	1892012102	約束軍士	1895022501
兵勇逞強	1885092002	水手大鬧	1892051103	封船運兵	1895022502
攜槍滋鬧	1885101203	營勇攫銀	1892072603	營口軍書三	1895022802

□水春鱗三	1895030102	兵民和好	1895091502	統帶直隸督標親兵右營 曉諭	1874091202
雲津防務四	1895030702	穗石秋痕四	1895092001	懲責兵勇	1875062303
武員被控	1895031303	英公堂案二	1895092903	嚴辦鎮江勇丁	1875070502
執法如山二	1895032202	巫峽秋猿三	1895100803	懲治營勇	1876052203
東海軍情八	1895032302	原犯解回	1895102103	營勇遊示	1876060601
潞河春鯉二	1895032302	宜昌雜俎五	1895110303	營勇正法	1876060902
潞河春鯉一	1895032302	鴛湖風月三	1985110302	整頓營規	1877091103
閩雜俎二	1895032502	寧友來函	187409240102	嚴辦營兵	1877091902
□李春聲四	1895032503	杭城營兵滋擾情形	187611160102	嚴查營勇	1877122501
哨弁不法	1895032802	浮橋毆死營兵案供詞	187704170102	營兵正法	1878010703
□廊餘韻三	1895033002	誣兵爲盜	187708170102	浙江提督軍門黃告示	1878022702
本館接奉電音	1895040301	武弁仆地	187709030203	驅逐營勇告示	1878120703
東海紀聞二	1895040303	營勇搶劫	187709280102	松海防分府官防告示	1879052903
鹿城消息九	1895040402	營勇滋事	187712110203	嚴查營兵	1879062803
紀廈門近日情形七	1895040603	軍役訛人	187906100203	懲儆兵丁	1879063002
珠海春濤二	1895040702	打死營兵	187908230102	拘押武弁	1879072002
潞河春鯉五	1895040902	補述局勇欺人情節	187911200203	武弁押解	1879072302
水手交鬨	1895040902	營官暴虐	188103260102	武弁正法	1879081602
花埭茗談一	1895041202	毆勇續聞	188210120203	嚴禁營勇生事示	1880030603
鳳城雲樹三	1895041302	水手鬧事	188506130102	勇丁保出	1881030203
邗上人言二	1895041402	戕勇述聞	188806140203	通飭防營兵勇示	1881030702
太液鶯歌六	1895041502	聚眾圖劫	188807250102	曉諭水手示	1882072303
營臺日記一	1895041802	京口滋事續聞	188902190102	水手案訊結	1882072903
邗水春濤五	1895041803	兵丁無禮	188903190203	舉劾員弁	1882082703
語兒鄉語二	1895042502	兵民大鬧	189205110203	曉諭兵民告示	1882092802
劍閣晴雲七	1895043003	詳述兵民滋鬧	189205140203	軍門防示	1882110402
□山訪古一	1895050102	巡勇滋事	189211060203	防兵互鬥	1883021701
雇船戰勇	1895052202	螢苑秋痕二	189410180203	看管營勇	1883021703
北通州近聞六	1895061201	上海縣案彙紀一	189501170304	曉諭軍民示	1883042702
武員被議	1895080302	廣勇滋事	189504250102	止兵登岸	1883051601
北通州近聞八	1895080403	紀臺灣戰事五	189506240102	曉諭營兵示	1883122002
兵民交鬥	1895080802	丁簾秋影三	189508310203	嚴查營勇	1884012203
恃勢橫行	1895080903	羊城雙鯉四	189510280203	巡捕捉兵	1884060603
營勇劫銀	1895082602	木工毆勇	189512050102	約束營勇示	1884072704
石城語錄二	1895090402			約束勇丁示	1884080303
西信雜譯一	1895090602	**6.3 紀律整頓**		軍門巡夜	1884080503
續述工勇齟齬事	1895091102	會銜出示彈壓	1874051902	研訊借逃	1885071403
蘇垣零拾五	1895091302				

嚴懲營勇	1885073002
重責營兵	1885080803
水手被拘	1885081703
兵丁正法	1885121001
水手就獲	1886012102
營勇受懲	1886022203
軍令森嚴續述	1887090902
營規嚴肅	1887122002
接錄潮州府曾太守下車告示	1889050402
水手送縣	1890052403
提憲告示	1890081602
拘拿水手	1890081702
營勇送縣	1891071003
營勇搶劫	1891071202
軍律森嚴	1891102103
嚴禁兵民滋鬧示	1892051802
關防例示	1893042703
閩督告示	1893053002
護勇被拘	1893080103
親兵受笞	1893081803
約束兵弁	1893120602
差查稟覆	1894082903
約束兵士	1894102104
軍律嚴明	1894120502
委查營伍	1895013002
約束營勇	1895030402
整頓營規	1895032502
嚴責營勇	1895060602
軍令森嚴	1895072702
開除劣弁	1895081403
約束勇丁	1895081602
營官保懲治勇丁告示	187505190102
欽命江南分巡蘇松太兵備道馮	187509040203
諭禁營兵滋事	187509070203
總帶直隸督標親軍右營蔡	187512310203
約束兵丁示	188309180203

令嚴逐客	189106080203
軍法森嚴	189408280203
軍令森嚴	189501150102

6.3 滿旗營滋事

某駐防事	1874062703
旗兵逞兇	1876032802
將軍順民情	1876071703
新兵犯法	1877070702
旗兵殃民	1877120403
旗營械鬥未成	1878030502
滿營近事	1878052302
嚴整營規	1878062702
旗營禁令	1878082902
旗兵滋事	1879020401
旗□不法	1880070402
歸帳喊冤	1881041202
旗兵精悍	1884040702
變起□牆	1885103002
清波小志	1885110102
逆犯正法	1886040402
詳述旗人滋事	1891093002
賞罰嚴明	187907100102

6.3 冒充軍人

冒官購買軍器	1874090203
假勇正法	1874090702
西報論假勇正法事	1874090902
僧扮勇疑□旁人	1875111202
洋藥巡勇換牌示	1878071002
保甲總局海防分府沈示	1878112203
禁冒充營勇示	1880110302
嚴禁假冒營兵示	1882122502
冒充巡丁	1883012203
冒充營官	1883111402
冒稱營勇	1885052703
上海縣署瑣案三	1895010903
冒充團勇	188408040304

追賊被毆	188708100203

6.4 事故頻發

武弁溺水	1872072503
冶坊鎔炮傷人	1873103102
鐵炮炸裂	1874012702
火藥局失慎	1874060402
炮艇飛空	1874081803
兵士放槍宜低	1874081902
中國炮船被關	1874101302
福州制局失火	1874120702
鐵廠機器失事	1874122102
演炮傷人	1875040102
炮船失事消息	1875042702
營兵溺死	1875082103
演炮傷人	1876040403
軍裝船渡江遭沈	1876041702
火藥誤燃	1876041902
炮兵折臂	1876050902
炮船失火	1876052201
軍裝局失火	1876052302
演炮斃命	1876081003
炮船碰沈	1876090502
營勇炮傷	1876110103
哨官落水	1877022302
演炮遭險	1877050901
有關火藥爆炸的一次事故	1877062801
兵船擱淺	1877072502
兵船觸沈	1877072801
炮船沈覆	1878102902
兵勇沉溺	1879021102
演炮傷兵	1879042202
水雷傷命	1879070602
馬逸傷人	1879071002
放砲傷人	1879110602
演武傷人	1879121402
恩恤漢軍	1879122802
考武傷人	1880030803

水師溺水	1880031002	陳總統示	1884102003	逃兵就獲	1885041602
武童墜馬	1880040102	華兵滋事	1884102502	歸怨軍門	1885041603
炮船觸礁	1880060102	水勇溺死	1884103002	並無空名	1885042703
觸礁續聞	1880060402	軍令森嚴	1884103102	副戎被劫	1885042703
演炮傷船	1880121403	總統被劫	1884110202	□正軍法	1885042902
玩槍致斃	1881030902	散勇釀禍	1884110403	誤中炮彈	1885050202
營馬傷人	1881070502	防兵潰逃	1884110501	操炮□傷	1885050403
試槍傷勇	1881071103	兵勇正法	1884110701	水勇投江	1885060502
傷勇續聞	1881071203	解訊遊勇	1884111403	兵船出險	1885091002
誤傷定擬	1881080701	都戎急公	1884111503	水兵墮水	1885111602
遣散營勇示	1881102502	放炮傷人	1884112001	更生誌慶	1885111802
藥局失火	1881111601	軍律嚴明	1884112301	營勇毆人	1886010303
水手失足	1881120801	炮船沉溺	1884112602	水手滋事	1886010304
槍彈傷足	1882021401	軍令森嚴	1884121403	購槍舞弊	1886010402
營官溺斃	1882040302	火藥傷人	1884122502	營痞逞兇	1886010402
演炮受傷	1882051202	保釋兵勇	1884122603	□鞫商人	1886010602
放炮虛驚	1882051902	兵勇開鬥	1884122703	拾彈傷人	1886011102
火槍炸裂	1882072802	解訊水手肇事案	1884122803	撤勇過滬	1886011202
校武傷人	1883040102	飭賠軍火	1884123103	遊勇驛強	1886011302
砲船傾覆	1883122102	約束水勇示	1885010803	兵勇過滬	1886011603
打靶傷人續述	1884030602	逃弁判禁	1885012202	鍋炸傷人	1886011702
旗營失火	1884060602	營規整肅	1885012903	巨艦失事	1886011703
操兵受傷	1884070102	兵變續聞	1885013002	藥局飛災	1886030101
用藥宜慎	1884080702	淮釋營勇	1885020103	兵船失事	1886031402
裝藥殞命	1884081902	巡員公正	1885020604	演炮傷人	1886032301
誤中彈丸	1884082203	約束弁勇示	1885020703	兵船失事	1886040301
散勇輘轕	1884090203	水雷忽炸	1885030801	譯西字報詳述橫海兵船失事情形	1886040501
毫釐之失	1884090402	軍火傷人	1885031703		
新勇潰逃	1884090501	毆斃營勇	1885032003	詐船救物	1886041501
民團流弊	1884090502	碰船譯聞	1885032101	大風覆舟	1886041602
營兵正法	1884090603	手刃劣弁	1885032102	再述橫海失事情形	1886042002
殺一儆百	1884091001	營勇送縣	1885032204		
華兵兒戲	1884091402	虎口逃生	1885032502	炮詐傷人	1886051202
閱操墜馬	1884091602	海客談兵	1885032903	藥局失事	1886052801
地雷肇禍	1884092302	遊戲忠勇	1885033002	群述藥局失慎事	1886053001
營勇滋事	1884092703	拿獲遊勇	1885040303	銅帽傷人	1886062002
軍令森嚴	1884100402	逃兵甚多	1885040303	舟行不測	1886062901
昌勇封船	1884100602	遊勇訛詐	1885040304	炸彈傷人	1886070601
募勇實難	1884101402	藥局續述	1885040503	炮詐續聞	1886070801

竊賊跌斃	1886081101	操炮釀禍續述	1895041303	續錄西友論中國積弊來函	1874092201
兵船有損	1886100501	操演傷人	1895060303	接錄西友論中國積弊來函	1874092301
來函節錄	1886120503	粵客談資五	1895101402	勸西國官憲禁民帶槍說	1874100601
藥局火災	1887041502	兵船僨事	1895101603	出師宜愛惜軍士說	1875073001
新炮炸裂	1887053102	吳宮紅葉二	1895110602	論笞責舟師事	1875121101
詐炮□賠	1887071501	火藥生災	1895112602	船政局揚武輪船出洋情形	1876040602
演炮受傷	1887072603	修槍中彈	187510280203	書本報所刊各省旗人事後	1876053101
兵輪擱淺	1887082303	水雷轟裂	187909230102	論近日各弊	1876070501
兵輪失事	1887092801	看操受傷	188110300102	黔省撤勇滋事善後失宜事	1876071001
續述兵輪失事情由	1887092902	藥局失火詳紀	188111220102	論散勇事	1876071301
慎重軍火	1888081602	藥局被焚	188412250102	論殺兵勇事	1876072701
失事譯登	1888102201	炮船失事	188503220304	論散勇宜籌處置事	1876082301
再記兵輪失事情形	1888102502	試炮傷人	188503260102	邪不勝正第二論	1876091601
兵輪失事續聞	1888102902	橫海失事細情	188604070102	邪不勝正第三論	1876092201
兵輪失事餘聞	1888110603	飭查炮艇	188610050304	論官軍不安殺人	1877070201
演炮慘斃	1889051602	述火藥局失事情形	188711250102	論廣東兵民誤鬥事	1877122701
炮船遭風	1889100803	演槍傷人	188712150102	論近日營勇之弊	1878011001
電述臺北軍械所失火細情	1889102401	考槍斃人	188912040203	論杭州旗兵滋事	1878062501
炮船入水	1891010503	續陳藥局飛災	189307050102	貸國債說	1878082101
機局被焚	1891011102	輪船失事供詞	189411050304	旗人滋事平論	1878090201
操炮傷人	1891070102	嶺南多旭一	189512260203	再論□山妄殺金氏事	1878091801
兵船撞沈	1891100403			論武員屢次滋事	1878100201
槍斃幼童	1891111602	**6.4　洋務中的問題**		論私藏軍械	1878102404
觀武受傷	1892050602	西報論所購軍械	1874091402	禁賣軍械可以弭盜辨	1878103101
一落千丈	1892051202	德國會審載生辦軍裝案	1874100303	論巡船冒昧	1878122801
軍門大度	1892051203	妄陳製造局情形	1874112703	論驅逐營勇	1878122803
演炮受傷	1893010802	火器式樣宜一	18740828 0102	防營杜患說	1879051401
燃燬貽殃	1893030103	華人購辦軍械之弊	18741010 0102	論裁併局勢	1880011501
炮彈橫飛	1893051003	**第6章涉及的評論**		書資遣營勇告示後	1880050501
營兵不慎	1893061302	論洋藥局查禁冒充巡勇事	1873012201	書□府請裁革陋規酌給□費摺後	1880051801
演炮傷人	1893062702	譯通聞館論貴州提督索欠餉事	1873040101		
藥局飛災	1893070201	書移營事後	1874052002		
災後餘談	1893071402	論兵勇事	1874090901		
船廠失火續續	1894111103	西友論中國積弊來函	1874091701		
演炮傷人	1895012904				
珠江春浪三	1895022402				
操炮釀禍	1895041202				

說遊勇遊僧	1880101901	巡丁積弊客述	1886031801	閱英宮保懲□勇丁告示書後	187505200102
申明軍律兩示	1880102002	論橫海兵輪失事	1886040901	論炮船丁役在日本滋事	187803010304
巡防近戲說	1880110501	書再述橫海輪船失事情形後	1886042401	軍營保札遺存滋弊說	187902240102
火器不可輕玩說	1881032201	論美富輪船遭勇滋事情形	1886062701	論禁東洋扇子刀	187905010102
書金陵某營官刑斃勇丁事	1881040101	論武孝廉拐案	1886070701	論軍律宜及時增修	187905100405
論鮑爵帥奏革吸煙武員	1881051901	遊勇論	1886102301	論營兵不法	187910250102
論蟻蛀炮船	1881060901	論巡丁當嚴駕馭之法	1886121001	書董統帶剴切關防告示後	188001220102
論營勇尋仇事	1881081201	論廣東旗人鬧事	1887070601		
遣勇末議	1881111701	巡丁切宜慎□論	1887092001		
論楚軍殺戮太甚	1881121101	論火器之害	1888051101	**結語**	
論巡丁不宜擅放洋槍	1882010801	論武官習氣	1889061401	重整海軍	1895070401
書已革提督李世忠受誅事	1882011901	論盜賣火藥	1889091201	重興艦隊	1895070901
論金陵冤案	1882042501	宜禁售賣手槍論	1890020401	定造兵船	1895071002
論禁神機營兵弁吸食洋煙事	1882043001	論武人習氣	1890050901	續購戰船	1895072601
論營規宜肅	1882071401	論炮船販運私鹽	1890091801	丁簾秋影二	1895083102
論船局命案	1882082101	論私運軍裝事	1891091801	西信雜譯二	1895090602
說賭	1882121801	論香港禁止軍裝出口	1891100901	雷船將至	1895090901
論巡捕嚴防槍火之法	1883010012	書美生案中各見證口供後	1891101501	雷艇東來	1895091503
嘉興殘殺客民說上	1883040401	論約束兵丁	1891120901	芝罘瑣語三	1895092903
禁賣軍器說	1883042301	書江撫德中丞奏炮臺被毀摺後	1892043001	魚艇東來	1895100202
論津貼武員	1884072501	論申明私販軍火之例	1892070701	東報譯要二	1895110901
經辦軍火宜懲流弊說	1884103001	論童子軍之難馭	1893042601		
追述□鬥細情況	1884123003	論裁剪勇額	1893052501		
論兵勇滋事	1885051401	論演炮傷人事	1893070101		
論賄買兵額	1885080701	論武弁藉端訛詐不可不禁	1893082601		
論遣撤勇營之難	1885082101	論遊勇擾民	1893101001		
論中國宜去浮誇之習	1885082201	論稽查散勇	1893111101		
論中國宜去粉飾之弊	1885082701	遣散勇丁論	187207060102		
論駐防旗營宜設學塾	1885110701	西報論中國不能變通	187412220304		
論遊勇圖劫事	1886021701	論粵督英宮保□新報懲勇丁□為政治之助	187505170102		

附錄三　《申報》軍事內容數量統計圖
（1872 年～1895 年）

　　在附錄二基礎上，對本書研究時段的《申報》軍事內容（新聞和評論）按月統計，繪製條形統計圖。

　　供研究參考。

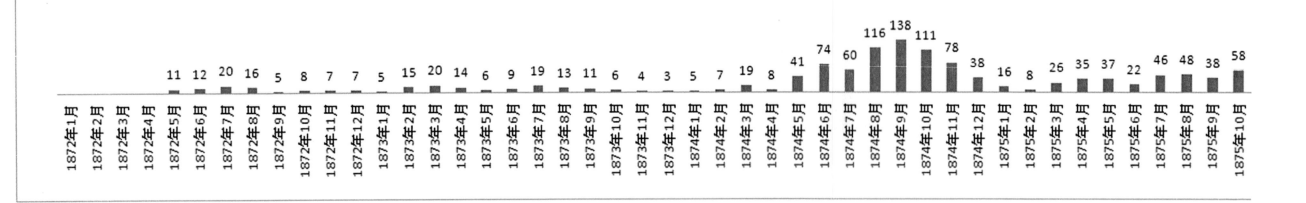

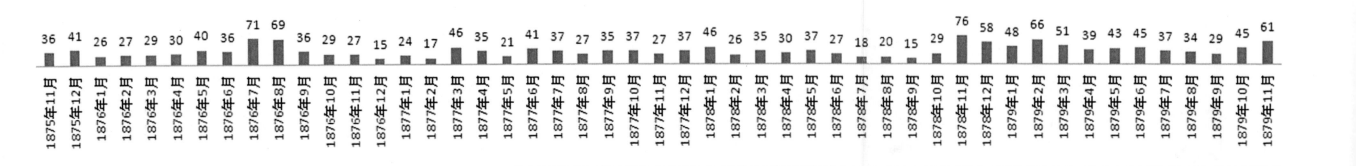

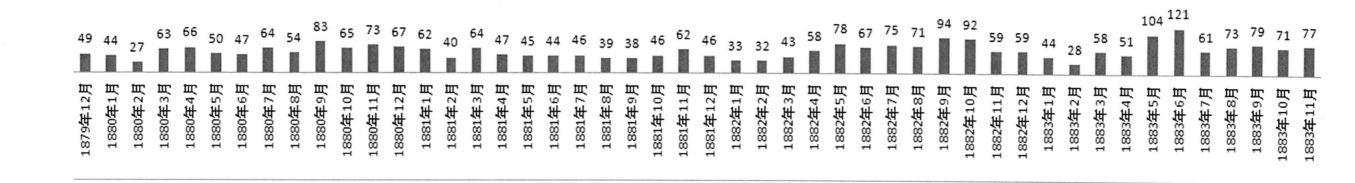

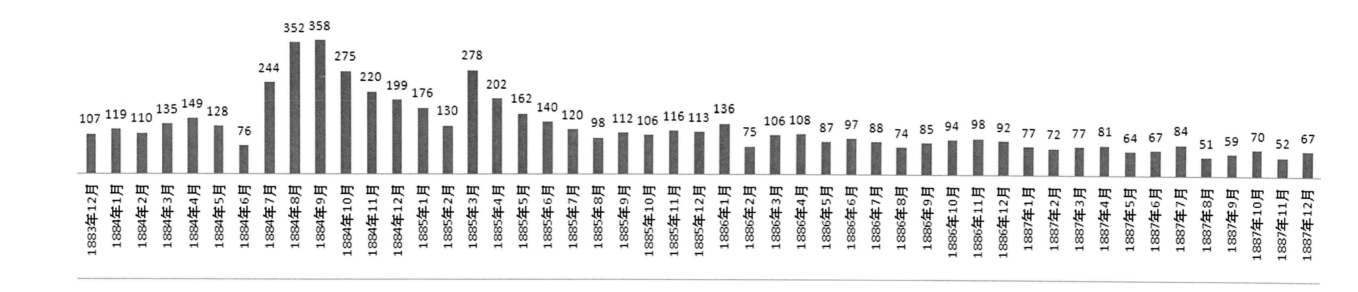

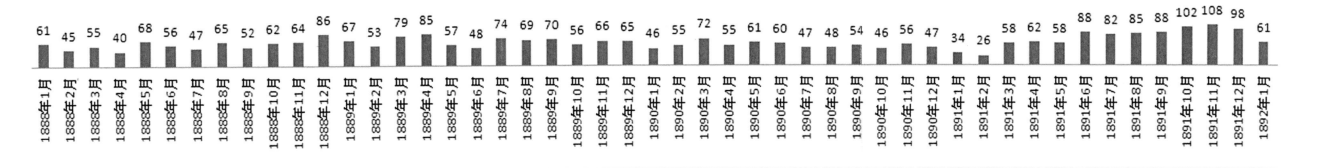

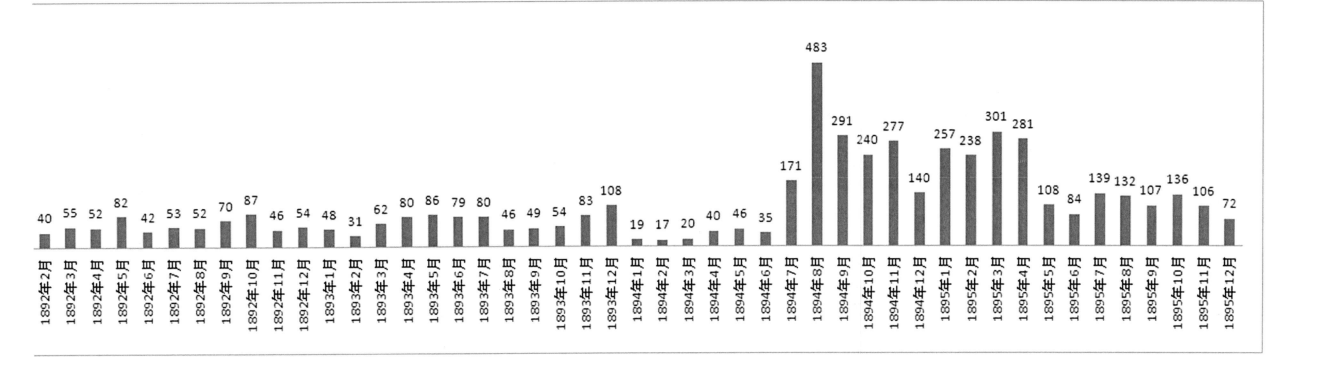

後　記

　　耙梳、粹取、歸納與義理、詞章、考據一樣，是中國傳統的史學方法，也是中國史學特有的路徑。與西方側重於「理論」、「框架」、「範式」不同，中國史學側重於「述而不作」。即便是「史家之絕唱、無韻之離騷」的《史記》，也僅在每一章節的末尾有一小段太史公的畫龍點睛。如果就《史記》這部書整體而言，它論證了什麼呢？它有什麼觀點呢？它又證明了什麼理論呢？這樣的問題未免荒唐。

　　「論文」是一個近代西學東漸而來的新詞彙，《申報》每天有一篇一千字的「論說」，二者異曲同工也。近代以來學位制度的設立及將學位與論文相掛鉤，這都是西學東漸的產物。西學的主體是什麼？自然科學。西人的思維是什麼？線性邏輯和機械唯物主義。歷史在西方人眼中是趨向末日的發展而非三統的循環，世界在西方人眼中是元素細胞的精密排列。東西文明的差異和東方在近代的落後，根子上都歸結於思維方式——歷史觀、世界觀的差異。

　　一百多年前，中國模仿著西方創立了一批自己的大學，並建立了學位和課程制度，一直延續至今。中國對西方的學習，從自然科學到社會科學，再到人文科學，「中學爲體」的底線被一再突破。從「國粹派」到「國學熱」，「中學」到底是什麼的問題陷入了「感覺主義」的虛幻與迷惘。就拿這每年成千上萬的論文來說，這是中國高校最規律的盛產的產品，無不套用西方的規範搭起了一個「論」的架子。論文越來越多，「實學」卻越來越少。

　　言之有物、表達觀點，這本是中西文化的共通，《過秦論》〔註1〕、《出師表》〔註2〕、《赤壁賦》〔註3〕不都是論點的闡釋和感情的表達嗎？中國傳統的文史學界並不缺少「論」的本事，甚至連一個鄉間的老秀才也能寫一手漂亮的八股文，八股文就是格式嚴密的論文體例。與八股文相比，西方的「論文」更講求邏輯，並在西學東漸的歷程中與中國傳統文化結合，形成了新時期的八股形式。文必稱理論，言必有框架，專業必有學。

　　論，本是需要的，但論有論的基礎。愛迪生論鎢絲可用於照明，經歷了千百次的試驗；麥哲倫論地球是圓的，經歷了千百里的航行；費正清論「衝擊－回應」理論，經歷了千百天的調查。能造福人類、能豐富社會的物質和精神生活的「論」，才是經得起時間考驗的，才是有用的。否則，就有如下三種滑稽的情況：一、把早被證明了的定理搬到這搬到那，做數學證明題，看起來是新的成果，實際上是做練習題，做統計遊戲、數據遊戲；二、解一道同樣的數學題，可以這麼畫輔助線，也可以那麼畫輔助線，但結果是一樣的，看起來是新的方法，實際上是「一碗豆腐、豆腐一碗」；三、工作報告、工作總結，千篇一律，妄稱學術。

　　連李白這樣的大詩人都有擱筆的時候，說明重複和自欺欺人是多麼令人不齒。與其千篇一律地拿框架、理論來唬人，不如做些實在的工作，把更多的空間留給讀者，把更多的啓發留給後人。本書的出發點和落腳點，就在這裡。如果說本書有論點，也就在這裡。

　　報紙誰都會看，訂一份報紙，看上一年半載，就知道了這份報紙的水平

〔註1〕　《過秦論》是賈誼政論散文的代表作，分上中下三篇。全文從各個方面分析秦王朝的過失，故名爲《過秦論》。此文旨在總結秦速亡的歷史教訓，以作爲漢王朝建立制度、鞏固統治的借鑒，是一組見解深刻而又極富藝術感染力的文章。

〔註2〕　《出師表》出自於《三國志·諸葛亮傳》卷三十五，是三國時期蜀漢丞相諸葛亮在北伐中原之前給後主劉禪上書的表文，闡述了北伐的必要性以及對後主劉禪治國寄予的期望，言辭懇切，寫出了諸葛亮的一片忠誠之心。

〔註3〕　《赤壁賦》一般指《前赤壁賦》，是宋代大文學家蘇軾於宋神宗元豐五年（1082年）貶謫黃州（今湖北黃岡）時所作的賦。此賦記敘了作者與朋友們月夜泛舟遊赤壁的所見所感，以作者的主觀感受爲線索，通過主客問答的形式，反映了作者由月夜泛舟的舒暢，到懷古傷今的悲咽，再到精神解脫的達觀。全賦在佈局與結構安排中映現了其獨特的藝術構思，情韻深致、理意透闢，在中國文學上有著很高的文學地位，並對之後的賦、散文、詩產生了重大影響。

和內容。借助於它，我們覺得自己瞭解世界，活在當下，不再是閉塞的狀態。實際上這種說法卻經不起推敲，報紙上的新聞沒有幾件是我們親歷的，它們構建起來的世界就是眞的嗎？

今天的報紙誰都愛看，昨天的報紙就略遜一籌，舊報紙更是淪爲廢品收購站論斤稱重的東西。可是卻有一套完整的《申報》被保存下來，說明人們覺得它有點價值。怎樣把這個價值開掘出來？這就需要來「做學問」。

一份報紙並不困難，有文化沒文化，看得快看的慢，莫過於此。五花八門的新聞讓人眼花繚亂，感受到世界的豐富多彩。看成百上千份形式不同、語言差異的舊報紙，這就需要大段的時間和專門的安排。人類進步了，社會發展了，才能脫離工農業生產做一些腦力勞動和文字工作，就是「做學問」。中國最早的學問就是從歷史開始的，中國的許多娛樂方式如戲曲、評書，就是從歷史演義的。這樣的「學問」顯然是有用的，既給人歡樂，又給人教育。

將《申報》作爲一個「學問」來做，同樣也是有意義的。做好這個學問，回報社會，就是本書的目的。

如果說《申報》是座礦山，那麼本書就摸準軍事作爲礦脈。勘探之後，就是艱苦的挖掘。挖掘之後，就是晾曬、分析、整理。這之後，就建起來一個博物館。博物館既有展廳，又有庫房。六章就是六個展廳，每個展廳又能直通庫房——文後匹配的附錄。〔註4〕這樣的框架，主要是陳列，但也不乏議論，最多的啓發要留給參觀者。芸芸眾生多過客，對於走馬觀花者，這個博物館的展廳絕不是對他們時間的浪費；高山流水有緣人，對於細心品鑒者，這個博物館的庫房無私敞開大門，甘願提供你們前進道路上的墊腳石。

2015 年初夏，於人民大學品園。

從獲得博士學位到本書初定稿，歷時一年有餘。這段時間，是我從一名學生到教師轉變的重要階段。我曾在西北大學新聞傳播學院先後擔任了《新聞學概論》、《中外新聞史》和《〈申報〉研究》三門課的教學任務。這三門課中，尤以《〈申報〉研究》的課堂效果最好。我有選擇地提供給學生一些《申報》素材，讓他們根據自身興趣和學力進行梳理，進而「講述」或者「描繪」，學生形成了例如婦女、瑣案、電燈、僧侶、火災等許多小話題，師生互動，氣氛活躍，非常有趣。由此我知道了教學相長的道理，也加深了對一句老話

〔註4〕詳見「附錄二・淺介及凡例」。

的認識：教給學生一碗水，自己得有一桶水。

科研是教學的發動機，沒有科研的教學會慢慢枯竭，流於「複讀機」的形式。我覺得自己通過對《申報》的梳理，無意中探索出一種很好的指導學生的形式：這就是讓新聞傳播學專業的學生從文學的華麗辭藻和某些理論框架的「繞圈圈」中解放出來，嘗試用史料碎片來「講一個故事」和「描繪一種現象」等。在看舊報、找資料、讓資料爲小專題服務的過程中，學生多有收穫，碎片化和淺表化的兩個毛病也能得到較好的糾正。如果說指導學生言之有物地做一個小專題是我教學上的成功探索，那麼這種收穫肯定與博士期間在我的導師方漢奇先生指導下對《申報》下的工夫密不可分。

這一年多來，我時常反思博士論文的缺陷和遺憾：缺陷是「文章沒有寫起來」，遺憾是「史料沒有用起來」。其實缺陷和遺憾的兩端指向的是同一個問題，那就是攤子鋪得過大，一口氣吃不下個胖子。面面俱到，結果面面都沒有做好。究其原因，選題大只是其中之一，缺乏問題意識也只是其中之一，理論思考不夠也只是其中之一，我覺得主要還是自己筆頭不勤、多有倦怠，缺少了多寫小文章的鍛鍊。君不見在西北大學本科大三學生的課堂上，有學生竟能把幾十條有關「會審公廨」的新聞報導用得如魚得水、鬼斧神工、冰雪靈動，透著年輕人的聰明勁兒。喟歎「後生可畏」的同時我在反思自己和這本書：兩萬多條材料怎麼就寫成這樣了？

好在這些收集材料的工夫並不會白費，採好的食材等著我去把它們變成滿漢全席。如果說這本書是後廚、是冰櫃、是食材的堆積場，那麼到滿漢全席就還有很長的路要走。這一年多的時間裏，我選定了繼續以近代軍事新聞輿論史爲遠大目標，以甲午戰爭時期的《申報》爲突破口，從邊疆、民族、近代化等問題出發，運用一些「計量史學」的方法，繼續自己學術征程的漫漫長路。從這個角度看，這本著作的每一節、每一目，甚至有些段落如果深加鑽研並輔以理論思辨，都能成其爲有分量的文章。反過來說，也能看出這部著作是何其淺陋的！

當然，敝帚自珍的心態還是有的。爲了這次在花木蘭文化出版社的付梓，我對書稿進行了比較認眞細緻的研讀和校改。雖在章節篇幅上爲了讓讀者看到並鏡鑒「原汁原味」的淺陋而未敢作出大的調整，但在一些細節上還是下了少許文字工夫的。比較明顯的地方，我都用在注解中用「2016 年秋記」的形式提醒讀者與博士論文原稿加以區分。

　　總之，這本書是我學術道路上一個值得紀念的半成品，我已經認識到它的很多不足，我希望從它上面能產生更多的成品，所以我需要讀者們的批評、指正和幫助。我的郵箱是：eagon322@163.com。

2016 年深秋，於清華園。

　　本書引用的史料，一是穿插於行文中，二是獨立成段（字體不同）。前者依現今書寫規則，後者從古人習慣。校讀中，對後者以句讀準確、行文通順、表辭達意爲目標，而未做一一比對原文的功夫。究其原因，一是繁—簡—繁來回轉換而造成的舛誤頗多使然，二是本書並非「小學」的文字、音韻、訓詁之作品。即便如此，從史學的細緻、嚴謹來要求，這也是筆者應向讀者檢討的。學術無藩籬，高手在民間。敬祈讀者指出書中的大小錯誤！

2017 年初夏，於清華園。